DEBBIE MACOMBER
Die Bucht der Wünsche

Autorin

Debbie Macomber begeistert mit ihren Romanen Millionen Leserinnen weltweit und gehört zu den erfolgreichsten Autorinnen überhaupt. Wenn sie nicht gerade schreibt, ist sie eine begeisterte Strickerin und verbringt mit Vorliebe viel Zeit mit ihren Enkelkindern. Sie lebt mit ihrem Mann in Port Orchard, Washington, und im Winter in Florida.

Von Debbie Macomber bereits erschienen

Winterglück · Frühlingsnächte · Sommersterne · Herbstleuchten · Rosenstunden · Leise rieselt das Glück · Das kleine Cottage am Meer · Schneeflockenträume · Liebe mit Meerblick

Weitere Informationen unter: www.debbiemacomber.com

Besuchen Sie uns auch auf www.facebook.com/blanvalet und www.twitter.com/BlanvaletVerlag

DEBBIE MACOMBER

Die Bucht der Wünsche

Roman

Aus dem Amerikanischen
von Nina Bader

blanvalet

Die Originalausgabe erschien 2020
unter dem Titel »A Walk Along the Beach« bei Ballantine Books,
an Imprint of Random House, a division of
Penguin Random House LLC, New York.

Sollte diese Publikation Links auf Webseiten Dritter enthalten,
so übernehmen wir für deren Inhalte keine Haftung,
da wir uns diese nicht zu eigen machen, sondern lediglich auf
deren Stand zum Zeitpunkt der Erstveröffentlichung verweisen.

Penguin Random House Verlagsgruppe FSC® N001967

2. Auflage
Copyright © der Originalausgabe 2020 by Debbie Macomber
This translation published by arrangement with Ballantine Books,
an imprint of Random House, a division of Penguin Random House LLC.
Copyright © der deutschsprachigen Ausgabe 2021
by Blanvalet Verlag in der
Penguin Random House Verlagsgruppe GmbH,
Neumarkter Str. 28, 81673 München.
Redaktion: Ulrike Nikel
Umschlaggestaltung und -motiv: www.buerosued.de
Satz: KompetenzCenter, Mönchengladbach
Druck und Einband: GGP Media GmbH, Pößneck
KW · Herstellung: sam
Printed in Germany
ISBN: 978-3-7341-1001-6

www.blanvalet.de

Zum Andenken an Roberta Stalberg,
meine geliebte Freundin

September 2020

Liebe Freunde,

wenn ihr die Widmung lest, erkennt ihr den Namen vielleicht nicht. Meine Freundin Roberta Stalberg schrieb unter dem Pseudonym Christina Skye, sie starb im Mai 2018 an Krebs. Seitdem vermisse ich sie an jedem einzelnen Tag und habe begonnen, das Wort Krebs zu hassen. Er hat uns zu viele von denen genommen, die wir liebten.

Nach Robertas Tod beschloss ich, eine Schreibpause einzulegen. Ich sagte meiner Agentin und Redakteurin, dass ich ein Jahr Auszeit nehmen würde, doch als die Wochen vergingen, merkte ich, dass die Auszeit nicht der beste Weg war, mich an sie zu erinnern, sondern das genaue Gegenteil. Deshalb entschied ich mich, dieses Buch zum Gedenken an sie zu schreiben.

Ein großes Dankeschön gebührt Michael Hanson, der bereitwillig seine Erfahrungen und Abenteuer als freiberuflicher Fotograf zur Verfügung gestellt hat. Ein weiterer Dank geht an Ron und Katie Robertson, die mich an der Reise ihrer Tochter Karina und ihrem Kampf gegen den Krebs teilhaben ließen. *Anchored*, Katies nach Karinas Tod geschriebenes Buch, hat mich tief berührt.

Ich hoffe, die vorliegende Geschichte aus der kleinen Stadt Oceanside mit den vertrauten Charakteren aus

Das kleine Cottage am Meer gefällt euch. Dieses Städtchen ist genau der Ort, wohin Roberta und ich gegangen wären, um Plots auszutüfteln, zu stricken und uns halb tot zu lachen. Ich hoffe für jeden von euch, dass ihr in eurem eigenen Leben eine so wundervolle Freundin findet wie die, die ich mit ihr hatte.

Herzlichst
Debbie

P. S. Ihr könnt mich jederzeit über meine Website debbiemacomber.com erreichen oder mir an die Adresse P. O. Box 1458, Port Orchard, Wa 98366 schreiben.

1

Willa

Er ist schnuckelig«, flüsterte meine Schwester Harper vernehmlich, als ich mich zu ihr an den Tisch des kleinen Coffeeshops setzte, der mir in Oceanside gehörte, einem Städtchen an der Küste des Staates Washington.

Ich sah hin.

»Wer?«, fragte ich und tat mein Bestes, um mein Interesse zu verbergen. Mir war der hochgewachsene, schlanke Mann mit den rotblonden Haaren, der regelmäßig an der Theke stand, schon früher aufgefallen, denn er war tatsächlich ein Hingucker, wenngleich nicht so umwerfend attraktiv wie ein männliches Model, das es auf die Titelseite schaffte.

Seine Anziehungskraft war eher von der subtilen, unaufdringlichen Art. Die Haare fielen ihm wirr in die Stirn, und seine blauen Augen blickten warm. Je nachdem, was er anhatte, wirkten sie an manchen Tagen dunkler als an anderen. Im Kinn hatte er eine kleine Kerbe und auf der rechten Wange ein einzelnes Grübchen. Ich wusste, dass er mit Vornamen Sean hieß, und zwar aus dem einfachen Grund, weil ich seinen Namen bei seiner ersten Bestellung falsch auf einen Becher geschrieben hatte. Shawn statt Sean.

»Sei nicht so schüchtern, Willa. Du weißt ganz genau, wen ich meine. Der Mann ist toll. Gib es zu.«

Ich zuckte mit den Achseln, täuschte Desinteresse vor. »Wenn du das sagst.«

»Kommt er oft vorbei?« Harper beugte sich zu mir, als würde sie ihn dadurch besser sehen können.

Meine Schwester war nämlich Weltmeisterin im Flirten. Ist sie immer gewesen, obwohl ihre Beziehungen nie länger als ein paar Wochen zu halten schienen. Sie war die Extrovertierte der Familie, ich eher die Verschlossene, Zurückhaltende. Harper gab Yogakurse im zwei Straßen von meinem Coffeeshop entfernt liegenden Oceanside Fitness Center, wo sie die beliebteste Lehrerin war. Aus gutem Grund, denn mit Harper machte alles Spaß, selbst anstrengende Sportübungen, und das wollte etwas sagen.

»Wie heißt er?«, bohrte sie weiter, war offenbar nicht bereit, das Thema fallen zu lassen.

Normalerweise würde ich vorschlagen, dass sie seine Bekanntschaft suchen solle, und sie würde meinen Rat prompt befolgen. Aber aus vernünftigen und nicht ganz selbstlosen Gründen unterließ ich das. Harper, braunhaarig, bildhübsch, körperlich fit, war die Art von Girlfriend, die sich jeder Typ wünschte. Es bedurfte selten mehr als flatternder Wimpern über ihren schönen blauen Augen, damit ein Mann in ihren Bann geriet und ihrem Zauber erlag.

»Sean heißt er«, erwiderte ich und verfluchte mich sofort. Es war nicht so, als hätte ich einen Anspruch auf ihn oder er hätte Interesse an mir. Wir hatten manchmal ein paar Worte miteinander gewechselt. Sein

Lächeln war herzlich und gewinnend, trotzdem zögerte ich. Selbst wenn Harper es auf ihn abgesehen hatte, würde die Beziehung nicht halten, das wusste ich. Bei ihr hielt nichts dauerhaft, und ich wollte nicht, dass der attraktive Sean verletzt wurde. Er kam mir vor wie der sensible Typ Mann. Um Himmels willen, was wusste ich schon? Ich machte mich ja lächerlich.

»Sean«, wiederholte Harper langsam seinen Namen. »Wie Sean Connery?«

»Versuch halt, ihn kennenzulernen«, schlug ich, mein Widerstreben hinunterschluckend, vor. Eigentlich war ich nämlich mit Vorurteilen behaftet.

Harpers hübsches Gesicht verzog sich zu einem breiten Lächeln, und sie schüttelte den Kopf. »Kommt nicht infrage.«

»Warum nicht?«

»Der ist für dich, Willa«, entgegnete sie süffisant mit einem bühnenreifen Augenzwinkern.

Mich traf der Schlag, und ich fand keine Worte mehr. Sie wirbelten in meinem Kopf herum, bevor ich irgendein Interesse zugeben oder abstreiten konnte.

»Entschuldigung.« Sean sprach Alice an, das Highschoolmädchen, das ich vor Kurzem als Aushilfe eingestellt hatte. »Ich glaube, das ist ein Macchiato, den Sie mir gebracht haben, kein Americano.«

Alice blickte nervös zu mir herüber, hatte Angst, Fehler zu machen. »Ich dachte, Sie hätten gesagt, Sie wollten einen Macchiato.«

»Geh endlich«, drängte Harper, stieß dabei mich mit dem Ellbogen an. »Du willst wohl keinen unzufriedenen Kunden, oder?«

Ich schob meinen Stuhl zurück, ging in den vorderen Teil des Ladens und beruhigte Alice. Wahrscheinlich hatte ich sie zu früh an der Theke alleine gelassen, schließlich war es erst ihr dritter Tag in dem Job.

Freundlich wandte ich mich daraufhin an Sean. »Der Irrtum tut mir leid. Möchten Sie Ihren üblichen Americano mit Platz für Sahne?«

»Bitte.«

»Heute Morgen habe ich frische Zimtbrötchen gemacht. Hätten Sie gern eines davon? Das geht aufs Haus.« Ich gab mir größte Mühe, damit meine Kunden glücklich waren.

Er spähte zu der Auslage hinüber, dachte ein paar Sekunden über mein Angebot nach und schüttelte dann den Kopf. »Heute nicht. Vielleicht ein andermal.«

»Alles klar«, sagte ich, als ich daranging, sein Getränk zuzubereiten. Sowie ich fertig war, reichte ich ihm den Becher. Sean sprühte Sahne drauf, schloss den Deckel und ging zur Tür, doch meine Schwester hielt ihn auf.

»Hi.« Sie bedachte ihn mit einem strahlenden Lächeln, das selbst Dickens' Geizhals Ebenezer Scrooge bezaubert hätte. »Hast du Zeit, dich zu meiner Schwester und mir zu setzen?«

Ich ging drei Schritte hinter Sean und winkte Harper versteckt zu, dass sie mit dem Unsinn aufhören sollte. Zu gut wusste ich, was sie vorhatte, und ich wollte nicht, dass sie Sean und mich zu verkuppeln suchte.

Ihr Opfer zögerte und blickte über seine Schulter hinweg zu mir. »Ich würde euch gerne Gesellschaft leisten, wenn du nichts dagegen hast.«

»Willa hat nichts dagegen. Außerdem steht gerade niemand an der Theke und will was von ihr. Also setz dich ruhig.«

Mir reichte es, und ich warf meiner Schwester einen finsteren Blick zu, den sie geflissentlich ignorierte. »Setz dich, Willa«, beharrte sie.

Sean blieb stehen, als wüsste er nicht, was er tun sollte. Sein Gesichtsausdruck glich dem eines im Scheinwerferlicht gefangenen Rehs. Ich hasste es, dass Harper ihn dermaßen in Verlegenheit gebracht hatte. Sie hingegen gab nicht auf und bedachte mich mit einem weiteren drängenden Blick, als Sean sich zu uns setzte. *Tu den nächsten Schritt*, wollte sie damit sagen.

Ich seufzte. Meine kleine Schwester musste offenbar noch begreifen, dass mir so etwas nicht gegeben war. Unsere Mutter war an einem Hirnaneurysma gestorben, als ich dreizehn war und somit die unbeschwerten Teenagerjahre komplett verpasste, weil ich notdürftig die Pflichten daheim übernommen hatte. Das bedeutete, dass ich zum großen Teil den Haushalt schmiss, so gut ich konnte, und für unseren älteren Bruder Lucas, Harper und meinen Dad kochte.

Sobald Lucas die Highschool beendet hatte, war er in die Army eingetreten und hatte uns allein in Oceanside sitzen gelassen, obwohl es seit Moms Tod mit unserem Dad mehr und mehr bergab gegangen war, denn er hatte seinen Kummer in Whisky ertränkt. Seit fünf Jahren war er Mitglied bei den Anonymen Alkoholikern, dadurch meist nüchtern und lebte in einer Wohnwagensiedlung. Sein Geld verdiente er als Kartengeber in einem Spielcasino etwas außerhalb der Stadt.

Nachdem Sean sich zu uns gesetzt hatte, breitete sich am Tisch Schweigen aus. Harper funkelte mich böse an und wartete darauf, dass ich die Unterhaltung bestritt.

Was ich nicht konnte. Mein Mund wurde trocken, und ich starrte in meinen kalt werdenden Kaffee, als wäre dort die Antwort auf den Weltfrieden zu finden. Ich hatte mich selten unbehaglicher gefühlt. Harper mochte durchaus ein Naturtalent sein, wenn es darum ging, fremde Leute aus der Reserve zu locken, aber sie sollte gleichzeitig wissen, wie peinlich mir eine solche Situation war, zumal ich mir nicht einmal ansatzweise vorzustellen vermochte, was sie damit zu erreichen hoffte. Bereits jetzt spürte ich, wie meine Wangen zu brennen begannen.

»So, Sean.« Harper zog den Satz in die Länge. »Du musst neu in der Stadt sein? Ich kann mich nicht erinnern, dich hier in der Gegend schon einmal gesehen zu haben.«

Er streckte die Arme aus, umschloss seinen Kaffeebecher mit beiden Händen und schien sich sehr für dessen Inhalt zu interessieren. »Ich lebe seit ungefähr einem Jahr in Oceanside.«

»So lange?«, fragte ich überrascht. Er war vor ein paar Monaten ein- oder zweimal auf einen Kaffee hereingekommen, anschließend hatte ich ihn lange nicht mehr gesehen. In der letzten Woche dann war er jeden Morgen vorbeigekommen, hatte immer einen Americano und oft ein Gebäckstück zum Mitnehmen bestellt. Normalerweise kam er so gegen zehn Uhr nach dem Morgenansturm.

»Ich habe ein Haus eine Meile außerhalb der Stadt gekauft, in der Nähe der Harvest Road.«

»Das Haus der Andrews«, sagte Harper, die wie immer Bescheid wusste.

Die Andrews waren nette Leute und besaßen ein wirklich schönes Haus. Ich war mit ihrer jüngsten Tochter Lenni zur Schule gegangen, ohne dass wir engeren Kontakt gehabt hätten. Da ich mich um meine Familie kümmern musste, konnte ich an vielen Schulaktivitäten nicht teilnehmen, während sie Klassensprecherin und Cheerleader war. Wir besaßen also nicht unbedingt dasselbe Umfeld.

»Komisch, dass ich dich vorher nie gesehen habe, und jetzt bist du hier«, machte Harper sich an Sean heran und tat so, als wäre es vom Schicksal bestimmt gewesen, ihn zu treffen. Dabei sandte sie weiter ermutigende Blicke in meine Richtung. Offensichtlich hoffte Harper, ich würde sie mit ihrer Fragerei mal ablösen und Sean selbst ausquetschen.

Der Blick des jungen Mannes wanderte zu Harpers Freude erneut zu mir. »Ich bin wegen meiner Arbeit viel auf Reisen.«

»Und was sagt deine Frau dazu?«, fragte meine Schwester, was ihr unter dem Tisch einen Tritt von mir eintrug. Diese Anmache, um zu erfahren, ob er verheiratet war, fand ich ziemlich unverblümt und peinlich.

»Leider bin ich nicht verheiratet.«

»Tatsächlich? Dann seid ihr ja zu zweit. Willa ist es auch nicht.«

Ich hätte vor Scham beinahe laut gestöhnt. »Sean«,

mischte ich mich ein, »ich muss mich für meine Schwester entschuldigen. Ich …«

Sein verständnisvolles Lächeln schnitt mir das Wort ab. »Ist okay, Willa.«

»Du hast gesagt, du reist viel«, mischte sich Harper unverfroren wieder ein. »Was machst du denn beruflich?«

»Fotografieren.«

»Wirklich?« Das weckte echt Harpers Interesse, und sie richtete sich in ihrem Stuhl auf.

»Der Name Willa hat mir immer gefallen«, wechselte Sean abrupt das Thema und brachte Harper zum Schweigen, bevor sie Gelegenheit hatte, ihn bezüglich seiner Karriere zu löchern. Mir war nicht entgangen, dass er lieber nicht über seine Arbeit sprechen wollte.

»Meine Mutter hatte eine Tante namens Willa«, erzählte er weiter, um Harper abzubremsen. »Heutzutage hört man diesen Namen kaum noch.«

Wieder war es Harper, die antwortete. »Meine Schwester wurde nach Willa Cather benannt, einer von Moms Lieblingsschriftstellerinnen, die aus dem ländlichen Süden stammte und der alten Generation angehörte.«

»Und Harper geht dann auf Harper Lee zurück, die für ihren berühmten Roman *Wer die Nachtigall stört* den Pulitzerpreis erhielt?«, erkundigte sich Sean mit leichtem Spott.

»Yup«, grinste Harper. »Lediglich unser älterer Bruder Lucas wurde nach niemandem benannt. Soweit wir wissen, haben Mom und Dad vor ihrer Hochzeit eine Abmachung getroffen. Dad durfte die Jungennamen aussuchen, Mom die von uns Mädchen.«

»Wie lange hast du den Coffeeshop inzwischen?«, wechselte Sean das Thema.

»Seit fast sechs Jahren«, sagte ich, ohne die näheren Umstände zu erklären. »Ich hatte eine kleine Summe von meinen Großeltern geerbt, die für das College zurückgelegt worden war, das ich in Aberdeen besuchte und dafür jeden Tag dreiundzwanzig Meilen hin und zurück fahren musste. Dort belegte ich jeden verfügbaren Betriebswirtschaftskurs, und den Rest des Geldes verwendete ich, um Besteck, Geschirr und Apparate sowie Möbel für die Einrichtung des Ladens zu kaufen.«

Mehr erzählte ich ihm nicht, denn das würde zu weit führen. Die ersten Jahre waren nicht einfach gewesen, doch mittlerweile machte ich gute Umsätze, vor allem am Morgen, gab mir Mühe mit meinem Kaffee und backte fast alles selbst. Das hieß oft früh aufstehen, was mir nichts ausmachte. Ich liebte meine Arbeit, die genug einbrachte, damit Harper und ich uns ohne Sorgen ein Apartment leisten konnten.

Seth Keaton kam herein und blickte in meine Richtung, bevor er an die Theke trat. Ich war froh, eine Gelegenheit zu bekommen, die merkwürdige Tischrunde unterbrechen zu können.

»Wenn ihr mich entschuldigen würdet«, sagte ich und griff beim Aufstehen nach meinem Kaffeebecher.

»Zurück in die Tretmühle«, neckte mich Harper.

Sean grinste. »Ich muss selbst wieder an die Arbeit. Danke für die nette Unterhaltung«, sagte er und sah mich an.

»Äh … sicher.«

Erleichtert ging ich zur Theke und zu Keaton, den

17

niemand bei seinem wirklichen Vornamen Seth nannte. Seine Größe verschlug einem den Atem, er musste fast die Zwei-Meter-Grenze erreichen und hatte so breite Schultern wie ein Bulle. Er arbeitete als Maler und Anstreicher, hatte aber weit mehr Talent, als die Leute ihm zutrauten. Es war für mich überraschend gewesen zu erfahren, dass von Keaton die vielen Wandgemälde in der Stadt stammten. Er war mit Annie Keaton verheiratet, der Ärztin, die die Klinik in Oceanside leitete.

»Was kann ich für dich tun?«, erkundigte ich mich lächelnd.

»Gib mir einen Vanille-Latte. Halber Liter. Und mach ihn extra heiß.«

»Für deine Frau?«

Er nickte. »Sie hatte heute Morgen keine Zeit zum Frühstücken, und ich schätze, ihr Blutzuckerspiegel ist ziemlich abgesackt.«

»Alles klar.« Ich kannte die Bestellung. Keaton selbst war kein Latte-Typ, er mochte einen doppelten Espresso und Gebäck dazu, entweder mein dänisches oder meine Zimtbrötchen.

Das Geschäft flaute bis zur Lunchzeit ab, dann ging es wieder los. Meine Sandwichs aus selbst gebackenem Brot waren ein Renner. Da ich nur wenige Tische anbieten konnte, verkaufte ich das meiste zum Mitnehmen. Vor Kurzem hatte ich die Lunchspeisekarte erweitert, woraufhin die Umsätze erneut gestiegen waren.

Als es am späten Nachmittag ruhiger wurde, machte ich eine Pause, um kurz am Strand meiner Lieblingsbucht spazieren zu gehen, meiner persönlichen Bucht der

Wünsche. Ich versuchte, das so oft zu tun, wie meine Zeit es zuließ. Bei meinem hektischen Arbeitstag musste ich zwischendurch frische Luft schnappen und zur Ruhe kommen. Die Möwen schrien, während sie vom Wind getragen über mir schwebten. Wenngleich es erst Mitte Juni war, schien die Sonne heiß auf mich herunter, lockerte meine verkrampften Schultermuskeln und zerstreute meine Sorgen.

Das Meer war immer mein Trost gewesen. Das Geräusch der sich am Strand brechenden Wellen hallte in meinem Kopf wider und löste eine friedvolle Zufriedenheit in mir aus. Ich hatte einmal gehört, dass man sich in der Nähe des Ozeans mit seiner Gischt und dem bewegten Wasser so geborgen vorkomme wie im Mutterleib. Ob es nun wissenschaftlich haltbar war oder nicht, jedenfalls ergab es in mancher Hinsicht einen Sinn. Der Rhythmus der Tide, die Vorhersehbarkeit von allem wirkte beruhigend und verlieh einem ein gewisses Gefühl der Sicherheit.

Und das hatte ich dringend gebraucht. Vor allem als Harper todkrank gewesen war. Die langen Monate ihres Kampfes gegen den Krebs hatten meiner Schwester schwer zugesetzt. Uns allen. Ich dankte Gott jeden Tag dafür, dass sie überlebt hatte. Dessen ungeachtet hing die Gefahr, dass die krebsbedingte Leukämie zurückkommen könnte, immer noch wie eine dunkle, bedrohliche Gewitterwolke über unseren Köpfen.

Ich schloss die Augen und ließ mir den Wind ins Gesicht peitschen. Harper war seit drei Jahren krebsfrei, doch ich hatte Angst und kam nicht dagegen an. Meine Schwester bedeutete mir alles, und ich ertrug den

Gedanken nicht, sie zu verlieren. Zudem wurde ich in der letzten Zeit das Gefühl nicht los, dass die Dinge nicht so verliefen, wie sie sollten.

2

Willa

Auch als ich wieder in unserem Apartment war, wollte das ungute Gefühl wegen Harper nicht verfliegen. Ich griff nach meinem Telefon und schickte meinem Bruder eine Textnachricht, in der ich ihn bat, mich zurückzurufen. Dann machte ich mir eine Tasse Tee und wartete.

Zum Glück antwortete Lucas fast sofort. »Hey, ich habe deine Nachricht bekommen. Was ist los?«

Jetzt, wo ich Lucas am Telefon hatte, wusste ich nicht mehr so recht, wie ich anfangen sollte, und fiel mit der Tür ins Haus.

»Ich mache mir Sorgen um Harper«, platzte ich heraus.

Mein Bruder gab ein spöttisches Schnauben von sich. »Wann machst du dir keine Sorgen um Harper?«

Ich hatte gewusst, dass er so reagieren würde. Lucas war in unserer Familie der Fels in der Brandung, seit mein Vater zusammengebrochen war. Ich hätte dieses Gespräch viel lieber mit Dad geführt, aber ich wusste, dass er außerstande war, mit schlechten Nachrichten umzugehen, ohne nach einer Flasche zu greifen. Und ich wollte ihm keinen Vorwand zum Trinken liefern.

21

»Wusstest du, dass Harper vorhat, diesen Sommer auf den Mount Rainier zu steigen?«

Lucas nahm die Neuigkeit ruhig auf. »Cool. Wenn es jemand bis auf den Gipfel schafft, dann sie.«

Er hatte recht, nur war das nicht das Problem. »Allerdings kommt es arg früh nach dem Bungeesprung, den sie vor zwei Wochen gemacht hat.«

»Worauf willst du eigentlich hinaus?«

»Ich weiß es nicht«, gestand ich. »Mich irritiert diese ganze Abenteuerlust, die erst in den letzten paar Wochen aufgekommen ist. Wie aus heiterem Himmel, verstehst du?«

Selbst wenn ich aus einer Mücke vielleicht einen Elefanten machte, fand ich das Ganze beunruhigend. Ich konnte einfach nicht raus aus meiner Haut.

»Hör zu, Willa, ich verstehe das. Wenn jemand dem Tod schon so nah war, hat er, glaube ich, ein gewisses Bestreben, die zweite Chance bestmöglich zu nutzen. Ihrer Meinung nach sind das Bonusjahre, und sie holt so viel wie möglich aus dem Leben heraus, solange sie kann. Ich mache ihr deshalb keinen Vorwurf, und wahrscheinlich würde ich genauso handeln.«

»Sie hat frittierte Insekten gegessen«, sagte ich, und es schauderte mich bei dieser ekelhaften Vorstellung.

»Harper? Sie isst ja nicht einmal grüne Bohnen«, wunderte sich mein Bruder.

Trotz meiner Angst um unsere Schwester lachte ich laut auf. »Ich weiß, ich konnte es ebenfalls nicht glauben. Sie ist mit einer ihrer Freundinnen in dieses indonesische Restaurant in Seattle gegangen. Da standen frittierte Insekten auf der Speisekarte.«

»Und sie hat es überlebt«, konstatierte Lucas trocken.

»Ich weiß, was du meinst, und ich stimme dir zu, obwohl nicht ganz. Beim Bergsteigen und Bungeespringen darf man eigentlich keine Höhenangst haben, und die hat Harper. Von Leesa weiß ich, dass sie sich vor lauter Angst übergeben hat, bevor sie gesprungen ist. Es schaut fast so aus, als würde sie sich ausgerechnet ihren größten Ängsten stellen.«

Das war so eine Sache, die ich nicht begriff. Was trieb sie an? Wusste sie etwas, das mir nicht bekannt war? Eine Möglichkeit, die mich in Panik versetzt hatte?

Als ich das gegenüber Lucas erwähnte, herrschte einen Moment Stille in der Leitung. »Hast du sie danach gefragt?«

»Natürlich. Ich habe versucht, ihr das Besteigen des Mount Rainier auszureden, aber sie stellt sich stur. Für mich sieht es so aus, als würde sie mit ihrem Leben spielen. Irgendetwas geht in ihr vor, wobei sie behauptet, ich würde mir das einbilden. Sie meinte, wenn sie Todessehnsucht hätte, würde sie nicht so hart darum gekämpft haben, die Leukämie zu besiegen.«

»Das ist immerhin ein Argument.«

»Ich weiß, Lucas. Trotzdem sagt mir mein Bauchgefühl, dass da etwas nicht stimmt. Zum Beispiel der Umstand, dass keine ihrer Beziehungen länger als ein paar Wochen hält. Dabei hat dieses Mädchen von hier bis Kanada eine Kette gebrochener Herzen zurückgelassen.«

Lucas schwieg, als würde er das alles verarbeiten. »Vielleicht sollte ich mal mit ihr reden. Wo ist sie gerade?«

»Trainiert für den Mount Rainier zusammen mit einer Gruppe anderer Amateurkletterer, die wohl ein strenges Programm haben. Jeden Abend geht sie zum Kraft- und Ausdauertraining, und das, nachdem sie tagsüber mehrere Sportkurse gegeben hat. Kein Wunder, dass sie die Figur eines Models vorweist.«

»Ist okay. Ich werde zusehen, dass ich euch dieses Wochenende besuche. Vielleicht kommt Dad ja auch. Ich habe ihn seit einer ganzen Weile nicht mehr gesehen. Du?«

»Ja. Er war letzten Sonntag zum Essen da.«

»Wie geht es ihm?«

»Unverändert, schätze ich. Ganz sicher bin ich nicht. Du weißt ja, dass es schwierig ist, das bei unserem Vater zu beurteilen. Er verheimlicht seine Trinkerei ziemlich gut.«

»Ich werde Chantelle mitbringen.«

Meine Lebensgeister hoben sich. Ich mochte seine Freundin sehr. Sie war gut für meinen Bruder, der als Schauermann auf den Docks von Seattle arbeitete. Chantelle und Lucas waren seit zwei Jahren zusammen, ohne Anstalten zu einer Heirat zu machen. Einmal habe ich ihn danach gefragt und zur Antwort bekommen, das sei seine Angelegenheit, und ich solle mich da raushalten.

»Soll ich etwas kochen, wenn ihr kommt?«

»Nein, das wäre zu viel Arbeit.«

Ich wusste die Rücksichtnahme meines Bruders zu schätzen. Er kannte meinen anstrengenden Tag. Ich stellte meinen Wecker auf halb vier und war jeden Morgen um vier im Coffeeshop. Erst vor drei Monaten hatte ich es mir leisten können, eine Hilfe in der Bäckerei einzustellen. Dass mir Shirley einen Teil der frühmorgens anfallenden Tätigkeiten abnahm, verschaffte mir etwas Luft. Ich öffnete um fünf und hatte von dem Moment an, wo ich die Tür aufsperrte, einen stetigen Strom von Kunden.

»Ich komme kurz vorbei und schaue nach Dad.«

»Er wird sich freuen, dich zu sehen.« Keiner von uns zweifelte jemals an der Liebe unseres Vaters. Seit Moms Tod war er eine verlorene Seele. Sie war die Liebe seines Lebens gewesen, und wir vermissten sie alle sehr. Für uns war sie die beste Mutter der Welt gewesen.

»Und ich bin froh, endlich mit dir darüber zu reden, Lucas.«

»Ganz meinerseits. Melde dich immer, wenn dir danach ist. Du brauchst nie zu befürchten, dass du mich störst.«

»Das tue ich bestimmt nicht, schließlich bist du mein Fels in der Brandung.«

Es war Lucas, an den ich mich damals gewandt hatte, als Harpers Gesundheitszustand sich zu verschlechtern begann. Zu der Zeit war er als Airborne Ranger beim Militär gewesen und hatte in der Army eine militärische Karriere angestrebt. Dann änderte sich alles, als wir erfuhren, dass Harper an Leukämie erkrankt war. Dabei hatte alles ganz harmlos mit einem heftigen Hautausschlag angefangen.

Wer wäre schon ansatzweise auf die Idee gekommen, dass dieser Ausschlag ein Anzeichen für etwas viel, viel Schlimmeres war? Wir nahmen alle an, dass Harper

eine Lebensmittelallergie hatte, da ich selbst gegen Erd-
beeren allergisch war. Bei meiner Schwester traten die
Symptome erst ziemlich spät auf, und wir dachten uns
zunächst nichts dabei. Sie war lediglich gereizt und
fühlte sich nicht wohl. Als ich Harper das zweite Mal
zum Arzt brachte, tippte Dr. Bainbridge statt auf eine
Allergie auf Pfeiffersches Drüsenfieber. Wir zogen sie
auf und fragten sie, wen sie geküsst habe. Bereits in
schlechter Verfassung nahm Harper den Scherz übel.
Erst bei einem großen Blutbild kam die Wahrheit ans
Tageslicht.

Selbst jetzt noch, fast fünf Jahre später, werde ich den
Tag nie vergessen, an dem der Anruf kam. Harper hatte
gerade die Highschool abgeschlossen und plante, den
Sommer über im hiesigen Kinderferienlager der Kirche
zu jobben. Unser Pfarrer hatte ihr im Jahr zuvor eine
glühende Empfehlung geschrieben, weil meine Schwester großartig mit halbwüchsigen Kids umzugehen verstand. Sie liebten sie, und sie brannte darauf, wieder
dort zu arbeiten.

Dr. Bainbridge teilte mir die Diagnose mit, nicht
unserem Vater, da er wusste, dass ich besser damit fertig-
würde als Dad. Er sagte, die Untersuchungsresultate
hätten ergeben, dass Harper Leukämie habe und wir
sie so schnell wie möglich in die Universitätsklinik in
Seattle bringen müssten.

Harper war natürlich noch schockierter als wir. Wir
klammerten uns aneinander wie an dem Tag, als meine
Mutter gestorben war, weinten, hatten Angst und wussten nicht, was die Zukunft bringen würde. Meine
Schwester riss sich von uns allen am meisten zusammen,

26

packte sofort eine Tasche und bat mich, sie nach Seattle zu begleiten. Ich glaube, ich habe sie nie mehr bewundert als an diesem Tag.

Unsere gesamte Welt wurde in diesem Sommer auf den Kopf gestellt. Lucas hätte sich wieder bei der Army verpflichten sollen und gab stattdessen die Karriere auf, die er sich dort erhofft hatte, mietete für uns beide ein Apartment in Seattle, wo wir zusammen wohnten, während ich meine Kurse in Betriebswirtschaft online beendete. Harper ging es zunehmend schlechter, sodass sie unsere Unterstützung brauchte.

Dad kam gelegentlich zu Besuch. Seine jüngste Tochter todkrank zu erleben war mehr, als er verkraften konnte. Gewöhnlich endeten seine Besuche damit, dass er in Tränen ausbrach und Harper anflehte, nicht zu sterben – als hätte sie Einfluss auf den Ausgang dieser Katastrophe. Schließlich war ihre Krankheit schwerer, als wir es uns je hätten vorstellen können.

»Willa? Bist du noch dran?«, riss mich Lucas aus meinen Gedanken.

»Ja, sorry. Ich war gerade im Geist woanders, habe mich daran erinnert, als man uns zum ersten Mal gesagt hat, wie krank Harper war.«

Zum Glück war sie als Siegerin aus dem Kampf gegen den Krebs hervorgegangen. Lucas hatte recht, ich reagierte übertrieben. Wenn Harper ein abenteuerliches Leben führen wollte, wer war ich, das infrage zu stellen? Außerdem hatte ich keinen Einfluss auf die Pläne meiner Schwester.

»Ich habe Angst um sie«, bekannte ich mit gedämpf-

27

ter Stimme, denn ich fühlte mich in der Tat verantwortlich für sie. Als sie letzten Winter die Grippe bekam,
habe ich sie beobachtet wie ein Luchs, was sie sich verärgert verbat.

»Du bist eine richtige Gouvernante«, scherzte Lucas,
um meine Stimmung aufzuhellen. »Harper geht es gut.
Sie zeigt immerhin keinerlei Anzeichen für einen Rückfall, oder?«

»Ich glaube nicht«, räumte ich ein. Immerhin wusste
ich genau, worauf ich achten musste, zumindest dachte
ich das.

»Wann war ihre letzte Blutuntersuchung?«

»Vor ein paar Monaten. Die nächste steht im Juli an,
also in einem Monat.« Ich fürchtete mich vor jedem
Test, konnte die Nacht davor kaum schlafen und atmete
erst dann leichter, wenn alle Ergebnisse zeigten, dass die
Krankheit unter Kontrolle war. Dennoch blieb immer
eine böse Vorahnung.

»Dann ist es ja bald so weit. Hoffen wir, dass alles in
Ordnung ist, damit du deine Ruhe wiederbekommst«,
meinte Lucas.

Wir unterhielten uns noch ein paar Minuten lang
und vereinbarten Zeitpunkt und Restaurant, wann und
wo wir uns treffen wollten. Anschließend fühlte ich
mich besser. Meine Befürchtungen bei Lucas abzuladen
hatte eine beruhigende Wirkung auf mich gehabt. Er
wusste immer das Richtige zu sagen und meine Ängste
einzugrenzen.

Obwohl es draußen noch hell war, ging ich nach meinem Telefonat gleich zu Bett. Nicht lange danach kam
Harper von ihrem Training zurück. Mit Schweißperlen

auf der Stirn und einem Handtuch um den Hals lehnte sie sich schwer atmend gegen den Türrahmen.

»Das Training war mörderisch«, sagte sie und holte vernehmlich Luft.

»Wann soll die Klettertour überhaupt stattfinden?«

»Am fünfzehnten August.«

»Bis dahin bist du so weit.«

»Ich bin jetzt bereits so weit.« Ihr ohnehin von der Anstrengung gerötetes Gesicht färbte sich vor Aufregung noch dunkler. »Stell dir vor, den Mount Rainier zu besteigen! Das ist etwas, das ich mir immer gewünscht habe.« Sie griff nach dem Handtuch und wischte sich das Gesicht ab. »Ich gehe duschen und dann ins Bett. Wir sehen uns morgen früh.«

»In Ordnung.« Das bedeutete, dass sie auf ihrem Weg zur Arbeit im Fitnessstudio auf einen Kaffee vorbeikam. Sie unterrichtete regelmäßig um neun Uhr Yoga und gab darüber hinaus mehrere Gymnastikkurse. Niemand trieb sich härter an als meine Schwester.

»Machst du bald das Licht aus?«, fragte sie.

»In einer Viertelstunde«, erklärte ich, da gerade ich eine feste Schlafenszeit brauchte, wenn ich am nächsten Morgen einigermaßen fit sein wollte.

»Träum von Sean.«

»Sehr witzig.« Ich verdrehte die Augen. »Was du dir heute geleistet hast, war alles andere als cool.«

»War es sehr wohl. Er steht auf dich.«

»Unsinn.« Ich wusste nicht, warum meine Schwester so etwas behauptete.

»Willa, stell dich nicht dümmer, als du bist. Natürlich tut er das.« Sie maß mich mit einem Blick, der besagte, dass sie mich für eine komplette Idiotin hielt. »Er konnte die Augen kaum von dir losreißen. Das kann nicht einmal dir entgangen sein.«

Ich glaubte ihr keinen Augenblick lang. Sean hatte sich mit derselben Intensität auf seinen Kaffee konzentriert wie ich mich auf meinen, hatte sich ebenso unbehaglich gefühlt wie ich mich und war zu höflich gewesen, um etwas zu sagen.

»Hoffentlich ist dir klar, dass du uns beide in Verlegenheit gebracht hast.«

Meine Schwester schüttelte den Kopf, als würde sie mich aufgeben, und ging duschen. Fünfzehn Minuten später hörte ich, wie sie in ihrem Schlafzimmer verschwand. Ich legte mein Buch beiseite und machte das Licht aus. Draußen war es kaum dämmrig. In den Sommermonaten wurde es im pazifischen Nordwesten erst kurz vor zehn vollkommen dunkel, wenn ich längst tief und fest schlief.

Als ich die Augen schloss, sah ich prompt Seans Gesicht vor mir. Ich mochte ihn und wünschte mir, Harper hätte recht, wagte mir indes nicht zu gestatten, mich in dieser Fantasievorstellung zu verstricken.

3

Sean

Zwar konnte ich Americano-Kaffee nicht ausstehen, doch ich fuhr jeden Tag in die Stadt, um mir einen Becher zu holen, den ich nach ein paar Schlucken wegwarf. Nicht dass mir das etwas ausmachte, ich würde mit Freuden das Zehnfache für diesen Americano zahlen, um die Gelegenheit zu bekommen, Willa zu sehen.

Was mich fesselte, war, wie schön sie war, ohne es zu wissen. Sie war groß, fast einsfünfundsiebzig, und hatte Rundungen an genau den richtigen Stellen. Ihre glatten braunen Haare trug sie zu einem Bob mit Mittelscheitel geschnitten und steckte sie hinter die Ohren. Ihre dunkelbraunen Augen erinnerten mich an einen Teddybären. Sie war warmherzig, freundlich und ganz anders als andere Frauen, mit denen ich liiert gewesen war.

Als ich das erste Mal in das Café gegangen war, hatte ich es nicht des Kaffees wegen getan, und ich war auch nicht etwa aus diesem Grund zurückgekommen. Ich war zufällig eines Morgens an dem Coffeeshop vorbeigegangen und hatte die frisch gebackenen Zimtbrötchen gerochen. Es war der Duft, der mich an Besuche bei meiner Großmutter erinnerte.

Dann sah ich sie zum ersten Mal, und es war um mich geschehen. Ein Blick hatte gereicht. Es faszinierte mich, wie geduldig und liebenswürdig sie selbst mit unangenehmen Kunden umging. Sie hörte sich Beschwerden an, beschwichtigte entstandenen Ärger und behandelte alle freundlich und respektvoll. Schnell erkannte ich, dass diese Frau etwas Besonderes war, und wollte sie besser kennenlernen.

Ihre Schwester war ebenfalls sehr reizvoll, wenngleich auf eine vollkommen andere Weise. Übersprudelnd und extrovertiert, dazu auffallend hübsch und äußerst lebhaft, war sie eine richtige Augenweide. Warum ich die eher zurückhaltende, gefühlsbetonte Willa lieber mochte, war mir ein Rätsel.

Und so war ich wieder hier und bestellte in der Hoffnung, mich ein paar Minuten mit ihr unterhalten zu können, einen Kaffee, den ich nicht trinken würde. Heute war *der* Tag. Heute würde ich sie fragen, ob sie mit mir ausgehen wollte. Zum Essen? Ins Kino? Videospiele? Eigentlich war ich bereit, alles zu tun und überall hinzugehen, wozu sie Lust hatte.

Es sollte nicht allzu schwierig sein, zumal ich, was Frauen betraf, für gewöhnlich nicht gerade linkisch oder gehemmt war. Mittlerweile hatte ich so einige Beziehungen gehabt, um der Wahrheit die Ehre zu geben. Vor allem in der Zeit, als ich noch ein Baseballprofi war. Erst im Rückblick erkannte ich, dass sie alle hohl und seicht gewesen waren und lediglich auf meinen Ruhm und die Höhe meines Bankkontos geschielt hatten. Dann verletzte ich mir das Knie, und das war mein Ende. Ich musste nicht nur meine Sportkarriere aufgeben, sondern verlor zugleich die Frau, die ich für die Liebe meines Lebens gehalten hatte.

Es war eine harte Lektion, und seitdem war ich misstrauisch, lebte seit drei Jahren mehr oder weniger wie ein Mönch, aber es war höchste Zeit, aus dieser Lebenssituation auszubrechen. Willa gab mir Hoffnung. Besonders gefiel mir, dass sie keine Ahnung hatte, wer ich war. Bestimmt hatte sie den Namen Sean O'Malley noch nie gehört, und den amerikanischen Verein Atlanta Braves kannte sie vermutlich genauso wenig.

Ich parkte mein Auto, ging zu dem Coffeeshop hinüber und änderte fast meine Meinung, als ich die lange Schlange sah. Nicht gerade ermutigend, da eine Schlange bedeutete, jeden Kunden möglichst rasch abzufertigen. Ich fasste mir ein Herz, erwiderte ihr schüchternes Lächeln mit einem coolen Blick und einem ebenso coolen Heben des Kinns. Ihr Gesicht wirkte gerötet, und so gerne ich mir eingeredet hätte, das liege an mir, musste ich mehr davon ausgehen, dass es mit der aus der Küche kommenden Hitze zu tun hatte. Als ich an der Reihe war, trat ich vor, bis ich vor der Registrierkasse stand.

»Das Übliche?«, fragte Willa und schenkte mir ihr typisches Lächeln.

»Sicher, und heute nehme ich auch eines von den Zimtbrötchen.«

»Alles klar.« Sie begann sofort, sich um meine Bestellung zu kümmern.

Jetzt oder nie. »So«, sagte ich beiläufig. »Was hast du vor, ich meine, was machst du später?«

Willa hielt inne, und ihr Blick wanderte zu mir.

Sie wirkte verwirrt, kein Wunder bei meiner seltsamen Ausdrucksweise. Peinlicher hätte ich mich gar nicht ausdrücken können. Jetzt stand ich wie ein Trottel da und betete, sie würde vergessen, dass ich etwas gesagt hatte.

»Was ich später mache? Arbeiten. Wir schließen nicht vor drei.«

»Richtig, gut zu wissen«, stammelte ich und wünschte mir, auf der Stelle von einem Blitz erschlagen zu werden.

Ich nahm meinen Americano und mein Zimtbrötchen und hastete zur Tür hinaus, bevor ich mich noch mehr zum Narren machte. Ich hatte keine Ahnung, wohin der weltgewandte, selbstbewusste Mann verschwunden war, der ich einst gewesen bin. Das bewirkte Willa bei mir. Traurig, ich konnte nicht schnell genug aus dem Coffeeshop flüchten.

Mein Herz hörte sich an wie eine Lokomotive, die sich eine steile Steigung hochquälte, als ich über die Straße zu einem kleinen Park lief und dort auf eine Bank sank. Ich kam mir vor wie ein Loser. Wie konnte es geschehen, dass ich bei einer Safari in Afrika einem aggressiven Elefantenbullen Paroli geboten hatte, es mich hingegen völlig aus der Fassung brachte, ein hübsches Mädchen zum Essen einzuladen? Wie hatte es so weit kommen können? Weil ich aus der Übung war, nachdem meine Geliebte mich verlassen hatte? Wie auch immer, es lag ausschließlich an mir und meinen eigenen Unsicherheiten.

Hier im Park erregte das Arrangement bunter Blumen rund um den Fuß eines Baumes meine Aufmerksamkeit, und da ich nach Ablenkung suchte, machte ich mit meinem Handy ein Foto. Und noch eines von der Vorderfront des Coffeeshops.

Dabei fiel mir ein streunender Hund auf, den ich im Laufe der letzten Wochen öfter gesehen hatte. Er war so mager, dass seine Rippen hervortraten, und lungerte in der Nähe der Eingangstür von Willas Laden herum. Ich vermutete, dass der Bursche das Gebäck roch, mit dem sie Kunden anlockte, und dass sie ihn vielleicht gelegentlich fütterte.

Und richtig, sowie die Tür geöffnet wurde, war der Streuner auf dem Posten. Eine Frau mittleren Alters kam mit einem Kaffee in der einen und einer weißen Tüte in der anderen Hand heraus. Als hätte er darauf gewartet, sprang der Hund vor, schnappte sich die Tüte und rannte davon.

Die Frau kreischte, es half nichts. Der Leckerbissen war ihr ganz einfach und routiniert aus der Hand gerissen worden. Der Streuner stürmte zum Strand, wo er vermutlich seinen Raub in Ruhe genießen wollte. Oft trieb er sich auch bei der Pizzeria herum und war bislang nicht vom Tierschutz eingefangen worden. Hunde waren meine Schwäche. Wenn ich berufsbedingt nicht so viel reisen müsste, würde ich mir gerne einen als Haustier zulegen. Mein Leben verlief einsam. Wenn ich keine Fotos schoss, saß ich vor dem Computer und bearbeitete meine Aufnahmen. Insofern hätte ich an einem hündischen Gefährten durchaus Spaß.

Nachdem ich den Hund beobachtet hatte, änderte ich meine Meinung und beschloss, dass ich diesem Burschen ein gutes Zuhause verschaffen musste. Dazu brauchte ich ein wenig Hilfe, weil der Streuner sich offenbar nicht gerne fangen ließ. Zum Glück wusste ich den besten Ort, wo ich Hilfe finden würde.

Ich warf meinen kaum angerührten Americano in den Mülleimer und lief zum Strand hinunter, um Ausschau nach dem Hund zu halten. Sein Frühstück hatte er verzehrt, wie ich an der zerfetzten weißen Tüte erkannte, und sich zu neuen Quellen aufgemacht, vielleicht zur Pizzeria. Ich stieg wieder in mein Auto und suchte ihn dort vergeblich. Also steuerte ich das Tierheim an, um mich mit Preston Young und seiner Frau Mellie zu beraten, die sich für kranke und verletzte Katzen und Hunde einsetzten und anschließend dafür sorgten, dass sie gut vermittelt wurden.

Als ich das Tierheim betrat, schlug mir eine Kakofonie aus Gebell und anderen Geräuschen entgegen. Freiwillige halfen, sich um die Tiere kümmerten. Es gab eine ganze Mannschaft, die die Hunde spazieren führte und zusah, dass alle viel Liebe und Fürsorge erhielten. Preston begrüßte mich mit einem neugierigen Blick. Vom ersten Moment unserer Bekanntschaft an hatte Preston mich bedrängt, ein Tier aufzunehmen.

»Hey, Sean, schön, dich zu sehen.«

»Gleichfalls. Ich habe einen hübschen Streuner für dich.«

»Hast du ihn dabei?«

»Nein. Ich habe ihn ein paarmal in der Stadt gesehen. Er scheint ziemlich clever zu sein. Heute Morgen hat er einer Frau ihr Frühstück direkt aus der Hand gerissen.«

»Braun, langhaarig, mittelgroß und ziemlich mager?«

»Das würde passen. Anscheinend bin ich nicht der Einzige, dem der Streuner aufgefallen ist.«

»Sprichst du von dem Hund oder von der Frau?«

»Sehr witzig.« Preston hatte einen eigenartigen Sinn für Humor. »Von dem Hund.«

»Ich habe von ihm gehört«, fuhr Preston grinsend fort. »Keaton hatte letzte Woche einen Zusammenstoß mit ihm.« Sein Lächeln wurde breiter. »Der Bursche hat ihm eines seiner Sandwichs aus der Lunchbox geklaut. Schlau ist er, hat sogar herausgekriegt, wie man die Box öffnet. Das Sandwich mit Erdnussbutter und Gelee hat er Keaton gelassen und sich das mit Annies hausgemachtem Hackbraten geschnappt.«

Unwillkürlich musste ich lächeln über den gewitzten Hund. »Ich habe ihn hinter der Pizzeria gesehen und mir gedacht, dass er dort vielleicht haust. Hinter der Mülltonne gibt es nämlich eine Stelle, die ein perfektes Versteck abgeben würde.«

»Ich werde das überprüfen.«

»Hättest du gern Gesellschaft?«

»Könnte nicht schaden. Ich rufe dich an, wenn ich Zeit habe rüberzufahren.«

»Tu das.«

Preston sah mich unverwandt an. »Ein so cleverer Hund könnte ein gutes Zuhause gebrauchen, weißt du. Da du ja ohnehin Interesse an ihm gezeigt hast, solltest du in Erwägung ziehen, ihn zu behalten. Dass er niemandem gehört, scheint offensichtlich zu sein. Mellie kann ihn für dich untersuchen und sich vergewissern, dass er gesund ist.«

So gerne ich zugestimmt hätte, schüttelte ich den

37

Kopf. »Ich warte auf einen Auftrag. Es wäre nicht fair, ihn aufzunehmen und nach ein paar Wochen allein zu lassen.«

»Das letzte Mal, wo ich gehört habe, dass du auf einen Auftrag wartest, war vor über einem Monat. Wie viel länger dauert das bitte schön noch?«

»Weiß ich nicht. Ich habe ein paar kleinere Jobs übernommen, die ein bisschen Herumreisen erforderlich machen, aber das kann ich mit dem Auto erledigen.«

»Nimm ihn mit.«

Ich rieb mir übers Gesicht und überlegte. »Wenn ich so darüber nachdenke, könnte ich ihn vielleicht wirklich nehmen.«

Der Hund erinnerte mich ein bisschen an mich selbst, mit der Ausnahme, dass ich nie heimatlos gewesen war. Als meine Baseballkarriere endete, hatte ich zwar nicht gewusst, was ich mit dem Rest meines Lebens anfangen sollte, und hing eine Weile ziemlich in der Schwebe, doch das alles stand auf einem anderen Blatt. Ich war orientierungslos, nicht heimatlos wie der arme Streuner.

»Lass uns erst einmal sehen, ob wir ihn fangen können. Wenn uns das gelingt, bleibt noch genug Zeit, eine Entscheidung zu treffen.«

»Klingt gut. Ich rufe dich später am Nachmittag an.«

»Ich warte darauf«, verabschiedete ich mich und fuhr erst mal nach Hause zurück.

Je mehr ich darüber nachdachte, den Hund bei mir aufzunehmen, desto besser gefiel mir die Vorstellung. Wenn ich länger verreisen musste, würde ich mithilfe der Prestons sicher eine Lösung finden. Vor allem musste der Hund verstehen, dass mein Haus sein Heim war und er zu mir gehörte, selbst wenn ich eine Weile nicht anwesend war. Das war wirklich wichtig

Da ich neugierig war, ob ich bezüglich des Auftrags in Bolivien von National Geographic gehört hatte, ging ich zu meinem Computer, um meine E-Mails zu checken. Ich entdeckte nichts Entsprechendes, obwohl ich aufgrund meiner perfekten Spanischkenntnisse eine gute Wahl für den Auftrag gewesen wäre. Die Sprache hatte ich als Kind durch unsere Haushälterin gelernt und sie am College als Hauptfach genommen.

Der einzige Auftrag, den ich derzeit hatte, kam vom *Seattle Magazine*, für das ich die Wandgemälde im Staat Washington fotografieren sollte. Ich war bereits in etlichen Städten hier in der Nähe gewesen und hatte Tausende von Aufnahmen gemacht. Im Osten Washingtons gab es eine Stadt namens Toppenish, die für ihre Wandgemälde bekannt war und die ich besuchen wollte. Sowie ich eine Entscheidung bezüglich des Hundes getroffen hatte, würde ich die Fahrt über die Cascade Mountains zur anderen Seite des Staates antreten. Ich wollte gerade die Fotos durchsehen, die ich früher geschossen hatte, als mein Telefon summte. Ich überprüfte die Nummer und sah, dass Preston der Anrufer war.

»Bist du bereit loszufahren?«, erkundigte ich mich, dabei hatte ich nicht erwartet, so schnell von ihm zu hören.

»Nicht nötig.«

»Wie meinst du das?«, fragte ich angespannt, da ich mich regelrecht fürchtete, mit dem Streuner könnte Unvorhergesehenes passiert sein. Als ich ihn das erste

Mal gesehen habe, wäre er um ein Haar in einen Autounfall geraten. Ein Stein fiel mir vom Herzen, als ich Prestons Antwort hörte

»Keaton hat ihn.«

»Du meinst, du hast ihn?«

»Yup. Er ist im Tierheim. Mellie untersucht ihn gerade.«

»Wie hat Keaton ihn denn erwischt?« Das musste eine gute Geschichte sein. Keaton war ein wahrer Hüne und ziemlich beweglich, so schnell wie dieser Hund dürfte er allerdings nicht sein.

Preston grinste verschwörerisch. »Ich habe ihm erzählt, dass du gemeint hast, der Hund werde sich hinter der Mülltonne verstecken, also ging er da hinüber, stellte seinen Lunch ab und drehte sich um. Natürlich konnte der Hund nicht widerstehen. Er ist aber nicht ganz so clever, wie wir dachten, falls er annahm, Keaton austricksen zu können.«

Befreit lachte ich, auf Keaton war Verlass. Außer seiner gewaltigen Figur hatte er ein vergleichsweise kluges Köpfchen.

»Die Frage ist jetzt die«, fuhr Preston fort. »Willst du ihn haben oder nicht?«

Meine Entscheidung stand längst fest. »Ich nehme ihn.«

Wie es aussah, war ich also doch noch auf den Hund gekommen, wie das Sprichwort es so schön sagte.

4

Willa

Lucas teilte mir per Textnachricht mit, dass er und Chantelle planten, Freitag am frühen Abend zu uns zu Besuch zu kommen. Sobald ich von der Arbeit zurück war, legte ich mich eine Weile hin, damit ich abends nicht einschlief.

Harper freute sich genauso sehr wie ich darauf, Lucas wiederzusehen. Dass Chantelle ihn begleitete, war ein zusätzlicher Bonus. Sobald sein Auto vor unserem Apartmenthaus vorfuhr, stürzten wir beide zur Tür hinaus, als bestünde die Gefahr, dass die Wohnung explodierte.

Lucas fing Harper in seinen Armen auf. Er schlang die Arme um ihre Taille und schwang sie wieder und wieder durch die Luft.

»Bleibt ihr das ganze Wochenende?«, fragte Harper Chantelle. »Ihr müsst unbedingt! Es ist eine Ewigkeit her, seit wir euch zuletzt gesehen haben.«

Wegen Harpers regelmäßiger Blutuntersuchung fuhren sie und ich alle sechs Monate nach Seattle. Bislang besagten die Testergebnisse, dass der Krebs nicht zurückgekommen war, deshalb klammerten wir uns an die Hoffnung, dass es weiterhin so blieb.

Wenn wir in der Stadt waren, liebte Lucas es, uns zu

verwöhnen. Letzten Januar hatte er uns zu der Broadwayproduktion von *Come from Away* im Theater auf der 5th Avenue und danach zum Dinner eingeladen. Und zu Harpers letztem Geburtstag hatte er uns einen Superlunch in der Space Needle, Seattles berühmtem Aussichtsturm, spendiert.

Jetzt waren wir nicht in Seattle, sondern in Oceanside, und Harper und ich hofften, dass Bruder und Schwägerin länger blieben.

»Nein, wir bleiben nicht, sondern fahren morgen Nachmittag wieder zurück«, erklärte Lucas.

»So bald?« Harper schob enttäuscht die Unterlippe vor. Wenn Lucas zu Besuch kam, blieb er nie lange, da es ohnehin keine gemeinsame Wohnung mehr für uns gab und die Erinnerungen an das alte Zuhause immer noch schmerzten.

»Ich komme später im Sommer wieder«, versprach unser Bruder und küsste Harper auf die Stirn.

»Mit Chantelle?«, wollte ich wissen und warf dabei der Frau, von der ich hoffte, dass sie meine Schwägerin würde, einen Blick zu.

Lucas überlegte kurz, sah seine Freundin an und nickte. »Mit Chantelle.«

Es wurde ein entspannter Abend. Alles fühlte sich gut und richtig an. Es war, als würde die Last der Verantwortung von meinen Schultern genommen, sobald mein großer Bruder erschien.

Fürs Erste hatte ich selbst gebackene Snickerdoodles und Limonade vorbereitet, die schon am Küchentisch warteten, und wir tauschten Neuigkeiten aus, als wären seit unserem letzten Treffen Jahre vergangen. So war das bei uns dreien immer. Wir redeten unaufhörlich und verstummten nur ab und an, um zu lachen.

»Wusstet ihr, dass Willa einen Verehrer hat?« Harper wackelte mit den Augenbrauen, als wäre das eine Information von unschätzbarem Wert.

»Habe ich nicht«, widersprach ich errötend. »Sie denkt sich das bloß aus.«

»Tue ich nicht«, gab meine Schwester zurück und winkte mir mit einem Plätzchen zu. »Sean kommt jeden Tag in Willas Laden. Ihr solltet sehen, wie er sie anschaut. Außerdem ist er wirklich süß. Ich würde mich ja selbst an ihn heranmachen, wenn ich das Gefühl hätte, eine Chance zu haben.«

»Harper«, fauchte ich. »Ich hasse die Art, wie du dich über Sean und mich auslässt«, rief ich sie zur Ordnung, denn da war nichts, selbst wenn ich heimlich hoffte, dass sich das bald ändern könnte.

Lucas nahm sich ein weiteres Plätzchen vom Teller. »Ihr zwei klingt, als wärt ihr noch in der Junior High.«

»Er heißt Sean wie Sean Connery«, fuhr Harper fort, um meine Nervosität auf die Spitze zu treiben. »Komm, Willa, gib es zu. Er sieht zum Anbeißen aus.«

»Zum Anbeißen?«, wiederholte ich und verdrehte die Augen. »Das hört sich an, als wäre er eines meiner Zimtbrötchen.«

»Die bestellt er ja gelegentlich.«

»Würdet ihr bitte aufhören«, flehte ich, weil das ganze Gerede mir hochgradig peinlich war.

Zum Glück bekam Lucas Mitleid mit mir. Er sah auf seine Uhr und gab den Plan für den Abend bekannt.

43

»Chantelle hat im Casino einen Tisch reserviert. Ich dachte, es würde Dad guttun, mit uns zusammen zu essen.«

»Prima Idee.« Diese Fürsorglichkeit war typisch für Lucas, der das Beste aus seinem Besuch machen wollte, und dazu gehörte es, unseren Vater mit einzubeziehen. »Lange bleiben kann er leider nicht, weil er heute Abend arbeitet. Immerhin konnte er seine Dinnerpause so legen, dass sie mit unserer Reservierung übereinstimmt. Chantelle hat das übrigens arrangiert, sie ist die geborene Organisatorin.«

»Ich dachte, morgen könnten wir alle Moms Grab besuchen«, warf ich ein.

»Das fände ich schön.« Harper legte das Plätzchen auf den Teller zurück. Sie kannte unsere Mutter nicht so gut wie wir, außer dass sie ihr viele Kinderbücher vorgelesen hatte. Als sie starb, war sie noch keine zehn Jahre gewesen. Immer wenn Lucas in der Stadt war, brachten wir gemeinsam Blumen zu Moms Grab. Sie mochte nicht mehr da sein, aber sie blieb ein wichtiger Teil unseres Lebens, und wir vermissten sie sehr. Ich hoffte, dass unser Vater sich diesmal anschließen würde. Was er aus irgendwelchen Gründen selten tat, er hatte immer eine Ausrede parat.

»Was habe ich da gehört?« Lucas blickte über den Tisch hinweg vielsagend zu Harper hinüber. »Ein kleines Vögelchen hat mir zugezwitschert, dass du diesen Sommer den Mount Rainier besteigen willst?«

Die Augen meiner Schwester wurden groß, und sie sah mich an. »Du hast es ihm gesteckt?«

»Ich könnte es erwähnt haben«, sagte ich achselzuckend und ließ mir nicht anmerken, wie besorgt ich wegen dieses Plans war. Fast viertausendvierhundert Meter waren keine Kleinigkeit. Nur wer körperlich und psychisch in Topform war, brachte die Voraussetzungen mit, um eine solche Herausforderung zu bewältigen.

Die nächsten zehn Minuten lang redete Harper ohne Pause darüber, wie sie sich auf das Abenteuer vorbereitete. Sie erzählte von der Ausrüstung, die sie benutzen würde, dem Team, mit dem sie arbeitete, und den Freunden, die sie dort gefunden hatte, darunter John Neal, einen jungen Arzt, der momentan an der Universitätsklinik in Seattle arbeitete, genau dem Krankenhaus, in dem sie während ihres Kampfes gegen die Leukämie so viel Zeit verbracht hatte. Allein die Art, wie sie seinen Namen aussprach, verriet mir, dass Harper ein Auge auf ihn geworfen hatte. Immer wenn sie ihn erwähnte, wurde sie auffallend lebhaft. Vielleicht auch, weil die beiden sich zu Trainingspartnern zusammengeschlossen hatte. Ich hoffte, ihr Interesse an diesem Arzt würde länger dauern, als es bei anderen Männern der Fall gewesen war. Ehrlich gesagt, wusste ich nicht, was ihr wichtiger war: die Bergbesteigung oder die aufblühende Romanze mit diesem jungen Mann.

»Klingt toll«, machte Lucas ihr Mut, und mir bewies er, dass ich mir seiner Meinung nach zu viele Sorgen um meine Schwester machte. Im Grunde war es von mir aus wohl albern gewesen, so ein Theater zu veranstalten, das keinem von uns guttat. Bislang zumindest machte Harper das alles großartig. Zu sehen, wie ihr Gesicht leuchtete, wenn sie von ihrem neuen Ziel sprach, sollte mir eigentlich reichen.

»Wusstet ihr beiden eigentlich, dass ich Bungeespringen war?«, fuhr Harper fort, griff wieder nach dem Plätzchen, biss hinein und kaute genüsslich.

»Wie um Himmels willen bist du dazu gekommen?« Chantelle verzog das Gesicht, und ihr gesamter Oberkörper zitterte, als wollte sie sagen, dass Bungeespringen das Letzte war, was sie je in Erwägung ziehen würde.

Harper lehnte sich in ihrem Stuhl zurück und zögerte, ehe sie antwortete. »Ich habe es wegen einer Wette getan.«

»Jemand hat dich herausgefordert?«

»Gewissermaßen.«

»Leidest du nicht unter Höhenangst?«, erinnerte Lucas sie.

»Sehr sogar, ich hatte Panik ohne Ende, doch ich habe es getan!« Sie strahlte vor Stolz. »Als ich auf dieser Brücke stand und nach unten schaute, hätte ich fast die Nerven verloren. In meinem ganzen Leben hatte ich noch nie so eine Angst.«

»Du bist von einer Brücke gesprungen?«, fragte Lucas, als könnte er es kaum fassen. Und das von einem Mann, der beim Militär aus Flugzeugen gesprungen war!

»Genau! Verrückt, was?«

»Da werde ich dir nicht widersprechen.« Chantelle legte eine Hand auf ihr Herz. »Du bist um einiges mutiger als ich.«

»Keine Sorge, ich habe nicht vor, es noch mal zu machen. Das war etwas, das man nicht mehr als einmal im Leben tut. Ich habe es gemacht, um davon zu erzählen.«

»Gott sei Dank«, seufzte ich. »Wenn ich gewusst

hätte, was du an diesem Tag vorgehabt hast, hätte ich dich nicht aus dem Haus gehen lassen.«

»Du bist eine richtige Glucke«, spottete Harper liebevoll.

Meine kleine Schwester hatte recht. Es war die Rolle, in die ich nach Moms Tod gedrängt worden war. Ich hatte keine richtige Jugend und Harper keine schöne Kindheit. Wir waren alle drei schnell erwachsen geworden, eine andere Wahl war uns nicht geblieben.

Chantelle sah auf die Uhr. »Wir sollten jetzt gehen, nicht dass wir zu spät zum Dinner kommen.«

Wir standen auf, brannten darauf, uns auf den Weg zu machen. Lucas schnappte sich die letzten zwei Plätzchen und schob sie in seine Jackentasche. Snickerdoodles waren sein Lieblingsgebäck.

»Lucas«, mahnte Chantelle. »Du wirst dir den Appetit auf das Essen verderben.«

Harper grinste mich an. »Sie klingt wie eine Ehefrau, oder?«

Lucas warf uns einen warnenden Blick zu, der an Harper wirkungslos abprallte. Sie hakte sich bei Chantelle ein und fügte hinzu: »Ich dachte, unser Bruder sei klug genug, um etwas Gutes zu erkennen, wenn er es sieht. Anscheinend habe ich mich geirrt, und er erkennt keine passende Frau.«

»Schluss«, befahl er. »Das geht allein Chantelle und mich etwas an.«

»Ich meine ja nur«, schloss Harper, die unbedingt das letzte Wort haben wollte.

Lucas runzelte die Stirn. »Behalte deine Gedanken freundlicherweise für dich, kleine Schwester.«

Ich hütete mich, ihn zu bedrängen. Praktisch hatte ich dasselbe gesagt, als wir früher miteinander gesprochen hatten. Ich wusste nicht, was ihn zurückhielt, warum er diese Gespräche verweigerte und nicht über seine und Chantelles Beziehung zu reden wünschte. Das gehe mich nichts an, war seine Standardausrede.

Das Casino war weniger als fünf Meilen von Oceanside entfernt und schien mächtigen Zulauf zu haben, denn der Parkplatz war fast voll. Zum Glück hatte Chantelle weit genug vorausgedacht und einen Tisch im Restaurant reserviert. Unser Vater wartete draußen und strahlte uns an.

»Lucas. Chantelle.« Er schüttelte seinem Sohn die Hand und umarmte uns drei Mädchen. »Das ist großartig.«

»Man könnte denken, es sei Thanksgiving«, spöttelte Harper. »Da haben wir das letzte Mal alle zusammen am Tisch gesessen.«

»Das kann nicht sein«, widersprach ich und erkannte sofort, dass Harper recht hatte. Es war fast acht Monate her, seit wir alle gemeinsam gegessen hatten.

Chantelle ging zu der Hostess, und wir wurden zu unserem Tisch geführt. Freitagabends gab es immer ein Meeresfrüchtebüfett mit Krabben, Shrimps, Lachs und allen möglichen Beilagen, für das wir uns entschieden, da unser Vater nicht mehr als eine Stunde Pause hatte. À la carte zu essen schien uns bei dem vollen Restaurant riskant. Niemand würde uns garantieren, innerhalb von sechzig Minuten mit dem Essen fertig zu sein.

Als die Kellnerin kam, um unsere Getränkebestellung

aufzunehmen, hielten wir alle den Atem an aus Angst, Dad könnte sich für Wein zum Essen entscheiden. Erleichtert nahmen wir zur Kenntnis, dass er ein Wasser bestellte, und wir folgten dieser Wahl, um ihn nicht in Verführung zu bringen, was allerdings nicht wahrscheinlich gewesen wäre, weil es den Angestellten generell verboten war, während der Arbeitszeit Alkohol zu trinken.

»Wie lange bleibst du in der Stadt, Sohn?«, wollte Dad von Lucas wissen.

»Chantelle und ich fahren morgen Nachmittag zurück.«

Dad wirkte ein bisschen überrascht, nickte dann langsam, als würde er verstehen.

»Wir haben vor, morgen auf den Friedhof zu gehen, um Mom zu besuchen«, sagte ich. »Möchtest du nicht mitkommen?«

Als ich sah, wie sich sein Gesicht verdüsterte, wünschte ich, ich hätte nicht gefragt. Allein die Erwähnung, dass wir Moms Grab besuchen wollten, war eine unerwünschte Erinnerung an alles, was er verloren hatte. An alles, was wir damals als Familie verloren hatten. Mein Vater begriff einfach nicht, wie stark das Band zwischen uns drei Geschwistern nach dem Tod unserer Mutter geworden war. Alles, was er sah und empfand, war Verlust. Ich verstand ihn gewissermaßen und machte ihm keinen Vorwurf.

»Ein andermal«, murmelte er und begann mit einer Hingabe zu essen, als hätte er seit Wochen keine anständige Mahlzeit mehr gehabt. Was wahrscheinlich sogar zutraf. Ich lud ihn sonntags, dem einzigen Tag, an dem ich nicht in meinem Café arbeitete, immer zum

Essen ein, was er aufgrund seiner unregelmäßigen Arbeitsschichten eher selten wahrnahm.

»Natürlich, Dad. Kein Problem«, versicherte ich, griff nach seiner Hand und drückte sie leicht. Er dankte mir stumm, indem er mein verständnisvolles Lächeln zurückgab.

Unsere gemeinsame Zeit verging viel zu schnell. Nach einer Stunde kehrte Dad zu seiner Tätigkeit am Blackjacktisch zurück, wohingegen wir uns mit den Automaten begnügten, bei denen sich jeder von uns ein Limit von zwanzig Dollar gesetzt hatte. Keiner gewann etwas, aber wir hatten einen vergnügten Abend, und das war es, was zählte.

Es war fast zehn, als wir zum Apartment zurückkamen. Lucas und Chantelle hatten ein Hotelzimmer gemietet und fuhren dorthin, nachdem sie Harper und mich abgesetzt hatten. Wir würden uns am nächsten Morgen für den Gang zum Friedhof treffen.

Gleich in der Früh bereiteten Harper und ich das Frühstück vor, zu dem Lucas und Chantelle noch einmal erschienen. Ich machte French Toast, und Harper briet den Speck. Als wir fertig waren, erkundigte ich mich kurz, ob in meinem Café alles lief, wie es sollte. Soweit ich es beurteilen konnte, gab es keine Probleme, und es tat gut, einen zusätzlichen freien Tag zu haben, wenngleich sich meine Gedanken nie weit von meinem Coffeeshop entfernten.

»Ist Sean schon vorbeigekommen?«, fragte Harper, um seinen Namen bewusst vor Lucas und Chantelle fallen zu lassen.

»Heute nicht, denke ich, Alice hat ihn zumindest nicht erwähnt.«

Man merkte mir meine Enttäuschung offenbar an, was Harpers spitzer Kommentar bewies. »Siehst du«, sagte sie in Lucas' Richtung. »Sie will uns gegenüber nicht zugeben, dass er ihr gefällt.«

Mir stieg das Blut ins Gesicht, ohne dass ich es verhindern konnte, und beschäftigte mich mit anderen Sachen wie dem Friedhofsbesuch.

Wir machten beim Markt halt, um einen großen Strauß Frühlingsblumen sowie eine Flasche Wasser zu kaufen, damit sie frisch blieben. Die Stimmung war wie immer gedrückt, wenn wir zum Friedhof gingen.

Lucas goss das Wasser in die Vase, und ich stellte den Strauß hinein. Dann senkten wir die Köpfe, und jeder von uns schickte der Mutter, die wir so geliebt hatten und immer vermissen würden, seinen ganz speziellen Gruß.

Harper schaute auf, und ihr Blick wanderte von mir zu Lucas. »Ich muss euch etwas sagen, das hätte ich wahrscheinlich früher tun sollen.« Sie hielt inne, und ihre Augen füllten sich mit Tränen.

Fast panisch griff ich nach ihrer Hand, und sie drückte sie so fest, dass ich fast aufgeschrien hätte.

»Als es mir am schlechtesten ging, als ich sicher war, dass ich sterben würde, da kam Mom zu mir.«

5

Willa

Mom kam zu dir?«, wiederholte Lucas ungläubig.

Harper nickte und verrieb die Tränen auf ihren Wangen. »Lange Zeit dachte ich, ich müsste eine Halluzination gehabt haben, aber je mehr ich an diesen Tag zurückdenke, desto klarer wird mir, dass sie da war. Mom war bei mir.«

»Du hast sie tatsächlich gesehen?«, fragte Lucas. Er wirkte so verwirrt, wie ich mich fühlte.

Harper zögerte mit der Antwort. »Ich glaube, ich habe sie weniger gesehen als vielmehr ihre Gegenwart gespürt. Ich wusste, dass sie da war, obwohl ich nicht wusste, wieso … Ich wusste es einfach.«

»Hat sie mit dir gesprochen?«

»Es gab keine deutlich vernehmbare Stimme, wenn du das meinst. Es ist schwer zu erklären. Ich war so krank und schwach, alles tat weh. Nichts schien zu helfen. Willa war den ganzen Tag bei mir gewesen und weigerte sich zu gehen, bis du gekommen bist«, sagte sie mit einem Blick zu Lucas. »Du hast sie überredet, eine Pause zu machen und mit dir in die Krankenhauscafeteria zu gehen, daher war ich zum ersten Mal an diesem Tag alleine.«

»Was ist passiert?«, fragte ich konsterniert. Es schockierte mich total, dass Harper es geschafft hatte, so etwas für sich zu behalten. Sie hatte diesen Vorfall kein einziges Mal erwähnt.

»Ganz einfach. Ich war an einem Punkt angelangt, wo es mich nicht mehr gekümmert hat, ob ich leben oder sterben würde. So krank, wie ich war, hätte ich den Tod freudig begrüßt, damit die Schmerzen aufhörten.«

Wenn mich mein Gedächtnis nicht trog, musste das kurz nach Beginn der Behandlungen gewesen sein, als Harper für die erste Chemotherapierunde zwölf Tage im Krankenhaus gewesen war. Sie verlor ihre schönen braunen Haare, doch anderes war schlimmer. Während der Behandlungen ging es ihr furchtbar schlecht, und um alles noch komplizierter zu machen, bekam sie eine Darminfektion. In Harpers Fall eine beinahe tödliche Kombination. Da wir fürchteten, sie zu verlieren, war ich fast rund um die Uhr bei ihr.

»Es war so seltsam. Ich döste immer wieder ein und wachte auf. Nachdem Lucas Willa mitgenommen hatte, überkam mich ein sonderbares Trostgefühl. Mir tat immer noch alles weh, und ich hätte alles getan, damit die Schmerzen aufhörten. Und mit einem Mal fühlte ich die Gegenwart von jemandem im Raum. Keine körperliche wie die einer Krankenschwester, die nach mir sieht, sondern eine spirituelle. Ich wusste sofort, dass es Mom war, wenngleich ich ihre Stimme nicht hören konnte. Stattdessen spürte ich sie im Herzen, als hätte sie zu mir gesprochen. Mom sagte mir, ich müsse durchhalten, dann würde ich überleben, genau so ist es ja passiert.«

»Ja, du hast es geschafft.« Ich blinzelte meine eigenen

53

Tränen zurück. »Und schau dich jetzt an. Du besteigst einen weiteren Berg.«

Harper lächelte mich durch einen Tränenschleier hindurch an. »O ja. Mount Rainier, ich komme.«

Am Montag wartete ich darauf, dass Sean vorbeikam, und war enttäuscht, als der Morgen verging, ohne dass er sich blicken ließ. Unwillkürlich fragte ich mich, ob Harper sich getäuscht hatte und ich dumm genug gewesen war, ihr zu glauben.

Meine Schwester, die zwischen ihren Kursen hereinschaute, war so gut gelaunt wie immer. »War Sean inzwischen da?«, fragte sie, als ich ihr ihren Drink mixte, den sie aus Grünkohl, Weizengras, Saft und Proteinpulver zusammengestellt hatte, und ihr anschließend ihre Brownies aus Dinkelkorn auftischte.

Um meine Enttäuschung zu verbergen, schüttelte ich den Kopf. »Heute nicht.«

»Oh, das ist schade«, murmelte sie unzufrieden.

»Hör auf, ich habe dir mehrmals gesagt, dass er nicht interessiert ist«, beschied ich sie genervt. Mir stand der Sinn nicht danach, weil Alice sich krankgemeldet hatte und Shirley keine Barista war, sondern es vorzog, zu backen und in der Küche zu bleiben.

Kurz bevor der Coffeeshop schloss, kam Sean herein. Mein Herz begann bei seinem Anblick leicht zu flattern. Zum Glück war nichts mehr los, und wir beide waren alleine.

»Das Übliche?«, fragte ich, als er an die Theke trat.

Er nickte, und mir fiel auf, dass er müde wirkte. »Anstrengender Tag?«, erkundigte ich mich.

»Anstrengende Woche«, erwiderte er, ohne meinem Blick auszuweichen. »Ein Auftrag in letzter Minute. Das Timing hätte nicht schlechter sein können.«

Gerne hätte ich nachgehakt, war mir indes nicht sicher, ob das angebracht war. Schließlich wusste ich fast nichts über seine Arbeit. Wäre ich mehr wie Harper, die Leute ungeniert ausfragte, hätte ich ihn längst in eine Unterhaltung über seinen Job verstrickt.

Er zögerte einen Moment. Scheinbar wusste keiner von uns, was er sagen sollte. »Ich denke, ich gehe jetzt besser«, sagte er. »Vorher habe ich aber noch etwas für dich.«

»Für mich?« Erst jetzt bemerkte ich, dass er einen gelben Umschlag bei sich hatte. Er reichte ihn mir. Als ich ihn öffnete, fand ich ein schönes Schwarz-Weiß-Foto von der Vorderseite des Coffeeshops. Ich starrte es ein paar Momente lang sprachlos an. Zwar fehlte dem Foto Farbe, trotzdem erzeugten die Schatten und das Licht einen warmen, einladenden Eindruck.

»Sean«, flüsterte ich, als ich eine Hand auf mein Herz legte. »Das ist … perfekt.«

»Ich wollte sicher sein, dass es dir gefällt, bevor ich es rahme.«

»Ich liebe es. Danke, ich weiß gar nicht, was ich sagen soll.«

»Du brauchst dich nicht zu bedanken. Ich habe das gern getan.« Er wandte sich ab; machte Anstalten, den Coffeeshop zu verlassen. Ich dagegen wollte mehr als alles andere, dass er blieb. »Äh, es ist gerade ziemlich ruhig, wenn du dich eine Weile setzen möchtest?«, hielt ich ihn zurück.

»Leistest du mir Gesellschaft?«

»Sicher, außer wenn jemand hereinkommt.« Das war das erste Mal überhaupt, dass ich nicht um Kundschaft betete.

»Verstehe.«

Ich machte mir einen Latte und setzte mich zu ihm. Meine Hände zitterten, ich war nervös und fühlte mich alles andere als wohl in meiner Haut. Sean schien es nicht besser zu ergehen.

Er lächelte, als ich Platz nahm, während ich mich fragte, wie ich ein Gespräch in Gang bringen sollte. Zum Glück bot sich heute sein Beruf an. Und besonders das Foto, das er mir geschenkt hatte. Es war ihm gelungen, mit einem einzigen Bild all das einzufangen, was, wie ich hoffte, meinen kleinen Coffeeshop ausmachte.

»Wie bist du zum Fotografieren gekommen?«, fragte ich. »Hast du das dein ganzes Leben lang gemacht? Ich hoffe, du hast nichts dagegen, dass ich frage. Das Foto ist wunderbar, ein Kunstwerk.«

»Ich habe überhaupt nichts dagegen.« Er streckte die Arme aus und umfasste den Becher mit beiden Händen, was eine Gewohnheit bei ihm zu sein schien. »Ich habe mit einer anderen Karriere begonnen, aus der leider nichts geworden ist. Es war eine herbe Enttäuschung, und danach war ich unschlüssig, was ich tun wollte. Jahrelang habe ich ziemlich eingleisig gelebt, und eine Zeit lang war ich wütend und fühlte mich verloren.«

»Das muss schlimm gewesen sein.«

»In der Tat. Dann kam ich wieder aufs Fotografieren. Ich habe immer gerne fotografiert und jahrelang damit herumexperimentiert. Als ich mich schrecklich langweilte, begann ich, um die Zeit totzuschlagen, Fotos zu schießen. Mein Dad schlug mir dann vor, einen Beruf daraus zu machen. Seine Ermutigung brachte den Stein ins Rollen.«

»Manchmal ist ein Anstoß wirklich alles, was wir brauchen.«

»Dad hatte den richtigen Riecher gehabt, und bald wurde das Fotografieren zu meinem Lebensinhalt. Es füllte die Leere aus und gab mir die Möglichkeit, meine Leidenschaft und Energie in etwas fließen zu lassen, das ich wirklich liebte. Und das Schönste daran war, dass ich kein Diplom oder eine Urkunde brauchte. Ich habe ein paar Kurse absolviert und dann für einen ausgezeichneten Kunstfotografen gearbeitet.«

»Hat es lange gedauert, bis du davon leben konntest?«

Sein verlegenes Lächeln sagte mehr als alle Worte. »Am Anfang war es nicht leicht, zum Glück hatte ich früher genug Geld verdient, um mir die Ausrüstung anzuschaffen und mit dem Fotografieren einigermaßen über die Runden zu kommen.«

Zunehmend fiel mir auf, dass er sich über seinen früheren Job anscheinend so gut wie gar nicht äußern wollte, und ich war taktvoll genug, nicht nachzubohren. Wenn er es mir nicht von sich aus erzählte, würde ich ihn nicht bedrängen.

Offenbar war er irgendwann genau wie ich ins kalte Wasser gesprungen. Ich hatte während meiner Collegezeit als Barista gejobbt, Spaß daran gehabt und viele Freunde gewonnen. Das alles hatte mir geholfen, meine extreme Schüchternheit abzulegen und mich selbstbewusster in Alltag und Beruf zu geben.

»Was für eine Aufnahme hast du denn als erste verkauft?«, fragte ich.

Er grinste, wirkte fast jungenhaft und strich sich eine rotblonde Locke aus der Stirn. »Die von einem Abfallhaufen.«

»Du nimmst mich auf den Arm, oder?«

»Okay, das ist ein bisschen übertrieben. Es war beim Zentrum für Glasrecycling. Ich bin eines Tages zufällig mit Leergut da vorbeigekommen und beobachtete, wie die Sonne hinter einer Wolke hervorkam und auf das bunte Glas in einem großen Container schien. Ich war nie ohne meine Kamera unterwegs, also zückte ich sie und machte einen Haufen Bilder, so lange, bis ich das richtige eingefangen hatte. Das verkaufte ich dann an eine Lokalzeitung und bekam sagenhafte fünfzig Dollar dafür.«

»Genug für eine billige Flasche Champagner«, witzelte ich.

»Ich arbeitete hart, um mehr zu erlernen und zu erreichen, bis ich es schließlich geschafft hatte und genug verdiente.«

»Man merkt so richtig, dass dir deine Arbeit Spaß macht.«

»O ja. Großen Spaß sogar.«

»Du hattest an diesem Wochenende einen Auftrag zu erledigen, sagtest du?«

»Ja, in Seattle. Ich bin heute Nachmittag mit dem Entwickeln des Films fertig geworden und habe beschlossen, dass ich eine Pause brauche.«

Sein Blick kreuzte sich flüchtig mit meinem. Und sein Gesichtsausdruck schien zu signalisieren, dass es ihm weniger um eine Pause als vielmehr darum gegangen war, mich zu sehen.

»Ich bin froh darüber«, sagte er und machte gerade Anstalten, mehr zu sagen, als ein Kunde das Café betrat. Widerstrebend ließ ich ihn allein. »Noch einmal danke, Sean. Dieses Foto bedeutet mir mehr, als ich sagen kann.«

»Das freut mich.« Er stand zusammen mit mir auf und wandte sich zum Gehen. »Ich rahme es noch für dich.«

»Nein, lass mich das bitte machen. Noch mal danke.«

Es tat mir leid, ihn gehen zu sehen, da ich irgendwie das Gefühl hatte, ihn in diesen kurzen Momenten ein bisschen besser kennengelernt zu haben. Ich wünschte mir sehnlichst, wir hätten uns länger unterhalten können.

Als ich den Laden schloss und den Teig für den nächsten Morgen vorbereitete, war ich erschöpft und gleichzeitig aufgedreht. Selbst wenn ich es mir ungern eingestand, wusste ich, dass das Lächeln auf meinem Gesicht von Seans Besuch und dem Foto herrührte, das er mir geschenkt hatte.

Zurück im Apartment, fand ich Harper auf dem Sofa liegend vor. Sowie ich zur Tür hereinkam, schoss sie hoch und blieb vor mir stehen. Das Schuldbewusstsein stand ihr ins Gesicht geschrieben.

»Was hast du angestellt?«, fragte ich, ohne ihr die Chance zu geben, etwas zu sagen.

»Flipp jetzt bitte nicht aus.«

Ich erstarrte, hatte Angst davor zu erfahren, in was für Schwierigkeiten sie sich dieses Mal gebracht hatte.

59

»Warum sollte ich ausflippen?«, erkundigte ich mich vorsichtig und wartete mit angehaltenem Atem ab.

Sie rieb die Handflächen gegeneinander und tigerte vor dem Sofa auf und ab, ohne mir in die Augen zu sehen. »Es tut mir leid, Willa, ich konnte nicht anders, konnte und wollte nicht Nein sagen.«

»Wozu nicht?«, fragte ich misstrauisch.

»Warte hier.« Sie streckte die Arme aus, um mich daran zu hindern, ihr zu folgen. Dann lief sie in ihr Schlafzimmer und kam mit einem kleinen weißen, an ihren Bauch gekuschelten Kätzchen zurück. Sie hielt es so behutsam, als wäre es das Kostbarste auf der Welt.

»Du hast eine Katze angeschafft?«, entfuhr es mir entsetzt.

»Ein Kätzchen«, berichtigte sie mich.

»Das zu einer Katze heranwachsen wird.« Musste ich meine Schwester ernsthaft daran erinnern, dass dieses Kätzchen nicht klein bleiben würde?

»Ja, ich weiß, aber ist sie nicht absolut goldig?« Sie blickte liebevoll auf den kleinen Flauschball hinunter.

»Sie?« Ich konnte bereits sehen, wie sich die Tierarztrechnungen stapelten.

»Nun ja, ich glaube, es ist ein Mädchen. Das lässt sich schwer sagen. Es könnte auch ein Kater sein, deshalb habe ich einen geschlechtsneutralen Namen ausgesucht.«

Es fiel mir zwar schwer, doch ich musste sie daran erinnern, dass wir laut unserem Mietvertrag in diesem Apartment keine Haustiere halten durften.

»Wer soll davon Wind kriegen?«, hielt sie dagegen.

60

»Denk nach, Willa. Wann haben wir unseren Vermieter das letzte Mal gesehen?«

Das war ein Argument. Wenn wir die Miete pünktlich zahlten, gab es für unseren Vermieter keinen Grund, uns einen Besuch abzustatten.

Harper streichelte den winzigen Kopf des Kätzchens. »Ich habe sie Snowball genannt.«

»Snowball«, wiederholte ich und fand, dass es der passende Name für das Tierchen war.

»Du bist nicht böse, oder?«

»Wirklich, Harper, wir können sie nicht behalten. Wenn jemand das herauskriegt, könnten wir aus dem Haus fliegen.«

Meine Schwester hatte anscheinend darüber schon nachgedacht, weil sie die Achseln zuckte, als wäre das nichts als eine kleine Unannehmlichkeit. »Wenn das passiert, ziehen wir um, oder ich ziehe mit Snowball aus, und du kannst das Apartment behalten. Wir sind nicht an der Hüfte zusammengewachsen, weißt du. Die Zeit wird kommen, wo du für dich sein willst.«

»Was?« Bevor ich Einwände erheben konnte, schnitt sie mir das Wort ab.

»Du brauchst dir keine Sorgen zu machen, ich werde mich um sie kümmern. Ich werde Snowball mit einer Katzentoilette in meinem Zimmer halten.«

»Du kannst dieses süße Kätzchen nicht in deinem Zimmer gefangen halten«, widersprach ich. »Das wäre Snowball gegenüber nicht fair.«

»Zwing mich nicht, sie zurückzubringen«, bat Harper inständig.

»Wo hast du sie her?«

»Von Candi Olsen aus meinem Yogakurs. Du erinnerst dich an Candi, oder?«

Das tat ich, weil sie eine Stammkundin war.

»Wie dem auch sei, Candi hat die Mutter und diesen Wurf unter ihrer rückwärtigen Veranda gefunden. Sie brachte die Kätzchen zu dem Kurs mit, um ein Zuhause für sie zu finden. Snowball war die Einzige, die übrig blieb. Das Witzige ist, dass sie diejenige war, die ich haben wollte. Es war Schicksal, sage ich dir. Sie war dazu ausersehen, zu mir zu kommen.«

Als ich das kleine Kätzchen betrachtete, war ich hinund hergerissen. Es war schwer, Harper etwas abzuschlagen, besonders wenn sie so hartnäckig blieb. Und ich wollte bestimmt nicht, dass sie auszog. Sie fuhr fort, mich bettelnd anzusehen. Mit einem tiefen Seufzer nickte ich widerstrebend.

»Ich wusste, dass du einverstanden sein würdest.« Sie tanzte in unserem kleinen Wohnbereich herum. »Du hast ein Zuhause, Snowball!«

»Solange du nicht vergisst, dass sie deine Katze ist, und du zahlst zugleich alle Tierarztkosten.«

»Alles klar.« Harper strahlte mich an.

So ungern ich es zugab, Snowball war unwiderstehlich.

6

Sean

Ich beschloss, den Hund Bandit zu nennen, da er es sich offenbar zur Gewohnheit gemacht hatte zu stehlen. Er schien sich relativ schnell an einen etwas häuslicheren Lebensstil zu gewöhnen, nachdem es am Anfang für uns beide hart gewesen war. Regelmäßiges Futter schien ihn irgendwann davon zu überzeugen, dass es sich lohnte, in meiner Nähe zu bleiben.

Mellie, Prestons Frau, hatte ihn für mich untersucht und war zu dem Ergebnis gekommen, dass es sich um einen Mischling handelte. Ihre Vermutung bezüglich seiner Abstammung deckte sich mit meiner. Sie nahm an, dass er zum Teil Schäferhundgene und zum Teil die einiger anderer Rassen in sich vereinte. Wie auch immer, klug war er jedenfalls, und er hatte scheinbar von allen Seiten das Beste mitbekommen. Wir gingen beide davon aus, dass er früher ein Zuhause gehabt hatte und entweder weggelaufen oder ausgesetzt worden war. Letzteres war allerdings weniger wahrscheinlich, da er weder eine Hundemarke hatte noch gechipt war. Wäre er ausgerissen, hätte bestimmt jemand nach ihm gesucht. Wir haben sogar die Suchanzeigen im Internet durchgeschaut, ohne Erfolg.

Preston zufolge war es in Oceanside leider eine gängige Praxis bei Feriengästen, Haustiere auszusetzen. Für mich unbegreiflich, was Leute sich dabei dachten, ihre Tiere in einen Urlaubsort mitzunehmen und sie dortzulassen. Wie konnte jemand so herzlos und grausam sein! Bei Bandit wussten wir nicht mal, wie lange er ohne Familie gewesen war. Zwei oder drei Wochen, womöglich länger.

Jetzt, wo er mich akzeptiert hatte, stellte ich fest, dass er ein umgänglicher Gefährte war. Ich hatte ein Körbchen für ihn gekauft und es in dem Zimmer aufgestellt, das ich als Büro nutzte. Er schien zufrieden zu sein, neben mir zu schlafen, wenn ich die Fotos durchsah, die ich im Rahmen eines Auftrags geschossen hatte. Die letzten waren für Starbucks gewesen, und ich hatte mich geehrt gefühlt, wieder mit ihnen zusammenzuarbeiten. Vor ein paar Jahren hatte ich für die Firma in Seattle den Ursprung des Kaffees dokumentiert und war nach Kolumbien, Panama und Äthiopien gereist.

Als ich sicher war, etliche Fotos zu haben, die meine Kunden zufriedenstellen würden, mailte ich sie ihnen und wartete auf eine Rückmeldung. Ich war dermaßen in das Projekt vertieft, dass die Zeit schnell verflog und ich um ein Haar vergessen hätte, dem Coffeeshop meinen üblichen Besuch abzustatten. Eilig machte ich mich auf den Weg.

Zu sehen, wie Willas Gesicht aufgeleuchtet hatte, als sie das Foto gesehen hatte, war mehr als genug Dank für mich. Ich würde fast alles tun, um sie zum Lächeln zu bringen. Außerdem machte es mir Spaß, ihr von meiner Arbeit zu erzählen. Dafür vermied ich es, über meine

Zeit als Baseballspieler zu sprechen. Aus Erfahrung wusste ich, dass von dem Moment an, wo ich erwähnte, in der Major League gespielt zu haben, dieses Thema alles war, was die Leute interessierte. Für mich hingegen gehörte es der Vergangenheit an. Nicht dass ich mir das gewünscht hätte.

So schwer es damals zu akzeptieren gewesen war, heute war ich dankbar, dem Profisport entronnen zu sein. Inzwischen betrachtete ich nämlich die Fotografie als eine viel größere und viel bedeutendere Leidenschaft. Kein Tag verging, ohne eine Kamera in der Hand zu halten. Selbst ich begriff es manchmal nicht, dass ich lieber hinter der Kamera stand, als ihr Objekt zu sein.

Bandit erwachte, räkelte sich und blickte zu mir hoch, als wollte er mich daran erinnern, dass es Essenszeit war. Der Appetit dieses Hundes war außerhalb meiner Vorstellungskraft und würde mich noch um Haus und Hof bringen.

»Keine Angst«, beruhigte ich ihn. »Ich füttere dich sofort. Habe ich dich etwa irgendwann im Stich gelassen?«

Obwohl Bandit noch keine ganze Woche bei mir war, hatte er inzwischen kräftig zugenommen, und das aus gutem Grund. Sobald ich seinen Napf füllte, schlang er den Inhalt hinunter, blickte bettelnd zu mir hoch und stürzte sich auf die nächste Portion. Offenbar fraß er wie ein Scheunendrescher, um sein Gewichtsdefizit auszugleichen, was ihm teilweise sogar schon gelungen war.

Ich lehnte mich in meinem Stuhl zurück, reckte die Arme über den Kopf und streckte mich, verschob es jedoch, meine E-Mails zu checken. Ich fürchtete mich nämlich davor, ausgerechnet jetzt eine Nachricht von *National Geographic* wegen eines Forschungs- und Erkundungsstipendiums vorzufinden. Wenn ich mit einem Team zu einer Reihe von Inseln vor der philippinischen Küste geschickt wurde, würde ich den Hund zurücklassen. Zum Glück hatten Mellie und Preston mir versichert, dass sie eine gute Pflegestelle für ihn wüssten. Ihn ins Ungewisse zu entlassen wäre keine Alternative für mich.

»Ich wollte es tun, weißt du«, erzählte ich Bandit, der mich mit schief gelegtem Kopf ansah. Der arme Hund hatte keine Ahnung, dass ich von Willa sprach, die mir ständig im Kopf herumspukte. »Ich war fest entschlossen, sie zu bitten, mit mir auszugehen, und hätte es getan, wenn nicht gerade ein Gast hereingekommen wäre. Das war echt ein ganz dummes Timing.«

Bandit fuhr fort, mich mit schräg gelegtem Kopf und treuen Augen anzustarren. »Stimmt, eine Frau einzuladen sollte nicht allzu schwer sein. Schätze, ich bin eingerostet, wenn es um Dating geht.« Das war eine Untertreibung. Seit ich mit dem Baseball Schluss gemacht und begonnen hatte, freiberuflich zu arbeiten, habe ich jede freie Minute damit verbracht, mein Konto aufzubessern. Eine Weile arbeitete ich Tag und Nacht, bemühte mich um Jobs und investierte in teure Digitalkameras, einen neuen Laptop, hochmoderne Beleuchtung und eine Website. Da blieb nicht viel Zeit für anderes.

Dass ich in den letzten paar Jahren viel gereist war, hatte es mir erschwert, eine Beziehung aufrechtzuerhalten, nicht einmal die zu meiner eigenen Familie. Ich konnte die Feiertage, die ich verpasst hatte, nicht mehr zählen. Offen gestanden war mir im Übrigen keine Frau begegnet, die mein Interesse annähernd so stark geweckt hatte wie Willa. Sie war fast der genaue Gegensatz zu Nikki, meiner letzten Flamme, die mich abserviert hatte, als ich kein Baseballstar mehr war. Im Rückblick erkannte ich, dass ich ganz schön blöd gewesen war und nicht erkannte, was sich direkt vor meiner Nase abspielte. Nikki war selbstsüchtig und egozentrisch. Alles drehte sich um sie und das, was sie an sich raffen konnte. Zuletzt hatte ich gehört, dass sie sich einen anderen Spieler gekrallt hatte, einen Ersatz für mich in mehr als einer Hinsicht.

»Wenn ich sie das nächste Mal sehe, frage ich sie«, vertraute ich Bandit an. Ich hätte schwören können, dass er knurrte, als würde er mir nicht glauben. Ein größeres Problem hingegen hatte ich heraufbeschworen, indem ich nicht genug Futter für ihn besorgt hatte.

Mir blieb nichts anderes übrig, als an diesem Abend noch in die Stadt zu fahren. Mein Fehler war es gewesen, eine kleine Tüte zu kaufen, da ich nicht wusste, welche Sorten er mochte und welche nicht. Ich hätte wissen sollen, dass ein ehemaliger Streuner nicht wählerisch sein würde, nachdem er wochenlang von Abfällen und anderen Resten gelebt hatte.

Egal, diesmal lud ich einen Fünfundzwanzig-Kilo-Sack in meinen Einkaufswagen und ging zur Kasse. Als ich um die Ecke bog, stieß ich fast mit einem anderen Wagen zusammen.

»Willa«, rief ich erschrocken.

Sie wirkte ebenso überrascht wie ich. »Noch einmal

hallo«, sagte sie nach ihrer ersten Reaktion. »Ulkig, dich hier zu treffen.«

»Ja, ulkig.« Meine Schlagfertigkeit ließ mich im Stich wie immer, wenn ich mich in ihrer Gegenwart befand.

Erst starrte sie die große Tüte Hundefutter in meinem Einkaufswagen an, dann mich. »Ich wusste nicht, dass du einen Hund hast.«

»Bandit ist ein neuer Familienzuwachs.«

»Harper und ich haben auch einen Familienzuwachs. Sie hat heute Nachmittag ein Kätzchen mit nach Hause gebracht.« Sie senkte die Stimme und fügte hinzu: »Unser Mietvertrag verbietet Haustiere, daher weiß ich nicht, wie diese Geschichte ausgeht.«

»Dann hatte ich ja mehr Glück. Bandit war ein Streuner, der ein gutes Zuhause brauchte.«

Willa lächelte verständnisvoll. »Das sagt mir, dass du Preston und Mellie Young in die Hände gefallen bist.«

Ich lachte laut auf und nickte. »Das stimmt, fairerweise muss ich sagen, dass ich gar nichts dagegen hatte, ihn aufzunehmen. Er hat sich als freundlicher Gefährte entpuppt.« Anschließend schien keiner von uns mehr zu wissen, was er sagen sollte. »Ich sehe jetzt besser zu, dass ich nach Hause komme«, meinte ich. »Bandit wartet sicher ungeduldig.«

»Ich muss noch weiter durch den Laden laufen, da ich gerade erst angefangen habe.« Sie ging in die eine Richtung, ich in die andere.

Draußen hatte es leicht zu regnen begonnen. Ich stieg hastig in mein Auto und wollte gerade vom Parkplatz fahren, als ich auf die Bremse trat und mit der

Hand auf das Lenkrad schlug. Ich hatte eine weitere Gelegenheit verstreichen lassen, Willa zu bitten, mit mir auszugehen. Nicht noch einmal. Hatte ich Bandit nicht vor weniger als zwei Stunden erklärt, dass ich Willa beim nächsten Mal, wenn ich sie sah, fragen würde? Ich stellte den Motor ab, öffnete die Tür und rannte durch den strömenden Regen zu dem Supermarkt zurück. Ich musste drei Gänge absuchen, um sie zu finden.

»Willa«, rief ich laut genug, um ihre Aufmerksamkeit auf mich zu lenken. Ich fühlte mich mit einem Mal wie ein Mann mit einer Mission, und dieses Mal würde ich keinen Rückzieher machen.

Sie blickte auf und blinzelte verwundert. Ich musste ein Bild für die Götter abgeben; mein regennasses Shirt klebte mir an Brust und Rücken, und Wasser tropfte aus meinen Haaren auf meine Schultern und in meine Augen.

»Es regnet.«

»Das ist ein Monsun«, berichtigte ich sie.

»Möglich, ich habe im Wetterbericht nichts von Regen gehört«, gab sie nach wie vor irritiert zurück. Sie tat so, als wäre ich in den Laden zurückgekommen, um sie vor einem Unwetter zu warnen.

»Hör zu«, fuhr ich fort, »ich möchte nicht unhöflich sein und bitte dich bloß, die nächsten paar Minuten nichts zu sagen.«

Eindeutig wuchs ihre Verwirrung. Wenn es so weiterging, hielt sie mich bald für verrückt. »Okay«, stimmte sie zu. »Worum geht es?«

»Hör zu, jedes Mal wenn ich es versuche, vermassele ich es, also hab bitte Geduld.« Ich zog scharf den Atem

69

ein und preschte vor. »Ich mag dich, Willa, und ich würde dich gern besser kennenlernen.« Ich strich mir das nasse Haar aus der Stirn. »Du solltest wissen, dass ich normalerweise keinen Kaffee trinke. Er schmeckt mir nicht. Ich komme aus dem einzigen Grund in deinen Laden, weil ich hoffe, dich zu sehen.« Ihre dunklen Augen weiteten sich, als hätten meine Worte sie gekränkt, und ich glaubte mich entschuldigen zu müssen. »Versteh mich nicht falsch. Du machst guten Kaffee, ich bin einfach kein Kaffeetrinker. Ich glaubte, einen Vorwand zu brauchen, um jeden Tag vorbeizukommen. Und die Sahne nehme ich dazu, um ihn trinkbarer zu machen.« Angesichts der Tatsache, dass Starbucks gerade zu meinen größten Auftraggebern gehörte, fügte ich hinzu: »Versprich mir bitte, dass du das nicht den Leuten bei Starbucks verrätst, falls du die Gelegenheit dazu bekommst.«

»Warum das?«

»Das ist unerheblich, okay, sie sind meine Auftraggeber. Und was ich anscheinend nicht in vernünftigen Worten über die Lippen bringe, ist, dass ich dich gerne mal treffen würde. Wir könnten essen gehen, uns eine Show ansehen oder am Strand entlangspazieren. Ich mache alles, was du willst.« Sie fuhr fort, mich mit halb offenem Mund anzustarren. Endlich hielt ich es nicht länger aus. »Sag etwas«, drängte ich und fügte hinzu, als sie schwieg: »Wenn du kein Interesse hast, sag es einfach.«

Inzwischen war ich ziemlich von der Rolle, da ihr Schweigen an meinem Ego kratzte.

»Okay«, erwiderte sie.

Ein einziges Wort, und ich fühlte mich, als hätte mich jemand ins Leben zurückkatapultiert. »Okay, du sagst etwas, oder okay, du bist einverstanden, mit mir auszugehen?«

»Beides, schätze ich.«

»Du bist einverstanden?« Ich musste sicher sein, dass ich sie richtig verstanden hatte. Als sie nickte, fügte ich hinzu: »Wann würdest du denn gerne weggehen?«

»Jederzeit«, entgegnete sie. »Allerdings kann ich nicht bis spät in die Nacht wegbleiben. Halb vier stehe ich nämlich auf.«

»Du stehst um halb vier auf?« Ich konnte es kaum glauben. »Und wann gehst du ins Bett?«

Willa senkte den Blick, erweckte den Eindruck, als fürchtete sie, ich würde meine Meinung ändern, wenn sie einen zu frühen Zeitpunkt nannte.

»Es ist nicht von Bedeutung. Hauptsache, du bist zu einem Treffen mit mir bereit.« In meinen Ohren hörte ich mich unterwürfig an und fürchtete, der flehende Unterton in meiner Stimme könnte mein Machoimage beschädigen.

»Gegen neun geht bei mir in der Regel das Licht aus.«

Ich rechnete rasch nach. »Ist das überhaupt genug Schlaf?«

»Zur Not bleibe ich auch länger auf, wenn du willst.«

»Nicht nötig«, versicherte ich hastig. »Ich bin bereit, mich mit jeder Zeitspanne zufriedenzugeben, die du erübrigen kannst. Ich würde selbst um halb vier aufstehen, wenn das hilft.«

Willa lächelte. Das Einzige, was ich mit ihrem Lächeln

gleichsetzen konnte, war der Anblick der aufgehenden Sonne, die ihr Licht über die Olympic Mountains warf. Es war mir gelungen, das Bild für eins der Zeitschriftencover festzuhalten, die ich im Laufe der Jahre gemacht hatte. Das Foto, das ich bis jetzt für mein bestes hielt, hatte mir den Atem verschlagen, als der Film entwickelt war. Ich schwöre, dass ich es fünfzehn Minuten lang angestarrt habe, bevor ich die Augen von dem Bild loszureißen vermochte.

Willas Lächeln löste dasselbe Gefühl in mir aus. »Ist morgen zu früh?«, fragte ich etwas ruhiger und ohne verräterisches Herzklopfen wie noch vor ein paar Minuten.

»Morgen wäre super.«

»Was möchtest du gerne machen?« Ich war zu allem bereit, solange es mit Willa stattfand.

Sie sah mich an. »Hättest du Lust zu einem Strandspaziergang?«

»Ein Strandspaziergang klingt gut.«

Ich hätte sie bereitwillig in das teuerste Restaurant der Stadt geführt, wenn sie darum gebeten hätte. Doch das war typisch Willa. Nichts Übertriebenes, nichts Ausgefallenes. Ein einfacher Strandspaziergang. Wenn ich nicht schon in sie verliebt wäre, hätte diese schlichte Bitte dafür gesorgt.

7

Willa

Vor Aufregung übersprudelnd kam ich nach Hause, brannte darauf, Harper von der Begegnung mit Sean zu erzählen. Ich stürmte in die Wohnung und wäre in meiner Eile fast über den Teppich gestolpert. Enttäuscht fand ich meine Schwester fest schlafend in ihrem Zimmer vor. Snowball war nirgendwo zu sehen. Ich musste darauf achten, dass das Kätzchen mir nicht durch die Fliegengittertür nach draußen entwischte, während ich hin und her lief und Tüten mit Lebensmitteln hereinbrachte.

Snowball ließ sich nicht blicken, hoffentlich wusste Harper, wo sie war. Ich weckte sie, sobald unser Abendessen fertig war.

Sie streckte die Arme über den Kopf, gähnte und sah kurz zu mir auf. »Ich bin müde und würde das Essen lieber ausfallen lassen.«

»Bist du sicher?« Normalerweise besaß Harper einen gesunden Appetit.

»Ich habe heute Nachmittag hart trainiert und gestern Abend bis in die Puppen mit John telefoniert. Lass mich schlafen.«

John war, wenn ich mich richtig erinnerte, ein Kletterkollege. Ich hatte von Anfang an Bedenken gegen Harpers Bergabenteuer gehegt. Sie war häufig erschöpft und musste erst mal in die Nähe des Mount Rainier kommen. »In Ordnung, schlaf«, flüsterte ich. Sie würde später aufwachen, ihren Schlafanzug anziehen und wahrscheinlich den Kühlschrank plündern.

Noch immer blieb Snowball verschwunden. In der Hoffnung, sie aus ihrem Versteck zu locken, stellte ich eine Schüssel mit Futter auf den Boden. Eigentlich musste die kleine Katze inzwischen Hunger haben. So viel zu Harpers Versprechen, sich um sie zu kümmern.

Schließlich fand ich Snowball in meinem Zimmer zusammengerollt auf dem Kopfkissen vor. Bislang war sie dort nie gewesen. Vermutlich hatte Harper die Tür zwischendurch mal geöffnet.

»Hier bist du also.« Ich hob sie hoch und streichelte sie behutsam, trug sie in die Küche und setzte sie vor den Futternapf, den sie eilig leer fraß. Anschließend brachte ich sie zu Harper zurück und setzte sie neben sie auf das Kopfkissen. Harper lächelte im Halbschlaf und drückte Snowball gegen ihren Bauch, wo die Katze sich sofort wohlig zusammenrollte.

Kopfschüttelnd ließ ich die beiden alleine.

Ich sprach erst am nächsten Morgen wieder mit Harper, als sie in ihrer Pause zwischen den Fitnesskursen im Coffeeshop vorbeischaute.

»Hallo, Dornröschen«, sagte ich und reichte ihr einen Proteindrink und ein veganes Blaubeerscone. Harper war nicht übermäßig hungrig, da ich am Morgen tatsächlich Beweise für ihre Kühlschrankplünderung irgendwann während der Nacht gefunden hatte.

»Ich weiß. Ist es zu fassen, dass ich fast zwölf Stunden geschlafen habe?«

»Ja. Eindeutig belastet dich dieses Training über das Limit hinaus.« Mehr sagte ich nicht, um nicht zu klingen wie die Glucke, als die sie mich bezeichnet hatte.

»Quatsch, ich habe die Nacht davor zu wenig Schlaf gekriegt und musste ihn nachholen, das ist alles.«

»Wenn du das sagst.« Ich wusste nicht, ob ich ihr glauben sollte, und widerstand dem Drang, die Augen zu verdrehen.

Da Alice gut mit den Kunden zurechtkam, holte ich mir einen Kaffee und setzte mich zu meiner Schwester. »Ich habe Sean gestern Abend zufällig getroffen«, erzählte ich ihr mit gedämpfter Stimme.

»Und?« Harper zog ihre sorgfältig gezupften Augenbrauen hoch.

»Er will mit mir ausgehen.«

Ein triumphierendes Lächeln spielte um ihre Lippen. »Hab ich's dir nicht gesagt.«

Widerspruch war zwecklos, deswegen gab ich ihr recht. »Hast du.«

»Wohin führt er dich aus?«

»Er hat mich gefragt, was ich machen möchte, und ich habe einen Spaziergang am Strand vorgeschlagen.«

»Was?«, rief Harper entsetzt und schüttelte den Kopf, als hätte ich einen furchtbaren Fauxpas begangen. »Kommt nicht infrage, nachdem er dich so lange hat warten lassen. Das wenigste, was du tun kannst, ist, ihm eine Essenseinladung vorzuschlagen.«

»Nächstes Mal«, erwiderte ich über ihre Entrüstung belustigt. »Am Ende des Tages bin ich müde. Ich würde ihn lieber kennenlernen, ohne dass wir genervt in einem überfüllten, lauten Restaurant sitzen und versuchen, ein Gespräch in Gang zu bringen.«

Harper dachte über meine Worte nach, bevor sie erneut langsam den Kopf schüttelte. »Du und ich, wir sind echt sehr verschieden.«

»Willst du mir ernsthaft weismachen, dass du so lange gebraucht hast, um das zu merken?«

»Nicht wirklich. Wenn ich du wäre, würde ich mich von Sean ganz groß zum Essen ausführen lassen. Und ihm klarmachen, wie glücklich er sich schätzen kann, dass ich bereit bin, Zeit mit ihm zu verbringen.«

Das war Harper, wie sie leibte und lebte.

»Na ja, das weiß jeder, dass bei dir zehn Männer Schlange stehen, die ein Date mit dir wollen und nicht mit mir.«

Sie biss das Ende des Scones ab. »Du übertreibst.«

»Wohl kaum.« Wir wussten beide, dass ich recht hatte und dass es sich nicht lohnte, darüber zu streiten. Zeit also, das Thema zu wechseln. »Wo hast du eigentlich du-weißt-schon-wen gelassen?«, fragte ich und ging davon aus, dass sie verstehen würde, was ich meinte. Womit ich mich nicht irrte.

»Du meinst Snowball?«, erwiderte sie grinsend, als wäre das ein großer Scherz.

Ich funkelte sie böse an. Immerhin hatten wir uns geeinigt zu verheimlichen, dass wir in einem Apartmentkomplex, in dem Tiere nicht erlaubt waren, eine Katze hielten.

»Du tust ja gerade so, als würden wir einen entflohenen Verbrecher verstecken.«

»Wie auch immer. Wo ist sie?«

»In meinem Zimmer, wie versprochen. Ich habe einen Karton mit Katzenstreu besorgt und ihr Futter und Wasser hingestellt. Für sie ist gesorgt, bis ich heute Nachmittag zurück bin.«

»Hast du deine Schlafzimmertür zugemacht?«

Harper blinzelte und schüttelte den Kopf. »Natürlich nicht. Du hast selbst gesagt, das wäre grausam.«

Ich sah es förmlich vor mir. Innerhalb weniger Wochen würde Snowball groß genug sein, um sich vor dem vorderen Fenster zusammenzurollen und in der Sonne zu dösen, sodass jeder, der vorbeikam, die Katze sehen konnte. Es würde zu einem Mieteraufstand kommen, weil die anderen Bewohner bestimmt wissen wollten, warum wir ein Haustier halten durften und sie nicht. Dann würde der Vermieter benachrichtigt, und wir würden zum Ausziehen aufgefordert. Das war mir so klar wie ein Kündigungsschreiben.

»Du hast wieder diesen Gesichtsausdruck«, kritisierte Harper mich stirnrunzelnd. »Du machst dir zu viele Gedanken.«

Einer von uns musste das schließlich tun. »Wir werden wegen dieser Katze unser Apartment verlieren. Denk an meine Worte, Harper Lakey. Denk an meine Worte.«

Nach der Lunchstunde kam Teresa Hoffert vorbei. Sie war eine Stammkundin, und ich freute mich, sie zu sehen. Teresa putzte Häuser und war die am härtesten arbeitende Frau, die ich kannte. Ihre Tochter Britt hatte während ihres letzten Highschooljahrs für mich gejobbt

77

und war eine der besten Angestellten, die ich je hatte. Wie die Mutter, so die Tochter.

»Teresa«, begrüßte ich sie erfreut. »Was darf es sein?«

»Wie wäre es mit einem Truthahnsandwich und einem Becher Kaffee?«

»Klingt gut.« Ich nahm das Sandwich aus der Kühlung und goss ihr einen Kaffee ein.

Sie bezahlte und setzte sich an einen Tisch in der Nähe der Theke. Wir unterhielten uns eine Weile, und sie erzählte mir das Neueste von Britt und ihrem jüngeren Sohn Logan.

Als der Nachmittag verstrich, ertappte ich mich dabei, dass ich immer wieder auf die Uhr sah. Sean wusste, dass ich den Coffeeshop um drei schloss, aber ich blieb oft länger, um alles für den nächsten Morgen vorzubereiten. Heute hatte ich Shirley gebeten, das für mich zu erledigen, und sie hatte sich sofort bereit erklärt.

Als Sean kam, um mich zu unserem Spaziergang abzuholen, war ich so startklar, wie man nur sein konnte. Ich hatte weiße Jeans und eine ärmellose rote Bluse mit Rüschen zu beiden Seiten der Knopfleiste angezogen, eines meiner Lieblingsstücke, das hoffentlich auch Sean gefiel.

»Hey«, sagte er.

»Hey.« Ich wischte mir nervös die Hände vorne an meiner Jeans ab.

»Bist du startklar?«

Ich nickte und musterte ihn. In kariertem Hemd und Khakihosen sah er großartig und ziemlich cool aus.

»Ich habe Bandit mitgebracht. Er ist im Auto. Du

hast hoffentlich nichts dagegen, oder? Ich habe es nicht übers Herz gebracht, ihn alleine im Haus zu lassen. Nicht jetzt zu Anfang.«

»Klar, kein Problem.« Zwar hatte ich wegen Harpers Katze Theater gemacht, doch ich war tierlieb und ein ganz besonderer Hundefreund.

Shirley schloss hinter mir ab und gab mir durch ein Zwinkern zu verstehen, dass sie mir viel Spaß wünschte. Als ich sie früher mal gebeten hatte, länger zu bleiben, hatte sie geantwortet, es sei höchste Zeit, dass ich das Leben ein bisschen genießen würde. Und sie hatte recht, ich konnte mich nicht einmal mehr daran erinnern, wann ich das letzte Mal mit jemandem ausgegangen war. Dank Harper hatte ich in den letzten paar Jahren ein paar Männer kennengelernt. Aus Mitleid hatte sie mich oft aufgefordert, sie zu einem doppelten Date zu begleiten. Meistens handelte es sich um Blind Dates, die rasch im Sande verlaufen waren. Aufgrund meiner unregelmäßigen Arbeitszeiten und aufgrund meines Ehrgeizes, aus meinem Café einen Erfolg zu machen, blieb in meinem Leben nicht viel Raum für Romantik.

Sean war eine Ausnahme. Ich hatte mich praktisch von dem Moment an, seit er begann, bei mir vorbeizukommen, zu ihm hingezogen gefühlt. Als meine Schwester behauptete, er würde sich für mich interessieren, wollte ich es zwar gerne glauben, wagte aber nicht, mir Hoffnungen zu machen, da ich keine Enttäuschung riskieren wollte. Selbst jetzt wusste ich noch nicht, was genau ich an ihm so anziehend fand. Mit Sicherheit war er auf eine jungenhafte Weise attraktiv. Es gefiel mir zudem, dass er kein überzogenes Selbstbewusstsein an den Tag legte und seinen Erfolg herunterspielte, statt damit anzugeben.

Okay, ich gebe es zu: Kurz nach unserem Kennenlernen war ich online gegangen, hatte seine Website gecheckt und herausgefunden, dass er überall in der Welt gearbeitet, Fotos für große Firmen und Kataloge gemacht und es mehrfach auf die Titelseiten von Zeitschriften geschafft hatte. Unter anderem mehr als einmal auf das Cover von *National Geographic*. Trotz seines Erfolgs hatte er nie mit seiner Arbeit geprahlt oder seinen Bekanntheitsgrad herausgestrichen. Und das war es, was ich so sehr an ihm bewunderte.

Sean öffnete die hintere Tür seines Autos, woraufhin ein mittelgroßer Hund von der Rückbank sprang. Auf der Stelle erkannte ich den Streuner, den ich ein paarmal gefüttert hatte. Sowie er im Freien war, zögerte Bandit, der angeleint war, sah sich um, setzte sich auf die Hinterbeine, drehte den Kopf und blickte zurück zu Sean, der sich daraufhin auf ein Knie sinken ließ, leise mit ihm sprach, seine Ohren rieb und sich aufrichtete. »Bandit ist nervös und braucht ein bisschen Beruhigung«, erklärte er.

»Warum ist er denn nervös?«, fragte ich, als wir Richtung Strand schlenderten mit dem Hund als selbst ernanntem Führer.

»Preston und ich vermuten, dass sein früherer Besitzer ihn in die Stadt mitgebracht und ihn einfach hier zurückgelassen hat. Schätzungsweise hat er Angst, ich könnte dasselbe mit ihm machen.«

»Armer Bandit.« Ich bückte mich und strich sanft

über sein Fell. Er sah mich mit seinen tiefbraunen Augen furchtsam an. »Es gibt nichts, wovor du Angst haben müsstest, mein Freund«, versicherte ich ihm.

Als wir den Strand erreichten, fanden wir ihn so voll wie immer im Sommer vor. Kinder rannten, Drachen hinter sich herziehend, strandauf und strandab, sodass der Sand hoch aufspritzte. Oberhalb des Sandstreifens parkten etliche Autos, und eine Reihe bunter Sonnenschirme sorgte für Schatten. Überall stießen wir auf Überreste von Burgen, als wir nebeneinander, Bandit immer vorneweg, weitergingen.

Nach einer Weile griff Sean nach meiner Hand.

»Mir hat dein morgendlicher Besuch gefehlt«, sagte ich. »Dumm von mir, ich wusste ja, dass du später vorbeikommen würdest.«

»Ich hätte beinahe hereingeschaut.«

»Warum hast du es nicht getan?«

Er grinste. »Die Wahrheit? Ich fürchtete, ein bisschen übereifrig zu wirken, was ich zugegebenermaßen auch war.«

Ich lächelte in mich hinein, wollte ihn nicht wissen lassen, wie sehr ich darauf gewartet hatte, dass er auftauchte, wenngleich ich jetzt wusste, dass er kein Kaffeetrinker war.

»Am Donnerstag bin ich nicht in der Stadt. Ich werde den ganzen Tag fort sein und vermutlich erst spät zurückkommen.«

»Wo willst du denn hin?«

»Nach Toppenish, das ist eine kleine Stadt im Osten von Washington. Hast du von ihr schon mal gehört?«

»Nicht dass ich wüsste«, sagte ich vollkommen ehrlich.

»Ich habe den Auftrag, Wandgemälde zu fotografieren, und anscheinend ist Toppenish dafür bekannt.«

»Das klingt interessant.« Ein weiterer Tag, vielleicht zwei ohne ihn, dachte ich betrübt.

»Ich werde Bandit mitnehmen müssen. Es könnte ein langer Tag werden, möglicherweise sogar mehr als einer. Wenn ich also ein paar Tage nicht vorbeischaue, weißt du, warum.«

»Du reist sehr viel, nicht wahr?«

»Gelegentlich, im Augenblick weniger. Allerdings warte ich auf einen großen Auftrag beziehungsweise auf zwei, die ich nicht ablehnen könnte. Einer ist auf den Philippinen, der andere in Bolivien, wobei es mit dem ersten noch eine Weile dauern könnte.«

Er machte also keine Witze, sondern kam wirklich viel herum. »Wie lange wirst du in Südamerika bleiben?«

»Ein paar Wochen.«

»So lange?«, fragte ich, ehe ich es mir verkneifen konnte.

Er drückte meine Hand. »Wirst du mich vermissen?«

»Ganz bestimmt.«

Bandit, dem unser langsames Tempo missfiel, zog an seiner Leine. Der Wind schlug uns entgegen, und der Geruch des Meeres wehte über den Strand. Möwen ließen sich von der Strömung des Windes treiben. Ich entdeckte eine hübsche Muschel und bückte mich, um sie aufzuheben.

»Was ist mit Bandit?«, fragte ich. »Wer passt auf ihn auf, wenn du längere Zeit weg bist?« Ich würde mich ja anbieten, was wegen des Haustierverbots und meinen Arbeitszeiten unmöglich war.

»Preston hat jemanden für mich aufgetrieben. Einen Jungen namens Logan Hoffert. Anscheinend hat er einen Welpen erzogen, den Keaton ihm vor ein paar Jahren geschenkt hat, und kann gut mit Hunden umgehen.«

»Ich kenne Logan. Seine Mutter war heute zum Lunch da. Der Junge wird das ganz toll machen.«

»Das hat Preston ebenfalls gesagt.«

Ich hakte den Arm um seinen Ellbogen und stellte ihm dieselbe Frage wie er zuvor mir. »Wirst du mich vermissen, wenn du weg bist?«

Er grinste auf mich hinunter, ohne meinem Blick auszuweichen. »Wie verrückt vermisse ich dich. Mir graut ja bereits vor dem Tag in Toppenish.«

Falls sich zwischen uns eine Beziehung entspinnen sollte, würde ich mich an seine Reisetermine anpassen müssen, und er musste im Gegenzug meine unregelmäßigen Arbeitsstunden akzeptieren.

»Hey, ich habe eine Idee.« Sean blieb abrupt stehen, und seine Augen leuchteten auf. »Komm einfach mit.«

»Mit dir? Wohin?«

»Nach Toppenish. Es ist bloß ein Tag. Ich werde kurz darauf nach Bolivien abreisen, und das wäre für die nächsten paar Wochen unsere einzige gemeinsame Zeit. Glaubst du, du könntest dich von der Arbeit freimachen?«

Mir schwirrte der Kopf. Shirley und Alice waren letzten Samstag für mich eingesprungen, als Lucas in der Stadt war. Im Café war alles glatt gegangen. Shirley machte ihre Sache großartig und Alice desgleichen. Falls sie nicht zur Verfügung stand, konnte Harper vielleicht aushelfen. Mein Problem war, dass ich diesen Tag mit Sean unbedingt wollte.

»Ich werde es einrichten«, versprach ich.

Sean schenkte mir ein breites Lächeln. »Ausgezeichnet. Wir fahren ganz früh am Donnerstag los.«

»Sag mir, wann, und ich stehe parat.« Während Harper großen Wert auf ein schickes Essen legen, war ich vollauf damit zufrieden, Zeit mit Sean zu verbringen und für ein Fotoshooting zur anderen Seite des Staates Washington zu fahren.

8

Willa

Als ich nach Hause kam, saß Harper mit Snowball auf dem Schoß da und hatte das Telefon ans Ohr geklemmt. Sie blickte auf, als ich das Apartment betrat, und winkte mir aufgeregt zu, um mir zu bedeuten, dass ich mich neben sie setzen sollte.

»Bleib dran, Lucas, Willa ist gekommen.«

»Lucas? Welch eine Überraschung.«

Harper nickte. »Er möchte, dass ich das Telefon auf laut stelle.«

Da wir vor Kurzem noch Zeit mit unserem Bruder verbracht hatten, hatte ich nicht damit gerechnet, so bald wieder von ihm zu hören.

»Was ist los?«, fragte ich, als ich neben meiner Schwester Platz nahm.

»Weiß ich nicht«, erwiderte Harper, die das Telefon auf den Couchtisch legte. »Er sagte, er habe uns etwas zu erzählen und wolle warten, bis du es genauso hören kannst.«

»Geht es um Dad?« Ich fürchtete, er könnte sich auf der Arbeit betrunken haben und sei gefeuert worden. Oder, schlimmer noch, dass er wegen Trunkenheit am Steuer festgenommen worden war.

85

»Nichts in der Art«, erklang Lucas' Stimme aus dem Telefon. »Ihr solltet euch besser beide setzen.«

Ich holte tief Luft, fragte mich aufgrund seines ernsten Tons, was gleich kommen werde. »Okay, ich bin so weit. Was ist los? Worum geht es?«

»Ich wollte eigentlich letztes Wochenende damit rausrücken, konnte es nicht, weil ich versprochen hatte, es nicht zu tun«, begann er.

»Womit herausrücken?«, entfuhr es Harper und mir gleichzeitig. Wir wechselten einen besorgten Blick, bei unseren vielen Problemen wusste man schließlich nie.

»Mit dem Plan von Chantelle und mir.«

Ich sprang auf und stemmte die Fäuste in die Hüften. »Lucas Lakey, wenn du mir gleich sagst, dass du dich von Chantelle getrennt hast, glaube ich nicht, dass ich dir das je verzeihen kann.«

»Bleib ruhig, Schwesterherz, wir haben uns nicht getrennt. Wir heiraten.«

Harper und ich schnappten beide vor Freude nach Luft.

»Du heiratest!« Harper warf Snowball fast von ihrem Schoß.

»Wann?«, wollte ich wissen.

»Am fünften Dezember.«

»Ihr habt bereits ein Datum festgesetzt?«, rief Harper.

»Und uns habt ihr im Ungewissen gelassen«, warf ich den beiden vor.

»Als du letzten Freitag hier warst, hattest du ihr längst einen Antrag gemacht?«, fasste ich meinen Verdacht zusammen.

»Ja, hatte er«, ergriff Chantelle das Wort. »Und mein Ring entspricht jetzt allem, worauf ich gehofft hatte.«

»Warum habt ihr es geheim gehalten?«, fragte Harper, bevor ich die Gelegenheit dazu bekam.

»Der Ring wurde nach Maß angefertigt und steckte bis dahin nicht an ihrem Finger«, erklärte Lucas. »Außerdem hatten wir Chantelles Familie noch nichts gesagt.«

»Das ist keine Entschuldigung«, beschwerte sich Harper. Einmal mehr hatte sie genau das ausgesprochen, was mir durch den Kopf geschossen war. Das passierte oft, vermutlich waren unsere Gedanken identisch, weil wir so dicht zusammenlebten und ähnlich dachten.

»Kein Wunder, dass du ganz kribbelig geworden bist, als wir angefangen haben, dir damit zuzusetzen, Chantelle zu heiraten«, sagte ich.

»Das ist meine Schuld«, warf Chantelle hastig ein. »Ich wollte einen Ring am Finger, bevor wir es meinen Eltern sagen. Daraufhin entschloss sich Lucas, es seiner Familie ebenfalls noch nicht zu erzählen. Ich gebe zu, dass es schwer war, es für mich zu behalten, besonders als wir mit euch und eurem Dad zusammen waren.«

»Jetzt erzähl uns mal von dem Ring.« Harper lehnte sich mit überlegener Miene gegen die Rückenlehne des Sofas. »Ein Diamant, nehme ich an. Wie viel Karat hat er springen lassen?«

»Harper!« Dass unser Bruder die Liebe seines Lebens heiratete, war weitaus wichtiger als die Größe des Diamanten.

»Zwei Karat, und er ist überwältigend.«

Ich sah förmlich vor mir, wie Chantelle die Hand ausstreckte und ihren Verlobungsring betrachtete.

»Herzlichen Glückwunsch, ihr zwei.« Ich freute mich aufrichtig für Lucas, obwohl er lange genug gebraucht hatte, den Schritt zu wagen. Es lohnte sich auf jeden Fall: Chantelle war genau die richtige Frau für meinen Bruder.

»Ich möchte, dass ihr beide meine Brautjungfern werdet«, sagte Chantelle. »Meine Schwester soll die Ehrenbrautjungfer sein.«

»Bill und Ted fungieren als Trauzeugen«, fügte Lucas hinzu.

Ich erkannte die Namen als die von zwei Freunden aus der Army. Beide waren beim Militär geblieben und hatten den Kontakt zu unserem Bruder weiter gepflegt.

»Charlie hat eingewilligt, Trauzeuge des Bräutigams zu sein.«

Charlie war unser Cousin, der Sohn der Schwester unserer Mutter.

»Das passt ja hervorragend.« Die beiden waren fast im selben Alter und fast ihr ganzes Leben lang gute Freunde gewesen.

»Wir haben viel darüber nachgedacht und dann beschlossen, dass wir hier in Oceanside heiraten werden.«

»Hier? Das ist ja eine Riesenüberraschung.«

»Wir denken praktisch«, erklärte Lucas. »Es ist zwar nicht so, als wäre das der romantischste Ort der Welt, dafür ist dort alles billiger. Hast du eine Ahnung, was eine Hochzeit in Seattle kostet? Und ich spreche noch nicht einmal von einem echt rauschenden Fest.«

Harper und ich schüttelten beide den Kopf, Hochzeitskosten hatten wir nicht auf dem Schirm.

»Wir wollen das Geld lieber in eine Anzahlung für

ein Haus als in eine große Hochzeit stecken«, erklärte mein praktisch veranlagter Bruder.

»Und ich nähe mein Kleid selbst«, fügte Chantelle hinzu. »Das Design ist schlicht und elegant. Ich kann es kaum erwarten, euch die Muster zu zeigen. Und für euch werde ich die Brautjungfernkleider nähen. Wir wollen nicht, dass ihr einen Haufen Geld für ein Outfit ausgebt, das ihr wahrscheinlich nicht mehr als einmal tragt.«

Ich wusste, dass Chantelle, die bei einem Modedesigner arbeitete, eine geschickte Schneiderin war, und konnte mir nicht vorstellen, dass sie etwas von der Stange kaufte, wenn alles, was sie selbst entwarf, kaum zu toppen sein würde.

»Ein schöneres Brautjungfernkleid als eines von dir könnte ich mir gar nicht wünschen«, erklärte ich voller Überzeugung.

Als ich über die Hochzeit nachdachte, wurde mir klar, dass ich selbst etwas dazu beitragen konnte. »Und ich werde die Hochzeitstorte backen«, bot ich an.

In der Leitung wurde es still.

»Wo liegt das Problem?«, fragte ich.

»Wie viele Hochzeitstorten hast du schon gebacken?«, erkundigte sich Lucas misstrauisch.

»Noch keine, bis jetzt. Ich werde üben, und ich verspreche, dass ich euch nicht enttäuschen werde.«

»Danke«, erwiderte Chantelle, die ehrlich erfreut klang. »Das ist wirklich lieb von dir, Willa.« Zumindest Chantelle zeigte sich dankbar, während mein Bruder sich skeptisch zurückhielt.

»Hast du mit Chantelles Vater gesprochen?«, fragte ich.

Chantelle brach prompt in Gekicher aus.

»Hör auf zu lachen, das war nicht komisch«, warnte Lucas sie.

»Was ist denn passiert?«, hakte ich neugierig nach und brannte darauf, die Geschichte zu hören.

»Ich glaube, ich habe Lucas nie mehr geliebt als an dem Abend, als er mit meinem Vater gesprochen hat«, begann Chantelle amüsiert. »Mein Schatz war ein nervliches Wrack.«

»Ich war ein bisschen nervös«, räumte Lucas widerstrebend ein.

»Ein bisschen? Ich dachte, du würdest dich übergeben müssen.«

Als ich zu Harper hinüberblickte, sah ich, dass sie eine Hand vor den Mund geschlagen hatte, um ihr Lachen zu unterdrücken. Ich hatte selbst Mühe, nicht loszuprusten, zu gut vermochte ich mir nämlich vorzustellen, wie sehr dieses Gespräch meinem Bruder im Magen gelegen hatte.

»Was ist bitte genau passiert?«, bohrte Harper.

Wieder war es Chantelle, die antwortete. »Wir sind bei mir zu Hause vorbeigefahren, und Lucas sagte, er wolle unter vier Augen mit meinem Dad sprechen. Dann sind die beiden im Arbeitszimmer verschwunden. Als die Tür geschlossen wurde, hat Lucas mich angeschaut, als würde er zum elektrischen Stuhl geführt.«

»Sehr komisch«, knurrte Lucas im Hintergrund. »Du und ich, wir wissen beide, dass dein Vater mich nie gemocht hat.«

»Das bildest du dir ein«, korrigierte Chantelle ihn.

»Nein, das tue ich nicht«, widersprach Lucas. »Deinen Eltern hat für ihre schöne Tochter etwas Besseres vorgeschwebt als ein Schauermann.«

»Du übertreibst, Lucas.«

»Ich glaube nicht, Liebling.«

»Nun, wie dem auch sei, es war einfach süß«, sagte Chantelle. »Da hatten wir einen Mann, der für sein Land gegen die Taliban und ihre Spreng- und Brandvorrichtungen gekämpft hatte und dennoch vor Furcht schlotterte, als er mit meinem Vater reden musste.«

»Einem Scheidungsanwalt, wenn ich dich daran erinnern darf.«

»Daddy nimmt auch andere Mandanten an«, entgegnete Chantelle.

»Ist es etwa nicht gut gelaufen«, meinte ich, »danach sieht es eigentlich aus, und offiziell verlobt seid ihr außerdem.«

»Es lief gut«, bestätigte Chantelle. »Eine halbe Stunde später kamen sie aus dem Zimmer heraus, und mein Vater sagte, er habe ein paar Fragen an mich.«

»Richtig«, warf Lucas ein. »Er wollte sich vergewissern, dass Chantelle überzeugt war, mit mir einen guten Ehemann zu bekommen. Als hätte er Zweifel daran.«

»Und ich sagte meinen Eltern, ich sei diejenige, die das Glück hat, in einen Mann verliebt zu sein, der anständig und ehrlich ist und mich von ganzem Herzen liebt.«

»So romantisch«, seufzte Harper.

»Ganz so problemfrei, wie du es darstellst, war es nicht«, fügte Lucas hinzu. »Chantelles Eltern wollten uns die Hochzeit des Jahrhunderts ausrichten.«

»So wie sie es bei meiner Schwester gemacht haben«,

91

erzählte Chantelle weiter. »Im Gegensatz zu ihr will das zum Kummer meiner Eltern keiner von uns. Ich kenne meine Mutter, sie würde alles an sich reißen, und das Fest ganz nach ihrem Geschmack gestalten und nicht nach meinem. Lucas und mir ist es wichtig, dass die, die wir am meisten lieben, unseren Hochzeitstag mit uns feiern.«

»Was mich betrifft, sind Chantelle und ich beide erwachsen, und offen gestanden, gefällt mir die Vorstellung nicht, dass Chantelles Vater die Hochzeit bezahlen will. Ich komme mir vor, als müsste ich ihm etwas beweisen.«

»Lucas, du musst meiner Familie gar nichts beweisen«, versicherte ihm seine künftige Frau. »Mich stört so manches. Dass meine Mutter zum Beispiel entsetzt war, als ich ihr mitteilte, ich würde mein Brautkleid selbst nähen.«

»Na ja, wenn man bedenkt, dass sie für das deiner Schwester den Preis eines Kleinwagens hingelegt haben …«

»Es hat einige Überredungskunst gekostet, sie davon zu überzeugen, dass wir alles auf unsere Weise machen wollen«, ergriff Chantelle erneut das Wort. »Am Ende haben sie eingewilligt. Ich brauche keine große Hochzeit und will keine. Mit Lucas als Mann und Vater meiner Kinder bekomme ich alles, was ich mir wünschen könnte.«

Chantelle war zu bewundern, dass sie alles durchgesetzt hatte, was sie wollte, und sogar zu stolz war, um sich die Hochzeit bezahlen zu lassen.

»Ich könnte gar nicht glücklicher sein«, fügte sie hinzu. »Ich habe jedes Wort ernst gemeint, das ich zu meinen Eltern gesagt habe.«

»Mein Bruder ist der Glückliche. Er hat erkannt, was gut ist, als er es gefunden hat«, gab ich meinen Senf dazu.

»Und ich bekomme bei dem Handel zwei zusätzliche Schwestern«, betonte Chantelle die neue Zusammengehörigkeit.

»Zwei Schwestern, die dich mit offenen Armen in die Familie aufnehmen«, war Harpers Statement.

Wir waren Glückspilze, so sah ich uns. Ich hatte von dem Moment an, als wir uns kennenlernten, gewusst, dass Chantelle für Lucas die Richtige war. Seit er aus der Army ausgeschieden war, hatte er einige Freundinnen gehabt, doch ich hatte zu keiner von ihnen eine Verbindung gespürt. Chantelle hingegen erschien mir sofort als perfekte Partnerin für ihn. Ich freute mich für sie beide. Der Dezember konnte für mich gar nicht schnell genug kommen.

9

Willa

Ich habe alles für dich geklärt«, erklärte Harper ganz souverän. Dabei war ihr unbekümmertes Lächeln nicht dazu angetan, mein Vertrauen zu erwecken. Es fiel mir schwer, das Café anderen zu überlassen, selbst wenn das hieß, dass ich den Tag mit Sean verbringen konnte.

»Leesa und ich übernehmen für dich. Kein Problem. Wir haben alles unter Kontrolle.«

Leesa war Harpers beste Freundin. Sie gaben beide in Oceanside Yoga- und Fitnesskurse und waren seit ihrer Grundschulzeit befreundet. Ich hatte zu würdigen gelernt, was für eine gute Freundin Leesa war, als Harper ihre erste Leukämiediagnose bekam. Sie hatte meiner Schwester ständig Mut gemacht. Außerdem war Leesa während des Krankenhausaufenthalts und der schlimmsten Behandlungen, die Harper über sich ergehen lassen musste, mindestens einmal pro Woche den Weg von Oceanside nach Seattle gefahren.

Mit Sean auf die Ostseite des Staates zu gondeln war natürlich etwas anderes, etwas rundum Vergnügliches. Trotzdem plagten mich Bedenken. Ich war nicht sicher, ob ich das letztendlich immer noch für eine gute Idee hielt.

Fairerweise musste ich zugeben, dass Harper einen genießbaren Cappuccino zubereitete und gut mit den Kunden umgehen konnte. Warum zögerte ich also? Weil ich diejenige war, die die Verantwortung trug. Diejenige, die dafür sorgte, dass alles glattlief und meine Kunden zufrieden waren. Mich auf Harper und Leesa zu verlassen, verursachte mir Unbehagen.

»Suchst du nach einer Ausrede, um dich aus diesem Ausflug herauszuwinden?«, fragte Harper mit in die Hüften gestemmten Händen. Ihre zusammengekniffenen Augen blitzten herausfordernd. Meine Schwester gab nicht oft nach, und ich wusste, dass sie entschlossen war, mich im Morgengrauen aus dem Haus zu schieben und mich in Seans Auto einsteigen zu sehen.

»Nein, ich möchte unbedingt mitfahren. Ganz sehnlich sogar.«

»Wir schaffen das, Willa. Es ist lediglich ein Tag. Wie viel Schaden können wir überhaupt an einem einzigen Tag anrichten?«

Über die Antwort darauf mochte ich lieber nicht nachdenken. »Okay, okay.«

Meine Schwester wusste, welche Knöpfe sie drücken musste, um mich zu überzeugen. Und vielleicht war es das, was ich brauchte, was ich von ihr wollte. Diese Sache mit Sean zermürbte mich nämlich. Ich war es nicht gewöhnt, dass sich Männer für mich interessierten, vor allem dann nicht, wenn sie Harper kennengelernt hatten. Es störte mich nicht, hatte es nie getan. Bloß erzeugte es jetzt ein merkwürdiges Gefühl in mir, das ich nicht richtig deuten konnte. Ich war einfach unsicher und ein bisschen eingeschüchtert.

Am Donnerstagmorgen holte mich Sean bei Tagesanbruch ab. Bandit hatte sich der Länge nach hinten ausgestreckt, sodass er die gesamte Rücksitzbank einnahm. Ich setzte mich mit einem kleinen Korb frisch gebackener Brötchen und zwei Kaffeegetränken sowieso zu Sean nach vorne. Der Korb wurde zu meinen Füßen neben meiner Tasche abgestellt.

»Bist du startklar?«, fragte er, nachdem ich mich angeschnallt hatte.

Lächelnd nickte ich zu ihm hinüber, ohne dass ich eine Antwort erhielt. Sean saß da und starrte mich mit seinen dunklen Augen eindringlich an.

»Stimmt etwas nicht?«, fragte ich und fürchtete bereits, Harper habe bei der Kleiderwahl eine falsche Entscheidung getroffen. Verlegen blickte ich zur Seite.

»Entschuldige«, sagte er und richtete seine Aufmerksamkeit abrupt wieder auf die Straße, bevor er den Gang einlegte und losfuhr. »Ich musste dich anschauen, weil du so schön bist.«

»Oh.« Ich war sicher, dass ich rot anlief, und wusste nicht, was ich sagen sollte. Stattdessen legte ich die Hände in meinen Schoß und blickte starr geradeaus.

Nach ein paar Minuten griff Sean nach seinem Kaffee und trank einen ersten Schluck. »Hey, was ist das denn? Es schmeckt irgendwie anders.«

»Es ist ein dunkler Schokoladenmokka. Du hast gesagt, du magst Kaffee nicht, deshalb habe ich etwas zusammengemixt. Wie schmeckt er dir?«

»Der ist klasse.« Er fuhr fort, an dem Getränk zu nippen, hielt den Becher in einer Hand und lenkte mit der anderen.

»Viele Männer bestellen Cold-Brew-Coffee, aber ich dachte nicht, dass du den Tag mit einem Kaltgetränk beginnen wolltest.« Ich beugte mich vor und hob den Korb hoch. »Außerdem war ich nicht sicher, ob du dir die Zeit zum Frühstücken genommen hast. Falls du Appetit hast, habe ich ein paar Zimtbrötchen dabei.«

»Auf deine Zimtbrötchen habe ich immer Appetit. Wenn wir zum Snoqualmiepass kommen, machen wir eine Pause und essen was, falls ich es so lange aushalte.«

Bevor wir losgefahren waren, hatte ich die Route gegoogelt und festgestellt, dass die Fahrt von Oceanside nach Toppenish fast fünf Stunden dauern würde. Das hieß, dass wir zehn oder mehr Stunden auf der Straße verbringen würden. Sean hatte mich gewarnt, dass es ein langer Tag würde, doch das war für mich kein Hindernis gewesen, im Gegenteil, ich hatte es als Vorteil betrachtet. Die Zeit im Auto würde mir die Gelegenheit verschaffen, ihn besser kennenzulernen.

»Harper und ihre Freundin Leesa kümmern sich um den Coffeeshop«, begann ich, um ein harmloses Gespräch in Gang zu bringen.

»Machst du dir Sorgen?«

»Keine übermäßigen. Harper hat öfter mal ausgeholfen, und Alice ist zur Not auch noch da, falls es Probleme gibt. Sie kann die meisten Getränke problemlos zubereiten. Es wird bestimmt gut gehen.«

»Warum klingst du dann besorgt?«

»Ich neige dazu, mich mit unnötigen Sorgen herumzuschlagen. Seit Moms Tod musste ich mich um alles sorgen und kümmern. Und Harpers Erkrankung steigerte es noch. Seitdem mache ich mir über alles zu viele

97

Gedanken. Nicht zuletzt über den Coffeeshop. Ich habe sehr gezweifelt, ob ich ihn verlassen kann.

»Ich bin froh, dass du dich entschieden hast mitzukommen.«

»Ganz meinerseits«, gab ich mich erfreut, um Sean meine depressiven Anwandlungen vergessen zu machen. Natürlich hatte auch Harper dazu beigetragen. Wenn man ihr zuhörte, konnte man denken, sein Interesse an mir käme einem Heiratsantrag nahe. Vielleicht hatten auch Lucas' und Chantelles Hochzeitspläne sie inspiriert. Es war mein Fehler gewesen, ihr überhaupt etwas zu erzählen. Von diesem Moment an hatte Harper mich mit Ratschlägen bombardiert und mir Tipps gegeben, wie ich Sean am besten einfangen konnte. Ich hörte ihr belustigt und gleichzeitig skeptisch zu; fand es zum Lachen, dass ausgerechnet das Mädchen, dessen Beziehungen nie länger als ein paar Wochen gedauert hatten, darauf bestand, mir Ratschläge zu erteilen.

Seit ich mit meinem Bruder und seiner Verlobten gesprochen hatte, hatte ich Sean nicht gesehen, also erzählte ich ihm, dass Lucas und Chantelle sich verlobt hatten.

»Magst du Chantelle?«, fragte er.

»Ich liebe sie. Sie passt gut zu Lucas. Und ich frage mich, warum er so lange gebraucht hat, um es offiziell zu machen. Im Nachhinein glaube ich, dass es unter anderem etwas mit ihrer Familie zu tun hat.«

»Inwiefern?«

»Sie haben Geld, und wir, nun, wir nicht. Meine Vermutung geht dahin, dass Chantelle dieses Argument unter den Tisch kehrt, weshalb Lucas wahrscheinlich darauf besteht, dass sie die Hochzeit aus eigener Tasche bezahlen.«

»Ich kann seinen Standpunkt verstehen. Ein Mann hat seinen Stolz, weißt du. Nicht allein ein Mann, alle Männer.« Diese Aussage wollte ich mir merken. Sie half mir, meinen Bruder besser zu verstehen, und würde mir genauso bei Sean helfen, wenn wir uns in Zukunft trafen.

Nach der ersten Stunde auf der Straße regte sich Bandit und schob den Kopf zwischen den beiden Sitzen hindurch. »Hallo, du«, sagte ich und streichelte seinen Kopf.

»Ich wette, er riecht die Zimtbrötchen«, meinte Sean. »Du weißt ja, wie er zu seinem Namen gekommen ist, oder?«

Ich lachte, als ich mich an die Geschichte erinnerte. »Ich hätte für ihn eine spezielle Leckerei mitbringen sollen.«

»Mein Zimtbrötchen kriegt er nicht, also denk erst gar nicht daran, es ihm zu geben.«

»Keine Angst. Das ist dir sicher.«

Sowie wir die Spitze des Snoqualmiepasses erreicht hatten, machten wir eine kurze Pause. Sean ging mit Bandit Gassi, und ich richtete in der Zwischenzeit alles her. Wir aßen unser Frühstück, und ich gab Bandit ein Stück von meinem Brötchen ab, woraufhin er mir die Hand leckte und dabei noch etwas von der Glasur abbekam, die an meinen Fingerspitzen klebte.

Als wir weiterfuhren, erzählte mir Sean von seinem Auftrag. »Das *Seattle Magazine* hat mich gebeten, einige

Wandgemälde überall im Staat zu fotografieren. Vor einer Woche war ich in Anacortes, und in Seattle habe ich ebenfalls einiges fotografiert.«

Dunkel erinnerte ich mich daran, ein oder zwei davon gesehen zu haben, hauptsächlich in der Nähe des Krebszentrums von Seattle und dem Klinikum der Universität, wo Harper einen großen Teil ihres Krankenhausaufenthalts verbracht hatte.

»Hast du auch in Tacoma welche fotografiert?«, fragte ich, weil ich sicher war, dass dort welche zu finden waren.

»Tacoma ist interessant.« Er blickte zu mir hinüber, bevor er seine Aufmerksamkeit erneut auf die Straße richtete. »Da gibt es etwas, das als Graffitigarage bekannt ist, und die Bezeichnung trifft es genau. Die Stadt hat Graffiti zwar verboten, aber sie erlaubt Künstlern jeden Sonntag, in dieser Garage die Wände zu besprühen. Ich habe mir das mal angesehen und fand die Werke grandios, von romantisch über abstrakt bis bizarr. Einige der besten, die ich je ablichten konnte.«

»Hast du dir die beiden in Oceanside angeschaut?«, wollte ich wissen. Sie konnten ihm schwerlich entgangen sein. Nicht viele Leute wussten, dass Keaton sie gemalt hatte.

»Es waren genau diese Wandgemälde, die mich auf die Idee mit dem Fotografieren gebracht haben. Ich habe mich mit einer Auswahl an die Zeitschrift gewandt, und sie sind darauf angesprungen.«

»Also machst du selbst Werbung für deine Arbeit?«

»Ja. Ich werde oft beauftragt, bestimmte Fotos zu schießen, andere mache ich auf eigenes Risiko. Meine

Bolivienreise fällt sogar darunter. Das heißt, es bleibt an mir hängen, die Kosten zu stemmen, bevor ich jemanden finde, der die Fotos veröffentlichen und vermarkten will.«

»Verstehe, so langsam kapiere ich, wie das mit freiberuflicher Arbeit funktioniert.«

»Bislang decken meine Aufträge die Lebenshaltungskosten. Allerdings habe ich Folgendes gelernt: Wenn ich das tue, woran ich Freude habe, kommt das Geld von alleine hinterher. Selbst wenn man viel Schweiß investieren muss, gibt es nichts, was ich lieber tun würde.«

»Ich weiß, was du meinst«, erwiderte ich. »Am Anfang habe ich mich auf den Gehweg vor dem Coffeeshop gestellt und jeder armen, ahnungslosen Seele, die zufällig vorbeikam, Proben meiner Getränke und hausgemachten Backwaren in die Hand gedrückt.«

»Sehr gut. Man muss sich anstrengen und erfinderisch sein, um ein Geschäft aufzubauen. Mach weiter so.«

»Damals habe ich meine Komfortzone wirklich verlassen. Der Erfolg stellte sich sehr langsam ein und brachte viele schlaflose Nächte mit sich, dennoch würde ich im Rückblick nichts anders machen.«

Sean wandte den Blick kurz von der Straße ab und lächelte. »Du sprichst mir aus der Seele.«

Die fünf Stunden, die wir brauchten, um Toppenish zu erreichen, vergingen wie im Flug. Normalerweise bin ich eher introvertiert, ruhig und zurückhaltend. Sean hatte dafür die Gabe, mich in ein Gespräch zu verwickeln. Wir unterhielten uns angeregt, und das Schweigen dazwischen war entspannt und eher erholsam. Ich erfuhr mehr über seine Familie und erzählte ihm Geschichten von meiner. Vom Verlust meiner Mutter und davon, wie sich unser Vater nach ihrem Tod gequält hatte. Sein mitfühlender Blick verriet mir, dass er Dads Kampf gegen den Alkoholismus erraten hatte.

Als wir in Toppenish ankamen, nahmen wir unseren Lunch in einem mexikanischen Restaurant ein, das gut besucht zu sein schien. Obwohl das Gebäude aussah, als stünde es kurz vor dem Abriss, war der Parkplatz voll und das Essen eine besondere Attraktion. Wir speisten im Freien wie die Könige. Auf die Empfehlung des Kellners hin bestellte ich eine Tamale mit Spargel, die ausgezeichnet schmeckte. Sean nahm Hühnchenenchiladas, zu denen es eine würzige, einfach köstliche Salsa gab.

Bandit war an den Tisch angebunden, schlabberte eine ganze Schüssel Wasser leer und fraß das Trockenfutter, das Sean mitgebracht hatte. Im Übrigen erfuhr ich während des Essens, dass Sean fließend Spanisch sprach. Der Mann steckte voller Überraschungen.

Als wir in der Sonne saßen, fielen mir unweigerlich die bunten Wandgemälde auf, die, soweit ich sehen konnte, die Seiten jedes Gebäudes in der Stadt bedeckten.

»Hier gibt es fünfundsiebzig davon«, erklärte Sean und lieferte mir eine kurze Zusammenfassung ihrer Entstehung. Die Stadt hatte beschlossen, pro Tag von einem oder mehreren Künstlern ein Bild malen zu lassen, bis alle fünfundsiebzig historischen Themen, eine Erinnerung an die Geschichte der Gemeinde, bearbeitet waren.

Sowie wir zu Ende gegessen hatten, holte Sean seine Kameras aus dem Auto, ich nahm den Hund an der

Leine, und wir schlenderten in der Stadt umher. Sean schoss ein Foto nach dem anderen, wobei er auf das Spiel von Licht und Schatten achtete. Nebenbei machte er mehrmals verstohlen Bilder von mir und Bandit.

»Sean«, beschwerte ich mich. Es behagte mir nicht, Motiv seiner Bilder zu sein.

»Was?«, tat er unschuldig. »Warum sollte ich keine Fotos von meinem Hund machen?«

»Sehr komisch.«

»Und von einer schönen Frau.« In seinen Augen lag dieselbe dunkle Intensität, die sein Markenzeichen zu sein schien.

Zwei Stunden später, nachdem Sean nicht weniger als drei- bis fünfhundert Fotos geschossen hatte, verließen wir die Stadt und fuhren nach Oceanside zurück.

Der Nachmittag wurde warm, und wir legten in Ellensburg eine Pause ein, holten uns jeder ein Waffelhörnchen mit zwei Kugeln Eis und einen kleinen Becher Vanilleeis für Bandit. Damit setzten wir uns in einen Park in der Nähe des Campus der Central Washington University und schleckten die schmelzende Köstlichkeit. Da ich zwischendurch mal den Arm streckte, nutzte Bandit die Chance, mir das Waffelhörnchen augenblicklich aus der Hand zu reißen und zu verschlingen.

»Bandit«, schimpfte Sean. »Böser Hund!«

Hingegen brach ich in belustigtes Kichern aus. »Ich hätte es besser wissen sollen, schließlich weiß ich ja, wie er zu seinem Namen gekommen ist.«

Beim Klang von Seans Schimpfen senkte Bandit den Kopf und legte die Schnauze auf meinen Oberschenkel, als wollte er um Entschuldigung bitten.

»Ist in Ordnung, ich verzeihe dir«, versicherte ich ihm und streichelte ihn, bis es Zeit für uns war zu gehen.

Mit hängendem Kopf trottete Bandit zu der Stelle zurück, wo Sean das Auto geparkt hatte. »Du musst ihm klarmachen, dass du ihm nicht mehr böse bist«, drängte ich Sean. Anzusehen, wie zerknirscht dieser Hund war, brach mir das Herz.

»Alles vergeben und vergessen«, sagte Sean und tätschelte seinen Kopf, woraufhin Bandit ergeben auf seinen Platz auf der Rückbank zurückkroch.

»Er hat Trennungsängste oder Angst, verlassen zu werden«, meinte Sean. »Ihn wegen dieser Bolivienreise hierlassen zu müssen liegt mir auf der Seele. Ich wollte ihn eigentlich erst nach meiner Rückkehr zu mir nehmen, aber Preston hat mir das ausgeredet.«

»Preston tut alles, um ein gutes Zuhause für all die Tiere zu finden, die er rettet. Harper hat ebenfalls ein Herz für Tiere und hat Snowball angeschleppt. Sie hat mir zwar hoch und heilig versprochen, selbst für das Kätzchen zu sorgen, doch Snowball scheint sich immer mehr an mich anzuschließen. So ungern ich es zugebe, es gefällt mir, eine Katze zu haben, die mir auf Schritt und Tritt folgt und in meinem Bett schläft. Inzwischen halte ich sie übrigens mehr für einen Kater.«

Kurz vor Seattle muss ich wohl eingeschlafen sein. Die Dämmerung war hereingebrochen, und mir war es immer schwerer gefallen, mein Gähnen zu unterdrücken. Wann ich die Augen geschlossen und den Kopf gegen das Fenster auf der Beifahrerseite gelegt habe, wusste ich nicht mehr.

»Willa.« Sean rüttelte mich sacht an der Schulter. Erschrocken fuhr ich hoch und stellte fest, dass wir vor meinem Apartmentkomplex parkten.

»Wir sind da«, flüsterte er.

Ich reckte die Hände über den Kopf und streckte mich. »Es tut mir leid, ich wollte nicht eindösen. Wie lange habe ich geschlafen?«

»Eine Weile.«

»Meinen Job, dich wach zu halten, habe ich ja wohl vermasselt.« Ich presste eine Hand auf den Mund, um ein Gähnen zu ersticken.

»Halb so schlimm. Ich habe dir gern beim Schnarchen zugehört.«

»Habe ich etwa geschnarcht?«, fragte ich entsetzt.

»Nein, das nicht, vielleicht hast du ein bisschen gesabbert.«

Mir verschlug es die Sprache, bis er lachte. Bandit schob erneut den Kopf zwischen den Sitzen hindurch und blickte von Sean zu mir, als würde er darauf warten, dass ich ausstieg.

Ich verstand den Wink mit dem Zaunpfahl. »Das war ein herrlicher Tag. Danke, Sean.«

»Mir hat es auch sehr gefallen.« Er schloss die Hand um meinen Nacken. »Hättest du viel dagegen, wenn ich dich küsse?«

»Äh, natürlich nicht.« Ich schloss die Augen und lehnte mich an ihn. Er ließ mich nicht lange warten. Sein Mund presste sich auf meinen ... Himmel, dieser Mann verstand sich aufs Küssen. Ich legte ihm die Hände auf die Schultern und schmiegte mich an ihn. Mein Herz schwoll an, als der Kuss leidenschaftlich wurde.

Ich liebte es, ihn zu schmecken und zu spüren, und stellte fest, dass ich mehr von ihm wollte und ihm zugleich mehr von mir zu geben wünschte.

Als wir uns voneinander lösten, sah Sean mich eindringlich an. »Wow«, murmelte er und räusperte sich. Er klang überhaupt nicht mehr wie er selbst.

»Wow«, echote ich und merkte, dass ich ebenfalls nicht mehr wie ich selbst klang.

10

Sean

Obwohl ich die Reise nach Bolivien lange geplant hatte, zögerte ich, Willa zu verlassen. Die Zeit mit ihr war ein Geschenk. Nach unserer Tagestour nach Toppenish waren wir in der Woche darauf jeden Tag zusammen. Ich machte es mir zur Gewohnheit, beim Coffeeshop vorbeizukommen, um ein weiteres ihrer Spezialgetränke zu trinken. Mittlerweile hatte ich einige davon probiert und festgestellt, dass ich Kaffee mochte, wenn man ihn nicht so herausschmeckte. Willa hatte sich rasch in mein Herz geschlichen. Diese Beziehung unterschied sich von allen anderen, die ich bislang gehabt hatte. Sie war ganz anders als jede andere Frau, mit der ich früher liiert gewesen war. Sie half mir, die Welt auf eine Art und Weise zu sehen, wie ich es nie zuvor getan hatte, und lehrte mich, wie wichtig und schätzenswert Familie war. Seit ich begonnen hatte, Zeit mit ihr zu verbringen, und sah, wie nah sie und ihre Geschwister sich standen, wuchs in mir der Wunsch nach mehr Nähe zu meiner eigenen Familie, was inzwischen meinem Vater wie meiner Mutter aufgefallen war. Nach dem Ende meiner Baseballkarriere hatte ich noch eine Weile in Colorado Springs unweit des Wohnorts meiner Eltern gelebt, doch trotz meiner Bemühungen, neu anzufangen, wurde ich weiterhin von allen auf meine Baseballzeit angesprochen und nicht darauf, was ich künftig tun wollte. Ich musste irgendwohin ziehen, wo mich nicht die gesamte Stadt kannte.

Wie das Schicksal so spielte, landete ich zufällig in Oceanside, wo ich Fotos von dem Olympic-Regenwald machte. Die Stadt und die Umgebung gefielen mir sofort, niemand wusste, wer ich war, sodass ich sogar in diesem winzigen Nest anonym bleiben konnte. Während meines ersten Aufenthalts dort kam ich bei einem Maklerbüro vorbei, wo das Bild eines Hauses meine Aufmerksamkeit erregte. Aus einem Impuls heraus besichtigte ich es, machte noch am selben Tag ein Angebot und erhielt am nächsten den Zuschlag. So begann mein Leben in Oceanside.

Jetzt stand ich kurz davor, meine große Reise nach Bolivien anzutreten. Mein Flug ab Seattle war auf den fünften Juli datiert – ein Datum, das ich mit Bedauern betrachtete, weil es mich für ein paar Wochen von Willa entfernen würde. Mein Kopf freute sich auf das Erlebnis Südamerika, mein Herz wollte in Oceanside bleiben.

Für den vierten Juli, den amerikanischen Unabhängigkeitstag, plante Harper ein Barbecue am Strand, zu dem ich später am Nachmittag kommen sollte, um mit Familie und Freunden zu feiern. Da ich es nicht übers Herz brachte, Bandit alleine zu Hause zu lassen, hatte ich ihn mitgenommen. Sobald er Willa erblickte, zerrte er an der Leine, um zu ihr zu gelangen. Sie sah hübsch aus in ihrem ärmellosen gelben Sommerkleid mit weißen Punkten, nie hatte ich sie anziehender gefunden. Ihre natürliche Schönheit ließ sich mit keiner meiner früheren Freundinnen vergleichen. Willa brauchte kein aufwendiges Make-up oder teure Kleider und Schmuck.

Der Strand wimmelte von Leuten, die den Feiertag hier begehen wollten. Harper hatte scheinbar schon früh am Morgen ihr Territorium abgesteckt, einen Grill und einen Tisch, etliche Campingstühle sowie einen großen bunten Sonnenschirm aufgestellt und Decken ausgebreitet. Das Feuerwerk durfte man sich nicht entgehen lassen, das hatte mir Willa zumindest gesagt. Zwar hatte ich am letzten vierten Juli bereits in der Gegend gelebt, aber die Menschenmengen gemieden und war lieber zu Hause geblieben.

Harper rannte über den Sand auf uns zu, um Willa und Bandit zu begrüßen. Sie stellte mich ihrem Freund John Neal und noch ein paar anderen vor. Ich erinnerte mich, dass Willa erwähnt hatte, John und Harper seien Teil einer Gruppe, die im Sommer den Mount Rainier besteigen würde.

»Ich hoffe, du hast Hunger.« Harper deutete auf den Tisch, der mit verschiedenen Salaten, Chips, Dips und allen Zutaten für Grillhamburger und Hotdogs beladen war.

»Bin halb verhungert.« Ich hatte das Wandgemälde-projekt beendet und die Fotos und den Artikel, den ich geschrieben hatte, an das *Seattle Magazine* geschickt. Meine liebsten Bilder waren allerdings die, die ich bei unserem Ausflug nach Toppenish von Willa und Bandit gemacht hatte. Die schönsten fünf waren ausgedruckt an die Wand meines Arbeitszimmers gepinnt. Ich schaute sie jeden Tag an und wusste wirklich nicht, wie ich die nächsten drei Wochen ohne Willa und meinen Vierbeiner überstehen sollte.

Es würde allein schwierig werden, überhaupt in Verbindung zu bleiben. In den Gegenden, wo ich mich aufhalten würde, gab es garantiert nicht viele Mobilfunkmasten. In dem abgelegenen Gebiet herrschten primitive Zustände, das hatten meine Nachforschungen ergeben. Ich würde in die Stadt gehen müssen, um ein Internetcafé zu finden, doch das war ein weiter Weg, den ich nicht oft zurücklegen konnte.

Ich schob die Gedanken an Bolivien zurück und widmete mich lieber der Feier auf dem Strand von Oceanside. Der Tag könnte nicht besser sein, wolkenlos, mit strahlendem Sonnenschein und mit Willa. Was wollte ich mehr. Vielleicht übertrieb ich, aber mir war es immer so vorgekommen, als basierte die jeweilige Beziehung allein auf dem, was ich für die betreffende Frau, ihren beruflichen Ehrgeiz oder ihr Selbstbewusstsein tun oder was sie aus mir herausschlagen konnte. Trotzdem war es eine völlig neue Erfahrung für mich, auf eine Frau zuzugehen und sie zu umwerben. Tief in meinem Inneren spürte ich, dass Willa die Mühe wert war, und ich hatte nicht die Absicht, sie mir entgehen zu lassen.

Wir saßen Seite an Seite im Sand und aßen gegrillte Hamburger, die Harper und ihre Freunde mit allen Beilagen frisch zubereiteten. Die ganze Stadt schien an den Strand gekommen zu sein. Eine Gruppe Teenager spielte im Sand Volleyball, während Kinder hin und her rannten. Drachen schwebten am Himmel, und die Brandung rollte ans Ufer und hinterließ eine Gischtblasenspur, die einem Muster aus Spitze glich.

Ein kleines Stück von uns entfernt saßen Annie und Keaton mit Mellie und Preston zusammen. Ich erinnerte mich, gehört zu haben, dass Mellie früher unter Platzangst gelitten hatte und ihr Haus nicht verlassen mochte. Wenn ich sie jetzt ansah, fiel es mir schwer, das zu glauben. Die beiden Paare waren anscheinend eng befreundet. Keaton war der Typ sanfter Riese. Die Art, wie er seine Frau behandelte, und die Blicke, die sie wechselten, besagten deutlich, wie sehr die beiden sich liebten. Eine kurze Weile vermochte ich die Augen kaum von ihnen abzuwenden. Diese Liebe war genau das, was ich mir wünschte, was ich in meinem eigenen Leben zu finden hoffte.

»Du reist morgen ab?«, fragte Willa und riss mich aus meinen Gedanken.

»Ich breche in aller Herrgottsfrühe auf, steige in Atlanta um und fliege nach La Paz.«

Willa wusste das eigentlich alles, ich hatte zwei- oder dreimal darüber gesprochen, aber jetzt wurde es Wirklichkeit. Ich legte den Arm um sie und zog sie enger an mich, woraufhin sie seufzend den Kopf an meine Schulter lehnte.

»Ich werde dich vermissen.«

»Ich dich auch.« In ihrer Stimme vernahm ich dasselbe Widerstreben, das ich selbst empfand. Die Anziehungskraft, die Willa auf mich ausübte, war völlig unerwartet gekommen, überraschend wie ein Blitz aus heiterem Himmel. Schließlich hatte ich mit allem Möglichen gerechnet, als ich nach Oceanside zog, jedoch nicht damit, dass ich Willa begegnete. Und auch nicht Bandit.

Gerade kraulte sie seine Ohren, spendete dem Hund Trost, der ziemlich lange in eine Pflegestelle gebracht werden musste, und suchte vielleicht selbst danach. Mir selbst fiel der Abschied unendlich schwer.

Morgen würde ich von Seattle nach Atlanta fliegen und dort in die Maschine nach La Paz umsteigen. In der bolivianischen Hauptstadt sollte ich ein paar Tage bleiben, um mich an den Höhenunterschied zu gewöhnen. Anschließend stand die Cordillera Apolobamba auf dem Programm, ein Gebirgszug zwischen Bolivien und Peru. Mein hauptsächliches Ziel war es zu dokumentieren, wie stark die Alpakaherden vom Klimawandel betroffen waren. Zu diesem Zweck musste ich von hier aus einen Bergführer engagieren und meine Ausrüstung zusammenstellen.

»Während ich in La Paz bin, müsste es mir gelingen, mich mit dir in Verbindung zu setzen, danach wahrscheinlich nicht mehr.« Als ich sah, dass ein Schatten über ihr Gesicht huschte, merkte ich, wie schwer ihr der Abschied fiel.

»Ich verstehe«, flüsterte sie und hielt den Kopf gesenkt. »Du wirst dich hoffentlich nicht in Gefahr begeben?«

»Sicher werde ich sie nicht gerade suchen, sondern auf mich aufpassen. Zum Glück spreche ich die Sprache und habe einen Führer angeheuert, der mich dorthin bringen wird, wohin ich will.«

Zweifellos würde es gewisse Risiken geben, das musste

ich in einem unterentwickelten Land in Kauf nehmen. Im Übrigen konnte ich auch in Oceanside von einem Bus überfahren werden, wenn ich Pech hatte. Deshalb würde ich mich von Angst nicht zurückhalten lassen. Das hatte ich bei meinen Reisen in die ganze Welt nie getan.

»Ist dein Führer die ganzen dreiundzwanzig Tage bei dir?«

»Nein. Er wird mich zum Titikakasee, zur Stadt Charazani und noch ein Stück weiter fahren. Dann treffe ich mich mit einem der Einheimischen und wohne bei ihm in seinem Haus, das sind Erfahrungen, die sich durch nichts ersetzen lassen.«

»Wie weit ist das von La Paz entfernt?«

»Das kann ich dir in Meilen nicht genau sagen, mein Führer Reymundo meinte, die Fahrt werde ungefähr sechs Stunden dauern.«

»Und dann?«

»Dann gehen wir zu Fuß.«

»Zu Fuß? Wohin?« Willa begann immer ängstlicher zu klingen.

»In eine Gebirgsregion. Dort will ich dokumentieren, was sich für die dort lebenden Alpakahirten und ihre Herden durch den Klimawandel verändert beziehungsweise verschlechtert hat. Die Auswirkungen sollen dramatisch sein.«

»Wie hast du davon erfahren?«

»Ich war zu einem anderen Shooting in Südamerika, in Peru, und lernte den Sohn eines Alpakahirten kennen, der vor Kurzem von einem Besuch bei seiner Familie in dieser Gegend zurückgekehrt war. Er erzählte mir von der schweren Lage seiner Eltern und ihren Kämpfen darum, in einem Land zu überleben, das Generationen vor ihm ernährt hatte. Da entschied ich mich, dass ich das mit eigenen Augen sehen wollte.«

Willa fragte nicht weiter, da es dunkel wurde und der Himmel in einem Feuerwerk explodierte, das in spektakulären Schauern aus Licht und Farbe herabregnete. Bandit lag zwischen Willa und mir und zitterte bei der Knallerei. Endlich vergrub er die Schnauze unter meinem Oberschenkel. Ich legte ihm die Hand auf den Rücken und grub die Finger tief in sein Fell, da ich wusste, dass er Trost und Beruhigung brauchte.

Da Logan mit seiner Mutter am Strand war, erbot er sich, Bandit gleich mit zu sich nach Hause zu nehmen. Ich kniete mich vor meinem Vierbeiner hin und sah ihm in die Augen. »Ich komme zurück, ganz bestimmt.« Dann ließ ich ihn mit Logan gehen. Nach ein paar Schritten blieb er stehen und blickte über seine Schulter zu mir. »Geh weiter«, rief ich ihm zu. »Ich komme bald zu dir zurück.«

Wir warteten, bis Logan und Bandit außer Sicht waren, bevor ich Willa zu ihrem Apartmenthaus brachte, das zwei Straßen vom Strand entfernt lag. Im Mondlicht stehend schlang ich die Arme um sie, sog ihren Lavendelduft ein und legte das Kinn auf ihren Kopf. Lange Zeit taten wir nichts anderes, als uns festzuhalten. Weder sie noch ich sprachen ein Wort, da wir uns quasi bereits früher voneinander verabschiedet hatten.

Als wir uns voneinander lösten, küsste ich sie und versprach ihr, mich zu melden, wenn ich in La Paz gelandet war.

Die Hitze traf mich wie ein Schlag, als ich den Boden der Hauptstadt von Bolivien betrat. Sobald ich mich in meinem Hotelzimmer einquartiert hatte, loggte ich mich in ihr Wi-Fi ein und schickte Willa eine Textnachricht.

Angekommen. Todmüde. Vermisse dich. Es gab noch so viel mehr, was ich sagen wollte, nur war ich seit fast vierundzwanzig Stunden auf den Beinen. Was ich jetzt am dringendsten brauchte, war etwas zu essen, eine heiße Dusche und ein Bett.

Ich schlief fast zehn Stunden. Als ich aufwachte, griff ich als Erstes zu meinem Telefon. Willa enttäuschte mich nicht. Ich las ihre Nachricht und runzelte die Stirn.

Wieso hast du mir nie erzählt, dass du professionell Baseball gespielt hast?

Ich stöhnte. Das war kein Thema, über das ich diskutieren konnte, wenn ich fast sechstausend Meilen weit weg war.

Wer hat dir das erzählt?

Ich wunderte mich über ihre rasche Antwort. *Lucas. Als er hörte, dass wir uns treffen, hat er deine Biografie gegoogelt.*

Machst du Witze?

Sie antwortete nicht, was vermutlich Antwort genug war. Ich wollte sie gerade anrufen, als mein Telefon piepte und mir eine Textnachricht ankündigte.

Kein Witz. Ich weiß nicht, warum du gemeint hast, mir das nicht anvertrauen zu können.

Ich wischte mir mit der Hand übers Gesicht. Sie hatte recht, ich hätte längst darauf zu sprechen kommen müssen. Für mich gehörte Baseball schlicht der Vergangenheit an, ich war meinen Weg weitergegangen und hatte die Tür hinter diesem Teil meines Lebens geschlossen. Der Mann von damals war ich nicht mehr und hoffte, nie wieder so zu werden. Da ich nicht recht wusste, wie ich mich aus dieser Sache herauswinden sollte, entschied ich mich, auf Verzögerungstaktik zu setzen, vielleicht nicht gerade meine Meisterleistung, aber das Beste, was ich momentan tun konnte, bis es mir möglich war, ihr in die Augen zu blicken und alles zu erklären.

Können wir darüber reden, wenn ich zurück bin?

Ich hielt mein Telefon fest, starrte das Display an, wartete auf ihre Antwort.

Okay.

Erleichtert stieß ich einen langen, langsamen Seufzer aus und kam mir vor, als wäre ich einer für mich bestimmten Kugel ausgewichen. Mir wurde klar, dass ich ihre Gefühle verletzt hatte, indem ich ihr nichts gesagt hatte. Nach meiner Rückkehr würde ich mir alle Mühe geben, mein Verhalten zu erklären und gutzumachen. Das Letzte, was ich wollte, war, das zu ruinieren, was sich zwischen uns angesponnen hatte. Die Beziehung war zerbrechlich, noch unentwickelt, nahm noch Gestalt an. Ich hatte gehofft, sie auf Vertrauen aufzubauen, und erkannte jetzt, dass ich derjenige war, der dieses schwache Fundament ins Wanken gebracht hatte.

Am nächsten Tag trafen Reymundo und ich uns in der Hotellobby. Ich verlud meine Ausrüstung in den Range Rover, und wir fuhren am nördlichen Rand des Titikakasees nach Charazani. Die Straßen wurden mit jeder Meile schlechter und die Orte kleiner. Zuvor hatte ich Willa und meinen Eltern in einer E-Mail den Ablauf der nächsten Tage so detailliert beschrieben wie möglich. Ich wollte nicht, dass sich einer von ihnen Sorgen machte, wenn sie die nächsten drei Wochen nichts von mir hörten. Ob es mir gelingen würde, mich irgendwann mit ihnen in Verbindung zu setzen, stand in den Sternen.

Am Ende der Landstraße wurden Reymundo und ich von einem Mann namens Alfonso empfangen, der mich zu seinem Haus bringen würde, das direkt hinter dem Berg lag. Reymundo verabschiedete sich und versprach, in zwanzig Tagen zurückzukommen, um mich abzuholen.

Alfonso und ich liefen vier Stunden, bevor wir sein kleines Haus erreichten. Seine Frau Carmen zeigte mir das Zimmer, das sie für mich vorbereitet hatte. Es enthielt ein schmales Bett und einen wackeligen Tisch. Fließendes Wasser und Strom gab es nicht.

Auf dem Weg hierher hatte ich mörderische Kopfschmerzen bekommen, was vermutlich an der Höhe lag, die immerhin fast dreitausendfünfzig Meter betrug. Ich nahm zwei Aspirin und hoffte, sie würden helfen.

Carmen servierte uns eine Mahlzeit aus Quinoasuppe und getrocknetem Meerschweinchenfleisch. Ich genoss die Wärme der Suppe und schaffte es, das Trockenfleisch hinunterzuwürgen, das noch ekelhafter schmeckte, als ich es mir vorstellen konnte. Immerhin hatte ich gelernt, dass man als Fotojournalist alles essen musste, was einem hingestellt wurde, und dass man besser nicht wusste oder fragte, um was es sich handelte.

In dieser Nacht und in jeder darauffolgenden zog Nebel auf, verbunden mit Kälte. Es war unmöglich, sich behaglich zu fühlen. Ich stand kurz vor dem Erfrieren, glaubte ich zumindest, denn selbst in der Antarktis war mir nie so kalt gewesen.

Trotzdem waren Alfonso und ich immer vor dem Morgengrauen auf den Beinen und arbeiteten mit der Herde. Meine Kopfschmerzen wurden durch nichts besser, begleiteten mich mittlerweile rund um die Uhr. Da ich nicht mehr an den Höhenunterschied als Grund glaubte, ignorierte ich die Beschwerden, so gut ich konnte, und lauschte Alfonsos Geschichten, die mir Aufschluss darüber gaben, wie sehr sich Alfonsos Leben und das der anderen Alpakahirten aufgrund des Wetter- und Klimawandels veränderten.

Er erklärte, dass die Unterschiede bei den Temperaturen und Niederschlägen häufig schwere Stürme auslösten. Zwei erlebte ich hautnah. Der Wind heulte und brachte Blitz und Donner mit sich, gleichzeitig peitschte Regen auf die Erde und wühlte sie auf. Eine Folge davon war weniger Gras für die Tiere, weil die Stürme den Mutterboden abtrugen, oder er war so extrem gefroren, dass die Alpakas das Eis nicht durchbrechen konnten, um das Gras zu fressen. Das Leben war schon ohne Klimawandel schwer genug, jetzt standen die Hirten vor größeren Herausforderungen als je zuvor. Viele verließen die Gegend, und das, was einst ihre Lebensweise gewesen war, verschwand rasch aus dem Landschaftsbild.

Jede Nacht, wenn ich umgeben von Alpakawolle und Häuten, die sich in jeder Ecke des winzigen Häuschens stapelten, im Bett lag, träumte ich von Willa und Oceanside. Ich hatte nie stärker unter Heimweh gelitten als auf dieser Reise. Die primitiven Zustände und die ständigen Kopfschmerzen verstärkten das noch.

11

Willa

Sean war seit zehn Tagen fort, und so merkwürdig es war, mir kam es vor, als würde ein Teil von mir fehlen. Ich kannte ihn kaum, anscheinend noch weniger, als ich gedacht hatte. Als Lucas aufgeregt verkündete, dass Sean professionell Baseball gespielt hatte, war ich überzeugt gewesen, dass es sich um einen anderen Sean O'Malley handelte. Es konnte nicht anders sein, sonst hätte er es mir erzählt, nahm ich an. Ein Irrtum.

In all unseren langen Gesprächen, wenn wir gelacht und Scherze gemacht hatten, war von Sean nicht einmal seine Zeit bei den Profis erwähnt worden. Kein einziges Mal. Mehrere Tage nachdem ich die Neuigkeit erfahren hatte, war ich unsicher gewesen, hatte zwischen Enttäuschung und Ärger geschwankt. Der Umstand, dass er Geheimnisse vor mir hatte, verhieß in meinen Augen für eine ernsthafte Beziehung nichts Gutes.

Abgesehen von ein paar Textnachrichten, die ich bekommen hatte, nachdem er in Bolivien gelandet war, hatte ich nichts von ihm gehört, was nicht anders zu erwarten gewesen war aufgrund des schlechten Empfangs im Land. Wegen der Baseballgeschichte war ich zunächst durcheinander und froh, dass er nicht da war.

Ich brauchte Zeit, um über alles nachzudenken. Und dann beging ich noch einen schweren Fehler. Das war mein Entschluss, im Internet nach ihm zu suchen. Der Sean O'Malley, den ich fand, glich in nichts dem Sean, den ich kennengelernt hatte. Als ich das Foto betrachtete, fiel es mir schwer zu glauben, dass dies mein Sean war. Das Bild zeigte ihn in klassischer Baseballpose auf einen Schläger gestützt. Alles an dem Foto zeugte von Arroganz, und sein Blick unterstützte das: *Ich bin talentiert. Ich bin attraktiv. Ich bin reich.*

Gekränkt und verletzt, muss ich wohl nach Wegen gesucht haben, mich selbst zu bestrafen. Ich suchte nach allem, was ich über seine romantischen Verstrickungen finden konnte und was sich eignete, ihn schlechtzumachen. Es kostete mich keine große Mühe, ein Foto von ihm mit einem Mädchen namens Nikki aufzutreiben, das wie ein Model aussah. Sie war umwerfend, schön, hochgewachsen, mit einem perfekt proportionierten Körper und einem Busen, um den eine Stripperin sie beneidet hätte. Und das schien sie zu wissen. Ihr anmaßendes Lächeln ließ keinen Zweifel daran, dass sie ihre Vorzüge kannte. Was Attraktivität anging, waren sie bestimmt ein perfektes Paar. Als ich noch auf ein anderes Foto von Nikki stieß, auf dem Sean die Arme um die Schönheit schlang, zog ich meinen dünnen Sweater enger um mich, als wäre die Temperatur plötzlich weit unter null gefallen.

Nichtsdestotrotz quälte ich mich weiter. Da ich wissen wollte, was genau passiert war, dass es zu Ende war mit der Sportkarriere, klickte ich das Video an, in dem Sean mit dem Catcher zusammenprallte und sich das

Knie verletzte. Ich schrie leise auf, als ich weiter verfolgte, wie ihm die Sanitäter zu Hilfe eilten. Er muss fürchterliche Schmerzen gehabt haben. Eine Sportzeitschrift veröffentlichte einen Artikel über das Unglück und gab bekannt, dass diese Verletzung nicht behoben werden könne und das Ende seiner Karriere bedeute.

Sean und seine Geheimnisse waren nicht die einzigen Sorgen, die mich plagten. Harper musste zu ihrer halbjährlichen Untersuchung nach Seattle. Diesmal existierte noch ein erfreulicher Anlass für diese Fahrt: Chantelle wollte, dass wir uns die Brautjungfernkleider ansahen, die sie für uns beide entworfen hatte.

»Ich möchte irgendetwas mit meinen Haaren machen«, bemerkte Harper, als wir in das Auto stiegen. Wir hatten den Termin auf Mittwoch gelegt, weil das im Coffeeshop der ruhigste Tag der Woche war.

»An was denkst du bei deinen Haaren?«, fragte ich.

Vor dem Krebs waren Harpers Haare glatt und dicht gewesen und ihr bis über den halben Rücken gefallen. Nach ihrer ersten Chemotherapie fielen sie ihr büschelweise aus. Ich hatte deswegen mehr Tränen vergossen als Harper. Wie es der Onkologe versprochen hatte, wuchsen sie nach, seltsamerweise zunächst in kleinen Löckchen. Inzwischen waren sie wieder schulterlang und glatt, und sie trug sie oft in einem lockeren Knoten auf dem Kopf. Sie sah toll damit aus, und ich hatte keine Ahnung, warum sie damit experimentieren wollte.

»Ich denke daran, sie abschneiden zu lassen.«

»Okay.«

Harper kicherte. »Ich bitte dich nicht um deine

Erlaubnis. Du bist ein richtiges Muttertier. Du solltest Sean heiraten und ein halbes Dutzend Kinder kriegen.«

Meine Schwester trieb es auf die Spitze, sodass ich gerade mal gezwungen lächeln konnte.

»Sieh mich nicht so an. Du wirst eine wunderbare Mutter abgeben. Schau dir an, wie viel Übung du hast. Immerhin musstest du mit mir üben.«

Nach der Hälfte der zweieinhalbstündigen Fahrt warf meine Schwester, die diesmal fuhr, mir einen vorwurfsvollen Blick zu. »Würdest du bitte aufhören?«

»Womit aufhören?«, fragte ich verwundert

»Dir Sorgen zu machen. Du bist jedes Mal so, wenn ich zu meiner Blutuntersuchung muss. Ich selbst fühle mich großartig, weil ich drei gute Jahre hatte. Wenn sich herausstellt, dass der Krebs zurück ist, dann ist er zurück. Wir werden genauso damit umgehen wie beim letzten Mal und dem Himmel für die zusätzlichen Jahre danken, die mir vergönnt waren.«

Harper hatte recht, dass ich tagelang wegen dieser bevorstehenden Blutuntersuchung grübeln musste, wobei es mir mit Sean nicht gerade besser ergangen war. Ich müsste einfach auf der ganzen Linie positiver eingestellt sein.

»Ich bin immer nervös, wenn es um deine Bluttests geht.«

»Erinnerst du dich daran, wie du mir Knochenmark gespendet hast?«

Das war etwas, das ich wohl nie vergessen würde. »Natürlich erinnere ich mich daran.«

»Wir sind so verschieden, wie zwei Schwestern es selten sind, dennoch hast du optimal als Spender gepasst.

Dein Knochenmark hat mir das Leben gerettet. Vergiss das nicht.«

»Äh, nein. Aber was soll das zu bedeuten haben?«

Harper lächelte breit. »Ich bin so gesund wie du. Jetzt lächele endlich, wir werden einen schönen Tag haben, in weniger als einer Stunde im Krankenhaus fertig sein, und dann treffen wir uns mit Chantelle zum Lunch und sehen uns Kleiderentwürfe an. Ich kann mir keine bessere Art vorstellen, meinen Nachmittag zu verbringen.«

Meine Schwester hatte recht. Es stand mir nicht zu, die Rolle von Atlas zu spielen, der die Last der Welt auf seinen Schultern trug. Mit meiner ständigen Schwarzmalerei, die Harpers positiver Lebenshaltung widersprach, erstickte ich ihre natürliche Lebensfreude.

»Ich bin begeistert, dass sie Burgunderrot als Hochzeitsfarbe ausgesucht hat«, wechselte ich das Thema, um auf etwas Erfreulicheres zu sprechen zu kommen. »Das ist ziemlich ungewöhnlich für Dezember.« Der Gedanke an Lucas' und Chantelles Hochzeit hob meine Lebensgeister. Wie mein Bruder sein Leben optimistisch vorantrieb, sollte ich mir als Vorbild nehmen.

»Ich finde die Farbe ebenfalls toll«, stimmte Harper zu. »Hast du mal darüber nachgedacht, welche Farben du gerne für deine Hochzeit hättest?«

»Gute Frage, ich muss erst mal einen Bräutigam finden, bevor ich über Farbzusammenstellungen nachdenke.« Ich sah Harper an, dass sie etwas sagen wollte, und kam ihr zuvor. »Und was ist mit dir?«

»Flieder. Ich habe diese Farbe immer geliebt, genau wie die Blumen an den Sträuchern«, erwiderte sie träumerisch.

»Du wirst eine wunderschöne Braut sein.«

»Du auch, große Schwester.«

»Leider jetzt noch nicht.«

»Das gilt genauso für mich. Was dich betrifft, weiß ich eines mit Sicherheit. Dort draußen wartet jemand auf dich.«

»Und auf dich«, konterte ich.

Sie nahm die nächste Ausfahrt, und das war das Ende unseres Gesprächs.

Harper behielt recht, ihre Blutabnahme dauerte weit weniger lange, als ich gedacht hatte. Die Wartezeit war das Schlimmste, und die lag irgendwo zwischen drei und sechs Stunden, bis wir die Ergebnisse bekommen konnten. Wenn sich irgendeine Auffälligkeit zeigte, würde der Arzt noch heute anrufen. Je länger wir auf den Bericht warten mussten, desto geringer war die Chance, dass es ein Problem gab.

Chantelle saß bereits an einem Tisch, als wir im Restaurant ankamen. Sie hatte mediterrane Küche gewählt, weil sie gesund war und Harper seit ihrer Krebserkrankung zu einem kleinen Gesundheitsapostel mutiert war.

»Ich habe Zeichnungen der Kleider, die ich für euch entworfen habe«, sagte Chantelle, nachdem wir unsere Bestellungen aufgegeben hatten. »Die Farben sind zwar dieselben, doch ich habe für jedes einen anderen Stil genommen. Meine Schwester hat ihr Okay für das Ehrenbrautjungfernkleid vor Kurzem gegeben. Sobald ich eure Zustimmung habe, fange ich mit euren Roben an.«

Sie reichte jeder von uns eine Zeichnung zur Begutachtung. Mein Kleid war klassisch, bodenlang, mit langen Ärmeln und einem tiefen V-Ausschnitt. Schlicht und schön, eher in einem tiefen Rostrot gehalten als in Burgunderrot.

»Wie findet ihr die Entwürfe?«, erkundigte sich Chantelle neugierig.

Ich konnte nicht aufhören, das Design zu bewundern. »Besser geht's nicht.«

Harpers Modell war überraschend anders. Ein dreiviertellanger Tellerrock, der sich von der Taille an bauschte. Das Oberteil hingegen glich meinem mit ein paar kleinen Veränderungen. Jedes Kleid passte haargenau zu unseren Persönlichkeiten.

»Ich liebe es«, schwärmte Harper.

»Dann ist das ein Okay?«

»Unbedingt. Ich hoffe, mein Bruder weiß sein Glück, dich heiraten zu dürfen, wirklich zu schätzen.«

Der Anruf wegen der Testergebnisse kam auf der Rückfahrt. Harpers Telefon klingelte, als wir uns Tacoma näherten.

»Geh ran«, forderte meine Schwester mich auf, »du kannst so tun, als wärst du ich. Die Assistentin wird den Unterschied nicht merken.«

»Geh an das verdammte Telefon«, zischte sie.

»Okay, okay.« Ich griff danach und schloss die Hand so fest um die Hülle, dass ich fürchtete, meine Finger würden Dellen hinterlassen. »Hallo, hier ist Harper Lakey.« Ich schwöre, dass ich während des gesamten Gesprächs, das glücklicherweise nicht lange dauerte, den Atem anhielt. Ich bekam den Bericht und legte das Telefon weg.

»Und?« Harpers Stimme war kaum mehr als ein Flüstern. Sie hatte genau solche Angst gehabt wie ich, wenngleich sie sich bislang nichts hatte anmerken lassen. Ihr routiniertes Keepsmiling war eine geschickte Täuschung.

»Alles sieht gut aus. Es gibt keinerlei Anzeichen für Leukämie.«

Ihr Seufzer war stark genug, um sämtliche Kerzen auf einer Geburtstagstorte auszublasen. »Habe ich es dir nicht gesagt«, erklärte sie nicht gerade wahrheitsgemäß, weil sie ihre Ängste letztlich nicht zugeben wollte.

»Ja, das hast du«, räumte ich ein und versuchte, das aufsteigende Glücksgefühl zu unterdrücken, um nicht vorschnell zu sein.

Diese Nacht schlief ich besser, als ich es getan hatte, seit Sean nach Bolivien aufgebrochen war. Das hieß nicht, dass ich ihn nicht vermisste, denn egal, was ich über ihn in Erfahrung gebracht hatte, drehten sich meine Gedanken ständig um ihn.

Am nächsten Nachmittag beschloss ich, nach Bandit zu sehen. Zwar wusste ich, dass Logan gut für ihn sorgte, aber mir lag auf der Seele, dass der Hund einmal mehr von einem Besitzer zurückgelassen worden war, gerade als er begonnen hatte, sich an sein neues Zuhause zu gewöhnen. Sicherlich stimmte ihn das hoffnungslos.

Teresa Hofferts Haus lag weniger als eine halbe Meile von meinem entfernt, also entschied ich mich, nach meinem Strandspaziergang dort vorbeizugehen. Zu meiner Freude sah ich Logan vor dem Haus, wo er Bandit und einem anderen Mischling gleicher Größe einen Ball zuwarf. Ich erinnerte mich, dass Sean mir erzählt hatte, Keaton habe dem Jungen vor ein paar Jahren einen Welpen geschenkt.

»Hey, Logan«, rief ich ihm zu, als ich auf die Vorderveranda zuging. »Wie läuft es?«

»Okay, schätze ich. Mom ist zu Hause.«

»Eigentlich bin ich gekommen, um nach Bandit zu sehen.«

Als er seinen Namen hörte und mich sah, rannte er sofort zum Tor. Logan machte es auf, damit ich hindurchgehen konnte. Der Hund hatte sich hingesetzt und blickte mit dunklen, traurigen Augen zu mir hoch.

»Ach, Bandit«, flüsterte ich und bückte mich, um die Arme um seinen Hals zu schlingen. »Ich vermisse ihn genauso.«

Der ehemalige Streuner bellte leise, als würde er verstehen.

»Er hat nicht viel gefressen«, sagte Teresa, die auf die Vorderveranda trat, und mir wurde klar, dass Bandit mit Seans langer Abwesenheit nicht gut fertigwurde. Offenbar nicht besser als ich.

»Wie wäre es mit einem Glas Eistee?«, fragte Teresa, die wie immer herzlich und gastfreundlich war.

Ich nahm das Angebot mit einem Nicken dankend an, setzte mich auf die oberste Verandastufe, blickte über das Grundstück hinweg und lud den Hund stumm ein, mir Gesellschaft zu leisten. Bandit trottete langsam zu mir und legte den Kopf in meinen Schoß. Ich streichelte ihn sanft, um ihn zu trösten, während Teresa sich um den Tee kümmerte.

»Logan, hol mal seinen Futternapf«, schlug ich vor, weil ich vermutete, dass Bandit mehr Appetit haben würde, wenn eine vertraute Person in seiner Nähe war.

Bandit warf einen verächtlichen Blick auf das Trockenfutter und legte den Kopf wieder in meinen Schoß.

»Ich wünschte, ich könnte dich mit zu mir nach Hause nehmen«, flüsterte ich und fuhr mit den Fingern durch sein kurzes Fell. »Das geht leider nicht. Harper und ich riskieren schon eine Kündigung wegen Snowball. Und ein Hund fällt erst recht auf.«

»Vielleicht könnten Sie noch mal vorbeischauen«, meinte Logan.

»Mache ich.«

Teresa brachte das kalte Getränk heraus und setzte sich zu mir. Wir unterhielten uns ein paar Minuten, und sie erwähnte, dass sie mich am Mittwoch im Café vermisst hatte.

»Harper und ich waren in Seattle«, erklärte ich und berichtete ihr vom guten Ergebnis bei Harper und von Lucas' Hochzeitsplänen.

»Wie geht es deinem Dad?«

Teresa hatte meine Mutter gekannt und wusste, wie sehr ihr Tod meinem Vater zugesetzt hatte. »Wie immer. Wir hören nicht viel von ihm.«

Seit unserem Dinner im Casino hatte ich ein paarmal angerufen und Nachrichten hinterlassen, ohne Rückmeldungen zu erhalten. Er meldete sich nicht einmal wegen Harpers Testergebnissen. Daher befürchtete ich, dass er wieder trank, eine Angst, die mir ständig im Hinterkopf herumspukte.

Teresa nickte verständnisvoll, weil sie selbst mit einem Alkoholiker verheiratet gewesen war.

»Es ist, wie es ist«, sagte ich. »Mal so, mal so. Das ist sein Verhaltensmuster. Manchmal trinkt er tage- und oft wochenlang nichts, und dann geschieht etwas, das ihn zur Flasche greifen lässt. Wahrscheinlich wollte er diesmal seine Angst vor Harpers Untersuchung ertränken.«

»Ich weiß nicht, was deine Familie ohne dich getan hätte«, sagte Teresa mitleidig.

»Was hätte ich sonst machen sollen?« Ich überging das Kompliment. Schließlich hatte ich bloß getan, was notwendig war. Hätten andere Möglichkeiten bestanden, hätte ich sie angenommen.

Eine halbe Stunde später verabschiedete ich mich mit dem Versprechen, bald wiederzukommen, von Teresa und Logan. Bandit begleitete mich bis zum Tor und folgte dann dem Zaun so weit, wie er konnte. Die Traurigkeit in seinen Augen brach mir fast das Herz.

Harper war nicht im Apartment, als ich zurückkam. Snowball schlief auf meinem Bett. Die Katze weigerte sich zu akzeptieren, dass sie meiner Schwester gehörte, nicht mir. Als ich gerade den leeren Futternapf füllte, ging die Vordertür auf, und Harper rief: »Mach die Augen zu!«

»Was?«

»Du hast mich gehört. Ich komme nicht herein, bis du dich umdrehst und die Augen schließt.«

»Warum?« Wenn sie eine weitere Katze anschleppte, würde ich ein Machtwort sprechen.

»Das siehst du gleich. Mach endlich.«

Vor mich hin meckernd, folgte ich ihren Anweisungen. »Kann ich jetzt hingucken?«

»Noch nicht. Erinnerst du dich, dass ich etwas an meinen Haaren verändern wollte?«

»Ich erinnere mich.«

»Okay, du kannst schauen.«

Ich ließ die Hände sinken, drehte mich um und stellte fest, dass meine Schwester in der Tat etwas verändert hatte. Ihre Haare wiesen eine silbrig lavendelfarbene Schattierung auf. Mir blieb vor Überraschung der Mund offen stehen.

»Na, was sagst du?«, fragte sie und fügte hinzu: »John gefällt es.«

Da mir die Worte fehlten, begann ich zu grinsen.

»Es gefällt dir nicht«, sagte Harper vorwurfsvoll.

»Und ob es mir gefällt. Es ist so originell und ausgefallen. Ich liebe es.«

Ihre Schultern lockerten sich. »Wunderbar. Wir sollten dasselbe mit dir machen als Überraschung für Sean, wenn er zurückkommt.«

Ich winkte ab. »Kommt nicht infrage, für dich ist es großartig, für mich eher nicht.«

Bestenfalls dachte ich an Sean. Für meinen Geschmack konnte er gar nicht schnell genug nach Oceanside zurückkommen.

12

Sean

Unterwegs im Flieger nach Seattle wurde mir klar, dass ich nicht schnell genug nach Oceanside zurückkehren konnte. Es ging schließlich darum, Willa wiederzusehen. Außerdem freute ich mich darauf, in meinem eigenen Bett zu schlafen, lange zu duschen und etwas zu essen, das genießbar war. Ich wusste nicht, ob ich je wieder in der Lage sein würde, ein Meerschweinchen mit denselben Augen zu betrachten wie früher. Obwohl die Annehmlichkeiten meines Zuhauses verlockend waren, reizte mich das Wiedersehen mit Willa weit mehr.

Ich hatte ihr keine Nachricht geschickt oder sie angerufen, bevor ich den Flug zurück nach Seattle genommen hatte. Jegliches Gespräch würde mit Sicherheit auch meine Vergangenheit betreffen, und das musste passieren, wenn wir uns in die Augen sehen konnten. Die Stunden, die es dauerte, von Bolivien zurückzukehren, zogen sich hin wie Kaugummi. Ich konnte mich an keine vierundzwanzig Stunden meines Lebens erinnern, die langsamer vergangen wären. Es drängte mich, Erklärungen abzugeben, reinen Tisch zu machen, und ich betete, sie würde mir mein Widerstreben, sie in meine Vergangenheit einzuweihen, nicht allzu übel nehmen.

Als ich wieder in der Stadt war, machte ich zuerst dort halt, wo ich Willa finden würde. Fünf Minuten bevor sie das Café schloss, kam ich dort an. Ich parkte das Auto genau vor dem Laden und blieb, unfähig, mich zu rühren, etliche Minuten darin sitzen. Mein Herz raste mit Überschallgeschwindigkeit, bis mir schwindelig wurde.

Wenngleich ich es kaum erwarten konnte, sie zu sehen, hatte ich Angst, dass meine Geheimniskrämerei sie zu sehr verletzt hatte. Wie sollte ich damit fertig werden? Ich brauchte Willa als Teil meines Lebens und musste ihr klarmachen, wie richtig es sich anfühlte, mit ihr zusammen zu sein. In Gedanken flossen die Worte nur so aus mir heraus. Falls das nichts nützte und ich sie verloren hatte, war das einzig und allein mir selbst und meiner Dummheit zuzuschreiben.

Als ich das Warten nicht länger ertragen konnte, stieg ich aus dem Auto und ging in den Coffeeshop, der zum Glück leer war. Willa räumte gerade das übrig gebliebene Gebäck für die Nacht weg. Als die Glocke über der Tür klingelte, blickte sie auf, und augenblicklich formten ihre Lippen meinen Namen. »Sean.«

Ein paar Momente lang rührte sich keiner von uns beiden vom Fleck. Ich blieb in der Tür stehen, sie auf der anderen Seite des Tresens. Doch dann rannte Willa um die Theke herum und warf sich in meine Arme. Als ich sie umarmen konnte, hatte ich zum ersten Mal wirklich das Gefühl, zu Hause angekommen zu sein.

»Du bist wieder da«, rief sie, schlang die Arme um meinen Hals und drückte mich an sich, als wollte sie mich nie wieder loslassen. Zudem spürte ich, dass Tränen aus ihren Augen rannen und meinen Hals nass machten.

»Ich bin als Erstes hierhergekommen, weil ich dich sehen musste.«

Sie lehnte sich zurück, ihre Hände umschlossen mein Gesicht, und ihr tränenfeuchtes Lächeln gab mir den Rest. Entweder küssen oder sterben. Mein Mund verschmolz mit ihrem, und wir küssten uns, bis wir beide außer Atem waren. Es erschien unmöglich, mit einem einzigen Kuss genug zu bekommen.

Als wir uns voneinander lösten, strich sie mir mit der Hand über das Kinn und sagte: »Bandit ist es ohne dich nicht gut gegangen. Der arme Hund leidet unter typischen Verlustängsten.«

Ihr Blick hielt mich fest, als würde sie eigentlich von sich selbst sprechen, nicht von Bandit. Es mochte egoistisch sein, aber ich musste es wissen. »Und was ist mit dir?«

Sie antwortete mit einem schwachen Lächeln und schlug die Augen nieder, als würde sie der Frage lieber ausweichen. »Ich wusste nicht, dass dreiundzwanzig Tage so lang sein können.«

Ich grinste und küsste sie erneut. »Da ist es dir nicht anders ergangen als mir.« Es fiel mir schwer, den Blick nicht von ihr abzuwenden. Das war es, was ich brauchte, wonach ich mich gesehnt hatte: mit Willa zusammen zu sein, sie zu halten und zu küssen. Es kam mir vor, als könnte ich erst jetzt wieder frei atmen.

»Mir ist klar, dass wir reden müssen«, sagte ich zu ihr. »Und das werden wir, das verspreche ich.«

Sie schluckte hart und nickte. »Ja, das sollten wir tun, nicht heute. Du bist todmüde. Morgen?«

»Morgen«, stimmte ich zu.

In den letzten drei Wochen hatte ich mir gedanklich zurechtgelegt, was ich sagen wollte. Hoffentlich reichte es, um sie davon zu überzeugen, dass es den eingebildeten, egozentrischen Idioten, der ich einmal gewesen war, nicht mehr gab. Ich betete inbrünstig, dass sie nicht im Internet gesucht und Fotos von mir und Nikki gefunden hatte.

»Wie war es in Bolivien? Hast du bekommen, was du brauchtest?«, fragte sie, als sie mich zu einem Tisch führte, wo wir sitzen und uns unterhalten konnten.

»Ich denke schon. Schätzungsweise habe ich zehntausend Fotos gemacht.«

»Zehntausend?«

»Du wirst noch so einiges sehen. Ich muss sie erst sortieren und beurteilen, welche das Leben dieser Hirten und das ihrer Tiere am besten widerspiegeln. Ich werde unzählige Stunden vor dem Computer sitzen müssen oder in der Dunkelkammer und hoffe, dass du verstehst, wenn ich weniger Zeit habe.«

»Wie wäre es, wenn ich dir morgen Abend ein Essen vorbeibringe? Dann kannst du mir von Bolivien erzählen und mir ein paar von deinen Fotos zeigen. Außerdem können wir reden.«

Das war die ideale Lösung. Ich hatte seit Wochen nichts Anständiges mehr gegessen. »Ja. Bitte, das wäre ein Traum nach dem Essen bei den Hirten.«

»Wann soll ich ungefähr da sein?«

»Wann immer du willst. Ich habe mich so nach deiner Gesellschaft gesehnt und brenne darauf, die Dinge zwischen uns zu klären.«

Nach diesem Zusammentreffen mit Willa holte ich erst mal Bandit ab. Als wir zu Hause ankamen, war ich vollkommen erledigt. Ich lud das Auto aus, packte meine Ausrüstung aus und warf sämtliche Kleidungsstücke aus meinem Rucksack in die Waschmaschine. Anschließend zitterte ich vor Erschöpfung und wäre unter der Dusche fast eingeschlafen.

»Okay, jetzt ab ins Bett.« Ich wusste nicht, wen ich überreden wollte außer Bandit, der meine Aufforderung sofort verstand. Mich indes reizte nichts mehr als zehn Stunden fester Schlaf. Kein Essen. Keine Arbeit. Nichts.

Am Morgen wachte ich mit monstermäßigen Kopfschmerzen auf, war kaum imstande, den Kopf vom Kissen zu heben. Bandit stand neben meinem Bett, legte die Schnauze auf die Matratze und wartete darauf, dass ich ihn fütterte und hinausließ.

»Ich fühle mich nicht so toll«, gelang es mir hervorzustoßen. Da mich ein gewaltiger Schüttelfrost plagte, zog ich die Decke um meine Schultern und rollte mich zu einem Ball zusammen. Ich musste wieder eingeschlafen sein, denn irgendwann weckte mich Bandits Bellen.

Mit Anstrengung schaffte ich es, ihn ins Freie zu lassen, damit er sein Geschäft verrichten konnte. Ich schüttete Futter in seinen Napf und fiel praktisch ins Bett zurück. Mein Kopf dröhnte, als würde ihn jemand mit einem Presslufthammer bearbeiten. Keine Tablette konnte den unaufhörlichen höllischen Schmerz lindern. Von all den Reisen, die ich im Laufe der Jahre unternommen hatte, war ich von keiner in einer so jämmerlichen Verfassung zurückgekommen.

Statt im Bett zu bleiben, zwang ich mich gegen vier

Uhr, aufzustehen und mich anzuziehen, da Willa jeden Moment da sein würde. Die Kälteschauer ließen nicht nach, gleichzeitig schwitzte ich heftig, sodass ich die Decke gegen die Kälte zwischendurch zur Seite warf.

Willa erschien um Viertel vor fünf. Sie warf einen Blick auf mich, und ihre Miene wechselte von Freude zu Sorge. »Du bist krank«, stellte sie erschrocken fest.

»Sieht so aus.« Fairerweise hätte ich sie warnen sollen, damit sie gar nicht erst kam, aber dazu war ich zu selbstsüchtig. Mein Bedürfnis, sie zu sehen, die Dinge zwischen uns zu klären, hatte über meinen gesunden Menschenverstand gesiegt.

Sie brachte die Auflaufform in die Küche, sah mich an und runzelte die Stirn. »Du gehörst ins Bett.«

»Kommst du mit?«

»Sehr komisch! Wo hast du dein Fieberthermometer?«

Benommen stolperte ich ins Schlafzimmer. »Hab keins.«

»Sean!«

Bei ihr klang das, als hätte ich kein Toilettenpapier da. Trotz aller Reisen, die ich im Laufe der Jahre gemacht hatte, hatte ich nie eines gebraucht. Ich war jung, gesund und nicht auf den Kopf gefallen. Ich trank Wasser entweder aus Flaschen oder abgekocht, ich achtete auf die nötigen Impfungen und passte auf, was ich aß.

Willa half mir ins Bett und zog die Decke über mich. Dann wandte sie sich zum Gehen.

»Geh nicht«, bat ich sie vergeblich. Ich klang wie ein großes, hilfloses Baby.

137

»Ich komme wieder, und wenn es dir morgen früh nicht besser geht, bringe ich dich zum Arzt.«

»Mir wird es bestimmt besser gehen«, sagte ich aus reinem Wunschdenken heraus.

Nachdem die Vordertür geschlossen worden war, döste ich wieder weg, wenngleich ich den größten Teil des Tages verschlafen hatte. Es schienen lediglich Minuten vergangen zu sein, als Willa zurückkam. Schüttelfrost plagte mich, und mein Bettzeug war durchweicht.

Sie blieb bei mir, wischte mein Gesicht mit einem feuchten Tuch ab, flößte mir eine Flüssigkeit ein und flippte aus, als das Thermometer über neununddreißig Grad anzeigte.

»Ich muss dich in die Klinik bringen.« Sie schlug die Decke zurück und versuchte, mich aus dem Bett zu ziehen.

Mein Kopf hämmerte, und mein Körper fühlte sich an wie von einem Schneepflug überrollt. »Morgen.« Die Klinik in Oceanside war geschlossen, und die nächste befand sich in Aberdeen. Ich hatte nicht die geringste Lust, mein Bett zu verlassen und in eine andere Stadt zu fahren. Nicht mit Migräne und hohem Fieber. Was ich am dringendsten brauchte, war Willa, die auf mich aufpasste.

»Ich verstehe das nicht.« Willa marschierte in meinem Schlafzimmer auf und ab. »Als ich dich zuerst gesehen habe, schienst du ganz in Ordnung zu sein.«

Ich verstand es genauso wenig, verspürte allerdings keine Kraft, Willa genauer zu schildern, welche Beschwerden ich hatte. Tatsache war, dass mein ganzer Körper vor Schmerzen schrie.

»Wenn das deine Art ist, uns dazu zu bringen, nicht miteinander zu reden, dann neigst du zu Extremen«, sagte sie scherzhaft, während sie mein Gesicht mit einem kühlen Tuch abtupfte. Mir fielen die Augen zu, und ganz am Rande bekam ich mit, dass Willa telefonierte. Ich wusste nicht, mit wem sie sprach, bis Harpers Name fiel.

Nachdem sie das Gespräch beendet hatte, legte sie mir eine Hand auf die Stirn. »Ich bleibe über Nacht.«

»Auf diese Weise wollte ich dich nicht unbedingt in mein Bett locken«, murmelte ich und musste die Worte wohl laut ausgesprochen haben, denn Willa lachte.

Während der Nacht weckte mich meine Pflegerin, die eigentlich etwas ganz anderes sein sollte, alle paar Stunden. Sie maß meine Temperatur und zwang mich, irgendein widerlich schmeckendes Gebräu zu trinken. Mein Kopf hörte nicht auf zu pochen, ich fror und schwitzte und konnte nicht verstehen, wie das gleichzeitig möglich war.

Am nächsten Morgen verfrachtete Willa mich ins Auto und fuhr mich in die Klinik zu Dr. Annie. Mittlerweile glaubte ich, dass ich mir mit dem Essen in Bolivien ein Virus eingefangen hatte. Ich wurde untersucht und bekam ein Rezept, um dem unbekannten Virus den Garaus zu machen.

Der Praxisbesuch und die darauffolgenden Tests schienen den halben Tag zu dauern. Ich fühlte mich schwach und wollte einfach nach Hause und ins Bett. Willa fuhr mich, wechselte meine Bettwäsche und deckte mich zu. Zwischendurch flößte sie mir Brühe ein und wich mir nicht von der Seite.

Das Wissen, dass ich sie von ihrem Coffeeshop fern-
hielt, lastete schwer auf mir. Doch so sehr es mir wider-
strebte, es zuzugeben, ich brauchte sie. Trotz der Antibiotika hielt sich meine Temperatur zwei weitere Tage
bei über neununddreißig Grad.

Am dritten Morgen rief Willa Dr. Annie an. »Das ist
etwas Schlimmeres als ein Virus«, sagte sie. »Sein Fieber ist nicht gesunken, und es geht ihm nicht besser.
Irgendetwas stimmt hier ganz und gar nicht.« Sie klang
verzweifelt, und ihre Stimme zitterte. Ich erkannte, dass
sie Angst hatte, und ihre Angst schürte meine. Könnte
ich sterben? Da ich noch nie so krank gewesen war,
musste ich mir diese Frage stellen.

In meine eigenen Gedanken versunken bekam ich
den Rest des Gesprächs nicht mehr mit. Das Nächste,
was ich merkte, war, dass Willa mich aus dem Bett holte,
in ihr Auto verfrachtete und erklärte, dass wir nach
Aberdeen fahren würden.

»Wo bringst du mich hin?«

»Dr. Keaton hat eine Freundin angerufen, eine Spe-
zialistin für Infektionskrankheiten. Sie ist einverstanden, dich sofort dranzunehmen.«

Mittlerweile war ich zu fast allem bereit, um diesen
ständigen Schmerzen und dem Krankheitsgefühl ein
Ende zu bereiten. Wenn die Antibiotika nicht halfen,
was dann?

Auf der Fahrt nach Aberdeen murmelte Willa unaufhörlich vor sich hin. »Ich hätte an deinem ersten
Abend meinem Instinkt folgen sollen«, sagte sie ärgerlich.

»Es tut mir leid, Willa.« Ich hasste es, dass sie mich so

sehen musste. Andererseits wusste ich nicht, was ich
ohne sie angefangen hätte.

»Ich bin dir nicht böse, Sean. Ich bin wütend auf
mich selbst. Für eine leichte Infektion geht es dir viel zu
schlecht. Und du zeigst nicht die Symptome von jemandem, der sich ein Virus eingefangen hat. Das hier ist um
einiges schlimmer.«

»Vielleicht nicht. Ich …«

»Hör auf, ich bin nicht blöd«, schnitt sie mir das Wort
ab. »Weißt du überhaupt, wie viele Stunden ich bei Harper im Krankenhaus verbracht habe? Natürlich weißt
du das nicht. Mit dem, was ich gelernt habe, als sie Leukämie hatte, könnte ich ein Medizinerteam beraten.«

Wenn ich die Kraft gehabt hätte zu antworten, hätte
ich es getan. Als wir in Aberdeen ankamen, führte mich
Willa in die Praxis, und sofort wurden wir in den Untersuchungsraum geführt.

Die Ärztin untersuchte mich gründlich und nahm
mir Blut ab. Ich beantwortete hundert oder mehr Fragen, und sie verordnete mir eine zehntägige Behandlung mit einem Antibiotikum, verbunden mit der Warnung, dass es sich um ein starkes Medikament handelte,
das oft mit Nebenwirkungen verbunden sei. Zwar hatten wir immer noch keine Antworten, doch eines wussten wir: Was immer ich mir eingehandelt hatte, konnte
nicht mit normalen Grippemitteln bekämpft werden.

Das war ernster.

Auf dem Rückweg schwieg Willa. Ich hatte sie lange
genug in Anspruch genommen. Zeit, die Familie zu
Hilfe zu rufen. Meine Brust zog sich zusammen, und ich
griff nach meinem Telefon.

»Wen rufst du an?«, fragte sie, als wir uns Oceanside näherten.

»Meine Eltern.«

»Gute Idee. Soll ich mit ihnen reden?«, fragte sie, als sie merkte, wie heftig meine Hand zitterte.

»Das wäre vielleicht das Beste.«

Willa brachte mich ins Haus. Nachdem ich fast vier Tage im Bett verbracht hatte, war das der letzte Ort, wo ich hinwollte. »Lass mich noch ein bisschen hier sitzen«, sagte ich, als sie versuchte, mich in mein Schlafzimmer zu bugsieren.

»Okay.« Sie drückte mich in den Sessel und holte eine Decke, die sie um mich schlang, bevor sie mir eine Tasse heiße Hühnerbrühe brachte. Ich wollte ihr gerade erklären, was sie meinen Eltern sagen sollte, als das Telefon klingelte.

Das Display zeigte an, dass es die Oceanside Clinic war. Ich nahm den Anruf entgegen und stellte das Telefon auf laut.

»Sean, hier ist Dr. Annie Keaton. Die Testergebnisse von der Stuhlprobe, die wir genommen haben, sind da.«

»Ist es ein Virus?«, fragte ich.

»Nein, Sean, Sie haben Typhus.«

13

Willa

Die Nachricht, dass Sean an Typhus litt, war ein Schock und zugleich eine Erleichterung. Ähnlich war es mir ergangen, als wir erfuhren, dass Harper Leukämie hatte. Erst der Schock, gefolgt von dem Gefühl, dass wir jetzt zumindest wussten, womit wir es zu tun hatten, und den Kampf aufnehmen konnten.

Was ich nicht wusste, war, wie ernst diese Diagnose war. Typhus war nichts, was man auf die leichte Schulter nehmen sollte. Dr. Morgan, die Infektionsspezialistin, hatte innerhalb kurzer Zeit erkannt, dass es sich nicht um eine normale, wenig gefährliche Infektion handelte.

Ich tat, worum Sean mich gebeten hatte, rief seine Eltern an und sprach mit seinem Vater. Keine zwölf Stunden nach unserem Gespräch saßen seine Eltern in einem Flieger aus Phoenix, wo sie ihren Ruhestand verbrachten, nach Seattle. An dem Morgen, an dem sie ankamen, war ich gerade bei Sean.

Seine Mutter stürmte in das Haus wie ein Güterzug, der in einen Tunnel brauste, und hätte mich in ihrer Eile, zu ihrem Sohn zu gelangen, beinahe umgerannt. »Mein Junge, du hast Typhus! Wieso?«, rief sie aufgebracht, als würde ihn eine Schuld treffen.

Sean stöhnte und lehnte den Kopf gegen die Lehne des weich gepolsterten Sessels, in dem er saß. »Mom, bitte. Mir geht es gut.«

Er sah mich an, und ich las die Entschuldigung in seinen Augen. Ich verstand ihn besser, als er ahnte. Meine Mutter hätte genauso reagiert.

Sein Vater folgte ihr dicht auf dem Fuß und schleppte zwei Koffer herein. »Patrick O'Malley«, stellte er sich vor, als er sich an mir vorbeischob.

»Ich bin Willa. Willa Lakey.«

Seine Mutter fuhr herum, als sie meinen Namen hörte. »Sie sind Willa?«, fragte sie und durchbohrte mich mit einem Laserblick, unter dem ich mich unbehaglich gefühlt hätte, wenn darauf nicht ein freundliches Lächeln gefolgt wäre, das ihre strengen Züge weicher werden ließ.

»Sie sind also Willa«, wiederholte sie, zog mich ohne ein weiteres Wort in die Arme und drückte mich an sich, als wäre ich ein lang verschollenes Familienmitglied. »Ich bin Joanna und sehr erfreut, Sie kennenzulernen.«

»Mom, Dad ...« Sean kam nicht dazu, den Satz zu Ende zu bringen.

Seine Mutter nahm mich ins Kreuzverhör, wie es weiterging mit ihrem Sohn. »Wie hoch ist seine Temperatur? Wann hat er zuletzt etwas gegessen? Auf was muss ich achten? Sollte er nicht im Krankenhaus sein?« Die Fragen prasselten alle auf einmal auf mich ein, ohne mir Zeit zum Antworten zu lassen.

»Mom«, protestierte Sean. »Lass Willa besser mal Luft holen, ja?«

»Vielleicht stellst du besser eine Frage nach der anderen«, warf sein Vater ein, der die Koffer in das freie Schlafzimmer gebracht hatte und gerade zurückkam.

»Sean sieht vielleicht nicht besonders gut aus, aber er wird mit dem Typhus fertigwerden, nicht wahr, Sohn?«

»Vermutlich werde ich euch noch lange auf die Nerven gehen«, versicherte Sean seiner Mutter.

»Warum hast du uns nicht früher angerufen?« Sie klang beinahe gekränkt. »Dein Vater und ich wären sofort gekommen.«

»Ich weiß ...«

»Willa, wir stehen in Ihrer Schuld«, sagte sein Vater.

»Das müssen Sie nicht, ich war froh, hier zu sein.«

»Könntet ihr euch alle freundlicherweise setzen?«, bat Sean mit schwacher Stimme und deutete auf die Sofas. »Mir tut der Hals weh, wenn ich ständig zu euch hochschauen muss.«

Joanna drehte sich zu mir um. »Sean war noch nie ein einfacher Patient. Man muss die Geduld eines Engels haben, um mit ihm klarzukommen.«

»Bislang konnte er gar keinen Wirbel machen.« Ich schielte zu Sean, der die Augen in Richtung seiner Eltern verdrehte. Dann setzte ich mich auf den Hocker neben ihm, und er griff nach meiner Hand. Sein Lächeln schien mir sagen zu wollen, wie dankbar er war, dass ich mich die letzten vier Tage um ihn gekümmert hatte, und mich zu bitten, es seinen Eltern, vor allem seiner Mutter, nicht übel zu nehmen, dass sie wie eine Büffelherde hier hereingeplatzt waren.

»Seans Temperatur ist auf achtunddreißig Grad gesunken«, beantwortete ich die wichtigste Frage. »Und er hat zum Frühstück etwas Rührei mit Toast gegessen, die erste feste Nahrung, die er vertragen hat.«

»Du hättest uns früher Bescheid sagen sollen«, beklagte sich seine Mutter erneut.

Seans Hand schloss sich fester um meine. »Willa war hier, und ich war wirklich zu krank, um selbst zu telefonieren. Ich weiß nicht, was ich ohne Willa gemacht hätte. Sie hat sich um mich und den Hund gekümmert. Er hat sich in eine Ecke in meinem Schlafzimmer verkrochen.«

»Gott sei Dank, wir sind Willa sehr dankbar«, räumte seine Mutter ein.

»Ich wollte nicht, dass ihr hierherfliegt, bevor wir wussten, was eigentlich los ist«, fügte er erklärend hinzu. »Jetzt wissen wir es, und ich bin froh, dass ihr hier seid.«

»Sean hat uns erzählt, dass Sie ein eigenes Geschäft haben.«

Sein Vater machte es sich auf dem Sofa bequem und hatte einen Arm um seine Frau gelegt, die sich neben ihn gesetzt hatte. Er war der ruhende Pol der Familie, das war zu sehen, ein guter Ausgleich für Seans extrovertierte Mutter, die in gewisser Weise ihren erwachsenen Sohn behandelte, als wäre er ein kleiner Junge.

Es dauerte einen Moment, bis ich begriff, dass seine Eltern auf eine Antwort von mir warteten. »Ja, ich habe einen kleinen Coffeeshop auf der Main Street.«

»Sie backt auch«, warf Sean ein.

»Ach ja, ich habe Gerüchte von Ihren Zimtbrötchen gehört.« Die Augen des Vaters leuchteten auf.

Wie es aussah, hatte Sean mich nicht bloß flüchtig

146

erwähnt. Trotzdem fand ich, dass es an der Zeit war, mich zu verabschieden. Ich entzog Sean meine Hand und stand auf. »Jetzt, wo deine Eltern hier sind, fällt es mir leichter zu gehen.«

Sean machte Anstalten, Einwände zu erheben, doch seine Mutter warf ihm einen warnenden Blick zu. »Wir wollten Sie nicht verscheuchen«, sagte sie, »er sollte zunächst einfach Ruhe haben.«

»Das verstehe ich, ich muss ohnehin in den Shop zurück. Meine Schwester und ihre Freundin sind für mich eingesprungen, sonst hätte ich nie diese vier Tage mit Sean verbringen können.«

»Sie kommen bestimmt bald zurück, nicht wahr?«, fragte Joanna, die mit mir nach draußen ging.

»Natürlich. Rufen Sie mich unbedingt an, wenn Sie irgendetwas brauchen.«

»Ganz bestimmt« versprach sie. Joanna folgte mir die Verandastufen hinunter zu meinem Wagen. Sie zögerte, als wüsste sie nicht recht, was sie sagen sollte. »Sie bedeuten unserem Sohn viel.«

»Es wundert mich, dass Sean von mir gesprochen hat«, erwiderte ich leicht verlegen. »Wir treffen uns noch nicht sehr lange.«

»Ja, ich weiß ... Jedenfalls hat Sean seinen Eltern gesagt, dass Sie etwas Besonderes sind. Wir kannten Frauen von früher oder wussten von ihnen – keine hat er je erwähnt, Sie sind die Erste und Einzige.«

Mein Kopf fuhr hoch. »Wirklich?«

»Ja. Er fragte sogar seinen Vater aus, was er empfunden hat, wie es gewesen war, als er mich das erste Mal traf.«

»Und?«

»Natürlich wollte ich wissen, warum er seinen Vater über unsere Anfangszeit ausquetschte. Ich glaube, er suchte einen Vergleich zu sich selbst. Es dauerte ein wenig, bis er von allein mit der Sprache herausrückte. Er habe jemanden kennengelernt, sagte er da, die aufrichtigste und netteste Frau, die ihm je begegnet sei und die ein gutes Herz habe. Selbst für Landstreicher und streunende Hunde.«

»Ich fühle mich geschmeichelt, dass er so von mir denkt«, stieß ich hervor.

»Sie haben es bewiesen, weil Sie nach ihm gesehen haben, als sein Zustand am bedenklichsten war.«

»Ich habe nur getan, was jeder getan hätte«, erwiderte ich voll ehrlicher Überzeugung, denn ihre Dankbarkeit setzte mich in Verlegenheit. »Niemand hätte Sean im Stich gelassen, so krank, wie er war.«

»Vielleicht«, stimmte sie zögernd zu. »Jedenfalls hoffe ich, dass Sie uns die Gelegenheit geben, Sie kennenzulernen.«

»Darüber würde ich mich freuen.«

»Bleiben Sie nicht etwa weg, weil wir hier sind«, fügte Joanna hinzu.

»Nein«, versprach ich. »Darf ich Sie noch etwas fragen?«

»Fragen Sie getrost, ich habe nichts dagegen.«

»Als Ihr Mann Sie kennengelernt hat, wusste er da, dass Sie die Richtige für ihn waren?«

Joanna lächelte, und ich las die Antwort in ihren Augen. »Das will ich sehr hoffen. Immerhin haben wir sechs Monate nach unserem ersten Date geheiratet.«

»Und wussten Sie ebenfalls kurz nach Ihrem Kennenlernen, dass Sie Patrick heiraten würden?«

Mir kam es vor, als würde sie leicht erröten. »Nein, er war genau das, was ich nicht als Mann wollte. Er war der Collegegoldjunge, der King of the Hill sozusagen. Eine Sportskanone, und ich war dieses strebsame Mädchen, das seine Ausbildung ernst nahm. Patrick schien allerdings mit der Differenzialrechnung nicht zurechtzukommen und fragte mich, ob ich ihm helfen würde. Später habe ich erfahren, dass das alles ein Trick war, um mich besser kennenzulernen.«

»Also haben Sie ihm Nachhilfe gegeben?« In meinen Ohren klang das Ganze nach einer typischen Liebesgeschichte, so wie man sie aus Romanen kannte.

»Was Sie wissen müssen«, fuhr Joanna fort, »Patrick hat fast dasselbe über mich gesagt wie Sean über Sie.«

Es war peinlich, weiter zu bohren. Also zog ich es vor, das Gespräch nicht fortzusetzen, sondern mich ins Auto zu setzen und dort über das nachzudenken, was sie mir erzählt hatte. »Tut mir leid, ich muss los, zurück zu meinem Coffeeshop.«

Joanna trat zurück und schloss die Tür des Wagens für mich. »Bleiben Sie nicht so lange weg. Ich koche gerne und hoffe, Sie leisten uns später beim Dinner Gesellschaft.«

»Ich werde da sein«, versicherte ich.

Meine erste Station, sowie ich wieder in der Stadt war, war mein Café. Harper stand hinter der Theke und machte gute Umsätze. Zu beobachten, wie sie ihre Magie ausübte, war unvergesslich. Während ich Kunden mit meinem Gebäck anlockte, brauchte Harper nichts anderes zu tun, als sich blicken zu lassen. Ihr silbrig fliederfarbenes Haar hatte ihre Wirkung noch gesteigert, und sie war wirklich schön. Ich dankte Gott jeden Tag, dass die Krankheit sie in Ruhe ließ. Die Welt wäre ein trauriger Ort ohne Harper. Ihr Lächeln erhellte den Raum, und alle fühlten sich unwiderstehlich zu ihr hingezogen. Selbst wenn uns der halbe Raum trennte, konnte ich spüren, wie ihre Energie die Luft wärmte und dass sie andere anzog wie der Honig die Bienen.

Sie schwenkte den Arm über den Kopf, als sie mich sah, und rief mir zu: »Du hast dein Handy vergessen. Dr. Annie hat angerufen.« Sie kam mir auf halbem Weg entgegen und reichte mir den pinkfarbenen Zettel mit der Anruferinformation.

Da ich dachte, es könnte irgendetwas mit Sean zu tun haben, lief ich in mein Büro und rief zurück. Die Sprechstundenhilfe legte mich in die Warteschleife. Sekunden kamen mir wie Minuten vor, und mein Magen zog sich zusammen. Zum Glück musste ich nicht lange warten.

»Willa«, begrüßte mich Annie erfreut. »Danke, dass du zurückrufst.«

»Das ist selbstverständlich. Ist mit Sean alles in Ordnung? Gibt es etwas, das ich tun sollte?« In meinem Kopf schwirrte es; ich hatte Angst, dass hinter diesem Fieber mehr steckte als Typhus.

»Nein, nein. Es geht nicht um Sean. Da wir gerade über ihn sprechen, berichte mir, wie es ihm geht. Ist sein Fieber gesunken?«

»Ja. Seine Eltern sind heute Morgen gekommen.«

»Sehr gut.« Sie zögerte kurz. »Der Grund, weshalb ich anrufe, hängt mit Relay for Life zusammen. Ich hoffe, du bist bereit, dieses Jahr wieder mit mir zusammen den Vorsitz zu übernehmen.«

Keine Frage, beim Kampf gegen den Krebs war ich sofort mit dabei. »Du kannst auf mich zählen.«

»Wunderbar. Der Termin steht schon fest, und ich werde ihn in den sozialen Netzwerken verbreiten. Außerdem habe ich Poster drucken lassen und mit der Handelskammer gesprochen, um mich zu vergewissern, dass sie mit von der Partie sind.«

»Und ich werde mich mit allen Clubs in Verbindung setzen«, bot ich an. »Ich habe ja bereits Kontakte zu den Rotariern, den Kiwanis, den Freunden der Bibliothek und verschiedenen Kirchengruppen.«

Ich war bei dem örtlichen Relay for Life aktiv, seit Harper ihre erste Krebsdiagnose erhalten hatte. Bei dieser wichtigsten wohltätigen Veranstaltung der amerikanischen Krebsgesellschaft fanden sich außer Menschen, die noch an Krebs litten, auch jene ein, die ihn überstanden hatten, sowie diejenigen, die einen geliebten Menschen verlieren mussten. Der Erlös war für die Entwicklung neuer Heilmittel gedacht. Das Event machte Spaß und war inspirierend.

Harper trug ebenfalls ihren Teil dazu bei und war maßgeblich dafür verantwortlich, Freiwillige an Bord zu holen, was sie durch einen Vierundzwanzig-Stunden-Lauf erreichte, bei dem sich jeder für eine Stunde eintrug und für seine Anstrengung Geld erhielt, das er dann der Stiftung spendete.

Meine Schwester gehörte zu den Überlebenden, und ich betrachtete es als mein Ziel, dafür zu sorgen, dass das so blieb. Ein Job, bei dem ich alles in meiner Macht Stehende tun würde, um ihn gut zu erledigen.

14

Willa

Seans Eltern blieben eine Woche, und ich sah sie jeden Tag. Seine Mutter war übereifrig, flatterte um Sean herum, kochte Tag und Nacht und füllte seinen Kühlschrank mit vorbereiteten Mahlzeiten. Alle paar Stunden maß sie seine Temperatur und verhätschelte ihn, als wäre er fünf Jahre alt. Im Gegensatz dazu blieb sein Vater ruhig und locker. In vieler Hinsicht war Sean die perfekte Kombination aus Patrick und Joanna.

Während er sich über die ständige Fürsorge seiner Mutter beschwerte, war ich froh zu wissen, dass sie ihn in der Spur hielt, ihm zu den vorgeschriebenen Zeiten seine Medikamente verabreichte und dafür sorgte, dass er richtig aß und viel Flüssigkeit zu sich nahm.

Jeden Nachmittag ging ich, nachdem ich den Coffeeshop geschlossen hatte, bei Sean vorbei und blieb manchmal zum Abendessen, das die Mutter zubereitete, und bis in den Abend hinein. Da er so schwer krank gewesen war, hatten wir nie darüber gesprochen, warum er mir seine Baseballkarriere verheimlicht hatte. Stattdessen machten wir Brettspiele, lachten und genossen unser Zusammensein, bis er müde wurde.

Sean ging es jeden Tag ein bisschen besser. Am dritten Tag nach Beginn der medikamentösen Behandlung kam die Wende; ich konnte es in seinem Gesicht und an seinem Energielevel ablesen. Kaum fühlte er sich wieder wie früher, fing er an, Tausende von Fotos zu sichten, die er gemacht hatte. Zuerst konnte er nicht mehr als eine Stunde am Stück arbeiten, dann zwei, dann vier. Am Ende der Woche bat mich Joanna, die das übertrieben fand, ihn von seinem Computer wegzulotsen.

»Er hat sich seit fast sechs Stunden in seiner Höhle verschanzt. Das kann nicht gut für ihn sein«, beklagte sie sich am Telefon bei mir. »Er isst nicht einmal. Kannst du nicht herkommen?«

»Etwas später vielleicht.« Ich verstand ihre Sorgen zwar, doch meiner Meinung nach war Seans Fähigkeit, sich zu konzentrieren, automatisch begrenzt. Er würde selbst wissen, wann es Zeit war, für den Tag Schluss zu machen. Ihn von seiner Arbeit loszueisen war nichts, worum ich mich riss. Niemand mochte bei einem Projekt unnötig gestört werden, wenn man sich gerade darin verbiss.

»Er war schon als Junge so«, beklagte sich Joanna. »Am schlimmsten war es, als er mit Baseball anfing. Stundenlang hat er Schläge geübt, bis er vom Halten des Schlägers Blasen an den Händen hatte. Seit ich mich erinnern kann, war er immer vom Ehrgeiz zerfressen. Ich habe echt Angst um ihn.«

»Mit anzusehen, wie hart er sich antreibt, muss schwer für dich gewesen sein.«

»Du weißt ja bislang nicht einmal die Hälfte«, seufzte sie. »Alles, worum ich dich bitte, ist, so bald wie möglich bei ihm vorbeizuschauen.«

»Das mache ich«, versicherte ich ihr, verschwieg allerdings, dass ich vollauf damit beschäftigt war, die Veranstaltung für Relay for Life zu organisieren. Jede Minute, die ich nicht im Coffeeshop oder mit Sean verbrachte, arbeitete ich mit Annie Keaton an den Vorbereitungen für die Spendenversammlung der Krebsgesellschaft. Da wir nicht massenhaft Läufer hatten, meldete ich mich selbst und übernahm sogar einen der schwierig zu besetzenden Läufe zwischen zwei und drei Uhr in der Morgendämmerung. Da ich sowieso morgens früh auf war, würde mich das nicht übermäßig belasten.

Als ich bei Sean ankam, war das Dinner bereits fertig. »Es tut mir leid, dass ich so spät dran bin«, entschuldigte ich mich. »Ich wurde bei den Vorbereitungen für den Relay-for-Life-Lauf aufgehalten.«

»Ich habe davon gehört.« Joanna stellte das Essen auf den Tisch. »Eine Freundin von uns war daran beteiligt. Sie erzählte mir, es gebe diese Veranstaltungen zwar weltweit, begonnen jedoch hätte alles in Washington. Jeder kennt schließlich jemanden, der mit Krebs zu tun gehabt hat. Höchste Zeit, dass diese Krankheit ausgerottet wird.«

»Da kann ich dir von ganzem Herzen zustimmen«, sagte ich seufzend und dachte an Harper.

Sean kam in die Küche und küsste erst mich und dann seine Mutter auf die Wange, bevor er sich setzte. Er wirkte müde und abgespannt, seine Mutter hatte offenbar recht, dass er zu viel arbeitete und zu früh damit begonnen hatte, zumal dadurch die Gefahr eines Rückfalls bestand.

Seine Mutter warf mir einen Blick zu, der stumm die Worte aussprach: *Ich habe es dir ja gesagt.*

»Wir reisen morgen früh ab«, erklärte Patrick mit einem Mal, als wir den frischen grünen Salat herumreichten. Da ich seine Eltern nett fand, bedauerte ich es, dass sie nach Arizona zurückkehren wollten. Das Zusammensein mit Joanna hatte mich daran erinnert, wie sehr ich meine eigene Mutter vermisste und wie es früher mit ihr gewesen war. Auch an meinen Vater dachte ich. Seit Wochen hatte ich nicht mehr mit ihm gesprochen, und meine letzten Anrufe wurden nicht erwidert. Als ich sah, wie sich Seans Eltern um ihren kranken Sohn scharten, bedauerte ich, mir mit meinem Vater nicht mehr Mühe gegeben zu haben.

Nach dem Essen half ich beim Abwasch und gesellte mich dann zu Sean auf die hintere Veranda, während seine Eltern es sich vor dem Fernseher bequem machten. Den Kasten mit den Spielen hatte er noch nicht geöffnet. Es war ein schöner Abend. Es wurde kühler, eine leichte Brise kam auf und brachte den Kieferduft von den hohen Bäumen mit sich, die Seans Grundstück umgaben. Er griff nach meiner Hand, und ich konnte sehen, wie müde er war.

»Ich fand es schön, Zeit mit deinen Eltern zu verbringen.«

»Und ich bin sehr froh, dass du nicht die Flucht ergriffen hast«, witzelte Sean. »Meine Mutter kann einem ein bisschen auf die Nerven gehen. Das ist die Anwältin in ihr, du solltest sie im Gerichtssaal erleben. Ich kenne Richter, die regelrecht Angst vor ihr haben.«

Prompt sah ich Joanna förmlich vor mir, wie sie ihre

156

Mandanten wortreich verteidigte und die Gegner zur Schnecke machte.

»Freu dich, dass du deine Mutter hast«, sagte ich zu ihm. »Wenn ich euch zusammen sehe, vermisse ich meine Mom noch mehr.« Ich legte eine Pause ein. »Sie war geduldig und lebensklug, und ich kann die Male nicht mehr zählen, wo ich alles dafür gegeben hätte, mit ihr sprechen zu können. Sie hätte dich geliebt und wäre mir eine große Stütze gewesen, als Harper so furchtbar krank war.«

»Natürlich mag ich sie«, erwiderte er, »aber ehrlich gesagt, werde ich heilfroh sein, wenn sie nicht mehr ständig um mich herumschwirrt. Heute Nachmittag war ich versucht, ein Schloss an meiner Arbeitszimmertür zu installieren.«

»Ich glaube nicht, dass ein Schloss sie fernhalten würde.«

»Vermutlich hast du recht«, seufzte er. »Als Nächste ist meine Schwester an der Reihe. Angie ist schwanger, und Mom fiebert Enkelkindern entgegen.«

Jetzt verstand ich die Anspielungen auf Enkel, die Joanna wiederholt gemacht hatte. Es waren Winke mit dem Zaunpfahl gewesen, für mich ein in weiter Ferne liegendes Thema. Sean und ich trafen uns gerade mal seit ein paar Wochen. Viel zu kurz, um sagen zu können, wo diese Beziehung uns hinführen würde.

»Zu unserer Aussprache ist es nie gekommen.« Sean schlug ein neues Thema an und drückte meine Hand. »Ich weiß, dass ich meine Baseballkarriere hätte erwähnen müssen, Willa. Dabei habe ich es dir aus Angst verschwiegen, du würdest dann schlechter von mir denken.«

157

»Schlechter von dir denken? Wieso das?«, hakte ich verwundert nach.

»Wenn du mich damals gekannt hättest, hättest du nichts mit mir zu tun haben wollen. Der Mann, der ich damals war …« Er hielt inne und fuhr sich mit den Fingern durch die Haare. »Ich war arrogant und egozentrisch. Wenn ich daran denke, krümme ich mich jedes Mal innerlich. Es ist mir peinlich, und du solltest nicht wissen, dass ich je so gewesen bin.«

»O Sean.« Ich sah ihm an, wie schwer es für ihn war, über seine Vergangenheit zu sprechen, und legte meine Hand über seine.

»Die Frauen, die ich damals gedatet habe …«

»Nikki?«, unterbrach ich ihn.

Sean erstarrte, als ihr Name fiel. »Du weißt über Nikki Bescheid?«

»Nicht viel. Ich habe ein Foto von euch beiden gesehen. Sie ist … umwerfend.« Es war hart, die Worte über die Lippen zu bringen.

Er schloss die Augen und schüttelte den Kopf, um die Erinnerung loszuwerden. »Ich hasse es, dass du dieses Foto oder irgendein anderes von den Frauen gesehen hast, mit denen ich zusammen war.«

»Warum?«

»Warum?«, wiederholte er mit erhobener Stimme. »Weil es viel zu klar aussagt, welchen Typ ich früher geschätzt habe. Dass alle charakterlich und geistig hohl waren, habe ich nicht berücksichtigt. Tatsache ist, dass das genauso für mich galt. Ich musste erst tief fallen, um zu erkennen, was aus mir geworden war. Als ich ganz unten und meine Karriere am Ende war, musste ich mich selbst und meine Wertvorstellungen auf den Prüfstand stellen. Ich verabscheute, was ich da sah.«

»Kannst du dir überhaupt vorstellen, dass Nikki oder eine andere Gespielin während einer Krankheit bei dir geblieben wäre?«, wollte ich wissen.

Er antwortete mit einem sarkastischen Lachen. »Sie hätte so schnell Fersengeld gegeben, dass dir schwindelig geworden wäre.«

Bevor ich ihm eine Frage stellte, die mir sehr wichtig war, holte ich tief Luft und zupfte verlegen am Saum meiner Bluse. »Hast du sie geliebt?«

Er zuckte zurück und brauchte einige betretene Momente, um seine Antwort abzuwägen. »Ich werde dich nicht anlügen. Damals dachte ich, ich täte es. Das sagt im Grunde mehr über mich aus als über sie. Ich bezweifle nämlich ernsthaft, dass Nikki imstande ist, irgendjemanden außer sich selbst zu lieben.«

»Du hast sie auch nicht deinen Eltern vorgestellt, oder?«

»Nein. Ich war viel unterwegs und hatte nicht viel Kontakt zu meinen Eltern. Im Nachhinein denke ich, mir war unbewusst klar, dass Nikki eine große Enttäuschung für sie gewesen wäre. Beziehungsweise ich selbst, weil ich mir diese Frau ausgesucht hatte.« Er drehte sich mir zu, um mich anzusehen. »Können wir das nicht lassen, Willa? Schaffst du es, damit wir unseren Weg weitergehen können?«

»Ist es das, was du willst?«, fragte ich mit bis zum Hals klopfendem Herzen. »Dass wir unseren Weg weitergehen?«

Sean straffte seine Schultern. »Mehr, als du je ahnen

wirst.« Er nahm meine Hände, zog sie an die Lippen und küsste die Knöchel, ohne einmal den Blick von mir abzuwenden.

Selbst jetzt war ich nicht sicher, was er in mir sah, was sein Interesse weckte. Ohne mich herabzusetzen, hätte der Kontrast zwischen mir und Frauen wie Nikki nicht augenfälliger sein können. Sie war sogar Titelseitenmodel gewesen. Während ich mich nie für schön oder elegant gehalten hatte, war Sean mit einer Frau zusammen gewesen, die beides war. Wenn er nach etwas Abweichendem suchte, dann war ich das.

»Du hast meine Frage nicht beantwortet, Willa. Können wir noch einmal von vorne anfangen?«

Mein Herz floss über, und stumm nickte ich.

»Danke«, flüsterte er. Er umschloss meinen Hals, zog mich zu sich hin, küsste mich und lehnte dann die Stirn gegen meine. »Ich kann dir gar nicht genug dafür danken, dass du mir bei alldem beigestanden hast.«

»Du treibst dich zu sehr an und arbeitest zu viele Stunden.«

»Tut mir leid. Dir zuliebe werde ich es langsamer angehen lassen.«

»Versprochen?«

Er nickte. »Mit jedem Tag fühle ich mich mehr wie der alte Sean.«

»Da bin ich wirklich froh.«

»Jetzt, wo ich weiß, dass zwischen uns alles okay ist, werde ich mich noch schneller erholen. Ich hatte Angst vor diesem Gespräch; Angst davor, dass du wartest, bis es mir gut genug geht, um mit mir Schluss zu machen.«

»Ich würde nie mit dir Schluss machen«, erwiderte

ich empört. »Wir haben höchstens ab und zu Meinungs-
verschiedenheiten, Sean. Ich bin nicht perfekt, und es
mag dich schockieren, du auch nicht.«

Er grinste und wurde dann ernst. »Da ist etwas, das du
wissen solltest. Ich bin total auf Willa fixiert.«

»Was soll das heißen?« Mein Mangel an Erfahrung in
puncto romantische Beziehungen machte mich unsicher.

»Es heißt, dass es für mich niemanden außer dir gibt.
Wenn wir aus dieser Beziehung etwas machen wollen,
musst du dich jetzt entscheiden, ob es dir genauso ernst
ist wie mir. Ich will dich nicht in die Enge treiben und
bitte dich um nichts anderes als um die Bestätigung,
dass dir etwas an mir liegt.«

»Das tut es, daran hat nie ein Zweifel bestanden.«

»Und wenn dich irgendein anderer Typ einlädt oder
sich um dich bemüht, was würdest du dann sagen?«

Das schien eine Art Test zu sein. »Na ja«, ich wog
meine Antwort sorgfältig ab, »ich schätze, dann müsste
ich erklären, dass ich einen Freund habe, der total auf
mich fixiert ist und der etwas dagegen hätte, wenn ich
mit einem anderen ausgehe.«

»Braves Mädchen.«

»Je nachdem, um wen es sich handelt, würde ich
wahrscheinlich noch hinzufügen, dass dieser total auf
mich fixierte Typ sauer reagiert, wenn andere Männer
mit mir flirten.«

»Noch besser«, lachte Sean.

»So, und nachdem nun alles geklärt ist, muss ich
mich von deinen Eltern verabschieden.«

Bevor ich ging, umarmte ich Joanna und Patrick und
versprach ihnen, ein Auge auf Sean zu haben. Er brachte

mich zu meinem Auto, küsste mich noch einmal und stand mit den Händen in den Hosentaschen da, als ich wegfuhr. Ich sah zu, wie er im Rückspiegel immer kleiner wurde.

Lächelnd erkannte ich, dass ich Gefahr lief, mich ernsthaft in Sean zu verlieben. Sehr ernsthaft.

Statt zu unserem Apartment zurückzufahren, schlug ich eine andere Richtung ein. Es wurde Zeit, dass ich einmal nach meinem Vater sah.

15

Willa

Ich kannte Dads Arbeitszeiten nicht und fuhr daher auf gut Glück bei ihm vorbei. Der Wohnwagenpark, in dem er lebte, lag weder in der schlechtesten Gegend noch in der besten. Die meisten Parzellen waren gut gepflegt. Dad hatte auf seiner eine kleine Terrasse, auf der mehrere Topfpflanzen standen. Ich war erst ein paarmal dort gewesen. Als unsere Mutter noch am Leben war, hatte die Familie einen großen Garten hinter einem Haus gehabt, der in Schuss gehalten werden musste. Wie es aussah, hatte unser Vater selbst eine Art grünen Daumen. Seine mit reifen Früchten behangenen Tomatenpflanzen zogen sich bis zum Dach des Wohnwagens hoch.

Dad mochte keine unangemeldeten Besucher, schon gar nicht am frühen Morgen. In der Regel war ich mitten am Tag vorbeigekommen und hatte ihn vorgewarnt. Ich betete stumm, dass er sich über mein spontanes Erscheinen nicht aufregte, als ich an die Tür klopfte, und dass er vor allem nicht gerade trank.

»Wer ist da?«, rief er von drinnen. Weder seine Stimme noch seine Worte klangen einladend.

»Ich bin es, Willa.«

»Willa.« Fast augenblicklich wurde die Tür aufgerissen, und Dad stand in einem fleckigen weißen T-Shirt und Jeans vor mir. Er zwinkerte, als wäre er nicht sicher, dass es sich wirklich um mich handelte.

»Tut mir leid, ich hätte vorher anrufen sollen«, entschuldigte ich mich, als ich merkte, wie unbehaglich Dad sich fühlte.

»Ist etwas mit Harper?«, fragte er, und ein angstvoller Ausdruck trat auf sein Gesicht. Seine Augen bohrten sich in meine, und er schien sich für schlechte Nachrichten zu wappnen.

»Nein, Dad, es ist alles in Ordnung.«

Erleichterung malte sich auf seinen Zügen ab. »Du sagst das nicht einfach bloß so, oder?«

»Bestimmt nicht, Dad. Es ist wirklich alles in Ordnung.«

Endlich trat er zur Seite und bedeutete mir hereinzukommen. Dad war nie übermäßig ordentlich gewesen, und die Jahre hatten nichts daran geändert. Schmutziges Geschirr stapelte sich auf dem Küchentresen, und ein paar Töpfe standen auf dem Herd. Die Sitzmöbel waren mit Kleidungsstücken übersät, der Couchtisch mit alten Zeitungen, ungeöffneter Post und Zeitschriften. Unsere Mutter wäre ausgerastet, wenn sie gesehen hätte, wie ungepflegt alles wirkte.

Dad räumte einen Platz auf dem Sofa für mich frei. »Setz dich. Fühl dich ganz wie zu Hause.«

Zu Hause?

Durch das Hirnaneurysma hatten wir so viel mehr als unsere Mutter verloren. Innerhalb weniger Jahre war unser Haus zwangsversteigert worden, und wir waren gezwungen gewesen, eine andere Bleibe zu finden. Der Vater, den wir gekannt und geliebt hatten, war zur bloßen Hülle des Mannes geworden, der er einst gewesen war.

In den Jahren nach Moms Tod waren wir alle wie Federn im Wind dahingetrieben, jeder in eine andere Richtung. Dad flatterte von einem Job zum nächsten, und Lucas war in die Army eingetreten. Zum Glück blieben Harper und ich zusammen und teilten uns ein Apartment. Die Zeit würde noch kommen, wo wir unsere eigenen Wege finden und uns trennen würden.

Dad rieb sich mit der Hand über das Gesicht. »Hat Harper ihren Bluttest machen lassen?«

»Ja, ich habe angerufen und eine Nachricht hinterlassen. Du hast nie zurückgerufen.«

»Du weißt, dass ich es hasse zu telefonieren.«

Das war nicht alles, was er verabscheute. Und Nachrichten abzuhören stand offenbar auch auf der Liste der Dinge, die er ablehnte.

»Wir sind nach Seattle in die Uniklinik gefahren und haben noch am selben Nachmittag die Ergebnisse bekommen.« Ich lehnte mich auf dem Sofa zurück. »Alles sieht gut aus.«

»Freut mich zu hören.« Ein mattes Lächeln bestätigte seine Worte.

Dad war nicht immer so gewesen, in sich gekehrt und emotional von seinen Kindern abgekapselt. Es war schon schlimm, als wir Mom verloren hatten, aber die größere Entfremdung trat ein, als Harper ihre Diagnose erhielt. Diese Nachricht war mehr, als er verkraften konnte. Trotzdem war er während der ganzen Tortur nicht mehr als ein- oder zweimal im Krankenhaus gewesen. Der Gedanke, erst seine Frau und dann vielleicht noch sein jüngstes Kind zu verlieren, schien ihn seelisch verkrüppelt zu haben. Damals hatte die Trinkerei ihren Höhepunkt erreicht.

Das darauffolgende Schweigen war erdrückend, und um es zu brechen, sagte ich: »Während wir in Seattle waren, haben wir uns mit Chantelle zum Lunch getroffen.«

»Ach ja, Lucas' Mädchen.«

»Verlobte«, berichtigte ich ihn. »Die Hochzeitspläne sind in vollem Gang. Harper und ich sollen die Brautjungfern sein.«

Dad lächelte, und ich konnte sehen, dass die Neuigkeit seine Stimmung hob.

»Chantelle näht die Brautjungfernkleider selbst. Sie hat wirklich Talent, und ihre Entwürfe sehen wunderschön aus.«

»Wo ist Harper jetzt?«

Kurz musste ich überlegen. »Es ist einer ihrer Trainingsabende. Sie ist mit einer Gruppe von Freunden unterwegs. Dieses Mädchen hat mehr Energie als zehn gleichaltrige Jungs. Du weißt, dass sie es sich in den Kopf gesetzt hat, den Mount Rainier zu besteigen, oder?«

Dad runzelte mit sichtlicher Missbilligung die Stirn. »Ich bin nicht sicher, ob das eine gute Idee ist.«

»Sag das mal Harper«, seufzte ich. Derartige Ratschläge hatte sie bisher in den Wind geschlagen. Selbst die von Lucas, der ebenfalls meinte, die Belastung könnte zu groß für ihre Gesundheit sein. Nichts hatte gefruchtet, meine Schwester hatte ihren eigenen Kopf.

»Trifft sie sich mit jemand Bestimmtem?«, erkundigte mein Vater sich.

»Nein. Letztes Wochenende war sie mit einem Typen namens Travis aus, und heute Morgen sagte sie etwas davon, John zum Training zu treffen.«

»Travis? John? Wird sich dieses Mädchen jemals festlegen?«

»Sie wird den Richtigen finden, wenn es so weit ist«, versicherte ich ihm. So wie ich den Richtigen für mich gefunden hatte, fügte ich in Gedanken hinzu. Offenbar hatte ich den Rest meiner früheren Skepsis über Bord geworfen, Seans lange Abwesenheit hatte eine Rolle gespielt, denn in diesen Wochen fühlte ich mich, als würde ein Teil von mir fehlen.

Als er so schwer krank zurückgekommen war, war es mir deshalb unmöglich gewesen, von seiner Seite zu weichen, bis seine Eltern eintrafen. Als er mich allerdings gefragt hatte, ob ich voll und ganz zu dieser Beziehung stünde, hatte ich ihm keine Antwort gegeben. Ich konnte es nicht. Nicht, weil ich ihn mir nicht wünschte. Die Wahrheit lautete, dass es mir einfach zu früh war, dass ich noch mal alle früheren Zweifel überdenken wollte, um mich ganz sicher zu fühlen.

Gespräche mit meinem Vater waren immer kurz. Das heutige bildete keine Ausnahme. Irgendwann stand er auf, um mir zu verstehen zu geben, dass es Zeit für mich sei zu gehen. Früher hatte mich seine Art gekränkt, inzwischen war ich daran gewöhnt.

»Es war schön, dich zu sehen, Dad.«

»Ich habe mich auch gefreut, Willa.« Er legte mir

die Hände auf die Schultern und küsste mich auf die Wange.

Als ich beim Auto war, wurde mir bewusst, dass er, was seine drei Kindern betraf, nur nach Harper gefragt hatte. Weder von mir noch von Lucas wollte er irgendwas wissen. Ein Überbleibsel ihrer Krebserkrankung. Harper war immer sein Liebling gewesen. Ich dankte Gott, dass sie überlebt hatte, weil ich nicht wusste, was andernfalls aus unserem Vater geworden wäre.

Als ich in unser Apartment zurückkam, lag Harper auf dem Sofa, und Snowball schlief auf ihrem Bauch. Sie wirkte total ausgelaugt. Ihr Gesicht war vor Anstrengung gerötet, und ihre Sportsachen klebten ihr am Körper.

»Hey.« Sie drehte den Kopf, um mich anzusehen, als ich hereinkam.

»Selber hey«, gab ich zurück und widerstand dem Drang, sie darauf hinzuweisen, wie elend sie aussah.

»Du bist heute Abend spät dran. Sean hatte hoffentlich keinen Rückfall, oder?«

Ich stellte meine Tasche ab, ging in die Küche und holte mir eine Flasche Wasser. »Sean geht es jeden Tag besser. Nachdem ich gegangen bin, habe ich beschlossen, bei Dad vorbeizuschauen.«

»Wie geht es ihm?«

»Unverändert. Immer dasselbe. Und bevor du fragst, ich habe keine Anzeichen bemerkt, dass er getrunken hat.«

»Das ist gut«, meinte sie seufzend. »Wie lange bleiben Seans Eltern noch?«

»Sie reisen morgen früh ab.« Ich setzte mich auf den

168

Stuhl neben dem Sofa und sah Harper an. Ihr Gesicht war immer noch gerötet. Seit sie an diesen Trainingsveranstaltungen teilnahm, hatte ich sie nie hinterher auf dem Sofa liegen sehen. Ich schnitt das Thema behutsam an. »Wie war das Training?«

»Brutal.«

Ich konnte nicht widerstehen, musste sie einfach fragen. »Bist du dir sicher, dass du fit genug dafür bist?«

»Klar«, erwiderte sie patzig, als wäre das eine lächerliche Frage.

Ihre Haltung alarmierte mich. »Harper, den Mount Rainier zu besteigen ist keine Angelegenheit, die du sofort machen musst. Wenn es dir dieses Mal zu viel wird, warte noch ein Jahr. Du musst dich nicht selbst umbringen, um ein Zeichen zu setzen. Wir wissen alle, wie taff du mental bist. Du musst nichts beweisen.« Gewaltsam hielt ich mich davon ab, sie zu fragen, was John, ihr Kletterpartner und Arzt, von der ganzen Geschichte hielt.

Harper lachte, als fände sie meine Warnung lustig. »Ich bin nicht so weit gekommen, um jetzt einen Rückzieher zu machen. Ein paar von uns nehmen an diesem Wochenende an einem Probeklettern teil. Das wird der finale Test, um zu sehen, ob wir die nötigen Voraussetzungen erfüllen.«

»Höre ich da einen Hauch von Zweifel in deiner Stimme?«, fragte ich.

Von dem Moment an, wo sie verkündet hatte, dass sie sich dieser Herausforderung stellen wollte, war Harper wild entschlossen gewesen. Sie sang *Climb Every Mountain*, den Song aus *The Sound of Music*, und prahlte bei jeder Gelegenheit, dass sie Bergsteigerin würde. Sie hatte sogar ein paar ihrer Freunde überredet, sich ihr anzuschließen. In all diesen Wochen war ihre Entschlossenheit nicht ein einziges Mal ins Wanken geraten. Jetzt anscheinend schon.

»Versprich mir, dass du aus dem Unternehmen aussteigst, wenn du nach diesem Wochenende das Gefühl hast, es würde zu viel für dich.«

»Kommt nicht infrage, das verspreche ich nicht!«

»Harper!«

»Ich bin total auf diese Sache fixiert.«

Resigniert biss ich mir auf die Zunge, um nicht mit ihr zu streiten. Alles, was ich jetzt sagte, um sie zur Vernunft zu bringen, würde nur bewirken, dass sie eisern an ihrem Stolz festhielt.

»Es gilt, hoch zu steigen oder tief zu fallen.«

»Wie bitte?«, entfuhr es mir. »Denk das nicht noch mal«, warnte ich. Es war schlimm genug, dass sie so was überhaupt ausgesprochen hatte.

»Bleib locker, Willa«, reizte Harper mich. Sie hielt Snowball fest, streckte die Beine aus und setzte sich auf.

Wenn es um die Gesundheit meiner Schwester ging, war locker bleiben ein Problem. Anfangs war es schlimmer gewesen. Inzwischen hatte ich begriffen, dass Harper, nachdem sie den Krebs überlebt hatte, das Leben bis zum Äußersten auskosten wollte.

»Oh, bevor ich es vergesse, Chantelle hat eine Textnachricht geschickt«, sagte sie und setzte Snowball auf den Boden. »Sie möchte für unsere Kleider die Maße nehmen.«

»Super. Wann?«

170

»Dieses Wochenende. Die Nachricht müsste auf deinem Telefon sein.«

Ich holte meine Tasche, um mein Handy herauszukramen, auf das ich seit etlichen Stunden nicht geschaut hatte. Tatsächlich befand sich ein Text von meiner zukünftigen Schwägerin darauf. »Samstagmittag will sie uns treffen. Und Lucas soll mitkommen.«

»Da kann ich nicht.«

»Hast du ihr das bereits gesagt, damit wir ein anderes Datum finden?«

»Nichts da«, protestierte Harper. »Wir haben fast die gleiche Größe. Wenn das Kleid dir passt, wird es auch mir passen. Ich will Chantelle nicht in die Quere kommen.«

Es gefiel mir nicht, Harpers Kleid anzuprobieren, denn das Design wich gewaltig von meinem ab; es war kürzer, und außerdem hatte Harper mehr Oberweite als ich. Sie musste mein Zögern bemerkt haben, stemmte die Hände in die Hüften und seufzte theatralisch.

»Komm schon, Willa. Diese Kleinigkeit kriegst du wohl alleine hin, oder?«

»Lass mich darüber nachdenken.« Das Timing war ohnehin nicht gerade günstig. Freitagabend fand die Relay-for-Life-Veranstaltung statt, an der wir beide aktiv beteiligt waren. Am Samstag wollte Harper dann dieses Probeklettern absolvieren, ein anderes Wochenende schlug sie nicht vor.

Notgedrungen schickte ich Chantelle einen Text. *Müssen Termin verschieben. Ist das ein Problem?*

Keine fünf Minuten später kam ihre Antwort. *Nö. Meldet euch später.*

Damit schien alles geregelt, doch als ich zu Harper in ihr Zimmer ging, machte ich wohl eine falsche Bemerkung, die sie aus der Haut fahren ließ. »Ich wünschte, du hättest vorher mit mir gesprochen«, sagte ich vorwurfsvoll.

»Du machst ein Riesentheater wegen nichts«, regte Harper sich auf. »Ich bitte dich um eine Kleinigkeit, und du bläst alles unnötig auf, wirfst die Pläne aller anderen über den Haufen. Hat dir irgendjemand eigentlich mal gesagt, dass du ein schrecklicher Kontrollfreak bist?«

Verdutzt stand ich mit dem Telefon in der Hand und mit offenem Mund da. Ich wusste nicht, was in meine Schwester gefahren war. Wir stritten uns selten und bestimmt nicht über etwas so Banales.

»Geht es dir gut?«, fragte ich.

Harper fuhr herum und funkelte mich mit Augen an, die einen Stahlträger durchschneiden könnten. »Weißt du, wie oft du mir diese Frage stellst? Würdest. Du. Damit. Aufhören.« Sie brüllte fast. Dann verschwand sie in ihrem Zimmer und schlug die Tür hinter sich zu.

Bei dem Knall sprang Snowball ein paar Zentimeter in die Höhe und verkroch sich unter dem Sofa.

Ich stand einige Momente lang wie eine Marmorstatue da, konnte nicht glauben, dass meine Schwester wegen etwas Trivialem dermaßen ausrastete. Ich hatte mich nie für einen Kontrollfreak gehalten. Sicher, ich machte mir Sorgen um ihre Gesundheit, doch aus gutem Grund. Meine Schwester wäre fast gestorben. Manchmal fragte ich mich, ob ihr überhaupt klar war, wie knapp sie dem Tod damals von der Schippe gesprungen war.

Sie öffnete ihre Schlafzimmertür und blieb mit verschränkten Armen auf der Schwelle stehen. Die Lippen waren zu einem dünnen Strich zusammengepresst, die Augen zu einem schmalen Schlitz zusammengezogen.

»Ich ziehe aus.«

»Du ziehst aus?«, wiederholte ich entgeistert.

»Ich denke seit einiger Zeit darüber nach. Leesa und ich möchten uns gemeinsam ein Apartment nehmen.«

Meine Kehle zog sich zusammen, und ich schluckte hart. Das kam so unerwartet. »Und warum? Es tut mir leid, wenn ich ...«

»Es ist nicht deinetwegen«, sagte sie ohne große Überzeugung. »Ich muss ein Apartment finden, wo Tiere erlaubt sind. Du hast recht, es dauert nicht mehr lange, bis Snowball eine ausgewachsene Katze ist, und dann werden wir sie nicht mehr verstecken können. Warum sollten wir es riskieren, rausgeworfen zu werden?«

»Wir können beide umziehen«, schlug ich verzweifelt vor, weil ich nicht glauben konnte, dass Harper mich wegen einer solchen Kleinigkeit dermaßen angegriffen hatte.

»Nicht wir. Ich. Dieses Apartment ist wie für dich gemacht. Es liegt in der Nähe deines Coffeeshops. Du verdienst genug, um dir die Miete alleine leisten zu können. Wenn du dir deswegen Gedanken machst, such dir eine andere Mitbewohnerin.«

Ihr Gesichtsausdruck verriet mir, dass nichts, was ich sagte, etwas ändern würde, ihr Entschluss stand fest. Es tat weh, dass meine Schwester nicht mehr mit mir leben wollte. Meine Augen füllten sich mit Tränen, die ich wegzublinzeln versuchte.

173

»Okay«, flüsterte ich, drehte mich um und zog mich in mein eigenes Zimmer zurück. Ich konnte lediglich beten, dass Harpers Zorn am nächsten Morgen verraucht sein würde und sie sich von ihrer Umzugsidee verabschiedete.

16

Willa

Das Mondlicht warf einen goldenen Schein über die Laufbahn, als ich mich anschickte, meine Runden für die Relay-for-Life-Veranstaltung zu drehen. Mellie hatte ihre Stunde beendet und lief noch eine Runde mit mir.

»Die Stille dieser frühen Morgenstunden hat etwas Magisches, findest du nicht?«, meinte sie.

Zum Glück hätte das Wetter nicht besser sein können. Wir hatten die Hauptzeremonie am Abend zuvor in einer festlichen Atmosphäre vor einem großen Publikum abgehalten. Das Event fand auf dem Sportplatz der Highschool statt. Die Schulband war aufgetreten, und der Zaun war mit bunten Ballons geschmückt gewesen. Mein Coffeeshop hatte wie andere Läden einen Stand aufgestellt, wo wir Proben von Harpers speziellem Proteindrink verteilten.

Dr. Annie Keaton hielt die Eröffnungsrede und erinnerte die Gemeinde an unser gemeinsames Ziel, den Krebs zu heilen. Wir wurden aufgefordert, uns an die zu erinnern, die den Kampf verloren hatten, und zugleich gegen diese Krankheit zu kämpfen, die so vielen Kummer und Leid gebracht hatte.

175

Harper lief die Siegerrunde zusammen mit anderen Überlebenden aus unserer Gemeinde. Sie war enttäuscht, weil ihr Freund John sich im Krankenhaus nicht freinehmen konnte, um dabei zu sein.

Jubel brandete auf den Tribünen auf, als die, die das Glück gehabt hatten, die Krankheit zurückzudrängen, ihre Runde absolvierten und ihren Freunden und Angehörigen zu den Klängen der Band zuwinkten. Als die Bahn sich immer mehr mit Menschen füllte, begann meine Aufgabe, und ich war schwer damit beschäftigt, gemeinsam mit Shirley und Alice Proben von Harpers gesundem Spezialdrink anzubieten.

Der bewegendste Teil des Abends war jedoch die Luminariazeremonie, bei der weißen Tüten mit den Namen und oft auch den Fotos derer, die dem Krebs zum Opfer gefallen waren, mit Lichtern darin entlang der Laufbahn aufgestellt wurden. Ich war gottfroh, dass Harpers Name nicht dabei war. Die Ärztin las jeden Namen laut vor und sprach anschließend kurz über die jüngsten Forschungen. Ihre Worte gaben mir Hoffnung, dass die Medizin noch zu unseren Lebzeiten die Lösung dafür finden würde, den Krebs ganz auszurotten, und kein Mann, keine Frau und kein Kind das würde ertragen müssen, was Harper im Kampf um ihr Leben durchgemacht hatte.

Während der Veranstaltung war Harper ganz in ihrem Element gewesen, aber wegen ihres beleidigenden Gefühlsausbruchs vom Abend zuvor war sie mir aus dem Weg gegangen. Bis wir uns auf dem Sportfeld begegneten, hatte ich sie den ganzen Tag nicht gesehen. Nicht einmal in den Coffeeshop war sie gekommen. Und da ich nicht wusste, woher dieser Ärger kam, war ich beunruhigt.

»Die Stille ist das, was mir am besten gefällt.« Mellie, die neben mir lief, riss mich aus meiner Grübelei. »Mir auch«, sagte ich und schaute mich während des Laufens um. Das Feld wurde bloß vom Mondlicht erleuchtet. Zwei oder drei Familien hatten in der Mitte Zelte aufgestellt. Ein leichter Wind wehte, der die bunten Ballons, die den Zaun markierten, tanzen ließen und den Geruch des Meeres herantrug.

»Soll ich dir weiter Gesellschaft leisten?«, fragte Mellie.

»Nicht nötig, danke, geh lieber zu deiner Familie.«

Bevor sie nach Hause ging, umarmten Mellie und ich uns. Mit einem Abschiedswinken joggte sie auf den Parkplatz zu. Ich lief in dieser Stunde rund drei Meilen. In den letzten Jahren hatte ich ein Hörbuch oder Musik mitgebracht, um mir die Zeit zu vertreiben. Dieses Jahr nicht. Über den Zwist mit meiner Schwester hatte ich es vergessen. Irgendetwas ging mit Harper vor, und ich wusste nicht, was es war oder wie ich damit umgehen sollte. Zusätzlich belastete mich, dass Harper mir eindeutig zürnte, richtig böse auf mich war. Obwohl sie es nicht zeigte, erkannte ich es, denn ihr Lächeln war angespannt, und sie hielt sich an Leesa, statt mir so zu helfen, wie sie es normalerweise getan hätte. Sie machte genau das, worum ich sie bat, war freundlich und umgänglich zu allen, aber ich wusste Bescheid, dass wir nicht im Reinen waren, und deshalb drehten sich meine Gedanken allein darum, was ich getan oder nicht getan beziehungsweise was ich falsch gemacht hatte.

Während ich meinen Lauf fortsetzte, sortierte ich meine Erinnerungen und dachte angestrengt über den letzten Monat nach, ging die Ereignisse der vergangenen Wochen durch und versuchte herauszufinden, womit ich Harper so gründlich verstimmt hatte.

Wenngleich ich es mir ungern eingestand, gab ich ihr nachträglich recht, dass sie mich als kontrollsüchtig bezeichnete. Allerdings hatte ich nie gesagt, dass sie irgendeine von den verrückten Sachen, die sie sich in den Kopf gesetzt hatte, nicht tun konnte oder sollte. Und es waren rein egoistische Motive, warum ich es hasste, dass sie ausziehen wollte. Ich mochte nicht alleine leben. Wir waren immer zusammen gewesen und hatten uns nahegestanden, nach dem Verlust unserer Mutter und Harpers Leukämie noch mehr.

In der Ferne wurde eine Autotür zugeschlagen, das Geräusch zerriss die Stille der Nacht. Ich konnte unmöglich bereits eine ganze Stunde gelaufen sein. Als ich auf die Uhr blickte, stellte ich fest, dass erst eine Viertelstunde der Zeit, für die ich mich verpflichtet hatte, hinter mir lag. Als ich zum Startpunkt zurückkehrte, joggte Sean zu mir herüber. »Guten Morgen«, sagte er, dabei rieb er sich die Hände, um die morgendliche Kühle zu vertreiben.

Vor Überraschung wäre ich fast gestolpert, denn damit hätte ich nie im Leben gerechnet. »Was machst du denn hier?«

Er grinste breit. »Ich kann mein Lieblingsmädchen schließlich nicht alleine laufen lassen, oder?«

Woher er überhaupt die Zeitspanne kannte, die ich abdeckte, war mir ein Rätsel. Vielleicht hatte ich es beiläufig erwähnt. »Du solltest zu Hause im Bett sein, Sean. Du warst ernstlich krank, da tut dir eine körperliche Anstrengung nicht gut.«

»Ich fühlte mich großartig.« Als ich einen ungläubigen Laut ausstieß, wechselte er das Thema, lief aber weiter neben mir her.

»Du wirkst irgendwie gedankenverloren. Du bist nämlich die ganze Bahn entlanggelaufen, ohne mich zu sehen. Hast du etwa geschlafen?«, zog er mich auf.

Verlegen schüttelte ich den Kopf. »Nichts von alldem. Harper ist böse auf mich wegen irgendetwas, das ich nicht weiß. Jedenfalls sieht es meiner Schwester nicht ähnlich, Türen zuzuknallen und wegen einer Lappalie ein Riesentheater zu machen.«

»Klingt für mich nach einer Überreaktion.«

»Stimmt vermutlich. Ich glaube, Harper möchte seit einiger Zeit frei sein und eine eigene Wohnung haben. Dieser lächerliche Zank war wahrscheinlich nichts als ein geeigneter Vorwand.«

Sean dachte über meine Worte nach. »Du bist eine kluge und rücksichtsvolle Frau, Willa. Lässt du sie ihren Weg gehen?«

»Natürlich. Ich habe keine Kontrolle über ihr Leben. Im Rückblick glaube ich, sie hat schon öfter versucht, mir klarzumachen, dass sie endlich ihr eigenes Leben führen will. Ich habe zu wenig zwischen den Zeilen gelesen.«

»Du wirst sie vermissen.«

»O ja. Inzwischen verstehe ich, warum sie auf eigenen Füßen stehen will. Ich benehme mich eher wie ihre

179

Mutter und nicht wie ihre Schwester. Dadurch fühlt sie sich wohl eingeengt«, erwiderte ich, obgleich es mir ziemlich schwerfiel, das wirklich zuzugeben. Es war Zeit, dass Harper alleine zurechtkam, ohne dass ihre große Schwester ihr ständig über die Schulter blickte.

»Egal, wie sie das derzeit sieht, sie hat Glück, dich zu haben.« Er griff nach meiner Hand und verflocht unsere Finger miteinander.

Das Kompliment war ehrlich gemeint, aber in Anbetracht der Zeit, die ich gebraucht hatte, um zu begreifen, was Harper wirklich wollte, war ich nicht sicher, ob es stimmte. Wenn sie heute von ihrer Kletterübung zurückkam, würde ich tun, was ich konnte, um die Dinge zwischen uns in Ordnung zu bringen.

Für den Rest des einstündigen Laufes hielt Sean mein Tempo mit und zeigte keine Anzeichen von Müdigkeit. Wir unterhielten uns ungezwungen miteinander, scherzten und lachten. Als wir fertig waren, brauchten wir beide dringend einen heißen Kaffee. Ich musste an diesem Morgen das Backen übernehmen, da Shirley ihren freien Tag hatte. Also lud ich ihn ein, mir in der Küche des Cafés Gesellschaft zu leisten.

»Es sei denn … hör zu, du musst dich nicht verpflichtet fühlen.«

»Kaffee mit meinem Mädchen. Da sage ich nicht Nein.«

Sein Mädchen. Es gefiel mir, wie das klang.

Pastor McDonald, ein Freund der Familie, der die nächste Runde laufen würde, kam auf die Minute pünktlich. Er streckte Sean, den er noch nicht kannte, die Hand hin. »Heath McDonald.«

180

»Sean O'Malley«, stellte sich Sean vor.

»Der Pfarrer ist nach Moms Tod für uns eine große Hilfe gewesen«, erklärte ich. »Und dann wieder, als Harper krank wurde. Ich weiß nicht, was unsere Familie ohne ihn getan hätte. Es freute mich, dass Lucas und Chantelle ihn gebeten haben, die Trauung vorzunehmen.«

»Freut mich, Sie kennenzulernen, Pastor«, sagte Sean.

»Heath, bitte. Sobald die Leute hören, dass ich Pfarrer bin, machen sie die Schotten dicht. Die Einzige, die mich Pastor nennt, ist Willa. Dabei sehe ich mich lieber als eine Art Seelendoktor.«

Als wir uns auf den Weg zum Coffeeshop machten, erzählte ich Sean noch ein bisschen über den sanftmütigen Geistlichen, der ein großes Herz hatte. Ohne ihn und die Hilfe der Kirche wüsste ich nicht, was nach Moms Tod aus unserer Familie geworden wäre. Monate waren die Frauen der Kirchengemeinde abwechselnd zu uns nach Hause gekommen und hatten mir Kochen und Putzen beigebracht, während der Pfarrer meinem Vater mit Rat und Tat zur Seite gestanden hatte, bis Dad ihn nicht mehr sehen wollte und es vorzog, seinen Kummer in billigem Whisky zu ertränken.

Sean folgte mir zum Coffeeshop. Ich war früher dran als sonst, was uns Zeit für einen gemütlichen Kaffee ließ. Schnell erledigte ich die Vorarbeiten, schaltete das Licht und den Backofen an, holte den Teig für die Zimtbrötchen aus dem Kühlschrank, damit er warm wurde und aufgehen konnte.

»Was ist das?«, fragte Sean, nickte dabei in Richtung der runden Kuchenformen, die auf der Theke standen.

»Kuchen«, erklärte ich und fügte Genaueres hinzu, als er ungläubig schaute, weil ich eigentlich keinen Kuchen anbot.

»Das sind Hochzeitskuchen. Ich habe meinem Bruder und Chantelle versprochen, die Torte für ihre Hochzeit zu backen, und ich probiere verschiedene Geschmacksrichtungen aus.«

Backen war eine meiner Stressbewältigungsarten. Statt über Harpers Auszugspläne nachzugrübeln, hatte ich mittlerweile vier unterschiedliche Kuchen gebacken.

»Brauchst du einen Geschmackstester?«

»Bietest du dich freiwillig an?«

Er klopfte auf seinen flachen Bauch. »Ich habe ein paar Pfund verloren. Mom hat zwar ihr Bestes getan, um mich zu mästen, doch mit Kuchen hat sie es nicht versucht. Folglich wäre ich liebend gern dein Geschmackstester.«

»Du hast den Job.« Auch wenn die endgültige Entscheidung bei Chantelle und Lucas lag, würde es helfen, Sean meine Übungskuchen probieren zu lassen.

Ich holte vier kleine Teller und legte eine dünne Scheibe von jedem Kuchen darauf. »Ich habe sie nicht glasiert, weil dadurch der Geschmack beeinträchtigt wird.«

»Welchen soll ich zuerst probieren?«

»Vanille. Ich weiß, es klingt langweilig, aber Vanille ist und bleibt die beliebteste Wahl.«

»Okay.« Seine Gabel glitt in den saftigen Kuchen. Er kaute, schluckte und nickte. »Köstlich. Es wird schwer werden, das zu toppen.«

»Gut zu wissen. Als Nächstes Funfetti.«

»Fun was?«

»Er heißt Funfetti, ist praktisch derselbe weiße Kuchen, bloß mit bunten Sprenkeln gemixt, die beim Backen schmelzen, sodass der Kuchen wie Konfetti aussieht.«

»Toll.« Er stach die Gabel in den Kuchen, führte sie zum Mund, schluckte und nickte. »Der hier ist genauso gut.«

»Freut mich, dass er dir schmeckt.«

Sean trank einen Schluck Kaffee, um den Geschmack aus dem Mund zu bekommen, und fragte dann: »Was steht als Nächstes auf dem Plan?«

»Zitronenkuchen.«

»Ich mag grundsätzlich alles, was mit Zitrone zu tun hat.« Er kostete und wackelte anerkennend mit den Augenbrauen. »Der ist eine Wucht, bislang mein Favorit.« Er nahm einen letzten Bissen, bevor ich ihm den vierten Teller hinstellte.

»Jetzt das große Finale«, sagte ich ziemlich theatralisch. »Das ist Kokosnuss.«

Er goss sich ein Glas Wasser ein, bevor er probierte. Jedem Rezept haftete meine eigene persönliche Note an. Seine Reaktion auf diesen letzten Kuchen interessierte mich besonders, da er mein erklärter Liebling war und Chantelle Kokosnusskuchen ebenfalls liebte. Ob Lucas der Geschmack gefiel, konnte ich nicht mehr sagen.

Nach der ersten Gabel schloss Sean die Augen und stöhnte. »Willa, der ist unglaublich. Ich weiß nicht, wie du es geschafft hast, dass er nach frischer Kokosnuss schmeckt. Das ist wirklich der Himmel in Kuchenform.«

»Für welchen würdest du dich entscheiden?«

»Musst du das fragen? Kokosmuss«, erwiderte er und fügte hinzu: »Ganz dicht gefolgt von dem Zitronenkuchen. Jedenfalls würde ich dich allein wegen deines Kokosnusskuchens heiraten«, neckte er mich. Seine Augen funkelten vor Vergnügen, bevor er ganz ernst wurde. »Ich würde dich wegen weit mehr als deiner Backkünste heiraten, Willa.«

Bei dieser Bemerkung fühlte sich mein Herz an, als würde es explodieren. »Rede keinen Unsinn«, protestierte ich, eine Hand an meinen Hals gelegt. »Wir kennen uns kaum.«

»Ich weiß alles, was ich wissen muss, der Rest ist egal.« Er schlang die Arme um meine Taille und zog mich an sich. Ich beugte mich zu ihm hinunter, und unsere Lippen trafen sich zu einem Kuss, der heiß genug war, um Feueralarm auszulösen. Wir waren recht intensiv miteinander beschäftigt, als ich ein Geräusch hinter uns hörte. Die Außentür zur Küche wurde geöffnet, und Harper kam herein. »Oh«, murmelte sie. »Tut mir leid, ich wollte nicht stören.«

»Das hast du nicht.« Sean und ich fuhren auseinander, als wären wir bei einem Bankraub ertappt worden.

»Du hättest mich beinahe getäuscht«, sagte Harper mit einem breiten Grinsen. Sie war wandermäßig gekleidet, da heute das Probeklettern auf den Mount Rainier stattfand.

»Willst du deinen Proteindrink mitnehmen?«, fragte ich in der Annahme, dass sie deswegen vorbeigekommen war.

Sie sah mich an, und ein verschmitztes Lächeln

184

huschte über ihr Gesicht. »Ich hatte gehofft, kurz mit dir sprechen zu können.«

Sean trat einen Schritt zurück. »Ich wollte gerade gehen.«

»Nicht nötig«, sagte Harper und hielt ihn zurück. »Es dauert höchstens eine Minute.«

Für mich war es eine Erleichterung, dass er blieb. Ich wollte mit meiner Schwester reden, und alles, was sie zu sagen hatte, konnte in Seans Gegenwart gesagt werden.

17

Sean

Harpers Blick wanderte zu mir. Einerseits hatte ich Grund zu bleiben, andererseits fürchtete ich, es könnte peinlich werden. Fast unsere gesamte Unterhaltung in dieser Nacht hatte sich um Willas Beziehung zu ihrer Schwester gedreht. Wir lachten und machten Witze, aber dann kamen wir wieder auf Harper und das, was sich zwischen den beiden Schwestern abspielte, zurück.

»Soll ich nicht lieber gehen? Das ist überhaupt kein Problem«, wiederholte ich.

»Nein, bleib bitte.« Harper streckte den Arm aus, um mich am Gehen zu hindern. »Ich bin gekommen, um mich bei Willa zu entschuldigen. Und da du ein Teil des Grundes bist, solltest du das auch hören.«

»Habe ich irgendetwas getan?«, fragte ich, weil ich nicht wirklich wusste, was sie meinte.

Harpers Augen funkelten vor Mutwillen. »In gewisser Weise bist du für meine Entscheidung verantwortlich.«

»Ich?« Es war schwer zu erkennen, welche Rolle ich in diesem Drama zwischen den beiden gespielt haben sollte.

»Nichts Schlimmes«, versicherte Harper hastig. »Da du und Willa jetzt zusammen seid, dachte ich, dass sie sich nicht aufregen würde, wenn ich beschließe, in ein eigenes Apartment zu ziehen. Wenn überhaupt, sollte ich mich bei dir bedanken.« Sie wandte ihre Aufmerksamkeit Willa zu. »Es tut mir leid, Willa.«

»Schon gut, Harper.«

»Es ist noch nicht gut.« Sie ging zu Willa hinüber und umarmte sie. »Ich habe mich wie eine fünfjährige Göre benommen, die ihren Willen nicht bekommt, und ich entschuldige mich dafür.«

Willas Arme schlossen sich fester um ihre Schwester. Sie brauchte nichts zu sagen, damit Harper wusste, dass ihr Temperamentsausbruch längst vergeben und vergessen war. Vernehmlich stieß sie den Atem aus, rückte von Harper ab und umfasste ihre Schultern. »Ich weiß, dass du seit einiger Zeit ein eigenes Apartment möchtest. Es hat eine Weile gedauert, bis ich mir alles zusammengereimt habe. Du hättest besser früher etwas sagen sollen.«

Harper senkte den Blick, wirkte sprachlos. Weder widersprach sie Willa, noch bestätigte sie ihre Worte.

»Wenn du meine Erlaubnis willst, die hast du. Aber du brauchst sie nicht, Harper. Du bist über einundzwanzig, und es ist Zeit, dass du deine Flügel ausbreitest und alleine fliegst. Dazu brauchst du mich nicht, du bist immer ein eigenständiger Mensch gewesen.«

»Du kannst so ein Muttertier sein, weißt du. Nein, das weißt du nicht oder merkst es nicht.«

»Ich wollte dich nicht bemuttern …«

»Hast du ja nicht immer getan, sondern hauptsächlich in den letzten drei Jahren«, beruhigte Harper sie rasch. »Es ist so, als würdest du darauf warten, dass etwas

Schlimmes passiert. Bestimmt kannst du besser meine Schwester sein, statt dich wie eine Mutter zu benehmen, wenn ich erst einmal eine eigene Wohnung habe.«

Wenngleich es für Willa schwer war, das zu hören, gelang es ihr, sich ein schwaches Lächeln abzuringen. »Ich verstehe, was du sagen willst. Du hast recht. Nach dem Krebs ist es schlimm geworden für dich, oder? Weil auch ich schlimmer geworden bin.«

»Es ist nicht alles deine Schuld. Die Familie hat dich nach Moms Tod verzweifelt gebraucht. Dad hat sich gehen lassen, und Lucas fand es einfacher, so zu tun, als wäre alles in schönster Ordnung. Und für ihn war es das ja. Es hatte sich kaum etwas geändert. Er bekam drei Mahlzeiten am Tag. Seine Wäsche wurde gewaschen. Er konnte Sport treiben und weitermachen, als wäre ihr Tod ein kleineres Ärgernis in seinem Leben gewesen.«

»Das stimmt nicht«, verteidigte Willa ihren Bruder, wenngleich sie wusste, dass Harper wahrscheinlich recht hatte. »Er hat Mom genauso vermisst, ein bisschen anders eben als du und ich.«

Was mich betraf, ich hatte Lucas nie kennengelernt, daher war es schwer für mich, ihn zu verstehen. Dem wenigen nach zu urteilen, was Willa mir von ihm erzählt hatte, schien er recht vernünftig zu sein. Und ich erinnerte mich aus einem unserer Gespräche, dass die Zeit beim Militär ihrem Bruder sehr gutgetan hatte. Er sei diszipliniert und über seine Jahre hinaus reif und entschlossen, seinen Weg zu gehen, von dort zurückgekommen.

»Er hat es später wiedergutgemacht«, meinte Harper. »Als ich krank war, war er eine große Stütze für mich.«

»Für uns beide«, warf Willa ein und straffte die Schultern, als würde es ihr widerstreben, zu ihrem früheren Gespräch zurückzukehren. »Als ich heute Morgen um das Feld gelaufen bin, wurde mir bewusst, dass dieses Bedürfnis, mit Leesa zusammenzuwohnen, seit einiger Zeit in dir brodelt.«

»Das tut es«, stimmte Harper zu. »Wir sprechen seit ein paar Monaten dauernd darüber.«

»Warum hast du keinen Ton gesagt?«, fragte Willa stirnrunzelnd. »Ich hätte dich bestimmt verstanden.«

Einmal mehr wirkte Harper unbehaglich, trat gegen einen imaginären Fleck auf dem Boden. »Ich musste warten.«

»Warum und auf was?«

Sie stieß den Atem aus. »Ich wollte sicher sein, dass meine Blutwerte in Ordnung sind. Es schien mir keine gute Idee zu sein, meinen Auszug zu planen, wenn die Möglichkeit besteht, dass die Leukämie zurückkommt.«

»Richtig. Das macht Sinn.«

Willa blickte in meine Richtung, wie um zu sagen, dass sie da selbst hätte darauf kommen sollen.

»Also schaust du dir mit Leesa Apartments an«, sagte sie, als wäre das die schönste Sache der Welt, doch man sah ihr an, dass sie das ganz anders sah

Harpers Augen hingegen leuchteten auf, und sie nickte. »Ja. Ich habe bereits für die Anzahlung gespart und Leesa genauso.«

»Und wann willst du umziehen?«

»Am ersten September, wenn wir das Richtige finden, ein Apartment, das für uns beide passt und das wir uns leisten können. Spätestens am fünfzehnten. Das wird hoffentlich kein Problem, oder?« Sie musterte ihre Schwester, suchte ihre Zustimmung. »Ich meine, wenn du glaubst, die Miete nicht alleine …«

»Das dürfte kein Problem sein«, versicherte Willa hastig.

Unwillkürlich fragte ich mich, ob für sie wirklich okay war, was sie da sagte. Willa war seit Harpers Geburt die Beschützerin ihrer kleinen Schwester gewesen, da zwischen den beiden Mädchen immerhin einige Jahre lagen. Sie ziehen zu lassen war ein großer emotionaler Schritt für sie. Ich vermochte bestenfalls zu erahnen, wie stark beraubt sie sich nach dieser Entscheidung fühlte.

»Wirst du dir eine neue Mitbewohnerin suchen?«, fragte Harper, und ihr Blick wanderte zu mir.

»Eine neue Mitbewohnerin«, echote Willa, als würde sie diese Möglichkeit erst jetzt in Erwägung ziehen. »Möglich. So weit habe ich noch nicht vorausgedacht.«

»Ich muss eine Wohnung finden, wo ich Haustiere halten darf«, sagte Harper geistesabwesend und bemerkte zum ersten Mal die Kuchenformen, die auf der Theke standen. »Du hast Kuchen gebacken?«, fragte sie überrascht.

»Für die Hochzeit. Vier verschiedene Geschmacksrichtungen.«

»Ich habe bereits probiert«, warf ich ein. »Kokosnuss ist mein Favorit, dicht gefolgt von dem Zitronenkuchen.«

Harper grinste. »Du hast es also ernst damit gemeint, für Lucas und Chantelle den Hochzeitskuchen zu backen«, stellte sie fest, umarmte Willa und ging zur Tür. »Wünsch mir Glück für das Probeklettern mit meiner Gruppe. Nächstes Wochenende steht der volle Aufstieg an. Jetzt treffe ich zum ersten Mal den Bergführer.«

»Harper hat den ganzen Sommer trainiert«, spottete Willa. »Sie will den Führer mit ihrer Fitness beeindrucken.«

»Du bist also echt bereit?«, fragte ich.

»So bereit, wie ich je sein werde. Nur ist es mehr als ein Probeklettern.« Harper knetete ihre Hände. »Es ist genauso ein Kräfte- und Ausdauertest. Jeder, der es nicht bis Camp Muir schafft, muss die Gruppe verlassen.«

»Das wird für dich bestimmt ein Kinderspiel werden.«

»Sollte es«, meinte Harper. »Ich muss los. Zwischen uns ist alles okay, oder?«, fragte sie an Willa gewandt.

»Natürlich. Viel Spaß heute.«

»Werde ich haben.« Harper wirkte fröhlich und wesentlich entspannter als zuvor.

»Wir können heute Abend weiterreden.« Willa warf ihr eine Kusshand zu.

Nachdem ich Willa beim Backen der Zimtbrötchen zugesehen hatte, fasste ich mir ein Herz und entschloss mich, ihr etwas von mir zu beichten, was sie nicht wirklich freuen würde.

Ich hatte es lange genug aufgeschoben, auf meine Neuigkeiten zu sprechen zu kommen, und gab mir endlich einen Ruck, damit herauszurücken. »Bei mir gibt es auch eine Neuigkeit«, sagte ich und rutschte auf dem Stuhl hin und her, sah dabei zu, wie sie einen zweiten Teigklumpen auf die Tischplatte legte, und wartete, bevor ich zu einer Erklärung ansetzte.

»Oder hatte ich erwähnt, dass ich die Möglichkeit

habe, auf ein paar Inseln der Philippinen die Meeres-
flora und -fauna zu fotografieren? Ich habe Monate darauf gewartet zu erfahren, ob das Shooting stattfindet
und ob ich den Zuschlag als Fotograf bekomme.«

»Und?«

»Und gestern spätabends kam die Nachricht. Es findet statt, und ich bin dabei.«

Das Ganze war eine große Sache. Ich hatte ein Dutzend andere Fotografen ausgestochen, von denen viele
weit mehr Erfahrung besaßen als ich. Das war ein echter
Karriereschub, und ich musste mir Mühe geben, meine
Aufregung zu zügeln. Bei dem Gedanken, was dieser
Auftrag für meine berufliche Zukunft bedeuten würde,
rauschte das Blut schneller durch meine Adern.

Willa verstummte, und während ich auf ihre Glückwünsche wartete, klang ihre Stimme leise und verzagt.
»Du reist gleich wieder ab?«

»Ja, das ist mein Beruf, Willa. Das weißt du ja.«

Sie biss sich auf die Unterlippe. »So bald nach Bolivien?«

»Das ergibt sich manchmal so.« Ich sah ihr an, wie
gerne sie mit mir über Sinn und Unsinn dieser Reise
diskutieren wollte.

»Schließlich warst du schwer krank.«

»Es geht mir viel besser, das hat die letzte Blutuntersuchung bewiesen. Außerdem geht es nicht sofort los,
sondern erst in einigen Wochen.«

Sie hielt meinem Blick stand, musste sich allerdings
sehr zusammennehmen, um mir kein Theater zu machen.

Enttäuscht, dass sie meine Begeisterung nicht teilte,

versuchte ich ihr klarzumachen, welches Glück es war, diesen wichtigen Auftrag ergattert zu haben. Es war nichts, was einem in der letzten Minute in den Schoß fiel. Ich hatte wochenlang gewartet und auf diese Chance gehofft.

»Sag mir nicht, ich brauche mir keine Sorgen zu machen.« Willa attackierte den restlichen Brötchenteig für das letzte Blech mit solcher Gewalt, dass ich einen Schritt zurücktrat. »Zu sagen, ich solle mir keine Sorgen machen, garantiert, dass ich mir welche mache.«

»Willa, bitte.«

»Bitte was? Bitte versteh mich? Bitte freu dich für mich? Bitte sorg dafür, dass ich mir keine Gedanken machen muss, und sei die süße, kleine Freundin, die mich mit einem Lächeln verabschiedet?«

Offen gestanden hatte ich damit gerechnet, dass sie sich beklagte, es sei zu früh nach meiner Krankheit, oder dass sie forderte, ich müsse mir mehr Zeit nehmen, um mich auszukurieren.

Ihre Schultern sackten nach vorne, und ihre Hände hörten auf, den Teig zu misshandeln. »Und wie lange wirst du diesmal wegbleiben? Drei Wochen? Einen Monat? Zwei?«

»Ich weiß nicht. Es könnten bis zu zwei Monate werden.«

Sie hob den Arm und wischte sich über die Stirn. »Wird die Arbeit gefährlich?«

Gerne hätte ich ihr versprochen, dass ich so sicher sein würde wie ein Baby in den Armen seiner Mutter. Am liebsten hätte ich die Gefahren, die auf mich lauerten, heruntergespielt, nur wäre es irreführend gewesen,

Derartiges zu behaupten. Jede Exkursion in ein fremdes Land war mit gewissen Risiken verbunden. Verseuchtes Trinkwasser, verschiedene Insekten und Schlangen waren ein paar der Gefahren, denen ich wahrscheinlich ausgesetzt sein würde.

»Ganz sicher werde ich vorsichtig sein«, flüsterte ich, trat hinter sie, schlang die Arme um ihre Taille, drückte sie an mich und legte das Kinn auf ihre Schulter.

»Wirst du dich wenigstens regelmäßig melden können?«

Eine ebenso offene Frage. Höchstwahrscheinlich würde ich dabei mehr Pech als Glück haben. Die Gegenden, wo ich arbeiten würde, waren abgelegen, die Chancen, eine Internetverbindung zu bekommen, gering. Bei einem so langwierigen Auftrag gab es wahrscheinlich Möglichkeiten, zum Einkaufen in eine Stadt zu fahren, wo wir vielleicht das Glück haben würden, ein Internetcafé zu finden.

»Dein Schweigen sagt alles«, murmelte Willa betrübt.

Sie lenkte sich damit ab, dass sie die Teigrollen schnitt und die Zimtbrötchen formte, um sie auf ein Backblech zu legen. Zwischendurch wischte sie sich mit dem Handrücken die Feuchtigkeit vom Gesicht. Als ich sie zu mir drehte, sah ich, dass sich ihre Augen mit Tränen gefüllt hatten, die ihr über die Wangen zu laufen drohten.

»Es ist zu viel«, flüsterte sie. »Erst will Harper mich verlassen und jetzt du.«

»Liebling.« Ich zog sie an mich und küsste sie auf den Scheitel. »Harper verlässt dich genauso wenig wie ich. Wir werden beide in Gedanken immer bei dir sein.«

»Du bist bald eine halbe Welt von mir entfernt«, hielt sie dagegen.

»Mein Herz nicht. Das bleibt bei dir.«

Sie schlug mit der Hand gegen meine Schulter. »Glaubst du, ein paar schöne Worte bewirken, dass es mir besser geht?«, fragte sie deprimiert.

»Das hoffe ich.« Ich holte tief Luft, um etwas zu fragen, bei dem ich nicht sicher war, wie die Antwort ausfallen würde. »Möchtest du, dass ich diesen Auftrag ablehne?«

Sie löste sich von mir und sah mir in die Augen, als wollte sie die Ernsthaftigkeit der Frage einschätzen. »Meinst du das ernst? Würdest du wirklich ablehnen, falls ich dich darum bitte?«

Da ich es wirklich ernst meinte, nickte ich und hielt den Atem an. Wenn sie Ja sagte, wusste ich nicht, wie ich reagieren würde. Vor Jahren hatte ich einen Fernsehanwalt sagen hören, dass man einem Zeugen niemals eine Frage stellen dürfe, auf die man die Antwort nicht kenne. Vielleicht hätte ich mir das eine Lehre sein lassen sollen.

»Nein«, sagte sie nach dem längsten Moment meines Lebens, »das würde ich nie von dir verlangen.«

Erleichterung durchströmte mich, und ich stieß einen lang angehaltenen Atemzug aus. »Danke, Willa.«

Dass sie anschließend meiner Schulter einen wesentlich festeren Schlag versetzte als den vorigen, kam für mich überraschend. »Wag es ja nicht, krank zu werden. Wenn du wieder mit irgendeiner Tropenkrankheit zurückkommst, werde ich dir das nie verzeihen, das schwöre ich dir.«

»Ich werde mir Mühe geben, gesund und munter zu bleiben.«

»Und ich erwarte, so oft von dir zu hören wie möglich.«

»Versprochen.«

»Du solltest mich lieber vermissen.«

»Jede Stunde eines Tages.«

Der Beginn eines Lächelns spielte um ihre Lippen und machte sie unwiderstehlich. Bevor sie weitere Forderungen stellen konnte, beugte ich mich vor und küsste sie, um ihr klarzumachen, wie wichtig sie mir war.

Es war der Auftrag meines Lebens, und ich hatte Glück, ihn bekommen zu haben. Dennoch verblasste es neben dem, was ich mit Willa gefunden hatte.

18

Willa

Nach dem Probeklettern hörte ich nichts von Harper, und sie rief auch nicht an, was ich eigentlich gehofft hatte. Sie hatte erwähnt, dass sie die Nacht mit ihren Freunden in einer Hütte in der Nähe des Mount Rainier verbringen werde. Kein Grund zur Sorge also. In Anbetracht des anstrengenden Tages, der hinter mir lag, und des Schlafmangels von der Nacht zuvor stand die Suche nach meiner Schwester ohnehin nicht ganz oben auf meiner Prioritätenliste. Als sie sich dann auch Sonntagnachmittag nicht blicken ließ, kam ich zu dem Schluss, dass sie ihre Unabhängigkeit testete und nicht das Bedürfnis empfand, sich mit mir in Verbindung zu setzen.

Obwohl ich mir langsam Sorgen machte, verbot ich es mir, sie anzurufen oder ihr eine Nachricht zu schicken. Immerhin hatte sie mir unmissverständlich klargemacht, dass sie nicht von mir bemuttert werden wollte. Ich durfte ihr keinesfalls hinterherlaufen, um mich zu vergewissern, dass sie okay war. Harper würde das hassen.

Sonntagnachmittag kam Sean mit Bandit vorbei. Ich packte uns einen leichten Lunch ein, und wir gingen an den Strand. Dort wimmelte es von Touristen, und Kinder rannten am Wasser entlang. Mit vier oder fünf von ihnen baute Sean eine Sandburg für mich. Ich wunderte mich, wie gut er mit ihnen umzugehen verstand. Das alles zu beobachten half mir, meine Gedanken von meiner Schwester abzulenken.

Nach dem Essen warfen wir für Bandit ein Frisbee und sahen lachend zu, wie der Hund in die Luft sprang, um die runde Scheibe zu fangen. Kinder scharten sich um uns und applaudierten. Sean ließ sie das Frisbee mehrmals werfen, sodass wir großen Spaß hatten, die Kinder, der Hund und wir gleichermaßen.

Als wir nach Hause zurückgingen, waren wir beide erschöpft und sahen uns auf der Couch aneinandergekuschelt eine romantische Komödie an.

»Hast du inzwischen etwas von Harper gehört?«, fragte er.

»Nein. Sie hat sich größte Mühe gegeben, mir zu zeigen, dass ich für sie einfach ihre Schwester bin und keine mütterlichen Gefühle an den Tag legen soll.« Da ich sie in dieser Hinsicht enttäuscht hatte, wollte ich jetzt Schadensbegrenzung treiben, indem ich ihr bewies, dass ich mir ihre Worte zu Herzen genommen hatte und mich nicht wie eine Glucke benahm.

»Machst du dir Sorgen?«

»Nicht wirklich«, log ich und nahm diese Aussage zurück, als ich an seinem Lächeln sah, dass er mir nicht glaubte.

»Also gut, vielleicht ein bisschen. Ihr fehlt nichts. Wenn jemand imstande ist, diesen Berg zu besteigen, dann meine Schwester. Trotzdem ist es komisch, dass ich so gar nichts von ihr höre, und das beunruhigt mich.« Harper war ihr ganzes Leben lang auf Berge geklettert,

198

von denen jeder höher und eine größere Herausforderung war als der vorige.

Als ich am Montagmorgen noch immer nichts von ihr hörte, war es vorbei mit meiner Zuversicht. Ich widerstand dem Drang, mich an einen ihrer Kletterpartner zu wenden, um sie nicht völlig zu verärgern. Erst als ich ihr Schlafzimmer überprüfte, beruhigte es mich, dass ihr Bett zerwühlt war. Sie musste also spät in der Nacht gekommen und sehr früh am Morgen weggegangen sein. Damit war auch klar, dass sie mir nach wie vor aus dem Weg ging.

Snowball war ebenfalls nicht glücklich. Der Futternapf war leer. Bevor ich mich auf den Weg zum Coffeeshop machte, fütterte ich die Katze und füllte die Wasserschale neu. Harper tauchte nicht einmal zwischen ihren Yoga- und Fitnesskursen auf, um sich ihren speziellen Proteindrink zu holen. So langsam wusste ich nicht, was bei ihr los war.

»Ist alles in Ordnung?«, fragte mich Shirley während einer spätmorgendlichen ruhigen Phase.

»Sicher, was sollte schon sein?«

»Sag du mir das«, gab Shirley zurück. »Du warst den ganzen Morgen nicht du selbst. Was gibt es?«

Shirley war eine nüchtern denkende Frau, die meine Irritation über das Verhalten meiner Schwester nicht ignorieren würde. »Ich habe nichts von Harper gehört, seit sie letzten Samstag zum Mount Rainier aufgebrochen ist.«

Im ersten Moment wirkte Shirley bestürzt. »Sie hat nicht mal angerufen?«

»Nein. Sie war allerdings zu Hause«, erklärte ich hastig. »Ihr Bett war heute Morgen nicht gemacht, daher weiß ich, dass sie irgendwann in der Nacht zurückgekommen ist.« Fairerweise musste ich zugeben, dass ich völlig erledigt gewesen war, nachdem Sean und ich den Tag am Strand verbracht hatten. Später war ich beim Fernsehen eingeschlafen, und Sean hatte mich wecken und ins Bett bringen müssen, bevor er gegangen war.

»Sie kann dir nicht ewig aus dem Weg gehen«, meinte Shirley und blieb wie immer vernünftig

»Warum sollte sie mir überhaupt aus dem Weg gehen?«, fragte ich, ohne eine Antwort zu erwarten. Ja, wir hatten eine kleine Meinungsverschiedenheit gehabt, die Sache jedoch Samstagmorgen geklärt. Das dachte ich zumindest und rechnete nicht damit, dass ich mich geirrt hatte. Ich hatte sogar angeboten, falls es noch Probleme zwischen uns gab, diese zu lösen. Nur wusste ich nicht, was für Probleme das sein konnten.

Als ich am Spätnachmittag in unser Apartment zurückkam, fand ich Harper in eine Decke gehüllt auf dem Sofa vor, den Kopf darunter vergraben, und das an einem der heißesten Tage des Sommers.

»Harper, bist du krank? Was ist los?«

Sie schob den Kopf unter der Decke hervor und sah mich an. Ein todunglücklicher Ausdruck lag auf ihrem Gesicht, und sie schluckte hart, als könnte sie es nicht ertragen, die Worte auszusprechen.

Das sah meiner Schwester so wenig ähnlich, dass ich sofort alarmiert war. Ich ließ mich auf das andere Ende der Couch sinken und suchte einen Grund zu finden, der Harpers Verhalten erklärte.

»Bist du immer noch böse auf mich?«

»Nein.« Ihre Stimme klang, als würde es sie all ihre Energie kosten, die Worte zu formulieren.

»Hattest du Krach mit Leesa?« Ich überlegte, ob sich vielleicht ihre Hoffnung, mit ihrer besten Freundin ein Apartment zu teilen, zerschlagen hatte.

Sie schüttelte den Kopf.

Da ich nicht wusste, was ich sonst tun sollte, legte ich ihr eine Hand auf das Bein. »Willst du mir nicht erzählen, was los ist?«

Sie holte so tief Luft, als würde sie aus dem Wasser auftauchen. »Ich habe es nicht geschafft.«

»Was nicht geschafft?«

»Bis nach Camp Muir natürlich«, erwiderte sie so aggressiv, als läge das auf der Hand.

Irgendwie ergab das für mich keinen Sinn. Eigentlich sollte sie fit genug gewesen sein, um diesen Berg zu bezwingen.

»Ich bin nicht bis zur Hälfte hochgekommen, nicht mal bis zur Baumgrenze.«

»Was?« Es fiel mir schwer, das zu glauben. »Das gibt es ja gar nicht, nicht bei deiner Routine. Du bist in Topform.«

»Das dachte ich auch.«

Sie beugte sich vor und presste die Stirn auf ihre angezogenen Knie. »Der einzige andere Teilnehmer, der den Aufstieg nicht geschafft hat, war ein fetter Discjockey. Ich glaube, der hat in seinem ganzen Leben keinen Tag Sport getrieben.«

Die Tatsache, dass Harper einen übergewichtigen

Discjockey nicht aus dem Feld geschlagen hatte, war fast zum Lachen und passte einfach nicht.

»Der Bergführer sagte, so etwas passiert manchmal. Dass manchmal sogar Leute, die den ganzen Sommer trainiert haben, schlappmachen. Ich komme mir vor, als hätte ich John und alle anderen im Stich gelassen, mich selbst eingeschlossen.«

Nein, Harper machte nicht schlapp. Sie nahm das Leben mit derselben Intensität in Angriff, mit der sie sich jeder Herausforderung stellte. Da musste was anderes passiert sein.

»Wie weit bist du gekommen?«

Erneut vergrub sie ihr Gesicht. »Offenbar nicht weit genug. Es war demütigend. Ich habe geschnauft und geprustet, als hätte ich die letzten vierzig Jahre jeden Tag ein Päckchen Zigaretten geraucht.«

Ihre Schilderung verstärkte meine Befürchtung, dass ihr Zusammenbruch körperliche Gründe gehabt haben musste. Bei ihrer Krankengeschichte durfte man es nicht auf die leichte Schulter nehmen. »Ich werde einen Termin bei Dr. Annie machen.«

»Nein«, schrie sie förmlich. »Wag es ja nicht. Hör auf, hör einfach auf. Was meinst du, warum ich es dir nicht gleich erzählt habe? Ich wusste, dass du genau so reagieren würdest, und das ist das Letzte, was ich will.«

»Harper, bitte …«

»Die Luft war dünn, andere hatten ebenfalls Schwierigkeiten.«

Aber die anderen hatten den Aufstieg trotz der Höhe bewältigt. Sie musste den Zweifel in meinen Augen gelesen haben. »Mir fehlt nichts. Du machst das jedes Mal. Wie oft muss ich dir noch sagen, dass du mich nicht immer wegen meiner Gesundheit nerven sollst.« Ihre Augen blitzten vor Wut.

Ich hob beide Hände, als würde sie mit einer Waffe auf mich zielen. »Okay.«

»Stimmt, ich habe keine Luft bekommen«, sagte sie etwas ruhiger. »So etwas passiert eben. Du hingegen klingst, als würde ich jeden Moment tot umfallen.«

Um sie nicht weiter zu reizen, ließ ich ihr die Bemerkung durchgehen. »Hast du eigentlich Atembeschwerden, wenn du deine Yoga- und Fitnesskurse gibst?«

»Nein«, kam es hitzig zurück.

Ich rieb mir den Nacken, um zu überlegen, wie viel ich sagen oder nicht sagen sollte. Eines stand fest: Harper wollte nicht, dass ich mehr aus der Sache machte, als sie für gerechtfertigt hielt.

»Du bist enttäuscht«, sagte ich lahm, weil mir nichts Besseres einfiel.

»Das trifft es nicht einmal annähernd. Monatelang habe ich auf diesen Aufstieg hingearbeitet. Ich dachte, ich sei so weit. Alle anderen aus meiner Trainingsgruppe werden nächste Woche bis zum Gipfel kommen, bloß ich nicht.« Ihre Stimme zitterte, und ich merkte, dass sie den Tränen nahe war.

»Es tut mir so leid, Harper. Ich weiß, wie viel dir das bedeutet hat. Vielleicht nächstes Jahr?«

»Vielleicht«, murmelte sie und ließ die Stirn auf die Knie sinken. Nach einem kurzen Moment verkroch sie sich wieder unter der Decke.

Ich fand keine tröstlichen Worte. In ihrer augenblick-

203

lichen Verfassung würde sie sie wahrscheinlich ohnehin nicht hören wollen.

Harpers düstere Stimmung hielt den Rest der Woche an. Es war, als würde man mit einem gereizten Bären zusammenleben. Ich tat mein Bestes, ihre Melancholie zu ignorieren und so zu tun, als wäre alles in Ordnung. Sie kam zwischen ihren Kursen kein einziges Mal auf ihren Spezialdrink vorbei. Anscheinend gab sie sich alle Mühe, mir aus dem Weg zu gehen. Da mir nichts anderes übrig blieb, ließ ich sie.

Ihre Freunde aus der Trainingsgruppe, die den ganzen Aufstieg auf den Mount Rainier bewältigt hatten, luden Harper zu einer Siegesparty ein. Es überraschte mich, dass sie sich entschied, daran teilzunehmen. Wenngleich bitter enttäuscht, setzte Harper ein strahlendes Lächeln auf, feierte mit ihren Freunden und tat so, als würde sie sich mit ihnen freuen.

Womit sie sich ablenkte, war die Suche nach einem bezahlbaren Apartment für sich und Leesa. Das erwies sich als schwieriger, als die beiden es sich vorgestellt hatten. In der folgenden Woche gingen die beiden Mädchen jeden Nachmittag auf die große Apartmentsuche und entdeckten endlich eines, bei dem sie sich die Miete mühelos leisten konnten.

»Wie war es?«, fragte ich.

Harper stöhnte. »Das gesamte Gebäude sollte für unbewohnbar erklärt werden.«

»So schlimm?«

»Schlimmer.«

»Das tut mir leid.«

204

Harper sank auf das Sofa und seufzte entmutigt. »Ich hätte mir nie träumen lassen, dass es so schwierig sein würde.«

Ich fühlte mit ihr, doch es gab nichts, was ich tun konnte. Leesa wohnte bei ihren Eltern und wollte genauso dringend allein leben wie Harper.

Mitten in dieser schwierigen Phase war Sean schwer mit seinen Reisevorbereitungen für die Philippinen beschäftigt. Da ich nicht wusste, wie lange er außer Landes sein würde, versuchte ich, ihn jeden Tag zu sehen. Er arbeitete unsäglich viel, denn diese beiden Reisen kurz nacheinander hatten ihn bis an sein Limit getrieben. Da der Typhus ihn zwei Wochen zurückgeworfen hatte, arbeitete er jede freie Minute, um die verlorene Zeit aufzuholen.

Mit Harper, die nicht auf dem Damm war, und Sean, der sich nach wie vor noch von seiner Krankheit erholte und ständig schuftete, fühlte ich mich wie die Erdnussbutter zwischen zwei Brotscheiben. Beide schienen mich zu brauchen, was Harper nicht unbedingt zugeben würde. Sie war doppelt enttäuscht: zum einen wegen des gescheiterten Bergabenteuers, zum anderen wegen der schwierigen Apartmentsuche. Zusätzlich schien es ihr in keiner Hinsicht gut zu gehen, aber ich wagte nicht, das Thema anzuschneiden.

Bandit schien zu wissen, dass Seans Abreise bevorstand. Er schlich trübsinnig im Haus herum und verlor seinen Appetit. Mir erging es selbst nicht viel besser. Je näher der Tag des Abschieds rückte, desto tiefer sank meine Stimmung.

Zwei Wochen nachdem er verkündet hatte, den Auftrag bekommen zu haben, lieferten wir Bandit bei Logan ab, der ihn bis zu Seans Rückkehr betreuen sollte. Dann fuhr ich ihn nach Seattle zum Flughafen. Auf der Fahrt fühlte sich meine Brust an, als säße ein großer Kloß darin, der wuchs, je näher wir dem Ziel kamen.

Nachdem wir geparkt und sein Gepäck aufgegeben hatten, saßen wir außerhalb des Sicherheitsbereichs und tranken Kaffee. Keiner von uns sagte etwas.

»Du meldest dich, wenn du angekommen bist?«, fragte ich leise und versuchte, den Klumpen in meiner Kehle hinunterzuschlucken.

»Natürlich.«

»Ich werde dich vermissen.«

Er griff über den Tisch nach meiner Hand und verflocht unsere Finger miteinander. »Ich werde dich viel mehr vermissen.«

»Nein, das wirst du nicht. Du wirst damit beschäftigt sein, Fotos zu schießen, und kaum Zeit haben, an mich zu denken.«

Er schnaubte, als wäre das unmöglich. »Irrtum. Außerdem hast du genug damit zu tun, dich auf Lucas' und Chantelles Hochzeit vorzubereiten.«

Das Brautpaar war am letzten Wochenende zu Besuch gekommen. Harper und ich hatten unsere Brautjungfernkleider anprobiert, die beide umwerfend waren, und im Gegenzug hatten die Hochzeiter den Kuchen gekostet und sich nicht darauf einigen können, welcher der beste war. Das Problem wurde gelöst, indem ich einwilligte, zwei Kuchen zu backen. Zitrone und Funfetti. Ich hatte keine Ahnung gehabt, dass mein Bruder

Kokosnuss verabscheute. Ihm zufolge würde er eher Wachs als Kokosnuss essen!

Als wir Seans Abreise nicht länger hinauszögern konnten, brachte ich ihn zur Sicherheitskontrolle. »Die Wochen werden verfliegen«, versprach er, als er mich in die Arme schloss.

Ich legte den Kopf gegen seine Schulter. »Ja, bestimmt.« Dann umarmte ich ihn so fest, dass ich fürchtete, seine Rippen gequetscht zu haben. Er küsste mich und gab mich widerstrebend frei. Ich blieb stehen, wo ich war, bis er die Sicherheitskontrolle passiert hatte.

Er winkte mir zum Abschied zu, drehte sich um und rannte zu seinem Gate, wohl wissend, dass er wahrscheinlich der letzte Passagier war, der an Bord ging.

Die Heimfahrt schien eine Ewigkeit zu dauern. Mein Herz fühlte sich bleischwer in meiner Brust an, und es wurde absolut nicht besser, als ich mich meinem Zuhause näherte. Sean hatte mir einen Schlüssel für sein Haus gegeben und mich gebeten, seinen Briefkasten zu leeren und seine Pflanzen zu gießen.

Statt gleich zu meinem Apartment zurückzufahren, machte ich bei ihm halt, um mich zu vergewissern, dass alles so war, wie es sein sollte. Sean war jetzt ein Teil meines Lebens, und ich wusste nicht, wie ich ohne ihn zurechtkommen sollte. Ich hasste es, dass ihm nie lukrative Aufträge in der Nähe seiner Heimat angeboten wurden, abgesehen von der Fotoreihe mit den Wandgemälden im Osten des Staates. Jedenfalls wäre es mir lieber, er müsste nicht immer wegen eines Fotoshootings in Entwicklungsländer reisen.

Doch wenn ich Sean liebte, musste ich akzeptieren, dass dies sein Leben war, ein Teil des Mannes, der mir inzwischen so viel bedeutete. Das war es, was er liebte. Ich konnte genauso wenig von ihm verlangen, dass er sich änderte, wie er das von mir konnte.

Unser Apartment war dunkel, als ich weit nach der Essenszeit zurückkam. Zu meiner Überraschung saß Harper mit Snowball auf dem Schoß in dem dunklen Wohnzimmer.

»Hey, soll ich das Licht anmachen?«, fragte ich.

»Nein.«

Irgendetwas stimmte ganz und gar nicht, war erneut mein Eindruck. Ich hörte es aus dem einen Wort heraus. Furcht. Sorge. Zweifel.

Ich setzte mich neben sie. »Harper«, sagte ich und griff nach ihrer Hand. Ihre Finger schlossen sich mit eisernem Griff um meine.

»Was ist?«, fragte ich sanft.

»Ich habe Hautausschlag.«

Ihre Worte versetzten mich in ein heilloses Entsetzen. Ich hatte nämlich nicht vergessen, dass vor ihrer Leukämiediagnose alles mit Ausschlag begonnen hatte. Dabei waren die Blutwerte anfangs unauffällig gewesen, sodass es keinen Grund zur Sorge zu geben schien.

»Und ich habe Schmerzen in der Brust. Deshalb habe ich einen Termin bei Dr. Annie gemacht. Kommst du mit?«

Mir verschlug es die Sprache, denn die Angst schnürte meine Kehle zu. Vermutlich weil ich immer gleich ans Schlimmste dachte. Leider sah mir das ähnlich, ich hatte immer ein Worst-Case-Szenario auf Lager.

»Ich bin sicher, es gibt eine einfache Erklärung dafür«, behauptete ich. Was mein Herz aber beinahe zum Stillstand brachte, war die Furcht, die ich bei Harper spürte. Da ich keinesfalls voreilige Schlüsse ziehen wollte, zwang ich mich, positiv zu denken. Ausschlag. Ein paar Atemprobleme. Wie schlimm konnte das schon sein?

19

Willa

Harper und ich saßen im Wartezimmer der Oceanside Medical Clinic und warteten darauf, dass wir bei Dr. Annie Keaton an die Reihe kamen. Ich blätterte in einer sechs Monate alten Ausgabe von *People*. Viele der Namen und Gesichter kannte ich nicht, ihre Affären, Ehen und Scheidungen interessierten mich nicht wirklich. Harper hatte die Beine übereinandergeschlagen und wippte nervös mit dem Fuß.

Zehn Minuten nach unserem Eintreffen wurde Harpers Name aufgerufen, und wir wurden in den kleinen Raum geführt. Die Arzthelferin maß Harpers Blutdruck und andere Vitalfunktionen. Da die beiden Frauen sich aus der Highschool kannten, unterhielten sie sich nebenbei.

»Du bist verlobt?«, sagte Harper und deutete auf den Ring mit dem Diamanten.

Rebecca errötete und nickte. »Mit Alex Freeman.«

»Alex?« Harper klang überrascht. »Der Name sagt mir nichts.«

»Ich weiß, ich weiß. In der Highschool war er so ein Nerd. Ich wusste kaum, dass es ihn gibt. Wir haben uns zufällig auf dem Campus der Uni getroffen. Er ist jetzt

Atomwissenschaftler. Wie dem auch sei, es tat gut, ein bekanntes Gesicht zu sehen. Er hat mich zu einem Kaffee eingeladen, und der Rest ist Geschichte, wie man so schön sagt.«

Harpers Lächeln war aufrichtig. »Das ist ja großartig. Herzlichen Glückwunsch.«

»Danke.« Rebecca beendete Harpers Untersuchung und verließ den Raum, nachdem sie die Ergebnisse notiert hatte.

»Wow«, sagte meine Schwester. »Ich fasse es nicht, dass Alex und Becca verlobt sind. Er war ein echter Nerd und sie, wie du dich vielleicht erinnerst, Herausgeberin des Jahrbuchs und Jahrgangsstufensprecherin. Ich habe mir die beiden nie zusammen vorstellen können.«

Meine Erinnerungen an die Highschool waren bestenfalls vage. »Mom sagte immer, vergiss die Sportskanonen und achte stattdessen mehr auf die Nerds. Sie behauptete, das seien diejenigen, die etwas aus sich machen würden.«

»Guter Rat«, murmelte Harper. Im selben Moment wurde die Tür geöffnet, und die Ärztin betrat den Raum. Sie überflog Harpers Karte und setzte sich auf den Stuhl, bevor sie aufblickte und uns beide anlächelte. »Also, Harper, wo liegt dein Problem?«

»Zum Beispiel habe ich wieder Ausschlag.«

»Davon habe ich diesen Sommer reichlich gesehen.« Sie schlug die Beine übereinander und gab sich locker. »Die Hitze, der Sand, die Feuchtigkeit. Trotzdem schaue ich mir das mal an.«

Harper knöpfte ihre Bluse auf, damit Annie ihren

Oberkörper betrachten konnte. Soweit ich das sehen konnte, war der Ausschlag nicht schlimm, eine leichte Röte, mehr nicht. Und wir sollten nicht übertreiben, einen Leukämieverdacht mit einem Sommerausschlag verwechseln und aus einer kleinen Sache eine große machen.

»Das sieht nach Hitzepöckchen aus«, meinte Annie und nahm uns unsere Angst. Meine verkrampften Schulterblätter lockerten sich. Harper schien gleichfalls entspannter zu werden, als bei uns beiden die Angst der letzten Stunden verflog.

»Du hast von Schmerzen in der Brust gesprochen?«, fragte Annie, die auf Rebeccas Notizen blickte. »Wann hat das angefangen?«

Meine Schwester sah mich an und blickte dann zur Seite. Es war derselbe Blick, den sie aufzusetzen pflegte, als sie jünger war und wusste, dass sie etwas ausgefressen hatte. »Vor ein paar Wochen.«

»Um Himmels willen, Harper. Gestern Abend hast du das zum ersten Mal erwähnt«, entfuhr es mir, und meine Gedanken überschlugen sich. Plötzlich ergab alles einen Sinn. Das war der Grund, weshalb sie den Aufstieg zum Camp Muir nicht geschafft hatte. »War das dein Problem beim Klettern?«

Harper zuckte mit den Achseln. »Damals hat meine Brust kaum wehgetan. Jetzt schon.«

»Lass mich mal hören.« Annie presste das Stethoskop auf Harpers Brust.

Mein Herz raste, als die Ärztin sie anwies, tief einzuatmen, dann wieder auszuatmen, und diese Bitte zweimal wiederholte. Dann rief sie die digitale Krankenakte auf, scrollte nach oben, las etwas, und ihre Züge entspannten sich. »Die letzten Blutwerte waren in Ordnung. Ausgezeichnet.«

Sowohl Harper als auch ich warteten darauf, dass sie uns an ihren Gedanken teilhaben ließ, beugten uns gemeinsam vor und fieberten der Diagnose entgegen.

»Ich denke, wir haben es hier mit einer atypischen Lungenentzündung zu tun«, sagte die Ärztin. »Ich möchte gerne röntgen. Das kann gleich den Gang runter erledigt werden.«

Augenblicklich durchströmte mich Erleichterung. Atypische Lungenentzündung klang absolut ungefährlich. Im Geiste war ich durch dunkle Gassen gegangen, wo hinter jeder Tür Monster lauerten, bereit, zuzuschlagen und mir meine Schwester zu entreißen.

Dr. Annie schrieb etwas auf einen Zettel, reichte ihn Harper und beschrieb uns den Weg zur Röntgenabteilung direkt gegenüber der Eingangshalle. Ein Termin war nicht nötig, also gingen Harper und ich zum Empfang und reichten der Frau dort den Zettel, den Annie ihr gegeben hatte.

»Du kannst nach Hause fahren, wenn du willst«, sagte Harper zu mir. Sie wirkte ungeheuer erleichtert. Alles passte irgendwie wieder zusammen. Die Zeit des Trübsinns schien vorbei, bestimmt würde es mit den Schmerzen in der Brust, der Schlappheit und dem unspezifischen Missbefinden ähnlich gehen. Wie dumm, dass Harper über diese Beschwerden nicht geredet hatte. Lieber war sie eine Zeit lang niedergedrückt und deprimiert herumgeschlichen. Es schien, als wäre alles, was sie geplant und wofür sie gearbeitet hatte, schiefgegan-

213

gen. Vor lauter Furcht hatte sie sich jedoch geweigert, sich dem Problem zu stellen, und stattdessen gehofft, alles würde von selber weggehen.

Jetzt machte ich mir selbst Vorwürfe. Ich hätte es wissen müssen, aufmerksamer sein und nicht nach Harpers Regeln spielen sollen. Warum hatte ich mich so sehr zurückdrängen lassen in die Rolle der Schwester, die nichts mehr zu sagen hatte?

»Wenn du nichts dagegen hast, würde ich lieber hierbleiben.«

»Klar.« Höchstwahrscheinlich hatte die Ärztin mit ihrer Diagnose recht, aber es tat mir gut, dass Harper mich an ihrer Seite haben wollte.

Ein paar Minuten später wurde sie zum Röntgen abgeholt. Unterdessen griff ich nach meinem Telefon, um zu sehen, ob Sean sich gemeldet hatte. Sofort erschien eine Textnachricht von ihm. *Bin angekommen. Mir ist jämmerlich heiß, und ich bin müde. Vermisse dich.*

Ich las die wenigen Worte und legte eine Hand auf mein Herz. Noch immer konnte ich es nicht fassen, wie schnell er ein wichtiger Teil meines Lebens geworden war. Ein paar Minuten lang überlegte ich, wie ich am besten antworten sollte, und wählte den einfachsten Weg. *Vermisse dich auch. Pass auf dich auf.*

Es dauerte nicht lange, bis Harper zurückkam. Wir wurden angewiesen, zu Dr. Annie ins Wartezimmer zu gehen, Harper lächelte und schien optimistisch zu sein. Ich fragte mich, ob sie mit John über etwas von alldem gesprochen hatte, und hoffte, dass die Antwort Ja lautete.

Das Wartezimmer war leer, und wir saßen ein paar Minuten da und diskutierten darüber, was wir am Abend essen wollten. Immerhin gab es etwas zu feiern. Dr. Annie würde ein Rezept ausstellen, und wir würden von allen Ängsten und Sorgen befreit nach Hause zurückfahren.

Kurz darauf rief uns Becca in den Untersuchungsraum, die Ärztin folgte ihr. Sie hatte ihren Laptop dabei und lächelte nicht, als sie das Röntgenbild betrachtete. Ich erkannte sogleich, dass es heute Abend kein Festessen geben würde.

»Was ist?«, fragte ich, um das Schweigen zu brechen.

»Das Röntgenbild zeigt einen Schatten«, erwiderte die Ärztin.

Harper und ich sahen uns verwirrt und sprachlos an. Ich fand als Erste Worte. »Was bedeutet das?«

»Es könnte alles Mögliche bedeuten.« Annie blickte zu Harper. »Aufgrund deiner medizinischen Vorgeschichte möchte ich, dass du nach Aberdeen in die Notaufnahme fährst. So spät am Nachmittag bekommst du keinen Termin in einer Facharztpraxis mehr.«

Harper griff nach meiner Hand und umklammerte sie mit einem harten Griff. Ich wartete, bis wir im Freien waren, bevor ich etwas sagte. »Lass uns jetzt nicht in Panik geraten. Vergiss nicht, dass du nach deinen Blutwerten zu urteilen kerngesund bist. Wir müssen positiv denken. Wie Dr. Annie gesagt hat, es könnte alles Mögliche sein. Es muss sich also nicht unbedingt um Krebs handeln.«

Später wusste ich beim besten Willen nicht mehr, wie wir die fünfundvierzigminütige Fahrt zurückgelegt hatten. Ich erinnerte mich kaum daran, ins Auto gestiegen, in die Stadt gefahren zu sein und dort das Krankenhaus ausfindig gemacht zu haben, das uns eigentlich nicht ganz unbekannt war. Keiner von uns sprach. Kein einziges Wort, während der gesamten Fahrt nicht.

Als wir die Notaufnahme betraten, zuckte ich vor Schreck zurück, weil der ganze Raum von Kranken und Verletzten wimmelte, die darauf warteten, an die Reihe zu kommen. Mit Glück ergatterten wir noch zwei freie Stühle nebeneinander. Neben mir hustete ein Baby, und ein Mann mir direkt gegenüber hatte ein Handtuch um seine blutende Hand gewickelt.

Eine Stunde verging. Dann noch eine, bevor Harper zwecks einer gründlicheren Untersuchung ihrer Lunge aufgerufen wurde. Das Warten auf die Ergebnisse schien eine Ewigkeit zu dauern. Ich rief Shirley an und bat sie, am nächsten Morgen im Coffeeshop für mich einzuspringen. Und Alice sollte bitte die Theke übernehmen. Noch würde sie ja für ein paar Wochen bei uns sein, bevor sie mit dem College begann. In meinem Kopf wirbelten die Gedanken und veranstalteten ein gewaltiges Chaos.

Kurz vor Mitternacht erhielten wir die Ergebnisse. Der ernste Blick des Arztes verriet mir, dass es keine guten Nachrichten waren. Der Scan hatte einen Tumor in Harpers Lunge gezeigt, der bösartig war.

Weniger als einen Monat nachdem die Laborwerte auf keinen verdächtigen Befund hingewiesen hatten, war die Leukämie in Form eines seltenen Lungentumors zurück.

Ein ersticktes Keuchen hallte durch den Raum, bevor

ich merkte, dass es von mir gekommen war. »Nein«, flüsterte ich. Panik stieg in mir auf. »Das kann nicht sein. Ihre Blutwerte haben erst vor einem Monat keine Anzeichen für Krebs gezeigt.«

»Es tut mir leid«, sagte Dr. Echols. »Soll ich jemanden anrufen?«

Harper fasste sich als Erste wieder. »Danke. Was sollen wir als Nächstes tun?«

»Ich werde Sie ins Krankenhaus einweisen.«

»Jetzt?«, fragte ich. Das würde er nicht tun, wenn es nicht ernst wäre.

»Ja. Morgen setze ich mich mit der University of Washington in Seattle in Verbindung. Dort wurde Ihre Schwester früher bereits behandelt, oder?«

»Ja, da bin ich auch das erste Mal gewesen«, bestätigte Harper. Sie war jetzt die Erwachsene, ich hingegen war wie gelähmt und konnte keinen zusammenhängenden Gedanken fassen. Ich fühlte mich, als hätte mich jemand mit einem Elektroschocker attackiert.

Wir warteten bis drei Uhr morgens, dann war ein Bett verfügbar. Da ich mich nicht in der Lage fühlte, nach Oceanside zurückzufahren, blieb ich bei meiner Schwester. Zum Glück gab es einen Schlafsessel in ihrem Zimmer, und die Krankenschwester brachte mir Kissen und eine Decke. Harper döste vor mir ein, vermutlich hatte man ihr ein Schlafmittel verabreicht. Ehrlich gesagt, hätte ich selbst eines brauchen können.

Als die Dämmerung anbrach, tanzten Schatten über die Wände wie Dämonen, die geschickt worden waren, um mich zu foltern. Sie quälten mich mit Erinnerungen an Harpers erste Krebserkrankung und die Behandlung.

217

Ich erinnerte mich an die Übelkeit und andere Neben-wirkungen der Chemotherapie. An den Verlust ihrer schönen braunen Haare. Zudem hatte sie damals so viel Gewicht verloren, dass man sie kaum erkannte. Nun waren wir erneut dort angelangt, wenngleich in Runde zwei.

Harper würde das alles wieder durchmachen müssen. Mein Herz wurde schwer. Ich konnte mich nicht damit abfinden. Nicht noch einmal. O Gott, bitte nicht noch einmal.

Da ich wusste, dass Lucas früh auf sein würde, huschte ich aus Harpers Zimmer und ging in die Halle zu einem Wartebereich hinunter. Es war noch nicht ganz fünf Uhr. Ich setzte mich in den Sessel, auf den Rand eines Kissens, und starrte auf mein Telefon hinunter. Meine Kehle schnürte sich zu. Eine Minute verging, bevor ich den Mut aufbrachte, die Taste mit seiner Nummer zu drücken.

»Das sollte jetzt wichtig sein«, fauchte Lucas, ein Morgenmuffel par excellence, in den Hörer.

»Ich bin es, Willa«, presste ich hervor.

»Okay, ich weiß, dass du das bist. Geht es um Dad?«

Dad? An den hatte ich gar nicht gedacht. Die Angst vor dem, was diese Nachricht bei ihm auslösen würde, traf mich wie eine harte Faust, daran hatte ich bislang gar nicht gedacht.

»Nein. Es geht nicht um Dad.« Eine unheimliche Stille setzte ein.

Als Lucas endlich sprach, glich seine Stimme einem heiseren Flüstern. »Ist es wegen Harper?«

Statt zu sprechen, brach ich in Schluchzen aus. Ich

schlug eine Hand vor den Mund und versuchte, die Beherrschung zurückzugewinnen.

»Willa, sag es mir.«

Die Worte meines Bruders durchbrachen den Nebel aus Schock und Angst, der mich fast erstickte. Ich holte tief Luft, um mich zu beruhigen, und wartete, bis das Zittern abebbte und ich wieder normal atmen konnte.

»Der Krebs ist zurück«, stieß ich hervor.

Schweigen trat ein.

»Wo bist du?«

»Im Krankenhaus in Aberdeen. Ich weiß mehr, wenn ich mit dem Arzt gesprochen habe. Er sagte etwas davon, Harper in das Universitätsklinikum zu schicken. Da möchte sie sowieso hin, weil ihr Freund John dort als Arzt arbeitet.«

»Ich dachte, die Blutwerte seien gut?« Seine Verwunderung war ein Spiegelbild meiner eigenen. Das konnte einfach nicht passieren. Erst vor ein paar Wochen war alles in schönster Ordnung, und unsere Ängste waren beschwichtigt gewesen. Damals war alles gut gewesen, jetzt nicht mehr.

»Angeblich hat sie einen Tumor in der Lunge.«

»Ich rufe dich heute Nachmittag an.« Lucas gehörte zu dem Typ Mann, der die Dinge ruhig und geordnet in die Hand nahm. »Dann kannst du mir erzählen, was du weißt. Wir schaffen das«, versicherte er mir.

Die Zuversicht in seiner Stimme sprang auf mich über. Das brauchte ich, verzweifelt sogar.

»Harper schafft das«, wiederholte er. »Wir werden ihr beistehen. Sie hat immerhin das erste Mal erfolgreich überstanden, und sie packt es bestimmt ein zweites Mal.«

Wir beendeten das Gespräch. Die Krankenschwester, die mein Schluchzen gehört haben musste, brachte mir eine Tasse Kaffee und setzte sich ein paar Minuten zu mir. Bevor sie auf ihre Station zurückkehrte, klopfte sie sacht meine Schulter. Es war fast so, als wüsste sie, dass ich alle innere Kraft brauchen würde, die ich aufbringen konnte.

20

Willa

Uns blieben drei Tage zu Hause. Drei Tage, bevor Harper sich in das Universitätsklinikum begeben würde. Drei kurze Tage, um uns auf den Kampf vorzubereiten. Harper war stark, viel stärker als ich. Und sie war die Zuversichtliche, diejenige, die meine Lebensgeister hob. Dass sie den ganzen schrecklichen Prozess der Chemotherapie erneut durchlaufen musste, erschien mir einfach unfair.

Ich schlief nicht gut, aß kaum etwas, fürchtete mich jede einzelne Minute lang, rüstete mich aber zugleich für die Schlacht. Harper sollte dies nicht alleine durchstehen. Wie beim ersten Mal würde ich an ihrer Seite bleiben und ihr zusammen mit dem medizinischen Personal Beistand leisten. Ich hatte Glück, Shirley zu haben, die für mich im Coffeeshop einspringen würde.

Lucas' und Chantelles Verlobungsparty stand an. Harper und ich würden daran teilnehmen, und dann würde meine Schwester direkt von der Party ins Krankenhaus gehen. Wir überredeten Lucas, Chantelle erst nach der Party von Harper zu erzählen, weil wir fürchteten, es könnte die Stimmung aller dämpfen. Dieser Tag gehörte Lucas und unserer zukünftigen Schwägerin, und Harper war entschlossen, nichts zu tun, um es ihnen zu verderben.

Es blieb mir überlassen, unserem Vater die Nachricht beizubringen. Zuerst spielte ich mit dem Gedanken, ihm aus Angst, er könnte wieder zur Flasche greifen, gar nichts zu sagen. Am Ende entschied ich, dass er erwachsen genug war. Zudem war Harper seine Tochter. Sein Liebling. Er war selbst für sein Handeln verantwortlich, im Moment hatte er keinerlei Vorrang.

Bevor wir nach Seattle fuhren, ging Harper am Abend mit Leesa aus. Ich war dankbar, dass sie so eine selbstbewusste Stütze zur Freundin hatte, und weil ich wusste, dass sie einige Zeit weg sein würde, lud ich Dad zum Essen ein. Normalerweise lehnte er ab, erfand lauter Ausreden. Er müsse arbeiten, müsse irgendwohin, treffe sich mit einem Freund. Ich hatte das alles viele Male gehört.

Irgendetwas in meiner Stimme musste ihm allerdings klargemacht haben, dass dies keine alltägliche Einladung war. Dass es nicht die Zeit war, sich mit einer passenden Ausrede zu drücken. Ich bezweifelte stark, dass es meine Schweinekoteletts waren, die ihn überzeugt hatten.

Dad erschien eine halbe Stunde, nachdem Harper mit Leesa losgezogen war. Egal, wenn sie ihn nicht sah. Meiner Meinung nach sollte sie jetzt so viel Spaß haben wie möglich.

»Hey, Dad.« Ich hielt ihm die Fliegengittertür auf und trat zur Seite, damit er hereinkommen konnte.

Snowball, eine weiße Kugel, raste wie ein tanzender Derwisch vom Wohnzimmer in die Küche.

»Wann hast du dir denn eine Katze zugelegt?«, erkundigte Dad sich verwundert.

»Ich gar nicht. Das war Harper.«

Seine Augen funkelten belustigt. »Ein kleiner Flauschball, niedlich.«

»Das ist der kleine Kater wirklich.« Leider hatte ich keine Ahnung, was wir mit ihm machen sollten, wenn Harper in Seattle war. Wir konnten das arme Ding unmöglich vier Tage am Stück alleine lassen.

Dad setzte sich mir gegenüber an den Tisch. »Das ist eine nette Überraschung. Wo steckt Harper überhaupt?«

Ich senkte den Blick, da ich fürchtete, er könnte meine Gedanken lesen. »Sie ist heute Abend ausgegangen.«

Er griff nach seiner Gabel. »Sie ist eine schöne junge Frau geworden, meinst du nicht?« Dann richtete er seine Aufmerksamkeit auf mich. »Wann findest du endlich mal einen jungen Mann, Willa?«

Das war nicht die Richtung, in die sich unser Gespräch bewegen sollte, zumindest war es eine gute Gelegenheit, Sean zu erwähnen. »Tatsächlich treffe ich mich mit jemandem, Dad. Sein Name ist Sean O'Malley, und er ist Fotograf.«

Dads Augen weiteten sich, als würde ihn diese Nachricht überraschen.

»Im Moment ist er wegen eines Auftrags auf den Philippinen.« Als Dad beeindruckt die Brauen hochzog, fügte ich hinzu: »Würdest du ihn gern kennenlernen?«

»Natürlich, wenn der Zeitpunkt richtig ist.« Er grinste, und ich sah ihm an, dass er sich freute.

Dad machte sich mit Appetit über seine Mahlzeit

her, die hauptsächlich aus Schweinekoteletts bestand. Ich hegte den Verdacht, dass er nicht oft Hausmannskost bekam, und mir schien, dass er etwas zugelegt hatte. Wobei ich natürlich hoffte, dass es vom Essen und nicht vom Alkohol kam. Als er fertig war, legte er die Hände auf seinen Bauch. »Ich kann mich nicht erinnern, wann mir das letzte Mal ein Essen so gut geschmeckt hat.«

»Danke, Dad.«

»Koch so für deinen jungen Mann, dann läuft er mit Sicherheit nicht weg.«

Ich lächelte. »Das werde ich tun.« Dann stand ich auf und räumte unsere Teller ab. Ohne zu fragen, goss ich jedem von uns einen Becher Kaffee ein und trug sie ins Wohnzimmer.

Dad setzte sich auf das Sofa, ich mich in den Sessel und beugte mich vor, schloss beide Hände um den Becher und sah meinen Vater an. »Ich wünschte, es gäbe einen einfachen Weg, es dir zu sagen.«

»Willa, steckst du in Schwierigkeiten?«, fragte er und wirkte beunruhigt.

Ich schüttelte den Kopf.

»Brauchst du Geld für deinen Kaffeeladen? Ich habe nicht viel, aber ich werde es dir geben.«

Sein unerwartetes Angebot, seine Sorge rührten mich. Trotzdem war ich den Tränen nahe. Wenn es so einfach wäre und es lediglich eines Bankkredits bedürfte, um meine Schwester zu heilen.

»Es geht nicht um mich, Dad, sondern um Harper.«

Das Blut wich aus seinem Gesicht, und eine Sekunde lang fürchtete ich, er würde ohnmächtig werden. Er öffnete den Mund und schloss ihn wieder. Tränen traten in seine Augen.

»Der Krebs ist zurück.«

Ich nickte. »Sie hat einen Tumor in der Lunge. Eine seltene Form von Leukämie.«

»O Willa, nein. Nein.«

Ich stellte meinen Kaffee weg, setzte mich zu ihm auf das Sofa, und wir umarmten uns. Seine Tränen fielen auf meine Schultern, als wir uns aneinander festhielten.

Nachdem er sich von mir gelöst und seine Fassung wiedergewonnen hatte, fragte er: »Wo ist sie jetzt?«

»Mit Freunden zusammen. Sie braucht diese Zeit außerhalb der Wohnung. Es wäre hart für sie, dich dermaßen aufgelöst zu sehen.«

Dad nickte, schniefte und wischte sich mit dem Unterarm die Nase ab. »Letztes Mal habe ich dich und Harper im Stich gelassen. Lucas ebenfalls. Ich möchte helfen und für euch alle da sein. Was soll ich tun? Sag es mir. Wenn du willst, dass ich mit dir im Krankenhaus bin, werde ich einen Weg finden, egal wie. Wenn du etwas brauchst, irgendwas, ruf mich an.«

Das gab mir den Rest, und ich brach in Tränen aus. Mein Vater war zusammengebrochen, hatte sich dem Alkohol zugewandt, als die Familie ihn am dringendsten gebraucht hätte. Das entschlossene Glitzern in seinen Augen verriet mir hingegen, dass er sein Bestes tun würde, um uns nicht erneut zu enttäuschen. Wir brauchten ihn. Harper vor allem.

»Gibt es irgendetwas, wobei ich dir jetzt helfen kann?«, fragte er.

Snowball tauchte auf, rannte über den Boden und

jagte einen imaginären Gegner. »Könntest du dich um Snowball kümmern?«, fragte ich. Ich wäre entlastet, und mein Dad würde das Gefühl haben, seinen Beitrag zu leisten.

»Natürlich, ich nehme das Kätzchen erst mal mit. Du zögerst nicht, mich anzurufen, hörst du? Wenn du etwas brauchst, werde ich jederzeit eine Möglichkeit finden, für dich da zu sein.«

»Das mache ich, Dad, ich liebe dich.«

»Ich dich auch, Kleines.«

Erneut schlossen sich meine Arme um ihn. Ich konnte mich nicht erinnern, wann ich meinem Vater das letzte Mal gesagt hatte, dass ich ihn liebte, oder diese Worte von ihm gehört hatte.

»Komm endlich, Willa«, drängte Harper. »Lass mich dir die Fußnägel lackieren.«

»Nicht fliederfarben«, protestierte ich. Wir waren hektisch damit beschäftigt gewesen, uns für Lucas' und Chantelles Verlobungsparty aufzutakeln, die ihre Schwester, die Ehrenbrautjungfer, für sie gab.

»Flieder passt zu meinen Haaren.« Harpers Lächeln verblasste kurz.

Wenn ihre letzte Erfahrung einen Rückschluss zuließ, würde meine Schwester ihre schönen silbrig fliederfarbenen Haare innerhalb weniger Wochen verlieren, zumindest war sie während ihres ersten Kampfes gegen den Krebs vollkommen kahl geworden.

»Wie wäre es mit Blutrot für mich?«, schlug ich vor, um sie abzulenken.

»Hab ihn.« Sie tauchte die Hand in den Plastikkorb

neben ihr und zog ein Fläschchen mit dunkelrotem Nagellack hervor.

Ich hob den Fuß aus der Schüssel mit heißem Wasser und griff nach einem Handtuch, um ihn abzutrocknen. »Was ist nun dein Geschenk?«, erkundigte ich mich. Harper war vor einiger Zeit mit einem bunt verpackten Geschenkkarton zurückgekommen, hatte ihn neben ihre Handtasche gestellt und gesagt, das sei für das glückliche Paar. »Es ist eine Verlobungsfeier, keine Hochzeitsparty, das ist dir hoffentlich klar?«

»Ich weiß, nur weiß ich nicht, ob ich zu einer ihrer Hochzeitspartys gehen kann, deswegen habe ich beschlossen, ihr das Geschenk vorher zu geben.«

»Was ist es?«

Harper wackelte mit den Augenbrauen. »Etwas, das Lucas lieben wird.«

»Harper!« Ich konnte mir gut vorstellen, dass meine Schwester schwarze Reizwäsche für Chantelle ausgesucht hatte. Mit verdrehten Augen trocknete ich meinen Fuß zu Ende ab, damit Harper meine Zehennägel lackieren konnte.

»Hast du von Sean gehört?«, fragte sie, als sie das Lackfläschchen aufschraubte.

»Nicht viel. Er ist draußen in der Wildnis, immerhin klingt es, als würde alles gut laufen.« Sean hatte mir erklärt, worum es bei seinem Auftrag ging, bevor er abgereist war. Es hatte etwas mit den Auswirkungen des Klimawandels auf die Ozeane in diesem Teil der Welt zu tun. Aus der letzten E-Mail war hervorgegangen, dass sich das Projekt mehr um den Wandel drehte, der aufgrund der veränderten Wassertemperatur, die fast jeden

Aspekt des Lebens auf dieser winzigen Insel beeinflusste, längst stattgefunden hatte.

Harper hielt den Kopf gesenkt und fuhr fort, roten Lack auf dem Nagel meines großen Zehs zu verteilen. »Hast du ihm das von mir erzählt?«

»Nicht wirklich.« Da Sean sich auf der anderen Seite der Welt befand, erschien es mir nicht richtig, ihn mit dieser Nachricht zu belasten, zumal er ohnehin nichts tun konnte und Harper ihm nicht besonders nahestand.

»Was hast du gesagt?«

»Dass du dich ein paar Tests unterziehen musstest und es keinen Grund zur Sorge gibt. Weiter gefragt hat er nicht, und dafür war ich dankbar.«

»Gut.«

»Ich hielt es für das Beste, nicht zu ausführlich zu werden.«

Harper verstummte, bevor sie sagte: »Das glaube ich auch. Er ist gut für dich, weißt du das?«

Ich zuckte mit den Achseln; wollte nicht über Sean sprechen, das führte bloß dazu, dass ich ihn noch mehr vermisste. Er war seit etwas über einer Woche weg, und ich fühlte mich ohne ihn ziemlich verloren. Unzählige Male am Tag dachte ich an etwas, das ich ihm erzählen wollte. Statt Trübsal zu blasen und mich zu fühlen, als wäre ich beraubt worden, hatte ich mir angewöhnt, ihm lange Briefe zu schreiben. Ich schrieb von meinen Befürchtungen und meiner Angst um Harper, von diesem Kampf, den wir aufnehmen mussten, und davon, wie sehr mich die Entschlossenheit meines Vaters überraschte. Ich berichtete ihm Neues vom Coffeeshop und meiner Dankbarkeit, dass mein Personal einsprang und mir Freiraum verschaffte, sodass ich bei meiner Schwester sein konnte.

»Ihr werdet hübsche Babys haben«, fügte meine Schwester hinzu.

»Hör auf.«

»Ich meine es ernst.«

»Harper«, protestierte ich, »was Sean und mich betrifft, preschst du zu schnell vor.«

»Denk an meine Worte!«

Da ich verlegen war und es mich nervös machte, über die Zukunft zu sprechen, besonders weil ich nicht wusste, ob es für Harper überhaupt eine gab, hob ich abwehrend die Hand.

Am nächsten Morgen fuhren wir nach Seattle. Harper hatte eine kleine Tasche mit dem Notwendigsten für den Krankenhausaufenthalt dabei. Bei einer Besprechung mit dem sie behandelnden Ärzteteam hatte man uns gesagt, dass sie nach zwei Runden Chemotherapie eine Lymphozyteninfusion brauchen würde, um den Tumor zu bekämpfen, da ihre weißen Blutkörperchen dezimiert und nicht imstande seien, dem Körper im Kampf gegen die Krankheit zu helfen. Die gute Nachricht lautete, dass Harper das Krankenhaus zwischen den Chemotherapien verlassen durfte, jedoch in der Nähe bleiben musste. Zum Glück hatte Lucas ein Apartment mit zwei Schlafzimmern, wo wir unterkommen konnten.

Harpers Stimmung hob sich, als sie erfuhr, dass John, einer der Männer aus der Bergsteigergruppe, den sie sehr gerne mochte, zu dem ihr zugewiesenen Medizinerteam gehörte.

Aufgrund der düsteren Neuigkeit, dass der Krebs zurück war, hatte ich meine Schwester besonders aufmerksam beobachtet und eine allgemeine Verschlechterung ihres Erscheinungsbilds bemerkt. Sie sah aus, als hätte sie sich kürzlich von einer schweren Grippe erholt.

Harper umfasste meine Hand fest genug, um ihren Worten Nachdruck zu verleihen. »Ich möchte, dass du mir versprichst, nicht mit Leichenbittermiene herumzulaufen und mein Schicksal zu bejammern, wenn ich diese Geschichte nicht überstehe.«

»Du wirst es schaffen, Harper.« Ich weigerte mich, auf Dinge zu hören, die auf etwas anderes hindeuteten.

»Ich kenne dich, große Schwester, und weiß, wie du bist. Du scheinst zu glauben, dass du mich allein mit deiner Entschlossenheit durch den Krebs bringen kannst. Du bist stark. Ich auch. Wir werden gemeinsam kämpfen, aber wenn uns das Schlimmste erwischt, möchte ich, dass du darüber hinwegkommst, verstanden?«

»Wer bemuttert jetzt wen?«, witzelte ich.

»Du wirst gut ohne mich klarkommen«, flüsterte Harper. Das war der erste Anflug von Resignation, der in ihrer Stimme mitschwang, seit wir die Diagnose erhalten hatten. Ein Teil von mir wollte widersprechen, sie ermahnen, eine positivere Haltung an den Tag zu legen. Leider hatte sie recht, dass ich keine Macht über die Zukunft hatte, sosehr ich mir das gewünscht hätte.

Ich überprüfte noch einmal meinen Koffer, um sicherzugehen, dass ich alles dabeihatte, was ich für den nächsten Monat brauchte. Lucas hatte das zweite Schlafzimmer in seinem Apartment für mich und Harper ausgeräumt, wenn sie zwischen den Chemotherapien die Klinik verlassen durfte. Er und Chantelle würden sich zusätzlich zur Verfügung stellen, damit ich immer mal wieder nach Oceanside fahren konnte, um nach meinem kleinen Café und nach Snowball, der vorübergehend bei meinem Vater sein würde, zu sehen.

Harpers Tasche war halb so groß wie meine. Sie hatte wenige persönliche Gegenstände mitgenommen: ein Foto von unserer Mutter, ihre Bibel, Lipgloss, Socken und einen gestrickten Schal. Während der Chemo hatte sie damals so wahnsinnig gefroren, dass sie zitterte, jetzt wollte sie vorbereitet sein.

»Was ist mit einer Perücke?«, fragte ich.

Sie schüttelte den Kopf. »Diesmal nicht. Kahl is beautiful.«

Die Verlobungsparty verlief fröhlich und war genau das, was Harper und ich brauchten, bevor wir ins Krankenhaus fuhren. Wir spielten alberne Spiele, tranken Wein und gewürzten Punsch und stopften uns mit den verschiedenen Appetithäppchen und Cupcakes voll, die kunstvoll in Form eines Brautkleids arrangiert waren.

Lucas hatte versprochen, Chantelle nach der Party zu erzählen, wo Harper und ich hinwollten und dass ich für eine absehbare Zeit bei ihm wohnen würde. Meine Schwester bestand darauf, nichts tun zu wollen, was Chantelles und Lucas' Hochzeitsplänen in die Quere kam. Der Termin war festgesetzt, die Vorbereitung getroffen worden. Egal, was die Zukunft für sie bereithielt, sie wollte, dass die Hochzeit nach Plan verlief, ob sie nun als Brautjungfer dabei sein würde oder nicht. Ich fand das ein bisschen pessimistisch, ohne mit ihr darüber streiten zu wollen.

Nachdem wir die Party verlassen hatten, fuhr Lucas uns zum Krankenhaus und setzte uns vor dem Eingang ab, um für sich einen Parkplatz zu suchen.

Harper und ich standen unterdessen verunsichert in der Eingangshalle des Krankenhauses, waren unfähig, uns vom Fleck zu rühren.

Meine Schwester war es schließlich, die mich vorwärtsschob. »Lass uns das jetzt durchziehen«, sagte sie.

Ich nickte und folgte ihr zum Empfangsschalter. Wir waren gewappnet und zum Kampf bereit.

21

Sean

Die Hitze auf den Philippinen war die schlimmste, die ich je hatte aushalten müssen. Der Auftrag allerdings war abwechslungsreich. Wir mussten uns zuerst mit der küstennahen Fischerei befassen, später dann mit dem Mangrovenwald, und versuchen, den vom Klimawandel angerichteten Schaden zu dokumentieren. Ich arbeitete mit einem ganzen Team von Wissenschaftlern und Zoologen zusammen.

Die Tage waren lang, und meine Gedanken wanderten ständig zu Willa und Oceanside. Noch bevor ich an Bord des Fliegers gegangen war, der mich um die halbe Welt brachte, wusste ich, dass ich sie vermissen würde. Wie heftig diese Gefühle sein würden, hatte ich nicht geahnt.

Das Frustrierendste war, dass ich mich nicht mit ihr in Verbindung setzen konnte. Zum einen war das Telefonieren ohnehin schwierig, zum anderen war sie schwer zu erreichen.

Da ihr Bruder in ein paar Monaten heiratete, vermutete ich, dass sie alles tat, was in ihrer Macht stand, um die Hochzeitstorte des Jahrhunderts zu backen. Voller Neugier fragte ich mich, für welche der vier Geschmacksrichtungen das Paar sich entschieden hatte. Ich hoffte auf Kokosnuss.

Nach einer langen morgendlichen Fotosession erschöpft, kehrte ich in unser Zeltlager zurück, um die Fotos herunterzuladen, die ich an diesem Morgen geschossen hatte. Obwohl ich Willa versprochen hatte, auf meine Sicherheit zu achten, dankte ich Gott dafür, dass sie ein paar der verrückten Risiken nicht sehen konnte, die ich einging, um das perfekte Bild zu bekommen.

Dieser Auftrag war einfach zu wichtig und bislang mein prestigeträchtigster. Leider musste ich mir eingestehen, dass ich eine Heidenangst hatte zu scheitern. Von dem Moment an, wo ich zum Rest des Teams gestoßen war, hatten mich Versagensängste befallen. Ich war bereit, fast alles zu tun, um ein bestimmtes Foto zu bekommen, und das beinhaltete, dass ich mich in Gefahr brachte. Für manche konnte das ein Aphrodisiakum sein. Nicht für mich. Ich dachte zu sehr daran, wie wütend Willa sein würde, wenn ich verletzt oder krank zurückkäme. Im Grunde wunderte ich mich darüber, wie wichtig mir ihre Meinung geworden war.

Schweiß rieselte mir über den Rücken, als ich mich über meinen Computer beugte und die Fotos vom Morgen herunterlud. Mitten am Tag zu arbeiten war nahezu unmöglich, das Licht war frühmorgens und spätnachmittags am besten. Morgen- und Abenddämmerung. Die Nachmittage verbrachte ich mit Herunterladen, Bearbeiten und Schreiben sowie mit Schlafen, wenn ich konnte, und damit, Willa zu vermissen. Und mein Zuhause.

Doug, der Leiter unseres Teams, kam in das Lager zurück und murmelte etwas von der Notwendigkeit, in die nächstgelegene Stadt zu fahren. Eher ein Dorf mit ein paar unbefestigten Straßen und ein paar kleinen Geschäften. Ich konnte mich kaum daran erinnern, es bei unserer Ankunft bewusst wahrgenommen zu haben. Was genau er unbedingt brauchte, rauschte an mir vorbei. Stattdessen überlegte ich, ob dieses Dorf womöglich ein Internetcafé besaß. Selbst die kleinsten Orte verfügten manchmal über eines. Ich wollte mich unbedingt mit Willa in Verbindung setzen und mich bei meiner Familie melden.

Als meine Mutter erfahren hatte, dass ich einen weiteren Auftrag auf einer abgelegenen Insel der Philippinen angenommen hatte, war sie fast an die Decke gegangen. Sie war immer eine Schwarzseherin gewesen, und dass ich so kurz nach meiner Typhuserkrankung erneut abreiste, hatte sie zur Weißglut getrieben. Ein Wunder, dass sie nicht Willa angerufen und verlangt hatte, dass sie gemeinsam alles tun wollten, was in ihrer Macht stand, um mich an der Reise zu hindern. Ich traute es meiner Mom durchaus zu.

Drei Leute unseres fünfköpfigen Teams wollten die lange Fahrt in die Stadt antreten. Die Straße war nicht asphaltiert und voller Schlaglöcher, die groß genug waren, um darin schwimmen zu können. Zum Glück war Doug ein ausgezeichneter Fahrer und schaffte es, den Gefahren auszuweichen.

Während Doug und Larry das erledigten, was sie vorhatten, fand ich ein schäbiges Lokal mit Internetzugang, in dem ein buntes Gemisch aus Tischen und Stühlen auf einem Lehmboden stand. Da ich wusste, dass es erwünscht war, etwas zu verzehren, bestellte ich einen Kaffee, setzte mich und klappte meinen Laptop auf. Meine Hand zitterte. Zwei Wochen, vierzehn Tage ohne Kontakt zu Willa, und ich flatterte wie ein Junkie, der einen Schuss brauchte.

Sowie ich mich einloggen konnte, checkte ich meine E-Mails, bis ich Willas Namen sah. Die erste Nachricht war kurz. Nachdem sie sich mit ein paar Worten nach meiner Gesundheit erkundigt und mir Erfolg gewünscht hatte, erwähnte sie beiläufig, dass Harper im Krankenhaus sei. Zuvor war nur die Rede davon gewesen, dass sich ihre Schwester ein paar Tests unterziehen müsse. Die Ergebnisse konnten nicht gut ausgefallen sein. Stirnrunzelnd überflog ich die Mail in der Hoffnung, zwischen den Zeilen etwas zu lesen, ein zweites Mal. Da sie nicht weiter auf Harpers Gesundheitszustand einging, gelangte ich zu dem Schluss, dass mehr dahintersteckte, als sie sagte.

Vielleicht war es die Grippe? Oder eine Erkältung? Nur musste man deswegen selten ins Krankenhaus, es sei denn, es hatte sich zu etwas weit Schlimmerem entwickelt. Erneut grübelte ich über die kurze Nachricht nach, erinnerte mich an Harpers Probleme, den Aufstieg auf den Berg zu schaffen, für den sie den ganzen Sommer trainiert hatte.

Schlagartig kam mir die Erkenntnis, dass Willa mir offenbar mitteilen wollte, dass Harpers Krebs zurückgekehrt war. Ich wollte keine voreiligen Schlüsse ziehen, konnte die Möglichkeit indes nicht aus meinen Gedanken verbannen. Der erste Schub hatte Harper fast das

Leben gekostet, aber würde sie noch einmal so glimpf-
lich davonkommen und sich erholen? Ich rief ihre letzte
Mail auf und las die Nachricht. Sie klang, als hätte sie
Angst, zu viel zu sagen. Sie ließ mich wissen, wie sehr
sie mich vermisste und wie sie sich danach sehnte, dass
ich nach Hause kam. Ich spürte Furcht und Anspannung in diesen beiden Zeilen. Ihre nächsten Worte be-
stätigten meinen schlimmsten Verdacht.

*Ich bin bei Lucas in Seattle, weil Harper hier im Kranken-
haus liegt. Bitte, Liebling, komm schnell nach Hause.*

Ich wusste beim besten Willen nicht, wie ich ihr
sagen sollte, dass es nicht so aussah, als würden wir
diesen Auftrag in dem geplanten Zeitraum abwickeln
können. Doug sprach sogar von einer zweiwöchigen
Verlängerung. Von sechs Wochen auf acht. Vielleicht
noch länger.

Der einzige Lichtblick in der ganzen Mail war, dass
sie mich Liebling nannte.

Ich antwortete ihr, tippte so schnell, wie meine Finger es schafften, bevor Doug und Larry zurückkamen
und ich gezwungen war, das Restaurant zu verlassen. Ich
teilte ihr mit, wie leid es mir tat, das von Harper zu
hören, und wie sehr ich mir wünschte, bei ihr sein zu
können. Dann erzählte ich von dem Job und dem, was
wir hier taten, den Fortschritten, die wir gemacht hatten und wie viel noch zu tun blieb.

Um sie von Harper und ihrer momentanen Situation
abzulenken, beschrieb ich die Einheimischen, die wir
kennengelernt und mit denen wir gearbeitet hatten;
schilderte ihre Schönheit und Bereitwilligkeit, alles zu
tun, worum wir sie baten, und ihre großzügige Einstel-

lung. Und ich berichtete von dem, was ich über ihre Kultur gelernt hatte und wie ich meine Tage und Nächte verbrachte.

In der Hoffnung, eine lange E-Mail von mir würde sie beruhigen, umriss ich noch, wie ein typischer Tag für mich und den Rest des Teams aussah. Ich erwähnte meine Ängste, die Bedeutung dieses Auftrags für meine Karriere und dass ich mich an den meisten Tagen fühlte, als hätte ich versagt. Erst die Sichtung der Fotos half mir, diese Krise von mir fernzuhalten. So sehr, dass ich mir nachts, kurz vor dem Einschlafen, so vorkam, als hätte ich den besten Job der Welt gemacht. Natürlich änderte das nichts daran, dass ich sie vermisste und dringend nach Hause zurückwollte. Ich versicherte ihr, dass ich alles in meiner Macht Stehende tun würde, um so schnell wie möglich nach Seattle zu gelangen.

Ich drückte auf Senden und sah zu, wie die Nachricht verschwand. Wenn ich doch ihre Stimme hören könnte, wenn ich doch ...«

Ein Blick auf meine Uhr sagte mir, dass es kurz nach fünf Uhr nachmittags war. In Seattle dürfte es ungefähr zwei Uhr morgens sein. Da ich es hasste, Willa zu wecken, spielte ich mit dem Gedanken, sie schlafen zu lassen, aber was, wenn dies während der ganzen Reise meine einzige Chance war, sie anzurufen?

Ich warf meine Gedanken über Bord, nutzte die Gelegenheit und loggte mein Telefon in das Wi-Fi ein. Es klingelte viermal, und bald hörte ich ihre Stimme.

»Hallo?« Es war mehr eine Frage als eine Begrüßung, und Furcht schwang darin mit.

»Willa, ich bin es.«

»Sean. O Gott, Sean.« Nachdem sie meinen Namen gesagt hatte, brach sie prompt in Tränen aus.

»Hey, was ist los mit dir?«

Der Schmerz in ihrer Stimme brach mir das Herz. Sie brauchte ein paar Momente, um das hicksende Schluchzen so weit unter Kontrolle zu bringen, dass sie sprechen konnte. »Hast du meine E-Mail bekommen?«

»Ja, deswegen rufe ich an. Ich bin in diesem Dorf und habe höchstens ein paar Minuten. Erzähl. Was ist los? Warum ist Harper im Krankenhaus? Wie waren die Testergebnisse?« Ich bestürmte sie mit Fragen, gab ihr keine Gelegenheit, eine zu beantworten, bevor ich die nächste stellte.

»Ihre früheren Blutwerte waren in Ordnung, und wir nahmen an, alles sei okay. Ist es leider nicht. Sie hat wieder Ausschlag bekommen und über Schmerzen in der Brust geklagt. Als wir zu der Ärztin gegangen sind, haben wir alle gedacht, es sei eine Lungenentzündung. Nach Röntgenuntersuchungen und weiteren Tests im Krankenhaus erfuhren wir dann, dass sie einen Krebstumor in der Lunge hat.«

Sie atmete tief durch, bevor sie fortfuhr. »Es ist schlimm, Sean. Schlimmer als beim letzten Mal, und ich hätte nie gedacht, dass das überhaupt möglich ist. Harper wird genau wie damals in Seattle behandelt, die Chemotherapie dort soll derzeit eine der besten sein. Ich war heute bei ihr, als sie ihr verabreicht wurde, und die Schwester hat die Dosis zweimal überprüft. Sie sagte, sie hätte diese Rezeptur noch nie gesehen und wollte sicher sein, dass sie den Anweisungen des Arztes entspricht.«

»Willa, das tut mir so leid. Wie hält sich Harper denn?«

»Großartig. Sie jammert nie. Die Schwestern und Ärzte bewundern sie. Alle lieben sie. Jeder. John ist so oft bei ihr, wie es sein Dienstplan zulässt.«

»Und was passiert nach der Chemotherapie?«

»Das ist die erste Runde. Nach dieser Woche bleibt sie bei mir in Lucas' Apartment, bis sie genug weiße Blutkörperchen aufgebaut hat, um mit einer zweiten Chemo anzufangen.« Sie zögerte, bevor sie weitersprechen konnte. »Es bringt sie um, Sean, es bringt sie um. Sie ist todkrank, viel schlimmer als letztes Mal. Ich weiß nicht, wie sie das Tag für Tag durchsteht. Sie so zu sehen ist mehr, als ich ertragen kann.«

»Was kann ich tun?«, fragte ich, wollte so gern für Willa und ihre Familie da sein.

»Komm nach Hause, sobald du kannst. Das ist das Beste, was du für mich tun kannst.«

Ich spürte, wie dringend sie mich an ihrer Seite brauchte. Willas Kraft schien ebenfalls begrenzt, und sie brauchte mich als Halt, als Trost und als Stütze. Ich hasste es, dass das nicht möglich sein würde, nachdem mein Aufenthalt verlängert worden war.

»Wie geht dein Vater mit der Neuigkeit um?«, erkundigte ich mich noch. Da ich die Geschichte seiner Trinkerei kannte, wusste ich, dass Sorge um ihn das Letzte war, was Willa gebrauchen konnte.

»Dad hält sich besser als je zuvor, was überraschend kommt. Als ich ihm gesagt habe, dass Harpers Krebs zurück ist, versprach er, alles zu tun, was er kann, um für uns alle da zu sein. Er ruft jeden Tag an, um sich auf dem Laufenden halten zu lassen. Snowball ist bei ihm und hat sich anscheinend an sein neues Zuhause gewöhnt.«

Das waren gute Neuigkeiten. »Und du?«

Sie hielt inne und schniefte. »Ach, Sean, ich habe solche Angst. Harper hat furchtbar auf die Chemotherapie reagiert. Ihr ist ständig übel, sie isst kaum etwas und verliert ein Pfund pro Tag, wenn nicht mehr. Sie sieht aus ...« Sie brach ab und schluchzte in das Telefon, bevor sie weitersprechen konnte. »Sie sieht aus wie der lebende Tod.«

»Ach, Liebling, ich wünschte, ich könnte bei dir sein.«

»Lucas und Chantelle erwägen, ihren Hochzeitstermin vorzuziehen. Das bedeutet für sie ein großes Zugeständnis. Wir haben heute Abend darüber gesprochen, und Chantelle wird mit dem Hotel über diese Möglichkeit sprechen. Wenn es sich arrangieren lässt, legen wir es in die Zeit zwischen den beiden Behandlungen.«

Die Hochzeit, auch das noch. Ich schloss die Augen und machte mich bereit, Willa eine weitere schlimme Nachricht unterzujubeln. Ich hasste es wie die Pest, wollte ihr allerdings keine falschen Hoffnungen machen. »Ich werde die Hochzeit verpassen«, stieß ich hervor.

Schweigen.

»Unser Job nimmt mehr Zeit in Anspruch, als wir alle geahnt haben«, räumte ich voller Widerstreben ein. »Wenn ich könnte, würde ich morgen nach Hause fliegen. Das Problem besteht darin, dass es nicht mehr als ein Auto gibt. Das gebräuchlichste Transportmittel ist der Ochsenkarren. Mir bleibt also nichts anderes übrig, als beim Team zu bleiben und das hier zu Ende zu bringen.«

»Ich weiß.« Resignation klang in ihren Worten mit. »Ich weiß.«

»Sobald ich kann, nehme ich den ersten Flug, das verspreche ich.«

Sie schien aus einer inneren Quelle Kraft zu schöpfen, denn als sie wieder sprach, klang ihre Stimme ruhig und beherrscht. Ich vermochte keinen Zorn bei ihr zu hören, Enttäuschung sehr wohl.

»Ich verstehe. Die Arbeit ist wichtig, und du wirst dort gebraucht.«

Auf ewig würde ich sie für ihr Verständnis lieben. Das Schuldgefühl, sie im Stich zu lassen, nagte dafür umso mehr an mir und erinnerte mich an die fressgierigen Piranhas in meiner Umgebung. Warum konnte ich nicht an zwei Orten gleichzeitig sein.

»Lucas und Chantelle sind wundervoll. Ich verbringe die Tage mit Harper, dann löst mich Chantelle nach der Arbeit ab. Lucas kommt abends und sitzt bei uns, bis Harper schläft.«

»Was ist mit dem Café?«

»Shirley springt ein, Leesa und ein paar andere von Harpers Freundinnen helfen stundenweise aus. Alle haben von ihrer Collegezeit her etwas Bistroerfahrung, deshalb mache ich mir nicht so viele Sorgen, wie ich es sonst getan hätte. Eigentlich hatte ich vor, einmal in der Woche nach Oceanside zurückzufahren, bloß scheint das unmöglich zu sein. Jedenfalls im Moment. Vielleicht schaffe ich es nach dieser Runde Chemo.«

Ich legte meine freie Hand auf die Stirn, fühlte mich

schrecklich, so weit weg zu sein, wenn Willa und ihre Familie mich dringend brauchten.

»Sean?«

»Ja, mein Liebes?«

»Ich muss dir etwas sagen.« Ihre Stimme zitterte und sank zu einem Flüstern herab. Sie zögerte, als fände sie es schwierig, die Worte herauszubringen.

»Was ist, Liebling?«, fragte ich. Was immer sie mir zu sagen hatte, war wichtiger als alles, was sie bislang gesagt hatte.

»Ich habe so ein dunkles Bauchgefühl, das nicht weggehen will. Ich habe niemandem davon erzählt. Wollte und werde es nicht tun. Doch das ändert nichts an dem, was ich tief in meinem Inneren, in meinem Herzen weiß.«

»Du kannst es mir sagen«, flüsterte ich.

Genau in diesem Moment stürmte Doug in die Kneipe. »Bist du so weit?«, fragte er, hatte es scheinbar eilig, zu unserem Lager zurückzukommen, bevor es dunkel wurde.

»Gib mir noch eine Minute«, bat ich.

Natürlich bekam Willa den Wortwechsel mit. »Du musst gehen.«

»Sag mir erst, was du sagen wolltest«, drängte er.

»Sean.« Ihre Stimme klang tränenerstickt. »Ich spüre da Schwingungen. Unter den Schwestern hat keine sich getraut, es laut auszusprechen, sie tuschelten lediglich. Niemand vom Klinikpersonal scheint zu glauben, dass es Harper gut genug gehen wird, um zwischen den Chemos das Krankenhaus zu verlassen. Ich fürchte, sie glauben nicht einmal, dass Harper jemals wieder nach Hause zurückkommt.«

243

»Das weißt du ja gar nicht«, hielt ich dagegen.

»Ich weigere mich, es zu glauben, kann es nicht. Wir müssen vielmehr positiv denken. Sie hat den Krebs zumindest einmal besiegt und könnte es wieder schaffen, nur fühlt es sich diesmal anders an. Schlimmer irgendwie, und ich hätte nicht gedacht, dass das möglich ist.«

22

Willa

Zehn Tage nach dem Telefongespräch mit Sean kam es genau so, wie ich befürchtet hatte. Nach dem Ende der ersten Chemotherapie ging es Harper zu schlecht, um das Krankenhaus zu verlassen. Die kurze Zeitspanne in Lucas' Apartment zwischen den Chemos, von der wir gehofft hatten, sie würde Harper helfen, zu Kräften zu kommen und weiße Blutkörperchen aufzubauen, reichte für eine Besserung nicht aus. Harper war viel zu krank. Ich hatte vergeblich gehofft, ihr Appetit würde zurückkehren, wenn sie keine Infusionen bekam. Er tat es nicht. Sie aß weniger und weniger.

Selbst ihre Lieblingspizza, die Chantelle, mitbrachte, verschmähte sie. Ein paar Bissen, dann war Schluss. Das sagte mehr, als einer von uns laut auszusprechen wagte. Ihr Zustand verschlechterte sich rasant, viel schneller, als wir es uns vorgestellt hatten.

»Hör auf, mich zu behandeln, als läge ich auf dem Sterbebett«, beschwerte sich Harper. »Mir geht es bald besser, habt Geduld. Diese Sache braucht Zeit. Fragt John, was er meint, und macht nicht so lange Gesichter. Ihr seid lächerlich.«

»Bin ich nicht«, murmelte ich.

»Bist du doch«, widersprach Harper, als wären wir Kinder. Und dann fragte sie mich, um das Thema zu wechseln, nach Sean. »Hast du in der letzten Zeit von ihm gehört? Bestimmt würde er sich bei dir melden, wenn er könnte.«

»Ja, das weiß ich.« Für mich wäre alles leichter, wenn er hier wäre, dachte ich. Allein, um den Kopf gegen seine Schulter zu lehnen und mich von ihm trösten und meine Ängste zerstreuen zu lassen.

»John war ein Schatz«, flüsterte Harper schwach. »Einen so fürsorglichen und liebevollen Mann könnte ich wirklich lieben.«

Ihre Worte gingen mir zu Herzen, denn ich hegte den starken Verdacht, dass Harper längst in den Arzt verliebt war.

»Wusstest du, dass seine Mutter an Brustkrebs gestorben ist, als er ein Teenager war? Deswegen hat er sich entschlossen, eine medizinische Laufbahn anzustreben.«

»Er ist ganz sicher mit dem Herzen dabei«, ergänzte ich.

»Das ist er.« Ihre Worte waren kaum mehr als ein Flüstern, die kurze Unterhaltung hatte sie völlig erschöpft. Da sie aussah, als würde sie gleich wegdämmern, drückte ich ihre Hand und verließ das Zimmer, froh, dass sie meine Tränen nicht sah.

Ich lehnte mich schwer gegen die Wand und stieß vernehmlich den Atem aus, um nicht völlig zusammenzubrechen.

Nicht lange, und John kam mit einem anderen Arzt an mir vorbei, um mit Harper ihre jüngsten Testergebnisse zu besprechen. Mehr erfuhr ich nicht. So blieb mir nichts als die Hoffnung, ihr Knochenmark würde die notwendigen weißen Blutkörperchen produzieren, um das Immunsystem anzukurbeln und die Leukämie zu bekämpfen.

Trotz unserer Gebete wurden die Ergebnisse nicht besser, im Gegenteil. Es war schwer zu ertragen, wenn eine schlechte Nachricht auf die nächste folgte. Uns blieb nichts anderes übrig, als mit anzusehen, wie Harper jeden Tag schwächer und kränker wurde. Die einzige Stütze war für mich meine Schwägerin, die mich häufig in die Klinik begleitete.

»Hast du noch etwas von Sean gehört?«, erkundigte sich Chantelle.

»So gut wie nichts. Ein paar Minuten mitten in der Nacht, mehr war in der abgelegenen Gegend wohl nicht drin. Im Grunde rechne ich nicht damit, noch einmal von ihm zu hören. Hast du inzwischen etwas von dem Hotel gehört?«, fragte ich, da ich von Chantelles Anfrage wusste, ob der Hochzeitstermin verschoben werden konnte.

Frustriert wandte Chantelle den Blick ab. »Das Hotel ist ausgebucht. Ich habe jede andere Örtlichkeit in Oceanside gecheckt, nichts ist verfügbar. Auch in Seattle nicht. Sie sagen alle, es ist zu kurzfristig. Wir werden also das ursprüngliche Datum Anfang Dezember beibehalten.«

Sogleich schoss mir die Frage durch den Kopf, ob Harper dann noch am Leben war. Ich spielte es ein wenig herunter. »Ich weiß nicht, ob Harper es schaffen wird, dann als Brautjungfer zu fungieren.«

Chantelle ging einfühlsam darauf ein. »Möchtest du, dass ich Notfallpläne mache?«

Ich biss mir so fest auf die Lippe, dass ich fürchtete, sie könnte bluten. »Das wäre sicher ratsam«, stotterte ich. »Wie müssen wohl mit allem rechnen.« Obwohl Lucas und Chantelle sich sehr für Harper einsetzten, war ich diejenige, die die meiste Zeit mit ihr verbrachte. Dadurch blieb es gerade mir nicht verborgen, dass es ihr jeden Tag ein bisschen schlechter ging und ich das Schlimmste zu fürchten begann, selbst wenn ich mir größte Mühe gab, positiv zu bleiben.

»Auf jeden Fall sollten wir mal mit Dr. Carroll und John sprechen«, ergriff Chantelle die Initiative, »und uns sagen lassen, was wir wirklich zu erwarten haben.«

Was schon? Ich musste ständig daran denken, dass die Laborwerte keine Verbesserung anzeigten und es ziemlich aussichtslos und unrealistisch war, trotzdem darauf zu hoffen, dass sie keinen Boden verlor, sondern welchen gewann. Noch hatte schließlich keine weitere Chemo stattgefunden.

Wenig später wurden wir von einer Schwester informiert, dass für den kommenden Nachmittag ein größeres Informationsgespräch stattfinden würde. »Dr. Carroll möchte morgen Nachmittag mit uns allen sprechen. John wird auch dabei sein.« Allerdings war nicht ganz klar, ob mit Harper oder ohne. Einerseits machte es Sinn, wenn sie dabei war, andererseits hatte es Vorteile, sie im Dunkeln zu lassen, falls die Neuigkeiten niederschmetternd waren. Und ich hielt es gewissermaßen für meine Pflicht, sie vor zu viel Negativem zu beschützen. Selbst wenn ich Gefahr lief, sie wieder zu bemuttern, was sie in ihrer desolaten Verfassung kaum kritisieren würde.

Am Mittwochnachmittag traf ich mich mit meinen Geschwistern in Harpers Privatzimmer, das mit Karten und Geschenken dekoriert war. Unser Vater hatte eine weiße Stoffkatze aufgetrieben, sodass Harper Snowball bei sich hatte. Sie saß auf ihrem Kopfkissen.

Während wir auf die beiden Ärzte warteten, klingelte Harpers Telefon. Als sie sich meldete, trat ein Lächeln auf ihr Gesicht.

»Hi, Daddy.«

Unser Vater hatte erst ein paarmal mit Harper gesprochen, wohingegen ich ihn jeden Abend auf den neuesten Stand bringen musste. Für ihn war das immer sehr schwer anzuhören, wenn es um Harper ging, fand er alles sehr schmerzhaft.

»Wie geht es dir, meine Kleine?«, fragte er.

»Besser, denke ich.« Sie hörte eine Weile zu, bis John und sein Chef hereinkamen. »Sorry, Dad, ich muss Schluss machen. Die Ärzte sind da. Danke für deinen Anruf. Hab dich lieb.« Sie beendete das Gespräch und legte das Telefon weg. Dass sie aufrecht im Bett saß, war ein gutes Zeichen. Anscheinend hatte sie etwas von ihrer Kraft zurückgewonnen. Das machte uns Mut, den wir dringend brauchten.

Dr. Carroll war mittleren Alters, Anfang fünfzig, hochgewachsen, schlank und hatte warme blaue Augen. Ich hatte bereits zahlreiche Gespräche mit ihm und John geführt, der sich die meiste Zeit um sie kümmerte. Sein Blick wanderte direkt zu Harper, und er lächelte.

Als ich die beiden beobachtete, wurde mir klar, wie stark seine Gefühle für meine Schwester waren. Es zeigte sich in der Art, wie er sie ansah, obwohl sie kahl, blass und erschreckend dünn war. Für ihn war sie noch die schöne Frau, die sie gewesen war.

»Dr. Carroll, das ist meine Familie«, stellte sie uns vor und deutete nacheinander auf jeden von uns und nannte die Namen, wenngleich er fast alle kannte.

Lucas eröffnete das Gespräch. »Doktor, wie ich hörte, zeigen die Laborwerte nicht den Anstieg von Harpers weißen Blutkörperchen, auf den wir gehofft haben.«

»Das trifft momentan zu«, bestätigte der Arzt.

»Sie meinen, dass das noch passieren kann?«, hakte Lucas erwartungsvoll nach, während ich nicht weniger erwartungsvoll den Arzt anstarrte.

»Sagen wir, ich bin optimistisch. Ihr Körper kämpft erbittert und kompromisslos, und wir tun alles Menschenmögliche, um Harper jede verfügbare Chance zu geben. Ich hoffe, dass wir, wenn wir ihr noch ein bisschen Zeit lassen, bessere Ergebnisse sehen.«

Lucas griff nach Chantelles Hand. »Wir heiraten bald, und Harper ist eine der Brautjungfern. Wir fragen uns, ob wir ...« Er zögerte und blickte zu Harper. »Ob wir den Termin verlegen und früher heiraten sollen als ursprünglich geplant.«

»Harper ist ein wichtiger Teil unserer Hochzeit, daher möchten wir unbedingt, dass sie dabei ist.« Chantelle hielt inne und sah meine Schwester an. »Selbst wenn sie im Rollstuhl sitzen muss.«

»Glauben Sie, dass das möglich ist?«, fragte Lucas.

Wie eine explosionsbereite Bombe hing die Frage in

der Luft. Die Stille war unheimlich, von Erwartungen erfüllt. Angst. Sorge. Wir schienen uns alle voller Hoffnung vorzubeugen.

Die beiden Ärzte wechselten einen Blick. Dr. Carroll ließ sich mit der Antwort Zeit. John sah Harper an, und seine Augen wurden weich.

»Ich kann natürlich keine Garantie abgeben, das würde kein Arzt mit gutem Gewissen tun«, sagte Dr. Carroll. »Wir wünschen Ihnen aber, dass Harper an Ihrer Hochzeit teilnehmen kann, mit Sicherheit kann ich das leider nicht sagen.«

»Was muss passieren?«

Während der darauffolgenden fünfzehn Minuten erklärte uns Dr. Carroll die nächsten Schritte, die geplant waren, um Harpers Immunsystem aufzubauen. In den drei Jahren seit ihrem ersten Kampf gegen den Krebs hatten die Behandlungsmöglichkeiten erstaunliche Fortschritte gemacht. Selbst wenn ich vieles von dem, was er sagte, nicht verstand, vermittelten seine Worte Zuversicht, und das war etwas, das wir zu diesem Zeitpunkt alle dringend brauchten.

»Hab ich es euch nicht gesagt«, verkündete Harper triumphierend. »Ihr seht alles so pechschwarz.«

»Haben Sie sonst noch irgendwelche Fragen?«, wollte der Arzt wissen.

Lucas und Chantelle hielten sich an den Händen, und ich sah, wie sich meine Schwägerin eine Träne aus dem Augenwinkel wischte. »Nein, wir wissen so weit Bescheid.«

»Danke, Dr. Carroll«, sagte ich, als ich aufstand. »Das bedeutet meiner Familie alles.«

»Gern geschehen. Rufen Sie ruhig jederzeit an.«

»Vielen Dank, das werden wir.«

Die Atmosphäre war eine völlig andere als vor dem Eintreffen der Ärzte. Chantelle umarmte Harper und dann mich, Lucas machte es ihr nach. »Das schreit nach einer Feier«, verkündete mein Bruder. »Nach einer großen mit Champagner und …«

»Nackten Tänzern«, warf Harper ein und grinste dann, als ein geschockter Ausdruck auf mein Gesicht trat. »Ehrlich, Willa, du kannst manchmal eine richtige Spaßbremse sein. Es war nichts als ein Witz.«

»Mag sein, dennoch könnte John etwas dagegen haben, dass du nackte Männer um dich hast.«

Harpers Gesicht bekam etwas Farbe. »Das würde er wahrscheinlich, er war einfach wundervoll. Wusstet ihr, dass er jeden Morgen vor seiner Schicht vorbeikommt und sich zu mir setzt? Er gibt mir Kraft und macht mir Mut. Ich weiß nicht, was ich ohne ihn tun würde.«

Ohne von diesen morgendlichen Besuchen Bescheid zu wissen, wunderte ich mich nicht. John gab meiner Schwester jeglichen Ansporn, den sie brauchte, um zu kämpfen, und dafür würde ich ihm ewig dankbar sein.

Während der nächsten paar Tage führten Harper und ich lange Gespräche. Sie schlief viel, aber wenn sie wach war, erzählte sie mir von dem, worüber John und sie geredet hatten. Er betrachtete sich selbst als introvertiert, arbeitete hart und engagiert. Nach dem Tod seiner Mutter hatte er sich entschlossen, alles zu tun, was in seiner Macht stand, um Krebspatienten zu heilen.

Obwohl Harper schnell müde wurde, ermutigte sie mich, mit ihr auch von Sean und einer möglichen gemeinsamen Zukunft zu sprechen.

Am Wochenende kamen Leesa und Carrie, die vor Neuigkeiten übersprudelten. Sie brachten Malbücher und bunte Stifte mit und malten sie mit Harper zusammen aus. Da ich ihre Aktionen ein bisschen albern fand, setzte ich mich lieber in die Cafeteria der Uniklinik, um einen Bissen zu essen. Außerdem betrachtete ich den Besuch der aktiven Freundinnen nicht gerade als entspannend für meine Schwester, sondern eher als stressig. In der Tat schlief Harper mit einem Buntstift in der Hand tief und fest, als ich zurückkam, das Buch dazu lag aufgeschlagen auf ihrem Schoß. Leesa und Carrie saßen schweigend neben ihrem Bett und malten, als wäre alles in schönster Ordnung.

»Wie lange hat sie durchgehalten?«, flüsterte ich.

»Ein paar Minuten, nicht mehr«, gab Leesa leise und geknickt zurück.

Weil ich die Frage in ihren Augen las, erkundigte ich mich: »Seid ihr okay?« Ich wusste, dass Harpers Aussehen sie schockiert hatte, da sie nicht mehr als ein Schatten der lebenslustigen, extrovertierten jungen Frau von einst war.

Leesas Augen füllten sich mit Tränen. »Als wir gekommen sind, habe ich sie kaum erkannt. Zuerst habe ich gedacht, wir seien im falschen Zimmer.« Sie wischte sich mit der Hand über das Gesicht. Schwarze Mascarastreifen rannen an ihren Wangen herunter. »Wie konnte das so schnell gehen?«

»Genauso war das, als sie das erste Mal Leukämie

hatte«, versicherte ich den beiden Freundinnen. »Ich hätte euch besser darauf vorbereiten sollen. Bevor es besser wird, ist es erst mal ganz schlimm. Irgendwann kommt hoffentlich wieder der Wendepunkt. Denkt positiv. Das ist mein Mantra.«

Ich verstand, was Leesa und Carrie meinten. Es war alles so schnell gekommen. Es erschreckte mich nach wie vor selbst, dass meine Schwester so lange gut funktionierte, Yoga- und Fitnesskurse gab und dabei irgendwelche Symptome, die sich vielleicht gezeigt hatten, ignorierte.

Einen Teil der Schuld wälzte ich auf mich selbst ab. Ich hätte besser aufpassen, auf mögliche Anzeichen achten sollen. Im Rückblick vermutete ich, dass Harper es tief in ihrem Inneren gewusst hatte. Ich erinnerte mich an das Telefongespräch mit meinem Bruder früher in diesem Sommer, als wir über all die verrückten Dinge gesprochen hatten, die Harper getan hatte. Über den Wunsch, Bungee zu springen, und den plötzlichen Drang, den höchsten Berg der ganzen Cascade-Bergkette zu besteigen, all das war wie aus heiterem Himmel gekommen. Es war, als hätte das Unterbewusstsein meiner Schwester ihr gesagt, sie solle so viele Erfahrungen aus ihrem Leben herausquetschen wie möglich.

»Es wird ihr bald besser gehen«, wiederholte ich, weil ich das unbedingt selbst glauben wollte und weil der Arzt uns Hoffnung gemacht hatte. Mit beiden Händen klammerte ich mich an diesen dünnen Strohhalm und wollte ihn nicht loslassen.

Harper bekam nicht mit, als die beiden Freundinnen gingen, sie verschlief den größten Teil des Nachmittags.

Sie wurde nicht einmal wach, als Chantelle und Lucas erschienen.

»Wie ist es gelaufen?«, fragte mein Bruder.

»Ich hätte Leesa und Carrie darauf vorbereiten müssen, wie verändert Harper ist«, räumte ich ein. »Das bereue ich.«

»Sind die heutigen Ergebnisse schon da?«, wollte Lucas wissen.

Jetzt erst fiel mir auf, dass ich noch nichts gehört hatte, was ungewöhnlich war. Ich verließ das Zimmer, um eine der Schwestern zu fragen, als ich Dr. Carroll sah. Er bemerkte mich und kam zu mir herüber.

»Habe ich eben richtig gesehen, dass Ihr Bruder und seine Verlobte gekommen sind?«

»Ja, sie sind hier. Wir haben heute noch gar keine Testergebnisse bekommen.«

»Ja«, erwiderte er langsam und resigniert. »Ich frage mich, ob es möglich wäre, mit Ihnen und Ihrer Familie unter vier Augen zu sprechen.«

Ich schluckte mein Erschrecken hinunter und nickte. »Natürlich.«

Dann eilte ich zu Harpers Zimmer zurück, um Lucas und Chantelle zu holen.

Dr. Carroll führte uns in einen Privatraum und schloss die Tür. Seine Miene war ernst, sehr ernst. »Ich hatte auf einen Anstieg der Anzahl ihrer weißen Blutkörperchen gehofft. Zu diesem Zeitpunkt war eigentlich damit zu rechnen, dass ihr Körper reagiert, weswegen ich sogar eine Teilnahme an der Hochzeit für möglich gehalten habe. Leider zeigen die Testergebnisse, die diesen Nachmittag gekommen sind, eine rasante Verschlechterung,

255

schlimmer als alles, womit ich gerechnet habe.« Er sog vernehmlich den Atem ein. »Vielleicht wäre es das Beste, wenn die Hochzeit so schnell wie möglich stattfinden könnte.«

Mir entfuhr ein Schrei, den ich lieber zurückgehalten hätte.

Lucas legte mir eine Hand auf die Schulter, die ich wegschob. »Wir müssen fest daran glauben«, beharrte ich, »und dürfen die Hoffnung nicht aufgeben. Es mag jetzt schlecht aussehen, aber es könnte besser werden, nicht wahr?« Meine Augen schauten flehend zu Dr. Carroll.

»Das wollen wir alle«, versicherte er mir. »Mehr als alles andere wünsche ich mir, dass Harper gesund wird.«

»Gibt es da etwas, das Sie uns verschweigen?«, fragte Lucas.

»Ganz und gar nicht. Ich bin einfach ganz ehrlich zu Ihnen. Natürlich hoffe ich genau wie das ganze Team darauf, dass es einen Wendepunkt geben wird. Man sollte positiv denken und zugleich auf das Schlimmste gefasst sein.«

»Sie können sich auf das Schlimmste gefasst machen, ich hingegen lehne das ab und klammere mich an die Hoffnung.« Außerdem gedachte ich nicht, jemanden in der Nähe meiner Schwester zu dulden, der nicht daran glaubte, dass sie den Willen und die geistige Kraft hatte zu überleben.

23

Willa

Chantelle war die Erste, die sich erholte. »Ich glaube, wir sollten Dr. Carrolls Rat befolgen und den Hochzeitstermin vorziehen«, sagte sie.

Lucas wirkte unschlüssig. »Was ist mit ...«

»Ich habe alles im Griff«, erwiderte sie mit einer Selbstverständlichkeit, die Lucas und mir die Sprache verschlug. »Wir heiraten nächsten Freitag oder Samstag, keine Sorge, ich kümmere mich um alles. Überlasst alles mir.«

Dr. Carroll nahm kein Blatt vor den Mund und sah uns allen in die Augen. »Je eher die Hochzeit stattfindet, desto besser.«

Ich für meinen Teil war wie vor den Kopf geschlagen. Sosehr ich dagegen ankämpfte, ich fühlte mich, als gäbe es keine Hoffnung mehr. Nichts von dem, was hier geschah, passte zusammen. Harper hatte die Diagnose erst vor wenigen Wochen bekommen. Wie konnte es sein, dass ein Mädchen, das bereit gewesen war, den Mount Rainier zu besteigen, mickrige sechs Wochen später dem Tod nahe war? Ich klammerte mich an die Erinnerung, dass meine Schwester es schon einmal geschafft hatte und es wieder schaffen konnte. Einen verrückten

Moment lang war es mir unmöglich zu atmen. Ich war wie gelähmt, in Gedanken verloren. Es kam mir vor, als würde ich auf jedem Schritt dieser Reise kämpfen und mich einen unglaublich steilen Hang hochquälen.

»Wo soll die Hochzeit eigentlich stattfinden?«, fragte Lucas schließlich und schüttelte den Kopf in Richtung Chantelle. »Erst vor ein paar Tagen hast du mir erzählt, du hättest vergeblich jedes Hotel und jede andere Möglichkeit in der Stadt gecheckt. Insofern dürfte es unmöglich sein, innerhalb von ein paar Tagen eine anständige Hochzeit zu organisieren.«

Seine Verlobte nahm das Gesicht meines Bruders zwischen die Hände und sah ihn fest an. »Du Kleingläubiger. Wo ein Wille ist, ist auch ein Weg, weißt du das nicht?«

Exakt so musste es laufen, vor allem wenn es um Harper ging. Wir mussten alle damit aufhören, uns Weltuntergangsszenarien auszumalen, sondern Harper helfen, ihr beistehen, für sie mit aller Kraft kämpfen.

Lucas gab sich geschlagen und zuckte mit den Achseln. »In Ordnung, du sagst mir, wo und wie, und ich werde in einem Smoking dort sein, bereit, dir ewige Liebe zu schwören.«

Zwei Tage später erhielt ich eine Nachricht von Chantelle, in der sie mich bat, sie so schnell wie möglich anzurufen. Da Harper gerade schlief, verließ ich das Zimmer und rief meine Schwägerin an.

»Hey, was gibt es?« Ich war darauf gefasst, dass Chantelle wegen der Hotelreservierung eine Niederlage erlebt hatte. Ein Teil von mir wollte das sogar, weil ich mir einredete, dass Harper am ursprünglich geplanten Tag in Oceanside auf dem Weg der Besserung war und an der Hochzeit teilnehmen konnte.

Außerdem erschien es mir ohnehin als eine unlösbare Aufgabe, eine Spontanhochzeit zu arrangieren, es sei denn, wir gingen alle zum King County Courthouse und standen dort vor einem Richter. Bloß war das nicht die Art von Hochzeit, die Chantelle oder mein Bruder wollten. Sie hatten sich zu viel Mühe gegeben, alles unvergesslich zu gestalten, allein mit der Kleidung. Eine Hochzeit vor einem Richter wäre eine billige Imitation von dem, was sie eigentlich wollten.

»Wie geht es Harper?«

»Sie schläft.«

»Gut. Sie braucht Freitagnachmittag alle Kraft, die sie aufbieten kann.«

»Hast du etwa einen Ort für die Hochzeit gefunden?«

»Ja. Geradezu ein Hit, perfekt für uns alle.«

»Wo?« Atemlos stieß die ich Frage hervor, vermochte es nicht zu fassen, dass Chantelle es tatsächlich geschafft hatte.

»Hast du jemals im Hof vor der Krankenhauscafeteria gesessen?«

Oft. Der Hof war schön, mit Grünpflanzen, die in hüfthohen Kübeln wuchsen. Überall standen Gartentische und Stühle. Es war eine Oase mitten im Krankenhaus. Frisch. Grün. Blühend. Lebendig.

»Du und Lucas, ihr wollt hier heiraten?« Zuerst völlig konsterniert, begann ich darüber nachzudenken. Genau wie Chantelle gesagt hatte, war es eine optimale Lösung für Harper. Und ich hatte mir endlos den Kopf darüber zerbrochen, wie sie sich anziehen und dann samt Infusionsständer und Rollstuhl an den Ort der Trauung gebracht werden musste.

»Pastor McDonald bringt deinen Vater für die Zeremonie mit nach Seattle. Meine Eltern und der Rest der Hochzeitsgesellschaft werden ebenfalls alle herkommen. Ich kümmere mich um die Einzelheiten.«

»Wie bist du auf die Idee gekommen, das hier zu veranstalten? Einfach genial.«

Sie gab sofort zu, wem das Lob gebührte. »Die Idee kam von John. Ich habe ihn angerufen, um ihn zu fragen, wie riskant es ist, Harper irgendwo hinzubringen. Als wir darüber redeten, wurde mir klar, wie schwierig das werden würde, und überlegte hektisch, ob es etwas ohne Krankenhauscharakter in ihrer Nähe gab. So ist das gelaufen.«

»Chantelle, du bist klasse. Habt ihr ebenfalls einen Zeitpunkt festgesetzt?«

»Tja, das war der schwierige Teil. Wie du weißt, ist die Terrasse mittags und nachmittags ziemlich voll. Die beste Zeit, die wir nehmen konnten, war drei Uhr nachmittags. Die Fläche wird abgeteilt und mit Girlanden und Ballons dekoriert. Die Floristin fertigt einen Bogen an, unter dem Lucas und ich stehen und uns das Jawort geben. Ich habe dafür gesorgt, dass zu beiden Seiten große Körbe mit weißen Rosen stehen. Es wird genauso schön werden wie das, was ich für die Zeremonie in Oceanside geplant hatte.«

»Was ist mit …«

Chantelle ließ mich nicht ausreden. »Lucas und ich haben übrigens beschlossen, den ursprünglichen Termin nicht abzusagen, weil alle Einladungen verschickt sind. Es wird einen großen Empfang geben mit allem, was dazugehört. Genau so, wie wir es uns vorgestellt haben. Allein die Trauung wird letztlich vorgezogen.«

Klang alles gut. Bestimmt war es eine sinnvolle Lösung. Nur war ich mir nicht wirklich sicher, dass Harper mitspielte.

Als ich in Harpers Zimmer zurückkehrte, fand ich meine Schwester wach vor. »Hey«, sagte ich. »Ich habe tolle Neuigkeiten. Lucas und ich treiben die Hochzeit voran. Sie wird Freitag hier im Krankenhaus stattfinden.«

Harper blinzelte, offenbar begriff sie zum ersten Mal den Grund für diese Änderung.

»Das ist ja wunderbar.« Ihre Augen füllten sich mit Tränen.

»Hey, hey. Du schaffst das, Harper. Das wissen wir beide, richtig?«

»Richtig«, stimmte sie ohne große Begeisterung zu.

»Lucas und Chantelle möchten unbedingt, dass wir beide an ihrer Hochzeit teilnehmen.«

Sie lächelte. »Ich hoffe bloß, dass das Kleid noch passt, nachdem ich so viel abgenommen habe.«

»Keine Sorge«, beruhigte ich sie. »Das hat Chantelle bereits berücksichtigt, sodass es nicht an dir herumschlabbern wird.«

Wir begannen am Freitagnachmittag, uns für die Hochzeit vorzubereiten. Chantelle hatte eine Friseurin ins Krankenhaus bestellt, die eine Perücke für Harper mitbrachte, die sie genauso fliederfarben und silbrig gestylt hatte wie Harpers letzte Frisur. Außerdem verpasste sie ihr ein raffiniertes Make-up, sodass sie fast so gut aussah wie vor dem Krebs.

Mitten in den Vorbereitungen kam John vorbei, um nach Harper zu sehen. Ich registrierte, wie behutsam er mit meiner Schwester umging, wie liebevoll und fürsorglich, und hätte ihn am liebsten umarmt. Die beiden zu sehen bewirkte, dass ich Sean mit einem Mal schrecklich vermisste, zumal er inzwischen viel länger fort war als ursprünglich geplant. Seit seinem Anruf hatte ich nichts mehr von ihm gehört. Keine Textnachricht war gekommen, keine E-Mail, kein Anruf. Obwohl ich verstand, wie wichtig dieser Auftrag für seine Karriere war, fiel es mir gerade an diesem besonderen Tag schwer, ihn nicht bei mir zu haben. Und unwillkürlich dachte ich mir, dass seine lange Abwesenheit ein kleiner Vorgeschmack von dem war, wie unser gemeinsames Leben aussehen würde. Das stimmte mich nachdenklich und war ein Anstoß, alles noch einmal zu überdenken. Nicht jetzt. Später, wenn ich einen klaren Kopf hatte.

Kurz vor Beginn der Zeremonie sah Chantelle nach Harper und mir. »Euer Dad ist hier. Ist es in Ordnung, wenn er hereinkommt?«

»Ja, bitte«, erwiderte Harper, ehe ich antworten konnte.

Chantelle ging, und nach ein paar Minuten wurde die Krankenzimmertür geöffnet und der Kopf meines Vaters erschien.

»Komm rein, Daddy«, flüsterte Harper.

Unser Vater trug denselben Anzug wie bei Moms

Beerdigung. Als er Harper aufrecht im Rollstuhl sitzen sah, ließ er sich neben ihr auf den Boden sinken. Ich bemerkte, dass seine Lippen vor Anstrengung zitterten, als er die Tränen zurückzuhalten versuchte.

»Selbst jetzt bist du wunderschön, deine Mutter wäre schrecklich stolz«, murmelte er und drehte sich dann zu mir um. »Das gilt genauso für dich. Ich weiß nicht, womit ich so großartige Kinder verdient habe. Mit euch bin ich weit mehr gesegnet worden, als ich es mir je erträumt hätte.« Tränen rannen zu diesen Worten über sein Gesicht.

Harper wischte sie ihm behutsam weg. »Ich habe dich lieb, Daddy.«

»Ich dich auch, mein Baby, mein Kleines. Von ganzem Herzen.«

An der Tür ertönte ein Klopfen. Es war so weit. Zu meiner Überraschung kam John in Anzug und Krawatte herein. Er trat hinter Harpers Rollstuhl, hielt mit einer Hand ihren Infusionsständer und schob sie aus dem Raum. Dad und ich folgten ihnen.

Sobald wir uns vor der Cafeteria versammelt hatten, reichte die Floristin Harper und mir die mit burgunderfarbenen Bändern zusammengebundenen Blumensträuße. Ein Blick in den Hof zeigte mir, dass die Gartentische entfernt und zwei Stuhlreihen vor dem mit Blumen übersäten Bogengang aufgestellt worden waren.

Chantelles Mutter saß mit einer Freundin und ihrem Mann auf der einen Seite, Dad und die beiden besten Freunde meines Bruders mit ihren Frauen auf der anderen. Zuerst wurde ich von Ted, Lucas' Gefährten von der Army, den Gang entlanggeführt, gefolgt von Harper, die von John im Rollstuhl geschoben wurde. Meine Schwester streckte den Arm über ihre Schulter nach hinten, um ihre Hand auf seine zu legen. Bill, ein anderer Armeefreund meines Bruders, ging neben ihr. Als Nächste kam Chantelles Schwester, die Ehrenbrautjungfer, und dann, nach einer langen Pause, schritt Chantelle mit ihrem Vater den Gang entlang.

Die Braut strahlte neben der äußeren zugleich eine innere Schönheit aus, die ich schwer zu beschreiben vermochte. Das Kleid war eine elegante Kreation und in seiner vornehmen Schlichtheit traumhaft. Sie hielt ebenfalls weiße Rosen in der Hand, bloß war ihr Strauß größer als der der Brautjungfern und zusätzlich mit Maiglöckchen durchsetzt. Ihr Anblick und der meines Bruders, als er sie sah, verschlug mir den Atem.

Mit vor Liebe leuchtenden Augen trat Lucas vor, um seine Braut in Empfang zu nehmen. Chantelle küsste ihren Vater auf die Wange und legte ihre Hand in die von Lucas. Gemeinsam gingen sie weiter und blieben vor Pastor McDonald stehen.

Zwar nahm lediglich der engste Familienkreis an der Feier teil, aber an den großen Fenstern der Cafeteria hatten sich viele Zuschauer versammelt. Ärzte. Schwestern. Sogar Patienten und Besucher.

Der strahlende Sonnenschein machte den Tag zu einem Hochzeitstraum. Es war, als würde Gottes Segen vom Himmel auf Braut und Bräutigam hinabscheinen, von Musik im Hintergrund feierlich untermalt.

Lucas und Chantelle hatten ihre eigenen Ehegelübde verfasst. Lieben. Ehren. Respektieren. Schätzen. In guten wie in schlechten Zeiten. Diese Worte bekamen an diesem Tag und angesichts der Krankheit meiner Schwester eine ganz neue Bedeutung.

Ich schielte zu Harper hinüber, die zu John hochblickte. Ihre Augen trafen sich. Es war, als würden sie genau diese Worte wechseln, als wäre es ihr Versprechen, einander zu lieben und zu ehren. In diesem Augenblick sehnte ich mich schmerzlich nach Sean, wünschte, er wäre an meiner Seite, um diesen Tag mitzuerleben. Als wir hier standen, mein Bruder mit seiner Braut, Harper mit ihrem Arzt und ich alleine, fühlte ich mich einsamer als je zuvor.

Jeder der Anwesenden hatte jemanden, der zu ihm gehörte. Jeder außer mir. Ich schloss die Augen und zwang mich, nicht in Selbstmitleid zu versinken. Falls Sean und ich ein Paar werden sollten, würde ich ohnehin lernen müssen, mich mit seinen häufigen Reisen und den Gefahren abzufinden, in die er sich begab. Es gehörte zu dem Mann, in den ich mich immer mehr verliebte. Ihn zu bitten, etwas daran zu ändern, war nicht fair und würde unsere Beziehung kaputt machen.

Sobald sie die Ehegelübde getauscht und sich geküsst hatten, sah ich, dass es zu Ende ging mit Harpers Energie, und beschloss, sie in ihr Zimmer zurückzubringen.

John hielt mich zurück. »Ich werde das machen.«

Harper stimmte ihm zu. »Bleib du ruhig«, beharrte sie. »Lass John das machen.«

Nachdem er mir zur Bestätigung zuzwinkerte, ließ ich meiner Schwester ihren Willen. Immerhin war sie in allerbesten Händen.

Zuletzt verabschiedeten sich Chantelle und Lucas mit einer sanften Umarmung von ihr. Ich sah, wie ein

Fotograf Bilder von diesem bewegenden Moment schoss. Harper lächelte, John stand hochgewachsen und attraktiv in seinem Anzug hinter ihr. Der Anblick des Lächelns auf ihrem Gesicht und das Glück, das mein Bruder und seine Frau ausstrahlten, waren für mich wohl die schönsten Erlebnisse dieses Tages.

»Sie ist schön, nicht wahr?« Dad trat neben mich.

»Da hast du recht. Und wie sie es geschafft hat, in einigen wenigen Tagen eine komplette Hochzeit zu organisieren, grenzt an ein kleines Wunder.«

»Das stimmt«, gab Dad zu, »allerdings habe ich von Harper gesprochen.«

Ich schlang den Arm um seinen Ellenbogen und lächelte ihn an. »Ja, sie grenzt ebenfalls an ein kleines Wunder.«

»Was ist mit ihrem Freund, diesem Doktor?«

»Er ist ein netter Mann und ein guter Arzt«, versicherte ich ihm. »Er unternimmt zusammen mit Dr. Carroll alles, um sie am Leben zu halten.«

Mein Vater zögerte und schluckte hart. »Gott segne ihn und schenke ihm Erfolg.«

»Amen«, flüsterte ich, wollte weiterhin von ganzem Herzen glauben, dass es Hoffnung gab.

Unterdessen wurden Lucas und Chantelle von ihren Gästen und anderen Gratulanten umringt. Die Türen der Cafeteria öffneten sich, und die Gruppe, die sich versammelt hatte, um die Zeremonie zu verfolgen, strömte in den Hof.

Chantelle schnitt den von einer Bäckerei gelieferten Kuchen auf. Mein Plan, die Hochzeitstorte zu backen, schien Millionen Jahre zurückzuliegen. Dad und ich saßen nebeneinander und aßen eine dünne Scheibe des ziemlich fade schmeckenden Kuchens, als mein Bruder zu uns kam.

»Es war eine schöne Feier«, sagte mein Vater.

»Danke, Dad. Ich bin froh, dass du dabei sein konntest.«

»Ich hätte sie um nichts auf der Welt verpassen wollen. So, und wann bekomme ich jetzt endlich Enkelkinder?«

Angesichts des entsetzten Ausdrucks, der über das Gesicht meines Bruders huschte, brach ich in Gelächter aus. Es dauerte eine Weile, bis ich begriff, dass ich seit Langem keinen Grund mehr zum Lachen gehabt hatte.

24

Sean

Der Auftrag war endlich fertig, nachdem es länger gedauert hatte, als einer von uns vorhersehen konnte.
Alle brannten darauf, in die Staaten zurückzukehren, zu
unseren Familien, unseren Freunden, unserem Zuhause.
Jetzt würde ich Tausende von Fotos durchsehen müssen,
die ich gemacht hatte, und anfangen, die Begleitstory zu
schreiben. Zunächst jedoch freute ich mich auf Willa,
von der ich die ganze Zeit nichts mehr gehört und mir
deshalb Sorgen und Gedanken gemacht hatte.

Die Fahrt zum Manila-Ninoy-Aquino-Airport war
eine Herausforderung gewesen, und wir hatten Glück,
den Flieger noch zu erwischen. Es gab nämlich einen
einzigen Direktflug in die Staaten. Die Vorstellung, diesen zu verpassen und einen zusätzlichen Tag auf einem
Flughafen festzuhängen, hatte das gesamte Team nervös
gemacht. Tatsächlich waren wir die letzten Passagiere,
die abgehetzt an Bord kamen, nachdem wir zum Gate
schon gerannt waren. Schwer atmend sank ich in meinen Sitz und dankte Gott, dass wir es geschafft hatten.
Leider war mein Versuch, Willa vom Flughafen aus
anzurufen, vergeblich. Ich knirschte vor Frust mit den
Zähnen, als ich meinen Sicherheitsgurt schloss und den

Anweisungen der Flugbegleiterin lauschte. Los Angeles würde meine erste Möglichkeit sein, sie zu erreichen.

Der Flug dauerte fast sechzehn Stunden. Ich loggte mich in meinen Computer ein und fing mit dem Sichten meiner dreißigtausend Fotos an. Es würde mich Wochen kosten, alle Bilder durchzusehen, die ich gemacht hatte.

Irgendwann während des Fluges schlief ich ein und wachte erst wieder auf, als die Maschine in Los Angeles hart landete.

Von nun an würde das Team, mit dem ich all diese Wochen gelebt und gearbeitet hatte, getrennte Wege gehen. Ich würde nach Seattle fliegen, Doug nach Chicago und die anderen nach Phoenix.

Sowie ich durch den Zoll war, mein Gepäck geholt und mich zu meinem nächsten Gate begeben hatte, griff ich nach meinem Telefon. Fieberhaft traf es nicht annähernd, wie dringend ich Kontakt mit Willa suchte. Da ich in den Wochen seit unserem letzten Gespräch nicht mehr in der Lage gewesen war, mit ihr zu sprechen, verlangte es mich nach Neuigkeiten.

Meine Hand zitterte vor Nervosität, als ich Willas Nummer wählte. Es klingelte und klingelte. Mit jedem unbeantworteten Klingeln wuchs mein Frust, bis der Anrufbeantworter ansprang. Verärgert wollte ich bereits einhängen, entschied mich dann nach kurzem Zögern, eine Nachricht zu hinterlassen.

»Willa, ich bin es, gerade gelandet in L. A., steige gleich in den Flieger nach Seattle. Ruf mich zurück, wenn du das abhörst.« Da mir nichts anderes übrig blieb, brach ich die Verbindung ab. Enttäuschung breitete sich wie Säure in meinem Magen aus. Nachdem ich wochenlang ihre Stimme nicht mehr gehört hatte, war ich der Verzweiflung nahe.

Während ich wartete, rief ich meine Eltern an und versicherte ihnen, dass alles in Ordnung und ich wieder in den Staaten sei und bald in Oceanside ankommen werde.

»Habt ihr zufällig etwas von Willa gehört?«, fragte ich in der Hoffnung, sie könnten mir vielleicht sagen, was mit ihrer Schwester war. Ob es ihr besser oder schlechter ging, sofern sie überhaupt noch lebte. Meine Gedanken sprangen von einem Szenario zum nächsten, ohne zu wissen, welches schlimmer war.

Meine Mutter war am anderen Ende der Leitung. »Kein Wort haben wir gehört. Ist etwas passiert?«

»Es geht um ihre Schwester. Kurz nachdem ich abgereist bin, hat Willa erfahren, dass bei Harper der Krebs zurück ist.«

»O nein, das tut mir leid, Sean. Nein, Willa hat sich nicht gemeldet. Hattest du das erwartet?«

»Zumindest gehofft.«

Wir sprachen nicht lange, weil ich es noch einmal bei Willa probieren wollte. Das war wichtiger, als mich lange mit meinen Eltern zu unterhalten. Obwohl ich sie liebte und mich freute, ihre Stimmen zu hören, war Willa diejenige, mit der ich am dringendsten sprechen musste.

Als mein Flug aufgerufen wurde, hatte sie immer noch nicht zurückgerufen, dabei hatte ich zwei weitere Male bei ihr angeklingelt. Die drei Stunden, die ich bis Seattle in der Luft war, kamen mir vor wie die fünfzehneinhalb von Manila nach Kalifornien. Jede Minute erschien mir wie ein Jahr. Das Fahrwerk hatte kaum den Boden berührt, als ich nach meinem Telefon griff und einen weiteren Versuch unternahm. Ich stöhnte frustriert und zahlte am Flughafen eine horrende Summe für die Taxifahrt nach Oceanside.

Als ich dort ankam, war ich geistig und körperlich erschöpft. Egal, ich musste erst mal Bandit abholen. Nach allem, was mein Hund durchgemacht hatte, musste er ja glauben, ich sei ein weiterer Mensch, der ihn im Stich gelassen hatte.

Als ich zum Haus der Hofferts hochfuhr, lag Bandit zusammengerollt auf der Veranda und döste. Sowie er hörte, dass meine Autotür zugeschlagen wurde, hob er den Kopf, sprang auf und rannte zum Zaun, wedelte dabei so schnell und heftig mit dem Schwanz, dass er gegen die Seiten seines Körpers peitschte.

Nachdem ich das Tor geöffnet hatte, ließ ich mich auf ein Knie sinken und liebkoste, kraulte und streichelte ihn, während er mir über das Gesicht leckte. Als Teresa und Logan aus dem Haus kamen, bedankte ich mich bei den beiden dafür, dass sie sich so lieb um Bandit gekümmert hatten, der bei ihnen zweifellos in guten Händen gewesen war.

Anschließend fragte ich Teresa, was es Neues über Willas Schwester gab.

Teresas Gesicht verdüsterte sich. »Wir haben nicht viel gehört. Nur dass sie in der Uniklinik in Seattle ist.«

»Was ist mit Willa?«

»Sie ist überwiegend selbst in Seattle. Freundinnen

von ihr halten den Coffeeshop am Laufen. Alle vermissen sie, denn ohne sie ist es nicht dasselbe. Ich glaube nicht, dass ihre Abwesenheit gut für das Geschäft ist.«

Das Letzte, was Willa zur Krönung von allem anderen noch brauchen konnte, waren sinkende Umsätze, weil sie nicht da war.

Mit Bandit auf der Rückbank fuhr ich nach Hause, packte meine Kameraausrüstung und meinen Computer aus, fütterte Bandit, duschte und ging schlafen. Mein Bett war mir nie einladender erschienen nach den ärmlichen, schmuddeligen Notquartieren in Malaysia. Fast augenblicklich schlief ich ein.

Ein anhaltendes Geräusch wie eine Kirchenglocke unterbrach meinen Schlaf, bis ich erkannte, dass es mein Telefon war. In meiner Eile, den Anruf entgegenzunehmen, bevor die Mailbox ansprang, fiel ich fast aus dem Bett.

»Hallo.« Meine Stimme klang verschlafen und unkontrolliert.

»Sean?«

»Willa, Gott sei Dank.« Die Erleichterung, die ich allein beim Klang ihrer Stimme verspürte, machte mich wach. »Ich kann gar nicht mehr zählen, wie oft ich versucht habe, dich zu erreichen. Hast du meine Nachrichten bekommen?«

»Wo bist du?«

»Zu Hause. In Oceanside.«

»O Sean.« Sie klang, als wäre sie den Tränen nahe. »Du ahnst ja gar nicht, wie sehr ich dich vermisst habe.«

»Dasselbe gilt für mich. Es war die Hölle, nicht mit dir zusammen sein zu können, besonders jetzt.« Eine

Vielzahl von Fragen schoss mir durch den Kopf, sodass ich kaum wusste, wo ich anfangen sollte. Also entschied ich mich für die wichtigste. »Wie geht es Harper?«

Sie zögerte, als wüsste sie nicht recht, wie sie antworten sollte. »Unverändert, vielleicht ein bisschen schlechter. Die Anzahl ihrer weißen Blutkörperchen muss steigen, und das tut sie nicht. Und jetzt, jetzt …« Sie hielt inne, schien nicht weitersprechen zu können.

»Was ist denn bislang getan worden?«, fragte ich, als sie nicht fortfuhr.

»Dr. Carroll verabreicht ihr Sauerstoff. Sie hasst die Maske, aber sie braucht sie. Ich sage ihr immer wieder, dass es bestimmt nicht mehr lange dauern wird. Zumindest muss ich glauben, dass es ihr bald besser geht, doch das fällt mir jeden Tag schwerer, wenn ich sehe, wie sie abbaut.«

»Dr. Carroll ist ihr Arzt?«

»Ja, außerdem ist John Neal jeden Tag bei ihr. Er und Harper waren eigentlich Kletterpartner und haben sich ineinander verliebt. Er tut alles Menschenmögliche, damit sie überlebt.«

»Kann ich dich sehen?«, fragte ich. Ich musste sie in die Arme nehmen, sie an mich drücken und ihren Duft einatmen. Und ich wollte ihr einen Teil ihrer Last abnehmen, so gut ich konnte.

»Ich bin übrigens in Seattle. Vor mehr als einer Woche haben Lucas und Chantelle hier geheiratet. Ich erzähle dir alles, wenn wir uns sehen.«

»Nachdem ich erst vor ein paar Stunden gelandet bin, werde ich heute schlafen und gleich morgen früh in die Stadt fahren. Da ich eine Million Dinge zu tun habe, werde ich nicht lange bleiben können, tut mir leid, Liebes. Ich hoffe, du verstehst das.«

»Dann schlaf dich heute aus und ruf mich an, bevor du losfährst und sobald du in der Stadt ankommst.«

»Möchtest du, dass ich ins Krankenhaus komme?«

»Ja, bitte. Ach, Sean, du hast ja keine Ahnung, wie sehr ich dich brauche, wie ich mich danach gesehnt habe, den Kopf an deine Schulter zu legen und mich von dir festhalten zu lassen. Ich weiß nicht, wie viel länger ich es noch ohne dich ausgehalten hätte.«

Willa so verletzlich zu erleben verriet mir alles, was ich wissen musste. Mein starkes, unverwüstliches Mädchen stand kurz vor dem Zusammenbruch. Nachdem wir das Gespräch beendet hatten, saß ich auf der Kante meiner Matratze, rieb mir mit den Händen über das Gesicht und überlegte, ob ich gleich losfahren sollte. Als ich aufstand und zu meinem großen Schrecken beinahe umgekippt wäre, verwarf ich den Gedanken. Jetzt zu fahren wäre keine gute Idee. Stattdessen legte ich mich wieder ins Bett und schlief weitere acht Stunden durch.

Sowie ich angezogen war und einen Mokka getrunken hatte, machte ich mich auf den Weg nach Seattle. Meine Taschen wurden nicht ausgepackt, die Post von mehr als sieben Wochen blieb im Postamt.

Die Fahrt nach Seattle dauerte eine halbe Stunde länger als erwartet, weil der Verkehr aufgrund eines Unfalls auf dem Freeway zum Erliegen gekommen war. Auf Willas Wunsch hin meldete ich mich bei ihr, kurz bevor ich die Uniklinik erreichte. Sie beschrieb mir, wo ich am besten parken konnte, und schlug vor, mich in der Halle zu treffen.

Das Erste, was mir an ihr auffiel, war, wie blass und verhärmt sie wirkte. Sie hielt sich mühsam aufrecht, rannte dennoch los und fiel fast gegen mich. Als ich sie umarmte, brach sie in bittere Tränen aus.

Ich führte sie zu einem ruhigen Sitzbereich, wo wir ein paar Minuten für uns allein hatten und sie an meiner Schulter weinte.

»Ich bin da, mein Schatz, ich bin ja da.« Das Wissen, dass ich bald wieder wegmusste, quälte mich besonders, zumal der Auftrag mir viel Arbeit abverlangen würde. Bloß war gerade nicht der richtige Zeitpunkt, ihr das zu gestehen.

Da ich sie fest in den Armen hielt, merkte ich, dass sie beträchtlich an Gewicht verloren hatte. Es war, als würde sie glauben, ihre Schwester durch pure Willenskraft am Leben halten zu können. Sie hatte mir erzählt, dass sie, als Harper vor fünf Jahren das erste Mal Leukämie bekam, niemandem gestattet hatte, von einem möglichen negativen Ausgang zu sprechen, daran zu denken oder ihn anzudeuten.

»Braucht sie die Sauerstoffmaske immer noch?«, fragte ich und hoffte, dass es eine vorübergehende Maßnahme gewesen war.

Willa nickte, und ihre Schultern sackten nach unten.

»Hat sie ebenfalls Sauerstoff gebraucht, als sie das letzte Mal Leukämie hatte?«

»Nein.« Willa schniefte und schüttelte den Kopf. »Es ist dieses Mal schlimmer, aber ich versuche, nichts in diese jüngste Entwicklung hineinzudeuten.«

»Das wird bestimmt«, sagte ich, um ihr Mut zu machen.

»Ich sollte zurückgehen, ich lasse sie nicht gern zu lange allein. Sie möchte, dass ich alles, was nicht zu den Aufgaben der Schwestern gehört, selbst für sie tue.«

»Was ist mit Lucas und Chantelle? Helfen sie dir?«

»Ja. Lucas kommt jeden Tag nach der Arbeit vorbei und übernimmt an den Wochenenden, dabei will Harper in der letzten Zeit nur mich.«

»Kann ich mitkommen?«

Sie nickte, rutschte von meiner Seite und griff nach meiner Hand. Auf dem Weg zum Fahrstuhl blieb sie stehen, und ihre Schultern verkrampften sich. »Bevor du sie siehst, muss ich dich vorbereiten. Leesa und Carrie kamen vor Kurzem zu Besuch und waren völlig entsetzt, als sie sahen, wie sehr sich ihr Zustand verschlechtert hat. Sie ist kahl, hat viel Gewicht verloren, und …«, sie brach ab und schluchzte leise, »sie ist sehr, sehr krank.«

Ich musste mich davon abhalten, Willa erneut in die Arme zu nehmen. Es tat mir weh, wie sehr sie darum kämpfte, nicht die Hoffnung und den Glauben zu verlieren. Ich hätte alles dafür gegeben, sie von alldem hier wegbringen zu können, doch das war nicht möglich. Ihre Schwester zu retten bedeutete für Willa alles in der Welt. Der Gedanke, was mit ihr passieren würde, wenn Harper diesen Kampf gegen den Krebs verlor, erfüllte mich mit nackter Angst.

»Bist du so weit?«, fragte sie, nachdem wir aus dem Fahrstuhl gestiegen waren, und verkrallte ihre Hand in meiner, öffnete die Tür und spähte hinein.

»Harper«, sagte sie sanft, »du hast Besuch. Sean ist hier.«

Wenngleich sie mich auf das, was mich erwartete,

vorbereitet hatte, hätte ich vor Schreck fast nach Luft geschnappt. Harper lag zusammengerollt wie ein Fötus mit einer Sauerstoffmaske auf dem Gesicht in ihrem Krankenhausbett. Als sie meinen Namen hörte, schlug sie die Augen auf, die stumpf und leblos waren, und versuchte, sich ein Lächeln abzuringen.

»Sie hat keinen guten Tag.« Willa trat zum Bett und berührte leicht Harpers Gesicht, die ihre Sauerstoffmaske anhob, um sprechen zu können.

»Kümmere dich um Willa.«

»Natürlich«, erwiderte ich.

»An meiner Stelle«, fügte sie hinzu.

»Harper«, rief Willa sie zur Ordnung. »Warum sollte sich Sean an deiner Stelle um mich kümmern? Dr. Carroll hat mir gesagt, er bekommt das Okay, es mit einem vielversprechenden Medikamentenexperiment zu versuchen.«

Harpers Augen waren geschlossen, und für mich sah es aus, als würde sie schlafen und hätte kein Wort gehört.

Wir blieben nicht lange. Ich hatte noch nichts gegessen, und da ich wusste, dass Willa wahrscheinlich selbst nicht viel zu sich genommen hatte, schlug ich vor, in die Cafeteria zu gehen, wo sie mir von der Hochzeit erzählen konnte.

Sie schien mit sich zu ringen. »Wir bleiben nicht lange weg, oder?«

»Nein«, versprach ich. »Ein paar Minuten, mehr nicht.«

»Ich sage Harpers Krankenschwester Bescheid, damit sie mich verständigen kann, falls sich etwas an ihrem Zustand verändert.«

Auf dem Weg zum Fahrstuhl sprach Willa kaum. »Ich lasse sie ungern lange allein«, erinnerte sie mich.

»Keine Angst, ich werde kein viergängiges Menü bestellen.«

Meine Worte lösten den müden Schatten eines Lächelns aus. Willa bestellte Kaffee, und ich holte mir ein Sandwich und eine Flasche Wasser.

Wir saßen erst ein paar Minuten am Tisch, und ich hatte nicht mehr als ein paar Bissen gegessen, als wir gestört wurden.

Ein Krankenpfleger trat an unseren Tisch. »Sind Sie Willa?«

»Ja.« Sie schob sofort ihren Stuhl zurück und sprang auf. »Was ist?«

»Dr. Carroll hat mich gebeten, Sie zu holen.«

»Ich bin gleich da.« Ohne auf mich zu warten, eilte Willa zum Fahrstuhl.

Ich ließ mein Sandwich liegen und lief ihr hinterher. Vor Harpers Zimmer stand der Arzt, bei dem es sich wohl um Dr. Carroll handelte, und sprach mit John. Er schaute uns entgegen.

»Was ist?«, wollte Willa wissen. »Was ist passiert?«

Der Arzt, auf den Willa all ihre Hoffnungen gesetzt hatte, konnte ihr nicht in die Augen sehen. Ich sah ihm seine deprimierte Stimmung an. Mein Magen krampfte sich zusammen. Was immer er zu sagen hatte, es würde nichts Gutes sein.

»Harper erbricht Blut.«

25

Willa

Die nächsten beiden Tage glichen einer emotionalen Achterbahnfahrt, da wir mit dieser neuesten Entwicklung von Harpers sich verschlechterndem Zustand fertigwerden mussten. Ich saß ständig an ihrem Bett, bis mich die gefühlsmäßige und körperliche Belastung zu überwältigen drohte. Zum Glück war Harper innerhalb von achtundvierzig Stunden wieder einigermaßen stabil.

Lucas und Chantelle mussten etwas zu Sean gesagt haben, denn er kam nach Seattle, um mich abzuholen, und bestand darauf, dass ich eine Pause brauchte. Zuerst weigerte ich mich, aber meine Schwester verbannte mich förmlich aus ihrem Zimmer. Dr. Carroll und John redeten mir zu, dass mir ein paar Tage fern vom Krankenhaus guttun würden. Chantelle willigte ein, für mich einzuspringen, und versprach, mir sofort Bescheid zu geben, wenn sich bei Harper etwas Neues ergab. Es fiel mir schwer, mich nur einen Tag von meiner Schwester zu trennen, doch am Ende gab ich nach und fuhr mit Sean los.

Seit Harper und ich nach Seattle gekommen waren, war ich nicht mehr in Oceanside gewesen. In der Zeit meiner Abwesenheit war mein Geschäft dramatisch schlechter gelaufen. Meine Gedanken sprangen von einer Krise zur nächsten. Obwohl es die größte Investition meines Lebens gewesen war, hatte ich es in der letzten Zeit hintangestellt. Meine Schwester war mir einfach wichtiger.

Auf der Rückfahrt nach Oceanside war meine Stimmung gedrückt.

»Bist du okay?«, fragte Sean, nachdem wir den dichten Verkehr von Seattle hinter uns gelassen hatten.

»Nein. Ich hätte Harper nicht allein lassen sollen.«

»Willa, du bist völlig erschöpft und brauchst eine kleine Auszeit.«

»Ich brauche eine kleine Auszeit?«, fauchte ich ebenso frustriert wie wütend und biss so fest auf meine Backenzähne, dass ich fürchtete, sie könnten Sprünge bekommen. »Wer gibt dir das Recht, mir zu sagen, was ich brauche? Du warst auf der anderen Seite der Welt. Welches Recht hast du, mir irgendwelche Vorschriften zu machen?«

Es war unfair, ihm vorzuwerfen, nicht da gewesen zu sein, als ich seine Unterstützung gebraucht hätte, doch ich konnte mich keine Minute länger zurückhalten.

Meine Worte wurden mit einem dumpfen Schweigen beantwortet, das die Dichte des Londoner Nebels annahm.

Ich senkte den Kopf, schloss die Augen und flüsterte: »Entschuldige, ich wollte meinen Frust nicht an dir auslassen.« Sean griff nach meiner Hand und drückte sie sanft. Ich entspannte mich, lehnte den Kopf gegen das Fenster auf der Beifahrerseite und schlief innerhalb von ein paar Minuten ein.

Als wir in Oceanside ankamen, rüttelte Sean behutsam an meiner Schulter. »Willa«, weckte er mich leise.

Ich setzte mich auf und blinzelte ein paarmal. »Wo sind wir?«

»Bei deinem Apartment.«

Ich straffte mich, wischte mir den Schlaf aus dem Gesicht, blickte zu Sean hinüber und bedauerte, vorhin so schroff zu ihm gewesen zu sein. »Ich habe fast den ganzen Weg geschlafen.«

»Du hast den Schlaf gebraucht.«

Sean stieg aus, kam zu meiner Seite und öffnete die Beifahrertür. »Komm, Dornröschen, ich bringe dich zur Tür.«

Ich blieb vor meinem Apartment stehen. So lächerlich es sein mochte, ich hatte plötzlich Angst davor, das Heim zu betreten, das meine Schwester und ich geteilt hatten. Verlegen fragte ich: »Würdest du mit hineinkommen?«

Sean blickte auf die Uhr. »Lange kann ich nicht bleiben.«

»Ich weiß.« Er war selbst gerade erst zurückgekommen und musste noch einiges erledigen und aufarbeiten. Ich war ihm dankbar, dass er sich die Zeit genommen hatte, mich in Seattle abzuholen. Der springende Punkt war, dass ich nicht allein sein wollte, nicht in Harpers Schlafzimmer blicken und ihre dort verstreuten Sachen sehen mochte, während sie in Seattle um ihr Leben kämpfte.

»Bleib bei mir«, sagte er. Er stand hinter mir und hatte mir die Hände auf die Schultern gelegt.

Das Bedürfnis in mir war stark, ich brauchte nicht

281

lange, um mich zu entscheiden. Wir holten ein paar persönliche Sachen aus dem Apartment, die ich für die Nacht brauchen würde. Keiner von uns sagte etwas, als wir zu seinem Haus fuhren.

Sobald wir durch die Vordertür hereinkamen, sprang Bandit mit einem Bellen auf. Er freute sich, Sean und mich zu sehen, sein Schwanz peitschte heftig hin und her. Ich bückte mich und kraulte seine Ohren. »Tut gut, dich zu sehen, Kumpel«, flüsterte ich, als ich die Arme um seinen Hals schlang und das Gesicht gegen seines presste.

Seans Wohnzimmer war eine Katastrophe. Seine Tasche stand unausgepackt da, Kleidungsstücke lagen auf dem Sofa verstreut. Nach wochenlanger, anstrengender Arbeit und dem langen Rückflug in die Staaten war Sean nicht weniger erschöpft gewesen als ich, auf eine andere Weise und aus anderen Gründen zwar.

»Ich entschuldige mich für die Unordnung«, sagte er verlegen und deutete auf das Durcheinander, die Hände in die Hosentaschen geschoben.

»Musst du nicht«, erwiderte ich mit einem Gähnen. »So hat Harpers Zimmer ausgesehen, seit sie fünf war.«

Da wir sogar zum Essen zu müde waren, führte mich Sean zu seinem Gästezimmer. Ich folgte ihm und blickte in den Raum, der nicht mehr als das Nötigste enthielt: Bett, Nachttisch, Schrank. Alles wirkte steril und wenig einladend wie im Krankenhaus.

»Würde es dir viel ausmachen«, meine Stimme zitterte leicht, »wenn ich bei dir schlafe? Ich möchte heute Nacht nämlich nicht allein sein.«

Ich bat ihn nicht darum, mit mir zu schlafen. Was ich

wollte, was ich brauchte, war ein warmer Körper, an den ich mich ankuscheln und vergessen konnte, was mich in Seattle erwartete.

»Ja, natürlich. Ich wollte nichts voraussetzen. Ehrlich gesagt, bin ich selbst im Moment zu nichts anderem fähig.«

Es war spät, wir waren beide todmüde. Ich schlüpfte in meinen Pyjama, bevor ich in sein Schlafzimmer zurückkehrte und die Decke zurückschlug.

»Rechte oder linke Seite?«

Ich zuckte mit den Schultern, es war mir egal.

Wir stiegen zusammen in das Bett, und Sean zog mich in die Arme, sodass mein Kopf auf seiner Schulter ruhte. Keiner von uns sagte etwas. Ich schloss die Augen, kostete die Wärme seiner Umarmung aus, brauchte seine Berührung, das Gefühl seiner Haut an meiner. Sein Herz schlug kräftig und regelmäßig an meinem Ohr. Dem gleichmäßigen Geräusch zu lauschen wiegte mich in den Schlaf.

Irgendwann im Laufe der Nacht musste ich mich von Sean weg auf die Seite gedreht haben. Als ich aufwachte, hatte er sich an mich geschmiegt, den Arm um meine Taille gelegt und hielt mich fest. Zum ersten Mal seit Wochen galt mein erster Gedanke beim Erwachen nicht Harper und wie ich ihr am besten helfen konnte, mit wem ich sprechen musste, was getan werden sollte. Stattdessen umgaben mich Wärme und Behaglichkeit. Jede Faser meines Körpers wollte diesem Krankenhaus entkommen, und am liebsten würde ich nie wieder eine medizinische Einrichtung betreten.

Wir wachten um acht Uhr auf. Acht! Ich konnte

mich nicht mehr erinnern, wann ich die letzte Nacht so fest geschlafen hatte. Und jetzt acht Uhr! Ich hatte in meinem Laden sein wollen, wenn er öffnete, aber anscheinend hatten weder Sean noch ich den Wecker gehört.

Im selben Moment, wo ich die Zeitanzeige sah, warf ich die Decke beiseite und sprang aus dem Bett, um ins Gästezimmer zu rennen, wo ich meine Kleidung hatte liegen lassen.

»Sean«, rief ich alarmiert.

Er setzte sich auf, reckte die Arme über den Kopf und gähnte. »Wir haben verschlafen, oder?«

»Ach nein, das ist milde ausgedrückt. Ich muss zum Coffeeshop.«

»Gib mir ein paar Minuten«, sagte er entschieden zu gelassen, was meine Panik noch steigerte. Wusste er nicht, dass ich bereits vor Stunden im Laden sein sollte? Stattdessen schloss er mich in die Arme und zog mich an sich.

»Guten Morgen, Liebling«, flüsterte er und küsste mich auf den Hals.

Seine Berührung und sein Kuss beruhigten mein hämmerndes Herz. Ich atmete seine Kraft, seine Ruhe in mich ein und fragte mich verlangend, wie lange es dauern würde, bis ich wieder die Möglichkeit bekam, in seinen Armen zu liegen. Mich von ihm zu lösen war nicht mein Ding.

»Dad kommt mich gegen Mittag abholen«, sagte ich. »Ich muss dringend zu Harper zurück, sonst fühle ich mich schlecht.«

»Und ich muss heute auspacken, Wäsche waschen,

mich um die Post kümmern und meine Flüge buchen.«
Flüge buchen. Seine Worte fielen wie Bleigewichte mitten in den Raum.

»Du reist ab? Schon wieder?« Die Worte blieben mir beinahe im Hals stecken. Ich war überzeugt, ihn falsch verstanden zu haben. Es musste sich um ein Missverständnis handeln. Warum sollte er erneut abreisen müssen, wenn er gerade erst zurückgekommen war? Das ergab keinen Sinn.

Er hielt mich auf Armeslänge von sich, als würden uns Welten trennen. »Ich muss nach Chicago, wo Doug wohnt. Wir arbeiten zusammen an dem Artikel für *National Geographic*.« Er sprach langsam und bedächtig, als müsste ich das wissen. Da ich das nicht tat, schüttelte ich den Kopf, um zumindest klar denken zu können.

»Ich werde nicht lange fort sein«, versprach er. Als ich nichts darauf erwiderte, fügte er hinzu: »Glaub mir, ich bin nicht gerade begeistert davon, dich sofort wieder alleine zu lassen, besonders jetzt.«

Das Schlucken wurde schwierig, das Sprechen unmöglich. Ich kam mir vor, als hätte ich einen Schlag in die Magengrube bekommen.

»Es ist nicht so, als würde ich mich darum reißen, Willa. Dennoch muss ich den Rest dieses Auftrags noch erfüllen.«

Wie erstarrt stand ich da und konnte nichts anderes tun, als ihn verwirrt zu mustern.

»Ich möchte nicht wegmüssen.« Er wirkte todunglücklich. »Vergeblich habe ich um einen Aufschub gebeten, darum, dass die Zeitschrift den Artikel bis nächsten

Monat zurückhält, leider hat der Chefredakteur mein Ersuchen abgelehnt.«

Was sollte ich sagen? Ich griff nach meinen Sachen und zog mich mit dem Rücken zu ihm an, wollte nichts als weg.

»Mir ist klar, dass das Timing denkbar ungünstig ist. Wenn ich absagen könnte, würde ich das tun, glaub mir das bitte.«

»Wiederhol dich nicht«, stieß ich hervor. Ich wollte die Wohnung so schnell wie möglich verlassen, bevor ich die Beherrschung verlor und etwas sagte, das ich später bereuen würde.

»Bitte, Willa, sei mir nicht böse, ich hätte es dir früher sagen sollen. Es tut mir leid, mehr, als du ahnst.«

»In Ordnung.« Ich tat mein Bestes, mir meine Gefühle nicht anmerken zu lassen. »Du hast keinerlei Verpflichtung gegenüber mir oder meiner Familie. Wir kennen uns erst seit ein paar Monaten. Und die momentane Situation betrifft meine Familie, nicht deine.«

Was mich betraf, waren wir fertig miteinander. Dies war sein Leben, sein Beruf. Er reiste für Wochen an Orte, die jeder vernünftige Mensch meiden würde, und setzte dabei seine Gesundheit und Sicherheit aufs Spiel. Seine Kamera war seine Geliebte. Es war Zeit für mich, aufzuwachen und die Wahrheit zu akzeptieren. Diese Beziehung würde nicht funktionieren. Vielleicht war es feige von mir, sie nicht auf der Stelle zu beenden. Die Versuchung war groß, doch ich wollte nicht vorschnell handeln. Wenn wir das nächste Mal miteinander sprachen, musste ich aufpassen, dass Gefühle nicht das vernebelten, was gesagt werden musste.

Sowie ich angezogen war, fuhr Sean mich in die Stadt. Das zwischen uns herrschende Schweigen war so massiv wie eine Betonmauer.

Beim Coffeeshop stieg ich aus und beugte mich in das offene Fenster auf der Beifahrerseite. »Danke«, sagte ich steif und beließ es dabei. Er machte Anstalten, etwas zu sagen, aber ich wandte mich ab, bevor er Gelegenheit dazu hatte.

»Ruf mich an, wenn du wieder in Seattle bist«, rief er mir nach.

Ich ignorierte ihn und ging auf meinen Coffeeshop zu. Sowie ich den Laden betrat, empfing mich ein kollektives Seufzen. Alle wollten wissen, wie es Harper ging.

»Gestern war sie einigermaßen gut drauf«, sagte ich, was eine leichte Übertreibung war.

Shirley umarmte mich. Sie wirkte erschöpft, und ich konnte es ihr nicht verdenken. Seit ich weg war, trug sie die Last der Verantwortung für das Backen sowie für Dienstpläne, Löhne, Kundenservice und das Bestellen von Vorräten.

»Wie geht es dir?«, fragte sie und reichte mir automatisch einen Kaffee und ein Brötchen.

»Ganz gut.« Auch das war eine Übertreibung. Schlechter, diesmal wegen der Sache mit Sean, die ich beendet hatte.

Shirley hatte mir die Einträge der Geschäftsbücher gemailt, damit ich verfolgen konnte, wie die Geschäfte liefen. Sie schlug vor, dass wir Pekannussbrötchen in das Angebot aufnehmen sollten, um die gesunkenen Einnahmen zu steigern. Das Kürbisgewürz, behauptete sie, sei der derzeitige Bestseller in puncto Geschmack.

Während ich bei Harper gewesen war, hatte meine Aufmerksamkeit nicht dem Geschäft gegolten, und ich hatte mich nicht annähernd so darum gekümmert, wie es nötig gewesen wäre.

Nach ungefähr einer halben Stunde stellte Shirley mir die Frage, die ihr am meisten am Herzen zu liegen schien. »Weißt du, wie lange du noch in Seattle bleiben wirst?«

Ich wusste es nicht und gab das zu. »Schwer zu sagen, jedenfalls bin ich dem Laden viel länger ferngeblieben, als ich erwartet habe.«

»Es ist so«, sagte sie und blickte auf ihre Hände hinunter, »dass ich nicht weiß, wie lange ich es noch schaffe, für dich einzuspringen. Immerhin arbeite ich den ganzen Tag. Ich möchte dir helfen, Willa, das weißt du. Nur lag nie in meiner Absicht, einen Vollzeitjob zu übernehmen.«

»Du hast weitaus mehr getan, als ich je hätte verlangen können«, räumte ich ein und dachte über Zwischenlösungen nach. Eine Möglichkeit bestünde darin, den Coffeeshop zu schließen, bis die Sache mit Harper ausgestanden war. Niemand außer Shirley war imstande, meinen Platz einzunehmen, doch sie war für zwanzig Stunden eingestellt worden, nicht für fünfzig oder sechzig.

»Kannst du eventuell noch ein paar Wochen länger durchhalten?« Das Herz schlug mir bis zum Hals, als ich ihr diese Frage stellte.

Sie zögerte und nickte dann. »Ich denke schon, aber nicht länger. Dann muss Schluss sein. Es tut mir wirklich leid, Willa.«

»Das muss es nicht. Ich verstehe das Problem.«

Shirleys Gesicht spiegelte ihr Bedauern wider. »Was wirst du tun?«

Ich zuckte mit den Achseln, weil mir viele Möglichkeiten nicht blieben. »Ich bin noch nicht sicher. Im Winter ist ohnehin weniger los, also macht es eventuell Sinn, für diese Zeit zu schließen.« Finanziell wäre es verheerend. Leider hatte ich keine andere Wahl. Schließlich musste ich verschiedene Kosten stemmen.

Im Geist überprüfte ich mein Sparkonto. Wenn ich die Miete für Laden und Apartment aufbrachte und einen kleinen Notgroschen zurücklegte, würde ich vielleicht zwei Monate durchhalten können. Nicht gerade üppig. Angesichts meiner verfahrenen Situation bildete sich ein großer Klumpen in meinem Magen, und Tränen stiegen mir in die Augen bei dem Gedanken, mein kleines Café ganz schließen zu müssen.

Vielleicht war es ja an der Zeit, dass ich Oceanside für immer verließ. Vielleicht sollte ich daran denken, nach Seattle zu ziehen. Das Mädchen, das in der Krankenhauscafeteria arbeitete, machte schauderhafte Latte. Ich konnte dort bestimmt einen Job bekommen und …

Joelle klopfte an die Bürotür. »Tut mir leid, wenn ich störe«, sagte sie. »Dr. Annie hat gehört, dass du in der Stadt bist, und wollte wissen, ob du ein paar Minuten Zeit für sie hast.«

»Natürlich.«

Shirley tätschelte meine Hand und stand auf. »Ich lasse euch beide dann allein.«

Sie ging in die Küche zurück, dagegen kam Annie ins Büro und stieß den Atem aus, als hätte sie ihn angehalten. »Schön, dich zu sehen. Kannst du mich bezüglich Harpers gesundheitlicher Verfassung auf den neuesten Stand bringen?«

Ich fasste die Ereignisse der letzten paar Wochen zusammen, so gut ich konnte, erwähnte auch die Hochzeit von Lucas und Chantelle, an der Harper sehr gebrechlich teilgenommen hatte, und berichtete von John und seiner Entschlossenheit, Harper zu helfen. Zum ersten Mal an diesem Morgen lächelte ich, als ich die offensichtliche Zuneigung des Arztes zu meiner Schwester erwähnte.

Annie hörte aufmerksam zu, nickte ab und an und runzelte andere Male die Stirn. Als ich geendet hatte, fragte sie: »Wie geht es dir?«

»Gut.«

Sie schüttelte den Kopf, als würde sie mir nicht glauben. »Wie geht es dir wirklich?«

»Gut«, wiederholte ich und brach in Tränen aus. Es war zu viel. Ich verlor meine Schwester, und meine Beziehung zu Sean war in einer Sackgasse angelangt. Das Menetekel stand an der Wand.

Annie erhob sich, legte die Arme um mich und hielt mich fest. »Das dachte ich mir.«

»Ich will glauben, dass Harper es schafft. So wie beim ersten Mal, jetzt ist es bloß viel, viel schlimmer.«

»Hoffentlich ist dir klar, dass du sie nicht kraft deines eigenen Willens am Leben halten kannst«, flüsterte Annie mir zu.

Jemand anders hatte das ebenfalls gesagt, ich hatte es ignoriert, weil ich es wünschte und glauben wollte, dass ich diejenige war, die Harper am Leben hielt. Das war

Unsinn. Ich hatte keine solche Macht über den Krebs meiner Schwester. Oder etwa doch?

Annie blieb nicht lange, da Patienten in der Klinik warteten. Weil sie nicht wusste, bis wann ich in Oceanside bleiben würde, war sie vorbeigekommen. Nachdem sie gegangen war, sprach ich mit den beiden Mädchen, die vorne im Laden arbeiteten. Joelle war eine langjährige Freundin von Harper und hatte für mich gearbeitet, bevor sie im Oceanside-Fitnesscenter anfing. Jetzt belegte sie Kurse, um sich zur Physiotherapeutin ausbilden zu lassen, und würde über kurz oder lang nicht mehr für mich jobben. Die letzten Wochen war zu viel Stress gewesen.

Nach der Mittagszeit erschien mein Vater. Er sah gut aus. Besser als zu irgendeiner anderen Zeit, an die ich mich erinnerte, seit wir Mom verloren hatten.

»Bist du so weit?«, fragte er.

»Ja.« Ich griff nach meinen Taschen und ging zum Auto, blickte von dort sehnsüchtig zum Meer. »Gibst du mir noch eine Minute?«, fragte ich meinen Vater.

»Sicher. Kein Problem.«

Ich ging zum Strand hinunter, zog die Schuhe aus und grub die Füße in den kühlen Oktobersand. Hier am Strand meiner Bucht der Wünsche entlangzuschlendern half mir immer, einen klaren Kopf zu bekommen und meine Seele zu beschwichtigen. Ich atmete den salzigen Duft des Windes ein und blies ihn, vom vertrauten Geruch und Geschmack getröstet, nicht so schnell wieder aus.

Eine Welle rollte ans Ufer und löschte meine Fußspuren. Ein Wechsel von Ebbe und Flut: loslassen, weitergehen und sehen, dass alles weggewischt wurde wie von dieser einen sich am Strand brechenden Welle.

Sobald ich meine Fassung wiedergefunden hatte, klopfte ich mir den Sand von den Füßen, schlüpfte wieder in meine Schuhe und lief schnell zu Dad zurück, der beim Auto wartete.

Mein Aufenthalt in Oceanside war aufschlussreich gewesen, vor allem in Bezug auf meine Beziehung zu Sean. Herzklopfend fragte ich mich, wie lange es mir noch gelingen würde, mich zusammenzureißen.

26

Willa

Auf der langen Fahrt zurück nach Seattle befand sich Dad in redseliger Stimmung. Er war seit fast zwei Monaten nüchtern und zufrieden mit sich.

Trotzdem fürchtete ich mich vor dem, was passieren könnte, wenn er Harper sah, fürchtete, dass er zusammenbrach wie damals bei unserer Mutter. Er hatte meine Schwester seit ihrer Einlieferung ins Krankenhaus gerade einmal zu Gesicht bekommen, und zwar bei Lucas' und Chantelles Hochzeit. Seitdem hatte sich Harpers Zustand deutlich verschlechtert, und ich hatte Angst, dass er einen Schock bekam, sein Verhalten wieder komplett aus dem Ruder lief und er erneut zur Flasche griff.

Bislang war seine Stimmung gut, er redete und redete, sodass ich nicht dazukam, ihn auf Harpers verschlechterten Gesundheitszustand vorzubereiten. Ich hatte meinen Vater seit Langem nicht mehr so in Plauderlaune und so offen erlebt. Trotz meines bleischweren Herzens genoss ich es, ihn so zu sehen, zumal er mich ein wenig davon ablenkte, was uns mit Harper bevorstand.

»Übrigens habe ich in der letzten Zeit nicht allein mit Trinken aufgehört, sondern auch besser gegessen«,

293

sagte er, »lauter gesundes Zeug. Harper hat mir von diesem Drink erzählt, den sie aus all diesen Samen und Keimen und Spinat mixt. Klang scheußlich. Wenn sie Bier dazutut, könnte ich interessiert sein, habe ich ihr gesagt.« Er lachte über seinen eigenen Scherz. »Hab ihn dann ohne Bier probiert, und es war halb so schlimm. Und letzte Woche habe ich sogar einen fettarmen griechischen Joghurt und einen Salat zum Lunch gegessen.«

»Gut für dich, Dad.«

»Übrigens mache ich neuerdings Überstunden im Casino. Ich lege etwas Geld beiseite, weißt du. Wenn du also jemals Hilfe brauchst, sag mir Bescheid.«

»Das werde ich tun«, sagte ich. Wenngleich es sich verlockend anhörte, ich würde nicht sein Geld nehmen, um das Café offen zu halten. Was immer mein Vater gespart haben mochte, es würde wahrscheinlich nicht reichen, um mich länger als eine oder zwei Wochen zahlungsfähig zu halten. Deshalb wollte ich meine Probleme nicht zu seinen machen. Es war mein Geschäft, und Erfolg oder Scheitern hatte ich zu verantworten, niemand sonst.

Als wir uns Seattle näherten und in den starken Verkehr gerieten, keimte Angst in mir auf. Erst jetzt spürte ich, wie deprimiert ich war. Ganz schlimm wurde es, nachdem wir beim Krankenhaus angekommen waren. Ich wünschte mir nichts mehr, als draußen zu bleiben, die frische Luft zu atmen, zum Himmel emporzublicken und vergessen zu können, dass meine Schwester drinnen um ihr Leben kämpfte.

Dad fand einen guten Parkplatz, und wir gingen Seite an Seite auf die Fahrstühle zu. Meine Schritte waren schleppend, offenbar bemerkte mein Vater es nicht, oder er enthielt sich taktvoll jeglichen Kommentars.

»Dad.« Ich hielt ihn zurück, bevor er den Knopf drückte, um den Fahrstuhl zu rufen. »Ich muss dich warnen: Harper ist sehr krank, du wirst sie kaum mehr erkennen.«

Seine Augen verdunkelten sich, er griff nach meiner Hand, nahm sie in seine und drückte sie. »Ich weiß. Lucas hat mir regelmäßig das Neueste berichtet.«

Das war alles gut und schön, wobei Hören und Sehen zwei verschiedene Paar Schuhe waren.

»Mach dir wegen mir keine Gedanken. Ich bin inzwischen stärker geworden, als ich aussehe.«

Ich hoffte, dass er recht behielt. Es war nicht so, dass ich ihn von Harper fernhalten wollte, was ich gar nicht konnte. Beim Tod meiner Mutter hatte ich meinen Versuch übertrieben, ihn nicht zu sehr mit dem Verlust zu belasten, und hatte ihm damit mehr geschadet als genutzt. Wie Harper mir immer wieder unter die Nase gerieben hatte: Ich war eine notorische Glucke.

Bevor wir das Krankenhaus betraten, schickte ich John eine Textnachricht und informierte ihn, dass wir auf dem Weg zu Harpers Zimmer seien. Er traf uns auf dem Flur. Sein Gesicht verriet nicht, was während meiner Abwesenheit passiert war. Ich fragte meinen Vater, ob er sich an John erinnerte.

»Natürlich. Sie sind der attraktive Arzt, der Harper auf der Hochzeit ihres Bruders den Gang entlang begleitet hat.« Er streckte die Hand aus. »Freut mich, Sie wiederzusehen, Doktor.«

»Bist du bereit, Dad?« Ich hakte mich bei ihm unter,

wusste nicht, wer eher eine Stütze brauchte, er oder ich, und stieß die Tür auf. Meine Schwester lag zusammengerollt auf der Seite. Offenbar brauchte sie die Sauerstoffmaske derzeit nicht, was ich naiverweise als gutes Zeichen wertete. Sobald sie mich und ihren Vater erkannte, lächelte sie. Wie blass sie war. So krank und so entschlossen, tapfer zu sein.

»Meine Kleine.« Dad zog sich einen Stuhl neben ihr Bett.

Harper streckte den Arm nach ihm aus, und er nahm ihre Hand, zog sie an die Lippen und küsste ihre Finger. Lange Zeit sagte er kein Wort. Dann presste er die Stirn gegen ihre Hand. Als er sich aufrichtete, wandte er sich an mich.

»Ich bin froh, dass du hier bist, Willa. Weil ich etwas zu sagen habe, dass ihr beide hören müsst.« Er schaute uns abwechselnd an, und mir kam es vor, als würde er gleich weinen.

»Ihr wisst, wie sehr ich eure Mutter geliebt habe. Sie war meine Seelengefährtin, und ohne sie glaubte ich, es nicht aushalten zu können.« Er machte eine Pause, bevor er begann, uns die Geschichte unserer Eltern zu erzählen.

»Wir lernten uns kennen, als ich in der Army war, stationiert in Fort Lewis, und sie als Kellnerin bei Denny's arbeitete und ihre Trinkgelder sparte, um Collegekurse zu belegen. In dem Moment, wo ich sie sah, kam es mir vor, als wäre ich vom Blitz getroffen worden. Da wusste ich, das war das Mädchen, das ich heiraten würde.« Er brach ab, rieb sich über das Gesicht und lachte. »Das Dumme war, es dauerte einige Zeit, sie davon zu überzeugen, dass wir füreinander bestimmt waren. Ihr Plan war nämlich, das College abzuschließen und Englisch zu unterrichten. Mann, wie hat diese Frau das Lesen geliebt! Sie konnte ein Buch an einem Tag verschlingen, die Worte aufsaugen, als wäre das nichts.«

Harpers Blick suchte meinen, und wir grinsten uns an. Das war die perfekte Beschreibung von Mom. Seit wir Kleinkinder waren, hatte sie uns vorgelesen. Zu meinen frühesten Erinnerungen gehörte die, dass Mom mir ein Buch gab. Ich weiß noch, wie ich auf ihrem Schoß saß und sie mir, später uns allen, jeden Abend vorlas. Bücher waren ihre Welt.

»Als wir uns kennenlernten, war Claire nicht daran interessiert, jemanden vom Militär näher kennenzulernen«, fuhr Dad fort. »Heute hier, morgen dort, pflegte sie zu sagen. Ich habe einen Monat lang jeden Abend bei Denny's gegessen, bevor sie einwilligte, mit mir auszugehen.«

»Erzähl mir nicht, dass du sie ins Denny's eingeladen hast«, zog ich meinen Vater auf. Ich liebte es, Einzelheiten aus den Anfangszeiten unserer Eltern zu hören. Wir wussten, dass Dad beim Militär gewesen war und Mom in Fort Lewis getroffen hatte, hingegen nicht, wie sie sich kennengelernt oder wie lange er gebraucht hatte, um sie zu einem Date zu überreden.

»Nein, ich habe sie in ein kleines Fischrestaurant am Meer geführt.«

»In Oceanside?«

Er nickte. »Als ich gesehen habe, wie gern sie am Strand war, versprach ich ihr hierherzuziehen, wenn sie einwilligen würde, mich zu heiraten.«

»Dad, willst du damit sagen, dass du ihr beim ersten Treffen gleich einen Antrag gemacht hast?«

»Yup.« Er schmunzelte versonnen. »Diese Frau hat mein Herz um ihren kleinen Finger gewickelt. Hätte sie auf den Mond ziehen wollen, würde ich einen Weg gefunden haben.«

»Wie lange hast du gebraucht, um sie dazu zu bringen, dich zu heiraten?«

Stolz schaute er uns an. »In weniger als sechs Monaten steckte mein Verlobungsring an ihrem Finger. Wir warteten, bis ich aus der Army entlassen wurde und sie den Abschluss hatte, dann heirateten wir. Ich fand Arbeit in Oceanside, und sie unterrichtete an der Junior High, bis Lucas geboren wurde.« Mit einem Schlag blickten seine Augen traurig. »Ich dachte immer, wir würden zusammen alt werden, und ich würde zuerst sterben; normalerweise ist das so, da ich fünf Jahre älter war und all das.«

»Das weiß man nie«, flüsterte Harper mit schwacher Stimme.

»Es war immer mein Job, für die Familie zu sorgen. Eure Mutter wollte nicht arbeiten, sondern zu Hause bei euch Kindern bleiben. Ich habe das unterstützt. Ach, wie sie euch geliebt hat, sie war so stolz auf jeden von euch. Als sie starb ...« Er brach ab, schwieg einen Moment. »In diesem Augenblick hatte ich das Gefühl, sie irgendwie im Stich gelassen zu haben. Immerhin betrachtete ich es als meine Aufgabe, ihre Bedürfnisse zu erfüllen, ihr Beschützer zu sein. Deswegen habe ich auch Trost beim Alkohol gesucht, nachdem wir sie beerdigt hatten. Ich habe sie, habe euch alle im Stich gelassen. Unzählige Nächte habe ich wach dagesessen und mich gefragt, ob mir etwas entgangen ist, ob ich von diesem Aneurysma früher etwas hätte merken müssen.«

»Daddy ...«

»Nein, lass mich bitte zu Ende reden.«

Da ich ihm ansah, wie schwer es ihm fiel, von unserer Mutter zu sprechen, rückte ich näher an ihn heran und setzte mich auf den Stuhl neben ihn. »Nachdem wir eure Mom begraben hatten, hatten wir ein paar Jahre Ruhe, bis wir erfuhren, dass Harper Leukämie hatte. Diese Diagnose war mehr, als ich ertragen konnte.«

»Nein«, unterbrach Harper ihn. »Sag das nicht.«

»Es ist die Pflicht eines Vaters, dafür zu sorgen, dass es der Familie gut geht«, beharrte er eigensinnig. »Erst Claire, dann mein süßes kleines Mädchen, und ich konnte nichts tun. Ich habe euch alle enttäuscht, und, Honey, es tut mir so leid. Kannst du mir jemals verzeihen?«

»Es gibt nichts zu verzeihen«, wisperte Harper.

»Und du, Willa, hast eine Last getragen, die eigentlich meine war. Ich war egoistisch und unfair, ein Schwächling, während du stark sein musstest und es warst. Ohne dich wäre unsere gesamte Familie untergegangen.«

Meine Kehle war zugeschnürt. Ich beugte mich zu unserem Vater herunter, und er schlang die Arme um mich und drückte mich.

»Ich bin da«, sagte er. »Wenn ihr mich braucht, ruft mich an, und ich komme. Ihr beiden Mädchen und euer Bruder seid meine ganze Welt. Ohne euch bin ich nichts. Ich werde nie wieder eine Flasche Schnaps anrühren, darauf habt ihr mein Wort.«

»Dad.«

»Nein, ich meine es ernst. Ich bin jetzt bei den Anonymen Alkoholikern und habe einen Paten. Alleine kann ich das nicht durchziehen, und das weiß ich. Ich habe eine große Gruppe von Männern und Frauen auf meiner Seite, die den Absprung geschafft haben und die da sind, um mir zu helfen. Ich bin fertig damit, meinen Kummer auf dem Grund einer Flasche zu ertränken. Das Einzige, was Alkohol mir gebracht hat, ist mehr Kummer, mehr Selbstmitleid, sind mehr Kopfschmerzen und mehr falsche Entscheidungen. Jetzt bin ich auf dem richtigen Weg und bereit, der Vater zu sein, der ich immer hätte sein sollen.«

»Hab dich lieb, Dad«, flüsterte Harper.

»Ich dich auch«, fügte ich hinzu.

Er nickte. »Lucas und ich hatten dieses Gespräch vor einiger Zeit, da sagte ich ihm, ich würde dasselbe mit euch beiden führen. Und ich legte ihm ans Herz, er sollte seine Frau ebenso lieben, wie ich Claire geliebt habe, und er versicherte mir, das würde er bereits tun.«

Offenbar hatte er alles gesagt, was er wollte, denn er stand auf, beugte sich zu Harper hinunter und küsste sie auf die Wange. »Ruh dich schön aus, meine Kleine. Ich treffe Lucas und Chantelle heute zum Dinner.« Er sah mich an. »Leiste uns Gesellschaft, Willa. Das Essen geht auf euren Dad.«

»Danke, ich bleibe lieber noch bei Harper.«

Das war das beste Gespräch, das ich mit meinem Dad seit mehreren Jahren geführt hatte. Harper allerdings hatte sein Besuch erschöpft, das merkte ich, als er weg war und sie sogleich einzuschlafen begann. Ich selbst genoss das Alleinsein, um das Zusammensein mit meinem Vater noch einmal Revue passieren zu lassen, und lehnte mich in dem bequemen Sessel zurück, war unendlich dankbar für seine Veränderungen. Die Schritte, sein Leben wieder in den Griff zu bekommen, zeigten eine neue Entschlossenheit, an die kaum noch jemand geglaubt hatte. Da ich ihn kannte und liebte, war ich überzeugt, dass er es ernst meinte, und hoffte, er würde durchhalten, egal was die Zukunft brachte.

Weil ich sah, dass Harper friedlich schlief und keine akuten Probleme zu haben schien, verließ ich das Krankenhaus gegen neun. Auf dem Weg nach draußen fing mich Dr. Carroll ab, der besorgt wirkte. Harper würde weniger sprechen und noch schneller müde werden als in den letzten paar Tagen, meinte er.

Ich war nicht sicher, was das bedeutete, und hatte zu viel Angst, danach zu fragen. Schließlich warteten Dad, Lucas und Chantelle auf mich. Da sie sich angeregt, fast fröhlich unterhielten, verzichtete ich darauf, sie auf die Äußerungen von Dr. Carroll anzusprechen, um ihnen einen Teil meiner Ängste aufzubürden. Ich berichtete ihnen kurz, dass ich ein spärliches Essen in der Cafeteria zu mir genommen hatte und dass Harper schlief.

Der Anruf kam mitten in der Nacht. Es musste so um zwei Uhr herum gewesen sein, als mein Telefon klingelte. Es war die Klinik, das registrierte ich sofort.

»Ja«, meldete ich mich augenblicklich hellwach.

Da Dad im Gästezimmer schlief, lag ich auf dem Sofa. Als wäre ihnen bewusst, dass ein Anruf mitten in der Nacht nichts Gutes verhieß, tauchten alle drei bei mir im Wohnzimmer auf. Chantelle schloss den Gürtel ihres seidenen Morgenmantels, Lucas stand mit nackter Brust und in Pyjamahosen da. Alle lauschten und hielten den Blick unverwandt auf mich gerichtet, da sie sich von mir Auskunft erhofften.

Während ich zuhörte, schnappte ich nach Luft und schlug eine Hand vor den Mund, um Verwirrung und Furcht zurückzuhalten.

»Ich war erst vor ein paar Stunden bei ihr«, stammelte ich. »Was konnte eine so schlagartige Veränderung herbeiführen?

Was die Schwester sagte, ergab für mich keinen Sinn, dazu war ich zu verwirrt. Ihre Worte waren zwar klar, ich dagegen nicht und vermochte nicht zu verarbeiten, was sie bedeuteten.

»Ja ... danke, dass Sie uns Bescheid gegeben haben«, sagte ich und beendete das Gespräch.

Dad stand auf der Schwelle des Gästezimmers. »Willa«, sagte er. »Was ist passiert?«

Ich brauchte einen Moment, um zu antworten, weil ich das kurze Gespräch im Geiste Revue passieren ließ. »Als ich gegangen bin, sagte die Schwester, Harper sei stabil und würde ruhig schlafen.«

»Das hast du vorhin schon gesagt«, erinnerte Dad mich.

»Inzwischen musste sie auf die Intensivstation verlegt werden.«

»Was?« Lucas war entsetzt, vermochte es noch weniger zu glauben als ich.

Da es galt, keine Zeit zu verlieren, griff ich nach meinen Jeans.

»Fährst du etwa ins Krankenhaus?«, wollte Dad wissen. »Um diese Zeit?«

Ich nickte und streifte meine Jeans so schnell über, wie ich konnte. »Harper hat darum gebeten, dass ich sofort komme.«

»Und ich begleite dich«, kam es von Dad.

»Dann schlage ich vor, du beeilst dich, denn ich kann nicht warten.«

»Chantelle und ich fahren ebenfalls mit«, meldete sich Lucas. »Wir ziehen uns ganz schnell an.«

Zwanzig Minuten später stürzten wir durch die Eingangstüren des Krankenhauses. All diese Wochen hatte ich mich an die Hoffnung geklammert, dass sich meine schöne, lebhafte Schwester wieder erholen werde. Die Realität sprang mir ins Gesicht, als wir zur Intensivstation kamen. Die Türen schwangen auf, und ich blieb mit stockendem Atem und voller Furcht vor dem stehen, was mich auf der anderen Seite erwartete.

27

Willa

Harper blieb eine Woche auf der Intensivstation. Wir konnten nichts anderes tun, als abzuwarten. Dad war zeitweise bei mir, Lucas und Chantelle desgleichen. Wir wechselten uns damit ab, zu ihr hineinzugehen und an ihrem Bett zu sitzen, selbst wenn sie die meiste Zeit schlief.

Ich hörte jeden Tag von Sean. Da ich weder seine Anrufe entgegennahm noch seine Nachrichten abhörte, ging er dazu über, mir Textnachrichten zu schicken. Er hatte wegen unseres letzten Gesprächs ein schlechtes Gewissen. Es tat ihm leid. Außerdem hasste er es, nicht bei mir sein zu können, und entschuldigte sich deswegen andauernd. Ich antwortete nicht. Sean war in Chicago und brachte mit jemandem namens Doug einen Auftrag zu Ende. Damit war für mich die Sache gelaufen.

Dabei war es nicht so, als würde ich ihn nicht vermissen, aber es war lange her, dass Sean ein Teil meines täglichen Lebens gewesen war. Inzwischen kam er mir beinahe vor wie jemand aus der Vergangenheit. Wenn ich an ihn dachte, vergaß ich manchmal, wie er aussah. Er hatte seine Prioritäten und ich meine, und zwischen beiden lagen Welten.

Am achten Tag nach Harpers Verlegung auf die Intensivstation saßen Dad und ich im Wartebereich, als John bedrückt aus ihrem Zimmer kam.

In diesem Moment begriff ich. Es war vorbei, es gab keine Hoffnung mehr. Harper war für uns verloren. So schwer es war, ich musste das nach dem langen Kampf um ihr Überleben akzeptieren. Während sie kaum bei Bewusstsein gewesen war, hatte ich mir immer noch eingeredet, ich dürfe nach wie vor Hoffnung haben, hatte mir sogar den optimistischen Höhenflug gestattet, selbst zu diesem Zeitpunkt könnte noch die Chance bestehen, dass sie überlebte.

John hockte sich vor uns hin und nahm meine beiden Hände in seine. Er brauchte einen Moment, um sich zu fassen, bevor er sprechen konnte. »Harpers Blutkörperchenzahl ist mit einem Mal drastisch gesunken.«

Obwohl ich wusste, dass das keine gute Nachricht war, klammerte ich mich weiter an ein Wunder. »Sie kann wieder steigen, oder?« Angst, Hoffnung und Verzweiflung schwangen in meinen Worten mit.

»Willa«, sagte Dad mit leiser, sanfter Stimme. »Es ist Zeit, sie gehen zu lassen.«

»Nein«, schluchzte ich. »Bitte nicht.«

»Willa.« Johns Stimme brach, als er meinen Namen aussprach. »Sie ist bereit. Alles, was sie noch braucht, ist deine Erlaubnis. Sie liebt dich, und sie will dich nicht enttäuschen. Einzig deinetwegen kämpft sie noch. Sei deshalb vernünftig und quäle sie nicht. Ihr selbst und allen anderen zuliebe, lass sie gehen.«

Wie wild schüttelte ich den Kopf. »Ich kann nicht, ich kann nicht.« Mein Herz hämmerte so hart und schnell, dass es sich anfühlte, als würde es meine Brust durchbrechen.

»Willa«, rief Dad mich zur Ordnung. Seine Augen schwammen in Tränen, und er wischte sie sich mit dem Unterarm trocken und sog zugleich scharf den Atem ein. »Harper braucht dich. Tu das für sie. Lass sie in Frieden ruhen, doch dazu braucht sie deine Hilfe.«

»Ich glaube nicht, dass ich das kann«, schluchzte ich.

»Willa, du kannst und du musst und darfst dich nicht drücken. Es ist Zeit.« Dads Stimme klang mit einem Mal fordernd. »Du hast alles getan, was du konntest. Du hast diese Last getragen, seit wir deine Mutter verloren haben. Es ist Zeit, nicht mehr gegen die Windmühlen-flügel zu kämpfen. Sperr dich nicht länger. Ich bin da. Lucas und Chantelle sind da. Snowball ist jetzt bei mir. Und alle werden an deiner Seite sein, damit du das nicht länger allein durchstehen musst.«

Mir war, als würde um meine Brust ein eiserner Ring liegen, der mir das Atmen erschwerte. Johns Hand ver-stärkte ihren Druck auf meine. »Sie möchte dich sehen, dann euren Dad, dann Lucas und Chantelle.« Seine Stimme zitterte, als er hinzufügte: »Ich glaube nicht, dass ihr noch viel Zeit bleibt.«

Nicht imstande, länger sitzen zu bleiben, stand ich auf und begann, auf und ab zu gehen. Ich presste die Fingerspitzen gegen meine Lippen, als könnten sie die Trauer und den Kummer zurückhalten, der mich zu überwältigen drohte.

»Wenn du möchtest, gehe ich mit dir hinein«, bot Dad an und schob mich zur Tür. Wir blieben einen Moment davor stehen. »Ich weiß nicht, ob ich das schaffe«, flüsterte ich. Meine Stimme wollte mir kaum gehorchen.

»Du schaffst das«, versicherte Dad. »Du bist die stärkste Frau, die ich kenne.«

Stark? Ich? Innerlich zerbrach ich, mein Herz war so schwer, dass es mich lähmte.

Dad umfasste meine Schultern und schüttelte mich. »Deine Schwester braucht dich, Willa. Ich habe noch nie erlebt, dass du Harper im Stich gelassen hast, und das wirst du vor allem jetzt nicht tun.«

Seine Worte verliehen mir Mut, mehr, als ich erhofft hatte, und entschlossen schob ich die Glastür auf, die zu der kleinen Schwester führte, die so sehr ein Teil von mir war. Meine beste Freundin. Meine Mitbewohnerin. Meine lebenslange Kameradin. Mein Herz. Wir hatten alles gemeinsam durchgestanden.

Als wir das Zimmer betraten, schlug Harper die Augen auf und sah uns an.

»Es ist okay, Kleine«, sagte Dad, als wir auf das Bett zutraten. »Du hast alles gegeben. Ich liebe dich so sehr. Du hast einen schweren Kampf gekämpft und bist der Ziellinie ganz nah.«

Sie blinzelte, um ihm zu verstehen zu geben, dass sie ihn gehört hatte, und verzog die Lippen, um ein Lächeln zu versuchen.

»Wenn du sie siehst, sag deiner Mutter, dass ich sie immer geliebt habe. Und dass ich länger, als ich sollte, gebraucht habe, um ohne sie zu leben. Ich weiß, sie wird mir vergeben, dass ich schwach war. Vergiss nicht, ihr zu erzählen, dass es mir mittlerweile viel besser geht.«

Ich erinnerte mich daran, wie wir an Moms Grab

standen und Harper sagte, sie habe Moms Gegenwart gespürt, als sie während ihres ersten Leukämieschubs dem Tod nahe gewesen war. Würde sie unsere Mutter auch dieses Mal spüren, fragte ich mich. Vermutlich würde es so sein.

Harpers Lächeln wurde eine winzige Spur breiter. »Ich liebe dich, Dad«, flüsterte sie.

»Ich dich auch, Harper. So sehr.«

Ihr Blick wanderte zu mir. Wartend. Flehend. Ich fühlte mich wie von einem starken Magneten angezogen. Harper wollte, dass ich sie endlich freigab, ihr die Erlaubnis erteilte aufzugeben. So schwer es für mich sein würde, die Worte auszusprechen, die sie gehen ließen, ich wusste, dass ich es tun musste.

Als ich darum kämpfte, meine Stimme wiederzufinden, flogen meine Gedanken zu dem Tag zurück, an dem wir Lucas' und Chantelles Verlobungsparty verlassen hatten und voller Hoffnung und Lebensfreude waren, entschlossen, diesen zweiten Kampf ebenfalls zu gewinnen, den Sieg davonzutragen und triumphierend davonzurauschen. Im Geiste hatte ich Harper bereits den nächsten Relay-for-Life-Lauf anführen sehen. Sie würde laufen, um denen, die diesen Kampf ausfochten, Mut zu machen und ihnen zu zeigen, dass sie mithilfe der modernen Medizin und ihres Willens den Sieg über den Krebs davontragen würden.

Stattdessen hatten wir trotz ihres heldenhaften Kampfes, trotz der Hoffnung, der Gebete und Träume, des Optimismus und der Entschlossenheit am Ende verloren. Der ausgemergelte Körper meiner Schwester ähnelte kaum mehr der hübschen, lebensprühenden Frau, die sie einst gewesen war. Ihr Kampfgeist war verflogen und der Akzeptanz gewichen.

»Du hast alles gegeben«, sagte ich. Meine Stimme klang kaum lauter als ein Flüstern. »Das haben wir beide.«

»Es tut mir so leid«, wisperte Harper, dabei sah sie mich an. »Ich habe mir von ganzem Herzen gewünscht zu leben. Du wolltest es, ich genauso.«

»O Harper, dir muss nichts leidtun. Nicht das Geringste. Du hast alles versucht.«

»Du bist die beste Schwester, die ein Mädchen je haben könnte.«

»Und du genauso.«

»Ich habe diese Hochzeit nie bekommen«, sagte sie traurig. »Ich wäre so gern eine Braut gewesen.«

Um ihr Mut zu machen, hatte ich von all dem gesprochen, was wir tun würden, wenn Harper an der Reihe war zu heiraten. Wir hatten alles festgelegt: die Farbzusammenstellung, ihr Kleid, wer ihre Brautjungfern sein würden. Sie wollte mich als Ehrenbrautjungfer. Diese Träume hatten geholfen, die langen Stunden zu vertreiben, als sie anfangs ins Krankenhaus gekommen war und noch Hoffnung bestanden hatte. Wie alles andere, was wir uns für die Zukunft ausgemalt hatten, war es umsonst gewesen.

Bestimmt dachte sie an den jungen Arzt, den sie zu lieben begonnen hatte: John Neal. In einer anderen Zeit, an einem anderen Ort hätten sie ein ideales Paar abgegeben. Wie traurig es für Harper war, die Liebe erst in den letzten Wochen ihres Lebens gefunden zu haben.

Der Krebs hatte sie einer großen Chance ihres Lebens beraubt.

Ich biss mir auf die Unterlippe, versuchte verzweifelt, den Schmerz zurückzuhalten, weil die Augen meiner Schwester nicht von meinem Gesicht wichen. »Du wirst eine wundervolle Mutter sein.« Ihre Stimme zitterte. »Ich wünschte so sehr, ich könnte dabei sein, alles miterleben und die Tante deiner Kinder werden.«

An meine eigene Zukunft hatte ich keinen Gedanken verschwendet. Bis zu diesem Moment war sie mit Harpers verbunden gewesen. Seit ihrer Geburt hatte sie zu mir gehört und noch mehr, als unsere Mutter starb.

»Du wirst immer ein Teil von mir bleiben«, versicherte ich ihr.

Mein Herz brach. Das hier sollte nicht so enden, dies alles sollte überhaupt nicht passieren, und trotzdem tat es das. Mir blieb nichts anderes mehr zu tun, als mich mit der furchtbaren Wahrheit abzufinden und meine Schwester gehen zu lassen.

Ohne auf die Schläuche und Drähte zu achten, an denen sie hing, nahm ich Harpers Hand und presste sie gegen meine tränenfeuchte Wange.

In diesem Moment betraten Lucas und Chantelle leise, fast ehrfürchtig den Raum, als wüssten sie nicht, womit sie rechnen mussten.

»Hey«, flüsterte Lucas und stellte sich dicht neben unseren Vater, der den Arm um seinen Sohn legte. Chantelle trat neben mich.

»Hey«, wiederholte Harper. Ihre Stimme wurde schwächer.

310

»Hab dich lieb.«

»Ich dich ... auch«, kam es kaum verständlich zurück. Ihr Blick wanderte über jeden von uns hinweg. »Liebe«, flüsterte sie.

Das war ihr letztes Wort.

Ihre Augen fielen zu. Ich konnte förmlich spüren, wie sie wegglitt. Ein Teil von mir wollte sie packen, zurückziehen, sie bei uns behalten. Es ging nicht, sollte einfach nicht sein. Um mich schien sich alles zu drehen. Chantelle fasste mich um die Taille und stützte mich.

Wir standen als Familie, die Arme umeinandergelegt, um Harper herum. Ihr Lebensgeist war verschwunden, ihr Körper wurde lediglich von Technik am Leben gehalten.

Dr. Carroll stand in unserer Nähe, und als Harper ihren letzten Atemzug tat, erklärte er sie für tot und notierte den Zeitpunkt.

Ein Klagelaut hallte durch den Raum, er kam von mir, als ich vor Kummer, Schmerz und einem so tiefen Gefühl des Verlustes weinte und mich krümmte und es mir unmöglich zu sein schien, dass ein einziger Mensch es aushalten konnte.

Meine Schwester war von uns fortgegangen. Trotz aller medizinischen Fortschritte. Trotz all der Pflege. Trotz all der Liebe. Wir hatten sie verloren.

Die Schwestern kamen, befreiten Harper von allen Geräten und gaben uns ein paar Minuten, um uns zu verabschieden. Dad und ich standen auf der einen Seite, Lucas und Chantelle auf der anderen. Niemand sprach. Keiner von uns war in der Lage, Worte zu finden.

Was mich betraf, so konnte ich nicht aufhören, Harpers Gesicht zu berühren, sie zu trösten, wie ich es so oft in den letzten paar Monaten getan hatte.

Dad verließ das Zimmer und kam schnell zurück. »Pastor McDonald wird gleich hier sein.«

Ich nickte. Er war auch bei Moms Tod zu uns gekommen.

Die nächsten Stunden verrannen wie im Nebel, vor allem für mich, weil ich mich schlecht auf die vielen bürokratischen Dinge konzentrieren konnte und wollte, die bei einem Todesfall und einer Beerdigung anstanden. Wir versammelten uns in Lucas' Apartment. Seine Worte drangen kaum in mein Bewusstsein vor, weil die Trauer mich überwältigte. Verschwommen wurde mir bewusst, dass ich, sowie die Beerdigung vorbei war, zu dem zurückkehren musste, was mein Leben ohne Harper einst ausgemacht hatte. Es erschien mir unwirklich. Unmöglich.

Sean rief nach wie vor an. Nicht mehr so oft wie früher, doch ich konnte mich darauf verlassen, dass er sich wenigstens einmal am Tag aus Chicago meldete. Als ich jetzt seinen Namen auf dem Display sah, fand ich, dass er Bescheid wissen sollte über Harpers Tod.

»Willa? Gott sei Dank, dass du antwortest. Schatz, wir müssen reden. Es tut mir leid. Bitte verzeih mir. Ich fliege zurück, nie hätte ich dich allein lassen dürfen.«

»Bleib.«

»Bleib? Was? Warum sollte ich das tun? Brauchst du mich nicht?«

Ich hatte ihn gebraucht, aber der Job war ihm wichtiger gewesen. Ein schlechtes Zeichen für die Zukunft, die wir zusammen hätten haben können. »Du bist zu spät dran. Harper ist heute Nachmittag gestorben.«

Es war mir, als könnte ich seinen Schock als Vibration in der drahtlosen Verbindung spüren. »Nein. Willa, das ist ja furchtbar und tut mir so leid.«

»Ich weiß, das tut es uns allen.« Es gab wirklich nicht viel mehr zu sagen. In Situationen wie dieser gaben die Leute normalerweise immer dasselbe von sich. Es tat ihnen leid, das hörte sich an, als wäre der Tod irgendwie ihre Schuld. Oder sie waren überzeugt, dass der geliebte Mensch jetzt seinen Frieden gefunden hatte. Oder an einem besseren Ort war. In den wenigen Stunden, seit Harper für tot erklärt worden war, hatte ich diese Floskeln ausnahmslos gehört.

»Was ist passiert?«

»Der Krebs ist passiert.«

»Ich weiß, ich meine... das ist ja ein Schock.« Offenbar hatte er Mühe, passende Worte zu finden. »Natürlich wusste ich, dass es ihr nicht gut ging«, fuhr er fort, »doch mir war nicht klar, dass... Ich meine, dass ihr Tod bevorstand. Morgen Nachmittag bin ich da. Ach, Willa, ich hatte ja keine Ahnung und weiß nicht einmal, was ich dachte. Wirst du in Seattle oder in Oceanside sein?«

»Warum? Ich will nicht begriffsstutzig wirken, aber ist das von Bedeutung?«

»Damit ich bei dir sein kann, darum will ich das wissen.«

»Du warst wochenlang nicht bei mir, warum ist das jetzt wichtig?«

»Willa, bitte. Ich weiß, dass du unter Schock stehst,

313

und ich finde es furchtbar, dass ich nicht für dich da war. Jedenfalls werde ich das bald sein.«

Ein spöttisches Lächeln verzog meinen Mund, das er zum Glück nicht sah. Was mich betraf, war es zu wenig und kam zu spät. Ich hatte nichts mehr zu geben.

»Versprich mir, dass du mit mir redest«, drängte er.

»Versprechen?«, echote ich, als wäre das mehr, als ich bewältigen konnte, und im Moment traf das sogar zu.

»Willa, bitte sag mir, was ich tun kann, um alles ein bisschen leichter zu machen?«

»Alles ein bisschen leichter machen?«, wiederholte ich, als wäre das überhaupt möglich. »Meine Schwester ist tot, Sean. Ein Becher Eis, ein Strandspaziergang oder zehn Sonnentage am Stück machen da nichts leichter. Nichts auf dieser Seite des Himmels kann diesen Kummer lindern. Diesen Verlust. Diesen Schmerz. Ich bin leer. Zerstört. Du kannst das nicht leichter machen. Niemand kann das.«

»Bitte, Willa …«

Ihm schienen die Worte zu fehlen, was mir recht war, weil ich nicht bereit war, mir noch mehr von dem anzuhören, was er zu sagen hatte.

»Danke, dass du angerufen hast, nur mach das bitte nicht noch mal.«

»Willa, häng nicht ein.«

»Es tut mir leid, Sean«, flüsterte ich. »Es ist vorbei.« Und damit beendete ich das Gespräch.

28

Sean

Nach dem Gespräch mit Willa und der Nachricht vom Tod ihrer Schwester tat ich die ganze Nacht kein Auge zu. Was ich gesagt hatte, stimmte. Ich wusste, dass Willa sich aufgeregt hatte, weil ich so kurz nach meiner Rückkehr von den Philippinen wieder abgereist war. Ich hatte den Wink verstanden, als sie auf meine Anrufe nicht reagierte. Zuerst führte ich das darauf zurück, dass sie bei Harper im Krankenhaus war und ihr Telefon ausgeschaltet hatte. Dann blieben auch meine Nachrichten unbeantwortet. Genau wie meine Textnachrichten. Da wusste ich, dass ihre Zurückhaltung andere Gründe hatte.

Als ich zu Doug nach Chicago geflogen war, dachte ich, alles in ein paar Tagen abwickeln zu können und schnell wieder zu Hause zu sein. Ich hatte mich geirrt. Der letzte Teil des Projekts war arbeitsintensiv gewesen, wir mussten viel Zeit aufwenden. Ich tat mein Bestes, trieb die Dinge in meinem Bestreben, nach Seattle und zu Willa zurückzukommen, so schnell voran wie möglich. Wir standen kurz vor der Fertigstellung des umfangreichen Artikels mit den Begleitfotos, und zugegeben war ich stolz darauf, wie gut sich beides zusammenfügte.

Doug, der mein Problem kannte, erlaubte mir, früher abzureisen. Er werde den Rest ohne mich erledigen, versprach er mir. Voller Aufregung rief ich Willa an, um ihr die erfreuliche Nachricht mitzuteilen. Nach wie vor litt ich darunter, wie gedankenlos ich mich in der Zeit von Harpers Krankheit benommen hatte. Erst als ich von ihrem Tod hörte, begriff ich, was für ein egoistischer, selbstbezogener Idiot ich gewesen war. Und wie fanatisch besessen von meiner Karriere. Das war nicht anders gewesen, als ich noch Baseball gespielt hatte. Die ganze Welt drehte sich allein um mich. Um mich, meine Arbeit, meine Ziele.

In meiner Dummheit hatte ich möglicherweise die einzige Frau verloren, die ich liebte. Mit jeder Faser meines Herzens betete ich, dass es nicht zu spät war und ich bei Willa alles wiedergutmachen, ihr durch diesen dunklen Tunnel der Trauer helfen konnte. Jedenfalls weigerte ich mich zu glauben, dass sie es ernst gemeint hatte, als sie mir erklärte, das mit uns sei vorbei.

Sowie der Flieger landete, beeilte ich mich, nach Hause zu kommen. Als Erstes holte ich Bandit ab und dankte Logan erneut herzlich dafür, dass er sich um den Hund gekümmert hatte. So gut, dass mein struppiger Gefährte nicht einmal große Lust zu haben schien, mich in sein Zuhause zu begleiten. Nach meinen langen Abwesenheiten fühlte er sich bei Logan offenbar sogar wohler als bei mir. Wie es aussah, war Willa nicht die Einzige, die ich zurückgewinnen musste.

Auf dem Rückweg von Logan machte ich in der Hoffnung, sie zu sehen und mit ihr sprechen zu können, bei ihrem Apartment halt und klopfte. Ich wusste, dass ich erst zur Ruhe kommen würde, wenn die Dinge zwischen uns geklärt waren.

Keine Antwort.

Als Nächstes wollte ich es beim Coffeeshop versuchen und erschrak, als ich das Schild mit der Aufschrift *Vorübergehend geschlossen* an der Tür sah.

Da eine ihrer Stammgäste nebenan im Süßwarenladen, dessen Pralinen und Toffees sehr gefragt waren, als Verkäuferin arbeitete, steckte ich dort schnell den Kopf durch die Tür und suchte ein Gespräch mit Allison.

»Wie lange ist Willas Shop inzwischen geschlossen?«, fragte ich und vermutete, dass die Schließung mit Harpers Tod zusammenhing.

Allison, die sich an der Theke zu schaffen machte, zögerte. »Das muss länger als eine Woche her sein.«

»So lange?«, fragte ich verwundert.

Willa hatte keinen Ton davon gesagt, dass sie schließen würde. Oder ich war so auf mich bezogen gewesen, dass mir alles Mögliche entgangen war. Ein weiteres Mal begann ich, meinen Egoismus und meinen krankhaften Ehrgeiz zu verfluchen.

Was mich zu der Frage führte, was mir wegen meines selbstsüchtigen Ehrgeizes noch alles entgangen war. Was hatte sie mir noch alles nicht anvertraut?

»Hast du es schon gehört?« Allisons Begrüßungslächeln erstarb. »Das von Harper, Willas Schwester?«

»Ja, habe ich.«

Allison schüttelte den Kopf. »Verdammt schade, weißt du. Sie war so jung, so voller Leben. Und die beiden standen sich ganz besonders nahe. Willa wird ihren

Tod schwer verkraften, ich weiß nicht, was sie jetzt machen wird. Privat und geschäftlich. Alle hier im Ort sind erschüttert.«

»Du hast Willa nicht zufällig vor Kurzem in der Stadt gesehen, oder?«

Erneut schüttelte Allison den Kopf.

»Hast du irgendeine Idee, wo ich sie finden könnte?«

»Nein, leider nicht. Wenn jemand mehr weiß, dann Pastor McDonald. Immerhin dürfte er mit der Beerdigung beschäftigt sein.«

Ich erinnerte mich flüchtig daran, den Geistlichen getroffen zu haben. Er hatte auf mich einen sympathischen und bodenständigen Eindruck gemacht. Ich fand seine Adresse über mein Telefon heraus und fuhr zu der Kirchengemeinde, in der er predigte.

Das Gotteshaus war zwar verschlossen, dafür hatte ich Glück im Pfarrhaus hinter der Kirche. Nach mehrmaligem Klopfen öffnete mir eine Frau mittleren Alters.

»Kann ich Ihnen helfen? Ehe Sie fragen, wir kaufen nichts.«

»Ich suche Pastor McDonald«, erklärte ich. Es amüsierte mich, dass ich für einen Hausierer gehalten wurde. Unausgeschlafen, Stunden an der Luft, dazu die lange Fahrt von Seattle zum Meer. Zweifellos sah ich ziemlich mitgenommen aus.

»Der Pfarrer hat einen Termin mit der Familie Lakey.«

»Wissen Sie vielleicht, wo? Ich bin ein Freund von Willa Lakey«, sagte ich, weil ich hoffte, das würde mein Interesse erklären.

Sie musterte mich mit zusammengekniffenen Augen

von Kopf bis Fuß. Ich schien die Prüfung bestanden zu haben, denn sie erwiderte: »Heath sagte etwas davon, er werde alle im Bestattungsinstitut treffen.«

»Danke«, sagte ich, froh über ihre Hilfe.

Meinen ersten Impuls, sofort dorthin zu fahren, verwarf ich, weil mir eine Reihe von Bedenken kamen. Erstens hatte ich Bandit bei mir, zweitens wirkte ich nicht gerade vorzeigbar, und drittens handelte es sich um die Planung von Harpers Beerdigung. Es war weder der richtige Zeitpunkt noch der richtige Ort für mich, wie irgendein edler Ritter dort hineinzuplatzen und Willa in die Arme zu reißen.

Nach unserem Gespräch vom Abend zuvor fürchtete ich sowieso, dass sie mich nie wiedersehen wollte. Sosehr ich darauf brannte, die Distanz zwischen uns zu überbrücken, musste ich mich damit abfinden, dass dies nicht der geeignete Moment war.

Deprimiert und vollkommen ratlos, wie ich die Dinge bereinigen sollte, fuhr ich nach Hause. Bandit trottete ins Wohnzimmer, blickte sich um und setzte sich neben die Vordertür, als wollte er mir mitteilen, dass er fertig mit mir sei, wenn ich erneut gehen würde.

»Okay, kapiert.«

Mit einem Anflug von Zielstrebigkeit und Entschlossenheit packte ich meine Taschen aus und stopfte einen Berg Wäsche in die Waschmaschine. Mein Magen erinnerte mich daran, dass ich den ganzen Tag nichts gegessen hatte. Der Kühlschrank war gähnend leer, es sei denn, ich hätte Interesse an einem Sandwich mit Senf und Ketchup.

Lebensmittel einkaufen stand ganz unten auf der

Liste der Dinge, die ich tun wollte. Mein Magen war ohnehin nicht das Einzige, was ich füllen musste. Keine dreißig Minuten, nachdem ich zu Hause angekommen war, saß ich wieder im Auto, und Bandit schlief zusammengerollt auf der Rückbank und wartete ergeben darauf, dass ich ihm sein Lieblingsfutter kaufte.

Am nächsten Morgen machte ich mich zum zweiten Mal auf die Suche nach Willa. Bandit wirkte nicht sehr erfreut, als ich das Haus verließ. Ich konnte ihm keinen Vorwurf daraus machen, schließlich musste es für ihn so aussehen, als würde ich jedes Mal, wenn ich nach draußen ging, eine lange Zeit wegbleiben. Nichts, was ich beim Aufbau einer Beziehung empfehlen würde, weder bei einem Hund noch bei einem Mädchen.

Erneut suchte ich das Pfarrhaus auf und lernte außer dem Pastor seine Frau näher kennen, die mir gestern äußerst mürrisch die Tür geöffnet hatte.

»Sie sind Willas junger Mann«, erinnerte sich der Pfarrer an unsere kurze Begegnung.

»Ja. Ich bin gestern von einer Geschäftsreise nach Chicago zurückgekommen. Wie geht es Willa?«

»Der Tod ihrer Schwester hat sie schwer getroffen. Da gibt es nichts schönzureden.«

»Meinen Sie, ich sollte zu ihr gehen?«, fragte ich. »Oder wäre es besser zu warten?«

Insgeheim schimpfte ich mich selbst einen Feigling, weil ich Angst hatte, was Willa sagen oder tun könnte, wenn sie mich sah. Ich hatte Angst, dass sie mich nicht länger in ihrem Leben haben wollte, und das wollte ich nicht akzeptieren.

»Sie ist gerade in der Kirche«, sagte er.

»Dann sollte ich also zu ihr gehen? Meinen Sie, das würde helfen?«

»Zumindest kann es nicht schaden«, antwortete er, ohne dass es sonderlich ermutigend klang.

»Danke«, sagte ich und marschierte zur Kirche hinüber.

Als ich in den dämmrigen Innenraum trat, sah ich Willa in der vordersten Bank sitzen und auf den Altar starren. Ich glitt leise in die Bank und setzte mich neben sie. Sie blickte auf, als ich Platz nahm, zögerte und sah weg.

Ein paar Minuten saßen wir schweigend da. Ich griff nach ihrer Hand und drückte sie leicht, bevor sie sie wegzog, als würde sie meine Berührung weder wollen noch brauchen.

»Kann ich irgendetwas für dich tun?«, fragte ich sie, woraufhin Willa stumm den Kopf schüttelte.

»Etwas für deine Familie?«

»Niemand kann irgendetwas tun. Egal, danke, dass du gefragt hast.«

Mir entging nicht, dass ihre innere Anspannung zu wachsen schien, je länger ich neben ihr saß. Ihr Rücken wurde steif, und sie senkte den Kopf, um mir zu bedeuten, dass ich verschwinden sollte.

Das war das Letzte, was ich wollte. Behandelt zu werden wie ein Eindringling, den man nicht mochte, unwillkommen und lästig. Schätzungsweise waren es meine Schuldgefühle, die mich niederdrückten. Widerstrebend stand ich auf und hoffte, sie werde mich zurückhalten. Sie tat es nicht.

»Ich bin da, wenn du mich brauchst.«

Willa stieß ein leises, resigniertes Schnauben aus. »Du kommst ein bisschen spät.«

Langsam fühlte ich mich ungerecht behandelt. Immerhin war ich kein Hellseher. Wenn sie es mir gesagt, wenn ich gewusst hätte, wie nah Harper dem Tod war, hätte ich den nächsten Flug zurück nach Seattle genommen und auf das Projekt gepfiffen. Jetzt hatte ich den Salat, und sie nahm meine Anrufe nicht mehr entgegen und ignorierte meine Text- und meine Sprachnachrichten. Da ich wusste, wie groß ihr Kummer war, schluckte ich das Bedürfnis, mich zu rechtfertigen, hinunter.

Am Ende der Bank drehte ich mich um. Willa hatte sich nicht gerührt, starrte weiter vor sich hin, als wäre ich nicht mehr in der Kirche. Es war unmöglich, die Dinge so zu belassen, wie sie waren.

»Es tut mir leid, dass ich nicht da war, als du mich gebraucht hast«, sagte ich zu ihr.

Schweigen.

»Kannst du mir verzeihen?«, fragte ich mit wild klopfendem Herzen.

Jetzt, erst jetzt drehte sie sich um und sah mich an. Ihre Augen waren gerötet und schwammen in Tränen. »Natürlich.«

Eigentlich hätte ich erleichtert sein sollen, doch die Gleichgültigkeit ihrer Antwort hatte den gegenteiligen Effekt.

»Ich meine es ernst, Willa. Worte können gar nicht beschreiben, wie schlecht ich mich deswegen fühle. Ich hätte bei dir sein sollen, hätte derjenige sein sollen, der dir Halt gegeben und dich während dieser letzten Tage mit deiner Schwester begleitet hätte.«

Als sie mich erneut ansah, spiegelte ihr Gesicht viele Fragen wider. »Ich weiß nicht, warum du das denkst, Sean. Es ist ja alles sehr lieb von dir und zugleich unnötig.«

»Warum?«, fragte ich in einer Kirche viel zu laut, sodass meine Stimme durch den leeren Raum hallte wie Glockengeläut. »Du bist mein Mädchen. Weißt du nicht, wie wichtig du mir bist? Und dass ich dich liebe.«

Meine Liebeserklärung schien direkt über ihren Kopf hinwegzuwehen. Eine lange Weile starrte sie mich reglos an. »Warum?«

Sie zuckte mit den Achseln, als wären meine Erklärungen nichts als leere Worte. Aufgrund all der Anrufe, Texte und Nachrichten, die ich hinterlassen hatte, musste sie eigentlich wissen, dass sie ständig in meinen Gedanken war. Ich wollte sie daran erinnern, dass sie letztes Mal, als ich zu Hause war, in meinem Bett geschlafen und die Nacht in meinen Armen verbracht hatte. Damals hatte sie mich schon gebraucht, meinen Trost gesucht.

Es musste die Trauer sein, die aus ihr sprach, die sie lähmte und sie gleichgültig machte. Ich tröstete mich mit der Hoffnung, dass innerhalb kurzer Zeit und mit der nötigen Geduld alles wieder im Lot sein würde. So schwer es mir fiel, unsere Differenzen ungelöst zu lassen, schien es mir das Beste zu sein, an diesem Trauertag nicht alles übers Knie zu brechen.

Die Türen im hinteren Teil der Kirche wurden geöffnet, und der Mann, den ich als Harpers Freund und Arzt erkannte, kam den Gang hinunter auf uns zu. Augenblicklich sprang Willa auf, drängte sich an mir vorbei und rannte auf ihn zu, warf sich in Johns Arme und weinte an seiner Schulter. Da sie das Gesicht an seinem Oberkörper vergrub, konnte ich nicht hören, was sie sagte.

Mit anzusehen, wie ein anderer Mann Willa in den Armen hielt, war schmerzhaft für mich. Ich sollte es sein, der sie tröstete, aber Willa wollte mich nicht. Das schmerzte auf eine körperliche Weise, mit der ich nicht gerechnet hatte.

29

Willa

Am Morgen von Harpers Beerdigung stand ich früh auf und ging an den Strand meiner Bucht der Wünsche, um einen klaren Kopf zu bekommen. Ich hoffte, an dem einzigen Ort, der mir Trost spendete, Kraft und etwas Frieden zu finden.

Der Schlaf hatte mich seit dem Tod meiner Schwester gemieden. Nacht für Nacht wälzte ich mich herum und zerwühlte die Decken, bis mich die Erschöpfung übermannte. Dann wachte ich nach ein bis zwei Stunden schluchzend wieder auf und konnte mich nicht damit abfinden, dass Harper endgültig fort war.

Alles in unserem Apartment erinnerte mich an meine Schwester. Jeder Gegenstand, der ihr gehörte, brachte Erinnerungen zurück. Ihre Bergsteigerausrüstung. Die kleine Stoffmaus, die sie für Snowball gekauft hatte. Ihr Shampoo in der Ecke der Dusche. Sie war überall, wo ich hinsah.

Irgendwann würde ich ihr Schlafzimmer ausräumen müssen, eine Aufgabe, vor der mir graute. Wenn möglich, würde ich eine neue Mitbewohnerin finden, doch das war ein Problem für einen anderen Tag. Sowohl für das Apartment als auch für den Coffeeshop war die

Miete bis zum Ende des Monats bezahlt. Lediglich für diesen Monat. Mein Bankkonto war leer, und ich hatte keine Möglichkeit, für beides noch den Dezember abzudecken. Der heutige Tag, an dem wir meine Schwester begraben würden, barg bereits genug Schmerz, ohne dass ich meine Zukunftsprobleme hineintrug.

Der vom Meer kommende Salzgeruch erfüllte die Luft, und der Wind zerrte an mir. Jetzt, im November, war es merklich kälter. Ich schlang meinen Mantel enger um mich, hoffte Wärme zu finden zwischen all dem Kalten und Grauen, dem Düsteren, Dunklen und Trostlosen.

Der wolkenverhangene Himmel versprach für später am Tag Regen. Zum Glück war die Beerdigung für diesen Morgen angesetzt. Der endgültige Abschied. Wie aber sollte ich Harper jemals wirklich gehen lassen? Selbst im Tod würde es mir nicht möglich sein, meine wunderschöne Schwester freizugeben.

Einer der letzten Sätze, den ich zu ihr gesagt hatte, war, dass sie immer ein Teil von mir bleiben werde, und das entsprach der Wahrheit. Ich würde ihre Liebe mit in die Zukunft nehmen, egal was diese für mich bereithielt oder wo sie mich hinführte.

Zum festgesetzten Zeitpunkt trafen Dad, Lucas, Chantelle und ich uns im Bestattungsinstitut. Der Sarg war offen, und uns wurde Zeit gegeben, uns im Kreis der Familie für immer zu verabschieden, bevor er geschlossen wurde.

Ich stand vor meiner Schwester und blickte ein letztes Mal auf sie hinab. Harpers Kopf wurde von ihrer fliederfarbenen Perücke bedeckt. Die Leukämie hatte ihren Körper verwüstet, ohne ihr die Schönheit zu rauben. Sie sah nicht im Entferntesten mehr so aus wie früher, doch das lenkte nicht davon ab, wer sie war. Ich berührte ihr Gesicht ein letztes Mal, schluckte meine Tränen hinunter, wandte mich ab und wappnete mich für das, was dieser entsetzlich traurige Tag bringen würde. Von uns allen verweilte John am längsten an ihrem Sarg, seine Trauer ging ebenso tief wie unsere. Sein Herz war gebrochen. Er hatte sie beim Bergsteigen geliebt, und als Arzt war er in seinem Bemühen, sie zu retten, über sich hinausgewachsen.

Die Blumen, die ich ausgesucht hatte, waren mit leuchtenden lilafarbenen Bändern umwunden. Harper hätte es gehasst, uns trauern zu sehen; ihr Wunsch war, dass wir ihr Leben feierten. Und jetzt sollten wir uns freuen, dass ihr Leiden ein Ende und sie ihren Frieden hatte.

Der Bestattungsunternehmer fuhr uns zur Kirche, wo wir feststellten, dass der Parkplatz dreißig Minuten, bevor die Beerdigung beginnen sollte, bereits voll war. Als wir aus dem Auto stiegen, schlang Dad seinen Arm um mich.

»Es wird gut laufen«, flüsterte er.

Das war seine Art, mir zu versichern, dass er nichts getrunken hatte. Obwohl er es mir versprochen hatte, trocken zu bleiben, war ich mir nie ganz sicher, ob und wann unser Vater wieder zur Flasche griff. Dad hatte sich zwei Monate lang tapfer geschlagen, der Tod seines Kindes indes war ein fragiles Element, das ihn vielleicht erschütterte. Wenn überhaupt irgendwas ihn dazu treiben konnte, wieder zu trinken, dann dieser Tag.

Ich klammerte mich an seinen Arm, wollte ihm zeigen, wie stolz ich auf ihn war. Stolz und dankbar. »Du hältst dich großartig«, sagte ich und hoffte, dass er auch in der Zukunft stark bleiben würde.

Als kleine Familie zogen wir in die Kirche ein, wo uns die Anteilnahme unserer Gemeinde entgegenschlug. Harper war sehr beliebt gewesen, und ihr Tod ging denen, deren Leben sie berührt hatte, aufrichtig nah.

Sean saß hinter der ersten Reihe, die für die Familie reserviert war. Als wir an ihm vorbeigingen, fing er meinen Blick auf, und eine Vielzahl von Emotionen umwölkte sein Gesicht. Bedauern. Mitgefühl. Schuld. Ich verfügte nicht über die Kraft, mit seinen Gefühlen umzugehen, seine Handlungsweisen deuteten in meinen Augen darauf hin, dass seine Arbeit in seinem Leben immer an erster Stelle kommen würde. Ich hingegen brauchte mehr, als er geben konnte. Das zu erkennen und zu akzeptieren war gut für uns beide.

Dann war es so weit. Pastor McDonald betrat das Podium, um die Aussegnung vorzunehmen. Ich hatte ihn während der Krankheit sehr zu schätzen gelernt. Er hatte sich wirklich wundervoll verhalten, mit uns gebetet und hauptsächlich zugehört, ohne die üblichen Plattitüden zu liefern. Häufig hatte er bei uns gesessen und uns von unserem Schmerz und unserer Trauer reden lassen. Als ich gesagt hatte, wie wütend ich auf Gott sei, zeigte er sogar Verständnis und meinte, Gott werde das verstehen.

Für Harpers Grabrede wählte er Vers zwei bis neun aus dem ersten Korintherbrief aus.

*Was kein Auge gesehen hat und kein Ohr gehört hat und
in keines Menschen Herz gekommen ist, was Gott bereitet
hat denen, die ihn lieben.*

Er blickte über die volle Kirche hinweg und begann
zu sprechen. Seine Worte vermittelten Ermutigung und
Trost. Er kannte Harper, die in dieser Kirche groß geworden war und seit ihrer Kindheit den Sonntagsgottes-
dienst besuchte. Harper hatte genug Bibelverse auswen-
dig gelernt, um als Preis eine eigene Bibel zu bekommen.
Sie hatte sie eingepackt, als sie ins Krankenhaus gekommen war. Ihre Bibel: viel gelesen, abgenutzt, heiß
geliebt.

Die ganze Zeit, während Pastor McDonald die Grabrede hielt, spürte ich Seans Augen auf mir. Ohne ein
einziges gesprochenes Wort meinte ich, alles zu ver-
nehmen, was er sagen wollte. Wie entsetzlich leid es
ihm tat, mich im Stich gelassen zu haben, als ich ihn am
meisten gebraucht hatte. Wäre ihm bewusst gewesen,
hätte er begriffen, wie ernst es um Harper stand, hätte er
einen Weg gefunden, bei mir zu sein. Er wollte, dass wir
die Zeit zurückdrehten, noch einmal von vorne anfin-
gen und bat mich stumm, ihm eine zweite Chance zu
geben.

Für mich lautete die Antwort zu diesem Zeitpunkt
Nein. Ich wollte nicht grausam sein, ich konnte ihm
verzeihen und hatte es getan. Was allerdings an meiner
Entscheidung nichts änderte, dass ich keine Chance für
uns sah.

Pastor McDonald sah mich an, als er sprach. »Ich
weiß, dass viele von euch das Gefühl haben, Gott habe
eure Hoffnungen, eure Gebete und euren Glauben an

ihn ignoriert. Ich bin hier, um euch zu versichern, dass das nicht der Fall ist. Gott hat alle eure Gebete erhört, leider nicht so, wie wir es gewünscht oder erwartet haben. Denkt daran, dass Harper jetzt frei ist, frei vom Krebs, frei von Schmerzen. Sie ist frei, makellos und vollendet, sie ist im Paradies. Ich kann sie dort sehen, wie sie einen Yogakurs abhält.«

Leises Lachen folgte. Tatsächlich konnte ich mir diese Szene ebenfalls bildlich vorstellen. Es half, an sie mit ihrem trainierten Körper zu denken, gesund und glücklich, vom Krebs befreit, der sie uns genommen hatte. Eine Vorstellung, die ich im Gedächtnis behalten wollte.

Am Ende des Gottesdienstes begaben wir uns zum Gemeindezentrum, wo ein Lunch einschließlich Beerdigungskaffee stattfinden würde.

Harpers beste Freundinnen Joelle, Leesa und Carrie hatten es sich nicht nehmen lassen, alles herzurichten, um diesen Anlass so feierlich zu gestalten wie möglich, hatten gekocht und gebacken und bis in die Nacht gearbeitet, um dafür zu sorgen, dass alles rechtzeitig fertig war. Ich hatte viel Zeit mit ihnen verbracht. Wir hatten geweint und uns umarmt und gelacht und uns voller Liebe an Harper erinnert. Außerdem hatte ich geholfen, Dutzende von Harpers Lieblingscupcakes mit Zitronengeschmack zu backen und mit Vanilleglasur zu überziehen.

Dad, Lucas und ich standen an der Tür, begrüßten jeden, der eintrat, und dankten allen für ihre Liebe und Unterstützung. Wir umarmten uns, weinten und wurden getröstet. Niemand konnte daran zweifeln, welch tiefen Eindruck Harper in unserer kleinen Stadt hinterlassen hatte.

Dr. Annie und Keaton gehörten zu den letzten, die durch die Tür kamen. Die Ärztin umarmte mich und stieß vernehmlich den Atem aus. »Ich hätte nie gedacht, dass es dazu kommen würde«, flüsterte sie.

»Ich genauso wenig.« Bis zuletzt hatte ich glauben wollen, dass Harper überleben würde, und ich wusste, dass es auch Annie so erging.

»Du bist eine gute Schwester, Willa. Sie hat dich vergöttert.«

Das von ihr zu hören löste einen neuen Tränenstrom bei mir aus. Wir umarmten uns lange und fest. Keaton, seit jeher ein Mann weniger Worte, stand etwas verlegen hinter seiner Frau. »Herzliches Beileid zu deinem Verlust.«

»Danke«, entgegnete ich und umarmte ihn impulsiv. Er war ein hünenhafter Mann, und meine Zuneigungsbekundung für ihn kam sicher unerwartet. Dennoch erwiderte er verlegen und etwas hölzern meine Umarmung und tätschelte meinen Rücken.

Nach Keaton kam Preston. Ich wusste, dass die beiden Paare eng befreundet waren. Zu meiner Überraschung wurde er von seiner Frau Mellie begleitet. Sie ging selten dorthin, wo sich größere Menschenmengen versammelten. Jahrelang hatte sie sich in ihrem Haus verschanzt und nicht gewagt, einen Fuß vor die Tür zu setzen. Erst nachdem sie sich in Preston verliebt hatte, brachte sie langsam den Mut auf, das Haus zu verlassen.

Nachdem er Dad und Lucas die Hand geschüttelt

hatte, umarmte Preston mich und raunte mir zu: »Kommst du nächste Woche mal bei mir vorbei?«

»Weshalb?«

»Du brauchst jetzt einen Trosthund.«

Ich hätte wissen müssen, dass er Hintergedanken hegte. Als Leiter des Tierheims hielt er immer nach einem guten Zuhause für seine Schützlinge Ausschau.

»In meinem Apartmentkomplex sind keine Haustiere erlaubt«, erinnerte ich ihn, verschwieg hingegen, dass ich wahrscheinlich würde umziehen müssen, falls ich keine Mitbewohnerin fand. Ehrlich gesagt gefiel mir der Gedanke, mit einer Fremden zusammenwohnen zu müssen, ohnehin nicht besonders.

Als wir mit den Begrüßungsfloskeln durch waren, kam Sean mit einem gefüllten Teller auf mich zu. »Iss etwas«, drängte er.

»Danke, ich habe keinen Hunger.«

»Wann hast du zum letzten Mal etwas gegessen?«

Ich wünschte wirklich, er würde aufhören. Seine Fürsorge schmerzte fast ebenso, wie es zuvor seine Abwesenheit getan hatte.

Statt mich in eine Diskussion über meine Essgewohnheiten verstricken zu lassen, registrierte ich dankbar, dass viele Gäste aufzubrechen begannen. Pastor McDonald sprach mit Dad und Lucas, und ich sah meinen Vater nicken. Er blickte in meine Richtung; gab mir zu verstehen, dass es Zeit für uns sei, zum Friedhof zu gehen.

»Wenn du mich bitte entschuldigen würdest«, murmelte ich und flüchtete vor Sean.

Die Grabstätte war vorbereitet, ein Zelt überspannte

das klaffende Loch, in das der Sarg hinabgesenkt werden würde. Ich wusste, dass Dad damit gerechnet hatte, er selbst würde eines Tages neben Mom zur letzten Ruhe gebettet werden und nicht eines seiner Kinder.

Als wir uns um den Platz versammelten, stand John neben mir und legte mir den Arm um die Schultern. Ich spürte seine Trauer wie meine eigene. Wir hatten beide so inbrünstig und voller Liebe auf einen anderen Ausgang gehofft. Hatten gebetet und ein Wunder herbeigesehnt.

Wochenlang hatte ich Gott verzweifelt angefleht, meine Schwester zu heilen. Und als ich gezwungen war zu akzeptieren, dass es kein Wunder geben würde, verlor mein Glaube sein Fundament. Ich war zornig auf Gott. Zornig auf die Welt. Verletzt und bitter enttäuscht. Irgendwann verpuffte mein Zorn, und ich gab nach. Gleichzeitig fasste ich den Entschluss, mich an Harper als gesund und fit zu erinnern, an sie zu denken als an einen himmlischen Bewohner, der dort oben Yogakurse abhielt.

Pastor McDonald, der am Grab stand und ein paar Passagen aus der Bibel vorlas, holte mich in die Realität der Beerdigung zurück. Soeben sprach er ein letztes Gebet.

Es war vorbei. Jetzt mussten wir irgendwie weitermachen. Ohne Harper.

Die Menge löste sich auf, und alle begannen zu ihren Autos zurückzugehen. Uns hatte das Bestattungsinstitut einen Wagen zur Verfügung gestellt, der uns in die Stadt zurückbrachte. Lucas, Chantelle und John mussten sogar nach Seattle zurück.

Dad trat zu Lucas und mir. »Sohn, du musst Chantelle und Willa nach Hause bringen.«

»Du kommst nicht mit uns?«, fragte Lucas. Er wirkte verwirrt, blickte mich an und suchte nach einer Erklärung, die ich nicht hatte.

»Noch nicht«, erwiderte Dad. »Ich bleibe.«

Ich hatte keine Ahnung, was hier vorging.

»Was ist los?«, erkundigte sich Lucas.

Unser Vater legte jedem von uns eine Hand auf die Schulter. »Ich lasse nicht zu, dass ein Wildfremder meine Tochter begräbt. Ich werde es selbst tun.«

»Daddy.« Von Liebe zu meinem Vater und seinem weichen Herzen überwältigt, warf ich mich in seine Arme.

»Du musst das nicht alleine tun«, sagte Lucas. »Ich helfe dir.«

»Und ich auch«, fügte John hinzu.

Alle anderen waren gegangen, dachte ich zumindest, bis ich Sean mit einem Mann, den ich für den Totengräber hielt, über den Friedhof gehen sah. Er hielt vier Spaten in den Händen.

30

Willa

Nachdem Harper zur letzten Ruhe gebettet worden war, musste das Leben irgendwie zur Normalität zurückkehren. Diejenigen von uns, die zurückgeblieben waren, standen vor der schwierigen Aufgabe, einen Weg zu finden, um ohne sie weiterzumachen. Eine Aufgabe, die schier unlösbar, wenn nicht unmöglich erschien. Das Einzige, was half und mich retten würde, war eine eingefahrene, alltägliche Routine. Für mich hieß das, meinen Coffeeshop wieder zu öffnen, was nicht von einem Tag auf den anderen geschehen konnte. Zumindest bei mir nicht, weil die finanzielle Situation nicht geklärt war.

Mein erster Schritt bestand darin, die hiesige Bank aufzusuchen und festzustellen, ob ich einen Kredit bekommen konnte, der vorübergehend die Miete abdeckte, bis ich wieder auf die Füße gekommen war. Darauf freute ich mich nicht unbedingt und schob es so lange vor mir her, wie ich konnte, denn ich hatte lediglich Schulden und keine Sicherheiten. Nicht einmal mein Auto war abbezahlt, und mein Laden lief Gefahr, pleitezugehen.

Ich wusste, dass der Kreditberater ein verständnisvoller Mann war, der vor ein paar Jahren kurz mit Harper verbandelt gewesen war, bevor sie ihn mit der Frau bekannt machte, die er schließlich heiratete.

Manchmal glaubte ich, Harper habe gewusst, dass ihr kein langes Leben bestimmt war. Das würde vielleicht auch erklären, warum sie nie zugelassen hatte, dass eine Beziehung länger als ein paar Wochen dauerte, und warum sie nie ihr Herz verlieren wollte. Die einzige Ausnahme war John Neal gewesen, bis über beide Ohren hatte sie sich in den Arzt verliebt und er sich genauso in sie. Es tat weh, an all das zu denken, was Harper im Leben verpasst hatte. Sie wäre eine wundervolle Ehefrau und liebevolle Mutter geworden.

Ich verdrängte den Gedanken an meine Schwester, straffte die Schultern und öffnete die Glastür, die in die Bank führte. Da ich mich angemeldet hatte, erwartete Leon mich bereits und erhob sich, als ich auf seinen Schreibtisch zuging.

»Willa.« Er streckte mir die Hand hin und sah mich mitleidig an, als würde es hier nicht allein um Geschäftsangelegenheiten gehen. »Was kann ich für dich tun?« Er bedeutete mir, mich zu setzen.

Ich ließ mich auf den Stuhl sinken und wusste nicht recht, wo ich anfangen sollte. »Wie du dir vielleicht denken kannst, waren die letzten paar Monate schwer«, stammelte ich und versuchte, die aufsteigenden Tränen zu unterdrücken.

»Es hat Ellen und mir unendlich leidgetan, das von Harper zu hören.«

Ich blickte nach unten, schluckte ein paarmal, um nicht zusammenzubrechen, wenn ich mein Anliegen vortrug. Nach ein paar Sekunden hob ich den Kopf und rang mir ein schwaches Lächeln ab.

»Wie gesagt, hat es sich verheerend auf meine Umsätze ausgewirkt, dass ich so lange nicht im Laden war. Deshalb bin ich, um nicht lange um den heißen Brei herumzureden, wegen eines Kredits hier, Leon, andernfalls bin ich gezwungen, den Laden zuzumachen. Für immer und nicht vorübergehend wie im Augenblick«, flüsterte ich.

Beinahe erstickte ich an den Worten und dem Gedanken, die Jahre harter Arbeit und Opfer zu verlieren, die ich in den Coffeeshop gesteckt hatte.

Leon stellte all die Fragen, mit denen ich gerechnet hatte, und händigte mir dann Formulare aus, die ich ausfüllen sollte. Sobald ich sie ihm zurückgab und er sie flüchtig durchgeschaut hatte, sagte er: »Ich werde tun, was ich kann, Willa, versprechen kann ich leider nichts.«

»Danke.« Zwar wusste ich seine Ehrlichkeit zu schätzen, verließ die Bank aber ohne große Hoffnung.

Da ich vermutete, dass man mir den Kredit nicht bewilligen würde, bestand mein nächster und noch unerfreulicherer Schritt darin, mich mit dem Vermieter meines Ladens in Verbindung zu setzen. Lewis Johnson lebte in Spokane, dem östlichen Teil des Bundesstaats, und war als Rentner mit seiner Frau auf die Mieteinnahmen angewiesen. Insofern fiel mir dieser Anruf noch schwerer als der Gang zur Bank.

»Grüß Sie, Willa«, meldete sich Lewis am Telefon. »Julie und mir hat es unendlich leidgetan, das von Ihrer Schwester zu hören.« Dann kam er direkt zur Sache. »Womit kann ich Ihnen helfen?«

Mein Mund war strohtrocken. »Ich muss Ihnen sagen, dass ich nach allem, was passiert ist, die Miete für Dezember wohl nicht aufbringen kann. Gerade war ich bei der Bank und habe einen Kredit beantragt ...«

»Willa, hören Sie auf. Ihre Dezembermiete ist bezahlt, doch Sie sollten wissen, dass ich Ihnen ohnehin keinen Druck gemacht hätte. Sie sind eine gute Mieterin, und ich will Sie nicht verlieren.«

Ich war so verblüfft, dass mir erst mal die Worte fehlten. »Wer hat denn die Zahlung für mich geleistet?«, fragte ich mit versagender Stimme, die kaum zu verstehen war.

»Der Spender hat darum gebeten, anonym zu bleiben. Es gibt nichts, weswegen Sie sich Sorgen machen müssten. Eine Menge Leute sind da, die Ihnen helfen möchten.«

»Danke.« Ich stolperte über das Wort, bevor wir das Gespräch beendeten.

Erleichtert, eine Sorge weniger zu haben, überlegte ich, wer der großzügige Spender gewesen sein könnte. Außer Sean fiel mir niemand ein. Zugleich unterstellte ich ihm leicht rachsüchtig, dass er es toll fand, in letzter Minute einzuspringen und den Helden zu spielen. Ich hielt das für einen Versuch, seine Schuldgefühle abzubauen, was ich ihm übel nahm und meiner Meinung nach nicht akzeptabel war, um sich den Weg zurück in mein Leben zu erkaufen. Das verletzte meinen Stolz und war in meinen Augen erpresserisch.

Bevor ich überhaupt überlegen konnte, was ich sagen wollte, sprang ich in mein Auto und fuhr zu Sean. Dort bremste ich mit solcher Wucht, dass ich nach vorne flog und beinahe mit dem Kopf gegen die Windschutzscheibe geknallt wäre.

Ich marschierte zu seiner Vordertür und schlug gegen das Holz. Es dauerte nicht lange, bis er öffnete. Sowie er mich sah, trat ein warmes, einladendes Lächeln auf sein Gesicht.

Zweifellos hatte er erwartet, dass ich unter Tränen und voller Dankbarkeit zu ihm geeilt kam. Nun, das konnte er sich abschminken.

»Willa, ich bin so froh, dass du da bist.«

Er führte mich ins Haus, und Bandit, der zusammengerollt vor dem Kamin lag, kam zu mir und wedelte zur Begrüßung mit dem Schwanz.

»Warum hast du das getan?«, wollte ich wissen und begann, da ich meine Verärgerung nicht länger zügeln konnte, in seinem Wohnzimmer auf und ab zu tigern.

»Bitte?«, fragte er verwirrt.

»Spiel keine Spielchen mit mir, Sean. Ich weiß, dass du es warst, der meine Dezembermiete für den Coffeeshop bezahlt hat.«

Seine Augen wurden schmal. »Das habe ich nicht. Wie kommst du darauf?«

»Lüg mich nicht an, du bist der Einzige, dem ich es erzählt und gleich darauf bereut habe. Und jetzt bereue ich es noch mehr.«

»Willa, bitte hör mir zu. Du kannst so böse sein, wie du willst, ich sage dir die Wahrheit. Stopp, widersprich mir nicht. Ich gebe ja zu, dass ich es erwogen habe, nur hatte ich keine Ahnung, wer dein Vermieter ist oder wie ich ihn erreichen kann. Außerdem wusste ich, dass du meine Hilfe gar nicht angenommen hättest.«

Er klang aufrichtig. Ich blinzelte verwirrt, wusste nicht, was ich glauben sollte.

»Ich möchte helfen. Wirklich. Und das würde ich gerne tun, wenn ich nicht denken müsste, dass du glaubst, ich suche einen Weg, um mich wieder bei dir einzuschmeicheln.«

Genau das hatte ich gedacht. Wir standen da und starrten uns an. »Okay, schön, wenn du es nicht warst, wer war es dann?«

Seans Blick wurde nachdenklich. »Du hast mir gegenüber beiläufig erwähnt, dass deine Familie Bescheid gewusst hat. Der Coffeeshop war fast einen Monat geschlossen. Jemand aus der Stadt kann da ganz leicht eins und eins zusammengezählt haben.«

Dad kam mir in den Sinn. Ich erinnerte mich, dass er was von gespartem Geld geredet hatte. Hinzu kam, dass er mit Lewis Johnson, meinem Vermieter, befreundet war. Es konnte also niemand außer meinem Vater gewesen sein, möglich allerdings, dass Lucas und Chantelle etwas beigesteuert hatten.

Offenbar musste diese Erkenntnis sich in meinen Augen widergespiegelt haben, weil Sean mich bei den Schultern nahm und mich auf Armeslänge von sich abhielt. »Hast du eigentlich eine Vorstellung davon, wie sehr du geliebt wirst? Niemand möchte, dass du dein Geschäft verlierst, am allerwenigsten ich.«

Ich stieß ein verlegenes Lachen aus. »Du magst ja nicht einmal Kaffee.«

»Stimmt, dafür bin ich verrückt nach der Frau, die ihn kocht.« Das war das Letzte, was ich hören wollte, erst recht nicht von ihm. Als könnte er meine Gedan-

340

ken lesen, fügte Sean hinzu: »Gib mir eine zweite Chance, Willa. Lass mich beweisen, wie wichtig du mir bist. Zu erkennen, wie übel ich dich im Stich gelassen habe, hat mich fix und fertig gemacht.«

Seine Worte brachten mich in eine Zwickmühle. »Ich bin dir dankbar, dass du das sagst, und weiß, dass du es ehrlich meinst. Tatsächlich würde ich mir wünschen, es könnte anders mit uns sein. Wirklich. Es wäre leicht, dich zu lieben, leider darf ich das nicht zulassen.«

»Warum nicht? Weil ich nicht bei dir war, als Harper krank wurde?«

»Nein.« Ich bemühte mich, keine Gefühlsregung in meiner Stimme mitschwingen zu lassen. »Es liegt nicht allein daran, dass du nicht da warst, als mein Leben zerbrochen ist. Das Problem besteht darin, dass ich das Gefühl habe, nie wirklich auf dich zählen zu können, weil du mit deiner Karriere verheiratet bist. Du bist einfach so«, fuhr ich fort, »und ich werde dich nicht bitten, dich zu ändern. Deine Arbeit ist dein Leben und deine Geliebte. Du liebst sie und die damit verbundenen Risiken. Denk an all die Gefahren, denen du dich in der kurzen Zeit, die wir uns kennen, ausgesetzt hast. Für mich funktioniert unsere Beziehung nicht. Tut mir leid.« Er versuchte, mir zu widersprechen, aber ich unterbrach ihn sogleich. »Es wäre das Beste, wenn wir uns nicht wiedersehen, Sean. Ich wünschte, es könnte anders sein.«

Ich sah ihm an, dass er mit sich rang, um mich zu bremsen. Er öffnete den Mund, schloss ihn wieder, als er merkte, dass ich nicht auf ihn eingehen wollte. In dem Bewusstsein, dass ich ihn wahrscheinlich zum letzten Mal außerhalb des Coffeeshops oder in der Stadt sah, beugte ich mich vor und küsste ihn auf die Wange. »Danke«, sagte ich und trat einen Schritt zurück.

Er starrte mich weiterhin unverwandt an, und als ich mich zur Tür umdrehte, hielt er mich zurück. »Willa«, sagte er mit einer Zärtlichkeit, mit der ich nicht gerechnet hatte, »begeh nicht den Fehler, dich von der Liebe abzuwenden. Wir haben unsere Differenzen, das gebe ich zu, können sie jedoch beilegen, wenn du mir noch eine Chance gibst.«

Ich zögerte und schüttelte dann traurig den Kopf. Nachdem ich meine Schwester begraben hatte, konnte ich es nicht ertragen, noch jemanden zu verlieren, den ich liebte. Gefühle in Sean zu investieren wäre zu viel für mich.

Als würde er meine Gedanken lesen, fügte er hinzu: »Jemanden zu lieben, mich eingeschlossen, bringt immer gewisse Risiken mit sich. Ich liebe dich. Fast von dem Moment an, als wir uns das erste Mal begegnet sind. Verrückt, wie lange ich gebraucht habe, um den Mut aufzubringen, es dir zu sagen. Du hast meine gesamte Welt auf den Kopf gestellt. Das tust du immer noch. Eines Tages, und ich bete, dass es bald sein wird, begreifst du hoffentlich, dass Liebe den Preis wert ist. Ansonsten fürchte ich, dass du alleine und verbittert enden und über all das nachgrübeln wirst, was du in deinem Leben verpasst hast.«

»Das ist meine Entscheidung«, erwiderte ich nach wie vor unversöhnlich.

Sean schüttelte den Kopf und brachte mich zur Tür. »Wähle klug, mein Liebes.«

Als ich in Wind und Regen hinaustrat, überlief mich

342

ein Schauer, und ich wusste nicht, was ich tun sollte. Bedrückt und ratlos ging ich zu der Stelle, wo ich mein Auto abgestellt hatte, und ließ mich nass regnen.

Als Nächstes rief ich Shirley an und teilte ihr mit, dass ich Donnerstagmorgen wieder öffnen wollte. Vorher würde ich Inventur machen und das Nötigste einkaufen, was gebraucht würde, um das Geschäft wieder zum Laufen zu bringen. Natürlich musste ich am Anfang ein bisschen improvisieren. Wichtig waren frisch geröstete Kaffeebohnen und frisches, selbst hergestelltes Gebäck von bester Qualität. Niemand war damit besser gewesen als wir, und daran sollte sich nichts ändern.

Als Shirley erfuhr, dass ich wieder aufmachen werde, kam sie im Laden vorbei. »Dem Himmel sei Dank«, rief sie und umarmte mich fest genug, um mir die Rippen zu brechen.

»Du willst wirklich arbeiten, obwohl du ziemlich ausgenutzt wurdest?«

»Unsinn, du könntest mich nicht davon abhalten. Sollte ich jemals wieder davon reden, dass ich zu viel Arbeit hatte, dann frag mich, warum ich nicht zu Hause bleiben will.«

Ich grinste, weil ich wusste, dass dieses Thema kam. »Was ist denn so schlimm zu Hause?«

»Randy.« Sie warf die Hände in die Luft. »Er erwartet von mir, dass ich seine persönliche Bedienstete spiele. Sein Frühstück mache, seinen Lunch zubereite. Sind seine Sachen gewaschen? Also wirklich, sehe ich vielleicht aus wie seine Dienstmagd?«

Da ich Randy gut kannte, hatte ich Mühe, ein

Lächeln zu unterdrücken. Er hatte bei der Stadt gearbeitet und war vor Kurzem in Rente gegangen.

»Er will, dass ich Tag und Nacht backe, nicht allein für ihn«, fuhr sie fort. »Er hat seinen Pokerkumpanen versprochen, dass ich jede Woche Selbstgemachtes liefere. Man sollte meinen, ich hätte nichts Besseres zu tun, als ihm jeden seiner Wünsche von den Augen abzulesen.«

»Ich bin froh, dich wiederzuhaben, und bin aufrichtig dankbar, dass du lieber für meine Kunden als für Randys Kumpane arbeitest.«

»Glaub mir, erst jetzt habe ich gemerkt, dass meine Ehe ohne diesen Job am Ende wäre. Es ist wirklich schön, wieder da zu sein«, sagte sie, »noch besser ist es hingegen, dass du wieder da bist.«

»Da gebe ich dir recht. Genau hier gehöre ich hin.«

»Joelle sagte, sie würde gerne einspringen, bis du einen Barista in Vollzeit einstellen kannst«, fuhr Shirley fort. »Ich habe nach deinem Anruf mit ihr gesprochen. Du hast hoffentlich nichts dagegen?«

»Ganz und gar nicht. Und wenn genug Kunden kommen, erst recht nicht.«

Als ich mitten in meiner Küche stand, fühlte ich mich fast wieder lebendig. Ich ging durch den Raum, fuhr mit der Hand über die Theke und die Vorderseite der Öfen. Das Gefühl erweckte mich zum Leben.

Der Entschluss, den Coffeeshop wieder aufzumachen, fühlte sich richtig an. Es war der Ort, an den ich gehörte, wo ich mich am wohlsten fühlte, wo ich den Schmerz vergessen konnte, der mich zu zerreißen drohte. Und er würde mich immer an Harper erinnern.

Am Donnerstagmorgen war ich ein Nervenbündel, denn immerhin war es ein Neustart. Zwei Stunden, bevor Joelle kam, war ich auf den Beinen und bereitete die Teige vor. Nachdem sie sich ihre Schürze umgebunden hatte, bat ich sie, das *Geöffnet*-Schild an die Tür zu hängen.

Harpers ehemalige Freundin schüttelte den Kopf. »Das ist heute Morgen etwas, das du selbst tun musst.«

Ich betrachtete es als Ehre und ging gemeinsam mit Joelle zur Tür. Kaum war sie geöffnet, strömte eine lange Schlange von Kunden in den Laden. Die meisten kannte ich, andere nicht.

Verdutzt blickte ich nach draußen und sah, wie viele Menschen noch kamen. Die Bewohner von Oceanside zeigten mir, wie sehr sie Harper geliebt hatten und wie viel ihnen an mir und meinem kleinen Coffeeshop lag.

31

Sean

Ich konnte nicht aufhören, an Willa und ihre Familie zu denken. Mir war schleierhaft, wie ich am besten helfen konnte, vor allem seit sie keinen Zweifel daran gelassen hatte, dass ich mich aus ihrem Leben heraushalten sollte. Mir war klar, dass ich mich in Geduld fassen musste. Im Laufe der Zeit würde sie verstehen, dass ich nicht weggehen würde. Was mich betraf, war Willa die Richtige für mich. Das Yin zu meinem Yang, die Sonne zu meinem Mond, die Frau, die ich für den Rest meines Lebens lieben würde. Jetzt musste ich sie nur noch davon überzeugen, dass wir füreinander bestimmt waren.

Am Tag, an dem sie ihren Coffeeshop erneut öffnete, gehörte ich zu den Ersten in der Schlange. Ich machte es zu meiner Mission, jeden Tag wiederzukommen, bis sie die Botschaft verstand. Die ersten vier Tage tat sie nichts anderes, als mich zu begrüßen und mir einen schönen Tag zu wünschen wie jedem anderen Kunden, wobei sie bei mir jeglichen Blickkontakt vermied. Sie führte meine Bestellung aus und ließ mich gehen, ohne auf meine Bemühungen, sie in ein Gespräch zu verwickeln, einzugehen. Meine Frustration wuchs, was ich mir allerdings nicht anmerken ließ. Jedes Mal verab-

schiedete ich mich mit einem coolen Lächeln und tat
so, als würden wir uns verstehen »Wir sehen uns morgen«, war meine Abschiedsfloskel.

Am fünften Tag sah ich ihren Vater an einem Tisch
sitzen, demselben, an dem Harper einst gesessen hatte.
Er las die Zeitung und trank seinen Kaffee. Das war
meine Chance, von einer anderen Seite an sie heranzu-
kommen. Mit meinem Mokka in der Hand trat ich auf
ihn zu.

»Hätten Sie etwas dagegen, wenn ich Ihnen Gesellschaft leiste?«, fragte ich und zog mir einen Stuhl heran,
entschlossen, kein Nein als Antwort gelten zu lassen.

»Nur zu.« Er blickte mich an, legte die Zeitung weg
und lehnte sich auf seinem Stuhl zurück. »Sie sind Willas junger Mann, nicht wahr?«

»Das würde ich gern denken«, sagte ich, erfreut über
seine Worte, die mir Hoffnung gaben.

»Danke für Ihre Hilfe am Grab. Ich hätte Harper
nicht alleine unter die Erde bringen können, so gerne
ich es versucht hätte. Mein Rücken hätte da nicht mit-
gemacht. Dass Sie die anderen Schaufeln organisiert
haben, war eine große Hilfe.«

Sein Lob machte mich verlegen. »Ich wollte helfen.
Es ist sowieso schwierig zu entscheiden, was man in solchen Situationen tun kann.«

»Sie lieben mein Mädchen, wie?« Er durchbohrte
mich mit einem fragenden Blick.

»Von ganzem Herzen«, gestand ich, da ich seine
direkte Art schätzte und hoffte, er würde die Ernsthaftigkeit aus meiner Stimme heraushören.

Seine Stirn legte sich in Falten, als wäre er nicht

sicher, ob er mir glauben sollte oder nicht. »Ich habe Sie nicht gerade oft gesehen.«

»Zum einen war ich lange nicht in Oceanside, zum anderen will Willa mich nicht sehen, weil sie sich im Stich gelassen fühlt. Ich musste während Harpers Krankheit große berufliche Reisen unternehmen, und das verzeiht sie mir nicht. Ehrlich gesagt, mache ich ihr keinen Vorwurf, sondern eher mir selbst. Hätte ich besser Bescheid gewusst über die Schwere der Krankheit ... Ich habe mich leider nicht schlaugemacht und alles vermasselt. Mr. Lakey, ich brauche Hilfe.«

»Nennen Sie mich Stan«, sagte er.

»Danke, haben Sie eine Idee, wie ich Willa zurückgewinnen könnte? Ein Leben ohne sie vermag ich mir nicht vorzustellen. Ich war jeden Tag hier und muss erleben, dass sie mich behandelt wie einen Fremden.«

Er trank einen großen Schluck, als bräuchte er Zeit zum Nachdenken. »Schätze, Sie wissen nicht, dass Willa jeden Nachmittag am Strand spazieren geht, normalerweise so um vier Uhr herum. Scheint so, als würde sie dort Trost suchen.«

»Danke.« Diese Information würde ich nach Kräften ausnutzen, um Willa zufällig zu treffen, und ich hatte den idealen Vorwand. Bandit brauchte Bewegung. Sie konnte es mir schließlich nicht vorwerfen, wenn sich bei dieser Gelegenheit unsere Wege kreuzten.

Mit einem Mal kam mir noch ein anderer Gedanke. Es war ein Geistesblitz. Ich würde mich anbieten, beim Ausräumen von Harpers Zimmer zu helfen.

»Was ist eigentlich mit Harpers Sachen passiert? Kann ich dabei irgendwie helfen? Für Willa ist es bestimmt schrecklich, noch mit all den Erinnerungen zu leben.«

»Das meiste ist bereits zusammengepackt. Willa konnte es nicht, es war zu hart für sie. Lucas und ich haben das erledigt.«

»Was will sie überhaupt mit dem Apartment machen? Schätzungsweise ist das zu groß und zu teuer, um es alleine zu halten. Hat sie inzwischen eine Idee, wer zu ihr ziehen könnte?«

»Willa und ich sprechen darüber.« Seine Augen leuchteten kurz auf, bevor er weitersprach. »Im Casino lauern überall Versuchungen auf mich, wenn Sie wissen, was ich meine. Nach dem Tod meiner Frau habe ich mich der Flasche zugewandt, statt meine Trauer zu bewältigen.«

»Haben Sie den Absprung gefunden? Die vielen alkoholischen Getränke im Casino stellen bestimmt eine große Verführung dar, schätze ich mal.«.

Willas Dad nickte. »Ich habe lange und gründlich darüber nachgedacht, was ich jetzt tun soll. Vor Jahren habe ich im Holzgeschäft gearbeitet, dafür bin ich inzwischen zu alt. Zufällig hat mir ein Freund erzählt, im Baumarkt würden sie einen Verkäufer suchen. Das wäre optimal, denn ich war mal ein guter Handwerker und habe vieles in unserem Haus selber gemacht. Na ja, dann starb meine Frau … Ich hoffe, dass sie mich im Baumarkt einstellen.« Er legte eine längere Pause ein, bevor er weitersprach. »Wenn ich das Glück habe, den Job in der Stadt zu bekommen, dann werde ich bei Willa einziehen.«

Sofort dachte ich an die Vorteile, die sich auch

für Willa daraus ergaben. Bestimmt tat es ihr gut, ihn in der Nähe zu haben. Sie brauchte ihn, und er brauchte sie.

Stan stand auf und schob seinen Stuhl an den Tisch. »War nett, mit Ihnen zu reden, Sean. Geben Sie Willa nicht auf. Sie wird zur Vernunft kommen. Lassen Sie ihr einfach etwas Zeit.« Ich betete, dass er recht hatte.

An Nachmittag war ich zu der Zeit, die Stan mir genannt hatte, am Strand. Sobald ich die Autotür öffnete, sprang Bandit hinaus und zerrte an seiner Leine. Ich ließ den Blick über die Umgebung schweifen und entdeckte Willa ziemlich weit entfernt, und sie kehrte mir den Rücken zu. Ich machte Bandit los und sah ihn auf sie zuschießen. Seine Pfoten wirbelten Sand auf.

Als sie ihn entdeckte, ließ sie sich auf ein Knie sinken, schlang die Arme um seinen Hals und vergrub das Gesicht in seinem Fell. Sie lag noch immer so, als ich auf sie zuging und der Wind um uns herumpfiff.

»Hey«, sagte ich, als wäre es das Normalste auf der Welt, dass wir uns hier trafen.

Sie blickte auf. Ihre Augen waren verquollen und ihre Wangen tränennass. Es kostete mich all meine Kraft, sie nicht in die Arme zu ziehen und zu trösten.

Sie brach in Schluchzen aus und barg das Gesicht in den Händen, ihre Schultern bebten.

»Willa ...«

»Geh«, murmelte sie.

»Ich kann nicht«, sagte ich und kniete mich auf Bandits andere Seite, streckte den Arm aus, legte meine Hand über ihre und erlebte das gleiche Gefühl von

Wärme und Richtigkeit, das ich jedes Mal empfand, wenn wir uns berührten. Sie riss ihren Arm weg.

»Bitte«, bat sie. »Lass mich alleine.«

Ihre Worte trafen mich bis ins Mark. Ich stand auf, weil ich ihr zugestehen musste, was sie brauchte, obwohl ich mir nichts mehr wünschte, als derjenige zu sein, der ihr Trost spendete.

»Bandit«, befahl ich. »Komm.«

Gerade als ich den Strand verließ, begann es zu regnen. Willa blieb noch und ging im Nieseln weiter, als wäre ihr nicht bewusst, dass der Himmel mit ihr weinte.

Am nächsten Tag kam ich zur gleichen Zeit zurück. Sobald ich ihn von der Leine losmachte, raste Bandit in Richtung Willa. Wieder begrüßte sie ihn, ohne sich nach mir umzublicken, und nachdem sie Bandit ein paar Minuten gestreichelt hatte, setzte sie ihren Spaziergang fort. Diesmal verzichtete ich darauf, zu ihr zu gehen. Hauptsache, sie wusste, dass ich am Strand war.

Am dritten und vierten Tag ließ sie sich nicht blicken. Es war eine Botschaft. Wenn ich weiterhin vorhatte, die private Zeit zu stören, die sie sich zum Trauern nahm, würde sie nicht mehr kommen. Meine Frustration wuchs. So funktionierte das einfach nicht. Zumindest musste ich ihr mitteilen, dass ich in Zukunft wegbleiben würde. Sie brauchte diese Zeit für sich alleine, und ich würde sie ihr lassen.

Ich wartete bis zum nächsten Morgen, um es ihr zu sagen. Als ich mir meinen Kaffee holte, stand Willa hinter der Theke. Bei meinem Anblick erstarrte sie sogleich.

»Was darf es heute sein?«, fragte sie, als wären wir Fremde.

»Das Übliche«, erwiderte ich gleichmütig.

Sie machte mir rasch meinen Mokka und stellte ihn auf die Theke.

Ich reichte ihr das Geld, doch als sie den Schein nehmen wollte, hielt ich ihre Hand fest. »Ich werde nicht mehr zum Strand kommen, das wollte ich dir sagen.«

Sie sah auf und suchte zum ersten Mal nach langer Zeit den Blickkontakt mit mir. »Danke«, flüsterte sie.

Da ich eine Chance witterte, begann ich auf sie einzureden. »Ich würde alles tun, was ich kann, um dir zu helfen, und das würde ich schrecklich gerne tun, Willa. Ich bin auf lange Sicht da und gehe fürs Erste nicht weg. Ich liebe dich, und daran wird sich nichts ändern, nie.«

Ihre Augen schimmerten feucht, ihre Antwort war kompromisslos: »Ich wünschte, das würdest du nicht tun.«

»Es bleibt dabei, Liebling.« Ich machte Anstalten, mich abzuwenden, als mir die Frage einfiel, die ich stellen wollte. »Sag mal, hat dein Dad eigentlich den Job in dem Baumarkt bekommen?«

»Ja, woher weißt du davon?«

»Er hat es vor ein paar Tagen erwähnt.«

»Oh.« Sie schien sich für ihn zu freuen. »Er ist ganz aufgeregt deswegen.«

Das war das längste Gespräch, das wir seit Wochen geführt hatten. Zu diesem Zeitpunkt sehnte ich mich nach Ermutigung, nach einem Zeichen, das mir Hoffnung machte. So kurz unsere Unterhaltung gewesen sein mochte, sie hob immerhin meine Lebensgeister.

Als ich den Coffeeshop verließ, sah ich Stan Lakey aus seinem Auto steigen. Mit meinem Getränk in der Hand ging ich auf ihn zu. »Hey, wie ich höre, sind Glückwünsche angebracht. Sie haben den Job.«

Er grinste breit. »Dafür bin ich echt dankbar.« Er rieb sich mit der Hand über sein Hosenbein. »Auf den Umzug freue ich mich allerdings nicht.«

»Brauchen Sie Hilfe?«

Er runzelte die Stirn, als wäre er nicht sicher, mich richtig verstanden zu haben. »Bieten Sie sich etwa freiwillig an? In meinem Alter ist es kein Zuckerschlecken mehr, Kartons zu packen und zu schleppen.«

»Ich hätte nicht gefragt, wenn ich es nicht so meinen würde. In Ihrem Alter ist es bestimmt kein Zuckerschlecken mehr, Kartons zu packen und zu schleppen.«

»Willa sagte, sie käme nach Ladenschluss vorbei, dabei habe ich gehofft, früher anfangen zu können.«

»Dann bin ich Ihr Mann.«

Er zögerte, als wüsste er immer noch nicht so recht, ob das Angebot ernst gemeint war. »Sie müssen das nicht tun, Sean.«

»Muss ich nicht«, stimmte ich zu. »Will ich aber.«

»Für Willa?«

»Für Willa und für Sie. Wie Sie sagten, sie hat mich in der letzten Zeit nicht oft zu Gesicht bekommen. So kann ich ihr wenigstens zeigen, dass ich manches mit Taten statt mit Worten zu sagen versuche.«

»Wer wäre ich dann, Ihnen Steine in den Weg zu legen«, erwiderte er mit einem Grinsen.

Er gab mir die Adresse des Wohnwagenparks, in dem er momentan lebte, und schlug vor, dass wir uns dort in

353

der nächsten Stunde trafen. Da ich wusste, dass er Kartons brauchen würde, besorgte ich unterwegs noch ein paar.

Mr. Lakey war vor mir da und öffnete die Tür, als ich klopfte. »Ich habe Willa nicht gesagt, dass Sie hier sein würden, sie wird es früh genug herausfinden, wenn sie später vorbeikommt.«

Genau das war es, was ich wollte. Wenn sie Bescheid wüsste, würde sie vielleicht wegbleiben, und das würde meinen Plan zunichtemachen.

Ihr Vater nickte. »Gut zu wissen, dass Ihnen etwas an ihr liegt.«

Er führte mich in seine kleine Wohnwagenküche. »Glaube nicht, dass ich viel davon brauche. Habe nie viel gekocht. Sie werden Willa fragen müssen, was ich mit dem Kram anfangen soll.« Er zwinkerte mir zu, wohl wissend, dass mir jede Gelegenheit, mit seiner Tochter zu sprechen, willkommen sein würde.

Wir arbeiteten beide seit ein paar Stunden, als ich eine unter der Spüle eine versteckte halbe Flasche Bourbon fand. »Was soll ich damit machen?«, fragte ich und hielt sie in die Höhe.

Stans Blick heftete sich auf die Flasche. »Wo haben Sie die denn gefunden?«

»Unter der Spüle zwischen allerlei Reinigungsmitteln.«

»Dachte, ich hätte allen Schnaps hier entsorgt. Schütten Sie das Zeug am besten weg, ich brauche es nicht mehr.«

Ich tat, was er gesagt hatte, und war gerade damit fertig, als die Wohnwagentür geöffnet wurde und Willa

354

hereinkam. »Dad, ist das Seans Auto?« Sie brach ab, als sie mich sah, und ihre Augen weiteten sich beim Anblick der leeren Bourbonflasche in meiner Hand.

»Dein Vater hat mich gebeten, ihn wegzukippen«, sagte ich, bevor sie falsche Schlüsse ziehen konnte.

Wie erstarrt stand sie da, blickte von ihrem Vater zu mir und wieder zurück. »Was tut er hier?«, fragte sie.

»Wonach sieht es denn aus? Er hilft mir, alles zusammenzupacken. Und er macht seine Sache gut, wenn ich das hinzufügen darf.«

»Dad, das ist keine gute Idee.«

»Kann nicht behaupten, dass ich dir da zustimme, Kleine.«

Das Letzte, was ich wollte, war, einen Streit zwischen Willa und ihrem Vater heraufzubeschwören. Ich entschied, dass eine Ablenkung helfen würde. »Willa, was sollen wir deiner Meinung nach mit den Töpfen und Pfannen machen?«, fragte ich. »Dein Dad scheint zu denken, er braucht sie nicht, wenn er bei dir wohnt.«

»Dad.« Sie ignorierte mich und meine Frage.

»Er braucht eine Antwort«, sagte ihr Vater und stellte einen weiteren Karton auf den Stapel.

Willa drehte sich um und sah mich vielsagend an. »Sean kennt seine Antwort. Er weiß, was ich will.«

Ihre Worte hingen in der Luft wie eine Zeitbombe.

»Sieht aus, als hättest du alles hier allein geschafft. Ich warte dann im Apartment.«

Mit diesen Worten ging sie hinaus und schloss behutsam die Tür hinter sich.

32

Willa

Eines musste ich Sean lassen, er war beharrlich. Ein Mann, der sein Wort hielt. Jeden Morgen gegen zehn tauchte er bei mir im Laden auf und bestellte seinen Mokka.

So oft es möglich war, ließ ich ihn von Lannie, meiner neuen Angestellten, bedienen. Er beklagte sich nie und fragte nie nach mir persönlich. Er holte sich sein Getränk, setzte sich an einen der wenigen Tische, bis er ausgetrunken hatte, und ging dann wieder.

Mit dem nahenden Winter wurde das Wetter stürmisch, und ich suchte nicht annähernd so oft den Strand auf wie kurz nach Harpers Tod. Mich mit dem Verlust meiner Schwester zu beschäftigen, war nach wie vor schwer, doch als die Tage und Wochen vergingen, stellte ich fest, dass mein Leben zunehmend normaler wurde, so gerne ich mich in einer stillen Kammer verkrochen und mich meiner Trauer hingegeben hätte. Mittlerweile hatte ich eingesehen, dass ich mich meiner Verantwortung und meinen Verpflichtungen stellen musste. Mein Personal hing schließlich von mir ab. Ich konnte die Gemeinschaft, die mich unterstützt hatte, nicht im Stich lassen.

Dass Dad bei mir wohnte, war ein unverhoffter Glücksfall. Seit er nicht mehr trank, war er wie ausgewechselt. Sein Job im Baumarkt machte ihm Spaß, er gab seinem Leben einen Sinn, und er half anderen Menschen gern. Natürlich trauerte er um Harper, konnte seine Gefühle aber besser in sich verschließen als ich. Er nahm regelmäßig an Treffen der Anonymen Alkoholiker teil und hielt Kontakt zu seinem Paten, der ihm einen besonderen Gefallen getan und Snowball, Harpers letzte Erinnerung, die sich inzwischen als Kater entpuppt hatte, hin und wieder übernommen hatte, wenn er länger bei Harper in Seattle gewesen war. Jetzt war er wieder in meinem Apartment, was vermutlich keine Dauerlösung war.

Ich selbst war zufrieden, dass ich gut mit meinem Dad auskam. Mir tat es gut, jemanden zu haben, um den ich mich kümmern und für den ich kochen konnte. Es half mir, besser mit dem Verlust meiner Schwester umzugehen. Wenngleich wir nicht oft über sie sprachen, spürte ich ihre Gegenwart fast so deutlich, als wäre sie bei mir und würde auf mich aufpassen.

Die Feiertage machten uns dieses Jahr keine Freude. Ich wusste nicht, wie wir Weihnachten überstehen sollten. Thanksgiving war schlimm genug gewesen. Dad und ich hatten Lucas und Chantelle besucht, ich übernahm das Kochen, doch es war ein trüber Tag für uns alle gewesen. So komisch es klang, war der einzige Lichtblick eine Nachricht von Sean.

Schöne Grüße, ich verbringe Thanksgiving mit meiner Familie. Bin Montag zurück in Oceanside. Vermisse dich.

Ich habe diese wenigen Zeilen bestimmt ein Dutzend

Mal gelesen trotz unserer emotionalen Funkstille. Und ich wusste nicht so recht, warum mir seine Worte dennoch so viel bedeuteten.

Am Freitag, dem Tag nach Thanksgiving, erhielt ich eine weitere Textnachricht. *Alles Liebe von Mom und Dad. Und von mir auch.*

Die Versuchung zu antworten war stark gewesen. Zunächst war ich verärgert, wollte von ihm verlangen, dass er aufhörte, mir Nachrichten zu schicken. Ich tat es nicht, weil ich erkannte, dass ich mich damit selbst verletzte. Das Problem blieb, ich war gespalten wie eh und je. Einerseits sehnte ich mich nach seinen Textnachrichten, andererseits war ich wütend auf mich selbst, weil mir etwas daran lag. Hartnäckig redete ich mir ein, dass er in meinem Leben nichts zu suchen hatte, da er mich bestimmt wieder enttäuschen würde. Ich wollte ihn nicht lieben, wollte mir nichts aus ihm machen. Leider fand die Botschaft den Weg zu meinem Herzen nicht.

Am Montag nach Thanksgiving kam Sean seinem Versprechen getreu wie gewohnt in den Coffeeshop.

»Die ganze Zeit, während ich weg war, habe ich an dich gedacht«, sagte er, nachdem er seine Bestellung aufgegeben hatte. »Ich weiß, wie schwer es für euch alle ohne Harper gewesen sein muss.«

»Es war schrecklich schwer«, räumte ich ein.

Vor allem der Platz am Tisch, wo sie immer gesessen hatte, wirkte wie eine offene Wunde. Wir haben alle zu ignorieren versucht, dass Harper nicht mehr bei uns war. Im Nachhinein glaube ich, dass es vielleicht hilfreich gewesen wäre, wenn wir es uns eingestanden und darüber geredet hätten. Stattdessen waren wir alle darauf bedacht, einen Tag, an dem gefeiert werden sollte, nicht mit Trauer zu verdunkeln.

»Ich wünschte, ich hätte bei dir sein können.«

Das wünschte ich ebenfalls, dachte ich, würde mir nur lieber auf die Zunge beißen, bevor ich es zugab.

Sean trat unruhig von einem Fuß auf den anderen. »Tut mir leid, ich sollte dir vielleicht sagen, dass ich ein paar Tage nicht da sein werde.«

Das war die Mahnung, die ich brauchte. »Nicht meine Sache«, erwiderte ich und schottete mich innerlich gegen ihn ab.

»Möglich. Ich habe es erwähnt, damit du nicht glaubst, ich würde uns aufgeben.«

»Es wäre besser, wenn du das tätest.«

»Nein, Willa, das kommt nicht infrage. Ich liebe dich und werde so lange auf dich warten, wie es nötig ist. Dass ich dich verletzt habe, werde ich bis zu meinem Ende bereuen. Und sobald du bereit bist, mir zu verzeihen, werde ich da sein.«

»Ich habe dir verziehen, Sean, selbst wenn ich es in meinem Interesse für keine gute Idee halte, mich auf dich einzulassen. Jetzt nicht mehr«, schob ich nach.

Seine Schultern sanken deprimiert nach unten, als er sich abwandte. Ein Teil von mir wollte ihn zurückhalten, ein anderer Teil war nach wie vor der Meinung, dass es besser sei, ihn gehen zu lassen.

Für den Rest des Tages machte ich mir wegen meiner herzlosen Abschiedsworte Vorwürfe, die ich im Nachhinein gemein fand. Immerhin strengte er sich gewaltig an, seinen Fehler gutzumachen, und holte sich jedes

Mal eine Abfuhr. Zwar hielt ich ihn wegen meines eigenen Seelenfriedens willen auf Abstand, was auch nicht gerade nett war, dabei war mein größtes Problem, dass es mir im Grunde fast unmöglich war, diesen Mann aus meinem Leben zu vertreiben. Ich hatte zu keiner Zeit damit gerechnet, wie schwierig das sein würde.

Den Rest der Woche hatte ich an andere Dinge zu denken. Nachdem die eigentliche Hochzeit von Lucas und Chantelle im Garten der Universitätsklinik stattgefunden hatte, damit Harper daran teilnehmen konnte, sollte jetzt im Ballsaal eines Hotels ein Empfang ausgerichtet werden.

Prompt war Sean zu diesem Zeitpunkt mit einem weiteren Auftrag unterwegs. Erneut geriet ich in einen Zwiespalt. Dass ich überhaupt an ihn dachte, ärgerte mich. Einerseits vermisste ich ihn, andererseits nahm ich sein Fernbleiben als weitere Warnung, wie unsere Zukunft aussehen würde, wenn ich ihn wieder in mein Leben ließ. Es würde immer einen neuen Auftrag geben, einen neuen Grund, um abzureisen. Der Himmel mochte wissen, wo er diesmal war oder welche Risiken er einging. Er hatte mir nichts erzählt, was mir alles verriet, was ich wissen musste. Es war ein weiteres gefährliches Unternehmen. Trotz seines Schwurs ewiger Liebe bedeutete ihm seine Kamera weitaus mehr, als ich es je tun würde, wenigstens glaubte ich das und hielt es für mehr als klug, die Sache rechtzeitig beendet zu haben.

Der Ballsaal des Hotels war mit leuchtend roten Weihnachtssternen und immergrünen Girlanden wunderschön dekoriert. Kleine Stechpalmenbüschel schmückten die Tische. Chantelle hatte das alles gemeinsam mit ihrer Familie und Freunden arrangiert. Niemand trug mehr dieselbe Garderobe, die wir am Tag der Trauung vorgeführt hatten. Ich war dankbar dafür, dass Chantelle mich nicht gebeten hatte, das von ihr angefertigte Brautjungfernkleid zu tragen. Das hätte zu viele traurige Erinnerungen heraufbeschworen und wäre ein weiterer Hinweis auf Harpers Fehlen gewesen.

Frühzeitig vor Beginn der Veranstaltung kam ich mit den Torten im Hotel an. Sie waren mir großartig gelungen und waren echte Hingucker, die fast zu schade waren, um gegessen zu werden. Mein Vater half mir, sie stolz in den Ballsaal zu bringen.

So nach und nach tauchten die Gäste auf. Von unserer Seite konnten nicht viele an dem Empfang teilnehmen, da Dads Familie samt und sonders an der Ostküste lebte und wir nicht viel Kontakt zu ihnen hatten. Das Gleiche galt von der Verwandtschaft meiner Mutter. Ich wollte mich gerade zu Dad setzen, als John zu uns trat.

»John.« Ich freute mich, ihn zu sehen. »Du bist gekommen, das ist schön.«

»Immerhin habe ich eine Einladung bekommen, hätte ich da wegbleiben sollen?«

»Natürlich nicht, aber ich hatte nicht unbedingt erwartet, dass du die Fahrt auf dich nimmst bei deiner vielen Arbeit in der Klinik.« Die Begegnung mit John erinnerte mich schmerzlich daran, dass wir für ihn und Harper ebenfalls einen solchen Empfang ausgerichtet hätten, wenn nicht ... Ich zwang mich, an etwas anderes zu denken, weil ich bereits mit den Tränen kämpfte.

»Ich wollte dabei sein. Für Harper, für euch alle«, sagte John und verstärkte meinen Tränenfluss, sodass ich mich kaum noch bedanken konnte.

Er griff nach meiner Hand und drückte sie leicht. »Komm schon, Willa, heute ist ein Freudentag. Harper würde erwarten, dass du dich aufraffst und mit mir tanzt.«

Halb lachte ich, halb weinte ich. »Ich bin eine miserable Tänzerin.«

»Ehrlich gesagt, bin ich selbst nicht besonders gut. Ich musste Harper versprechen, dass ich an ihrer Stelle mit dir tanze, falls sie an diesem Empfang nicht teilnehmen könnte.«

»Verdammt, jetzt hast du mich vollends zum Heulen gebracht.«

Ich rieb mir mit der Fingerspitze über die Wangen, weil ich überzeugt war, dass mein Mascara verlief. Rasch stand ich auf, entschuldigte mich, durchquerte den Ballsaal, fand die Damentoilette und reparierte den Schaden. Auf dem Rückweg zum Tisch sah ich ihn.

»Sean?« Wenngleich er tadellos gekleidet war, sah er aus, als hätte er seit Tagen nicht mehr geschlafen. »Was machst du hier?« Mit seiner Anwesenheit hatte ich nicht gerechnet, zumal niemand ein Wort darüber verloren hatte.

»Lucas und Chantelle haben mir eine Einladung geschickt, wusstest du das nicht?«

»Nein.« Ich schüttelte den Kopf und fragte mich, ob sie das absichtlich verschwiegen hatten. Vielleicht hatten sie Angst, ich würde sie überreden, seinen Namen von der Liste zu streichen.

362

»Ich dachte, du seist auf Fototournee. Schließlich habe ich dich seit über zehn Tagen nicht gesehen.«

»Wie du siehst, bin ich gerade rechtzeitig zurück.«

»Du wirkst todmüde, als wäre die Rückreise sehr anstrengend gewesen.«

»Ja.« Er stritt es nicht ab. »Ich wollte diese Feier um keinen Preis verpassen. Sie ist dir wichtig, und das macht sie auch für mich wichtig.«

Mein Herz wurde ein wenig weich, und ich musste mich zwingen, mir nicht anmerken zu lassen, welche Wirkung seine Worte auf mich ausübten.

»Ist an deinem Tisch noch Platz?«, fragte er.

»Äh… vielleicht ist es besser, wenn du woanders sitzt.«

»Willa, ich habe die letzten zwanzig Stunden in einem engen, überbuchten Flugzeug gesessen und habe jeden Bonus und jede Kulanz eingefordert, um halbwegs rechtzeitig hier zu sein. Das Mindeste, was du eigentlich tun kannst, ist, mich an deinem Tisch sitzen zu lassen.«

Er wirkte völlig ausgelaugt. Ihn wegzuschicken wäre grausam, und so sehr mir mein Verstand riet, es zu tun, brachte ich es nicht fertig. »Ein Platz ist noch frei. Du kannst dich gern setzen, wenn du magst«, quälte ich mir ab.

Er folgte mir zu unserem Tisch und stutzte sichtlich, als er sah, dass John neben mir und Dad auf der anderen Seite saß.

»Du erinnerst dich bestimmt an John, oder?«, sagte ich. »Er war einer von Harpers Ärzten.«

»Natürlich. Freut mich, dich zu sehen.«

Das Dinner war gut und entsprach den Ansprüchen, die wir an das Hotelessen gehabt hatten. Von den drei Auswahlmöglichkeiten Rind, Huhn oder Lachs wählte ich den Lachs. Dad entschied sich für Huhn, John und Sean nahmen das Rinderfilet.

Chantelle, das Ideal der liebenswürdigen Gastgeberin, erzählte, wie Lucas und sie sich kennengelernt hatten und wie dankbar sie war, Teil unserer Familie geworden zu sein. Auch ihre Schwester ergriff das Wort und steuerte Erinnerungen an die Entstehungsgeschichte dieser Ehe bei. Zum Glück erwartete niemand von mir, eine Rede zu halten. Der Typ war ich nicht. Wäre Harper noch am Leben, sie hätte den ganzen Saal zum Lachen gebracht. Erneut fiel mir schmerzhaft auf, in wie vieler Hinsicht wir verschieden gewesen waren.

Als nach dem Essen und dem Anschnitt der Hochzeitstorten ein Discjockey erschien und mit der Musik begann, führte Chantelles Vater seine Tochter zu dem traditionellen Tanz auf die Tanzfläche, bevor Lucas seine junge Frau für sich beanspruchte.

John lehnte den Kopf dicht an meinen. »Sollen wir?«

»Bist du dir sicher?«, fragte ich zurück.

»Ich habe es Harper versprochen.«

»Dann würde ich lieber auf einen langsameren Tanz warten.«

»Okay«, sagte ich und dachte: *Je länger wir es hinausschieben, desto besser.*

Sean starrte John über den Tisch hinweg mit einem verkniffenen Gesichtsausdruck an, der Furcht und Missmut widerspiegelte. Er konnte nicht wissen, worüber wir sprachen, sondern lediglich sehen, dass wir die

Köpfe zusammensteckten. Auf ihn musste es so wirken, als würden wir sehr vertraut miteinander umgehen.

Beim nächsten langsamen Stück erhob sich John und hielt mir die Hand hin. Nun galt es jetzt oder nie. Ich ergriff sie und stand auf, während Sean mit zusammengebissenen Zähnen sitzen blieb. Als John mich zur Tanzfläche geleitete und mich in die Arme zog, schaute ich zu Seans Tisch hinüber. Er hielt den Kopf gesenkt, als könnte er es nicht ertragen, mich in den Armen eines anderen Mannes zu sehen.

»Ich glaube nicht, dass dein Freund sehr gut auf mich zu sprechen ist«, murmelte John.

Seans gequälter Miene nach zu urteilen würde ich sagen, dass er recht hatte.

Die Musik war langsam und langweilig. John und ich tanzten nicht wirklich, wir schlurften mit den Füßen vor und zurück und wiegten uns im Rhythmus. »Ich hoffe, Harper weiß das zu schätzen«, flüsterte ich. Als wir zum Tisch zurückkehrten, war Sean nicht mehr da. Dad zuckte mit den Achseln.

»Ist Sean gegangen?«, fragte John meinen Vater.

Dad nickte. »Kurz nachdem ihr zur Tanzfläche gegangen seid.«

John runzelte die Stirn. »Ich hoffe, er hat keinen falschen Eindruck gewonnen.«

Bevor ich etwas Unpassendes sagen konnte, sprang Dad in die Bresche. »Ich glaube nicht, dass sich das vermeiden ließ.« Er streckte den Arm über den Tisch und schlang ihn um meinen Unterarm. Seine Augen bohrten sich in meine.

»Willa, erlöse den armen Mann von seinen Ängsten.«

Erst nach dem Ende des Empfangs erwog ich, mich bei Sean zu melden. Auf dem ganzen Rückweg zum Apartment redete ich mir ein, dass es nicht seine Sache war, mit wem ich mich traf oder tanzte. Hätte ich nicht gesehen, wie am Boden zerstört er gewirkt hatte, als ich mit John zum Tanzen gegangen war, wäre es halb so schlimm gewesen. Es waren meine Schuldgefühle, die mich bewogen, über meinen Schatten zu springen.

Kaum war ich zu Hause, griff ich nach meinem Telefon und tippte einen Text.

Ich möchte nicht, dass du etwas Falsches denkst. Ich bin nicht mit John zusammen.

Keine Minute später klingelte mein Telefon. Das Display verriet mir, dass es Sean war. Ich ließ mir Zeit bis zum vierten Klingelton.

»Hallo.«

»Warum hast du dann mit ihm getanzt?«, fiel er mit der Tür ins Haus. Seine Stimme klang anders als sonst.

»Sean, hast du getrunken?« Sein Tonfall war verschwommen genug, um mir zu verraten, dass er mindestens zwei Drinks gehabt hatte.

»Beantworte du meine Frage, dann beantworte ich deine.«

»Na schön, wenn du es so willst. Ich war an dem Abend der Ersatz für Harper. Bist du jetzt glücklich?«

»Nein.«

»Du bist dran. Beantworte meine Frage.«

»Ja, ich habe zur Flasche gegriffen, sobald ich zu Hause war. Manche Gelegenheiten schreien geradezu danach.«

»Und ich habe dir gesagt, es ist nichts zwischen uns. Glaubst du mir etwa nicht?«

»Jetzt schon, allerdings wusste ich das nicht, als ich mich über die Flasche hergemacht habe. Du bist schuld, dass ich was getrunken habe.«

Ich hatte nicht gewusst, dass Sean so exzessiv trank. Oder dass er überhaupt trank. Und es erschütterte mich, dass er dachte, zwischen mir und John könnte etwas laufen.

»Wenn du mich auf die Knie zwingen oder eifersüchtig machen wolltest, hast du deine kühnsten Erwartungen übertroffen.«

»Das lag nicht in meiner Absicht. Ehrlich.«

»Sean?«

»Yeah.«

»Danke, dass du dir die Mühe gegeben hast, heute Abend bei mir zu sein.«

»Ich werde immer alles tun, was ich kann, um da zu sein, wo du bist, Willa. Hast du das noch nicht gemerkt?«

Schätzungsweise hatte ich das nicht.

33

Willa

In der ersten Januarwoche konnte ich es nicht länger ertragen und machte einen Termin bei Dr. Annie aus. Das hier sollte einfach nicht passieren. Der Coffeeshop war geöffnet und lief gut. Ich hatte im Dezember genug eingenommen, um die Miete für den Januar zu bezahlen und einen kleinen Teil meines Bankkredits zu tilgen. Als ich im Untersuchungsraum saß, hasste ich die Vorstellung, Medikamente einnehmen zu müssen, aber ich war verzweifelt.

Die Tür wurde geöffnet, und Annie kam mit einer Krankenakte in der Hand herein. Sie setzte sich auf den Stuhl, rollte ihn näher zu mir und fragte dann: »Wo liegt das Problem?« Ich hatte der Krankenschwester zwar das Problem bereits umrissen, doch Dr. Annie schien es von mir hören zu wollen.

»Ich kann nicht schlafen, ich meine, ich schlafe schon, bloß nie lange.« Es war eine Qual. »Wissen Sie, ich habe keine Schwierigkeiten einzuschlafen, nach einer oder zwei Stunden werde ich dann wach, und an Weiterschlafen ist nicht zu denken.«

Das ging seit Wochen so, seit wir Harper verloren hatten, und ich war mit meiner Weisheit am Ende.

»Hattest du so etwas früher schon mal?«

»Noch nie. Es fing, wie du dir denken kannst, alles nach dem Tod meiner Schwester so richtig an.«

Sie schlug die Beine übereinander und sprach wie die Freundin mit mir. »Beschreib mir eine typische Nacht.«

So gut ich konnte, erklärte ich, was sich abspielte, die langen Phasen des Wachliegens nach ein paar Stunden Schlaf. »Ich fühle mich, als wäre ich total ausgepowert, mache bei der Arbeit dumme Fehler, letztens habe ich sogar ein Blech Zimtbrötchen ruiniert. Außerdem habe ich eine Bankeinzahlung vergessen und gewaltige Angst davor, was ich als Nächstes anstellen könnte, weil ich völlig übermüdet bin.«

»Hast du es mal mit einem Mittagsschlaf versucht?«

»Ich habe alles versucht«, gab ich seufzend zurück »Nichts hat geholfen. Der Frust war genauso ärgerlich wie meine Unfähigkeit, mehr als ein paar Stunden pro Nacht zu schlafen. Meine Augen brennen vor Erschöpfung, trotzdem schlafe ich einfach nicht wieder ein.«

Ich fuhr fort, alles aufzulisten, was ich ausprobiert hatte. Vor dem Schlafengehen lesen, warme Milch, Musik hören, verschiedene Arten von Geräuschen: Meereswellen, wogende Bäume, Vogelgezwitscher.

Annie hörte zu und nickte ab und an.

»Ich bin verzweifelt«, stieß ich hervor. »Ich brauche Tabletten, Pulver, Schlaftherapie, irgendetwas. Egal was. Selbst wenn es etwas ganz Verrücktes ist.« Wenn Sie mir raten würde, fünfzehn Minuten Kopfstand zu machen, bevor ich ins Bett gehe, würde ich das tun.«

»Wann hast du das letzte Mal eine Nacht durchgeschlafen?«

Die Antwort fiel mir sofort ein. Es war die Nacht, als ich mit zu Sean gegangen war, weil ich weder Harpers leeres Schlafzimmer sehen noch alleine sein wollte.

»Das ist inzwischen eine Weile her, zwei Monate.« Ich ging nicht ins Detail, das wäre mir zu peinlich gewesen.

»War an dieser Nacht irgendetwas anders?«

Ich wich der Antwort aus und zuckte mit den Achseln, tat so, als wüsste ich es nicht, da ich ihr nicht erzählen wollte, dass ich die Nacht an Sean gekuschelt verbracht hatte. »Kannst du mir helfen?«, fragte ich stattdessen.

Annie beugte sich vor, ihr Blick war warm und mitfühlend. »Schlaflosigkeit ist in deiner Situation nicht ungewöhnlich, Willa. Du hast deine Schwester verloren und trauerst. Unsere Körper reagieren unterschiedlich auf diese Art von Stress. Ich kann dir verschiedene Mittel verschreiben, die dir helfen zu schlafen, allerdings tue ich das nicht gern. Die Nebenwirkungen sind teilweise erheblich und können unter Umständen zu psychischer Abhängigkeit führen. Und je mehr du davon nimmst, desto weniger wirken sie. Ich schlage vor, wir fangen mit Melatonin an und sehen dann weiter.«

»Melatonin?« Shirley hatte vorgeschlagen, dass ich es damit versuchen sollte. Ihr Mann habe es genommen und geschlafen wie ein Baby.

»Kannst du mir sagen, was das genau ist und wie es wirkt?«

»Melatonin ist ein Hormon, das den Schlaf- und Wachphasenzyklus reguliert«, erklärte Annie. »Es macht nicht abhängig und ist rein natürlich. Versuch es, und wenn es nach einer Woche nicht hilft, komm wieder, dann besprechen wir andere Möglichkeiten.«

»Okay.« Glücklich war ich damit nicht. Schließlich suchte ich eine schnelle, wirkungsvolle Lösung, nichts, was ich rezeptfrei bekommen konnte. Die Sachen halfen nicht.

Statt nach Hause fuhr ich zum Friedhof. Ich war seit Weihnachten nicht mehr bei Harper gewesen. Damals hatte ich einen Christstern auf ihr Grab gestellt, geweint, bis ich kaum noch etwas sehen konnte, und meine Schwester bis zu einem Grad vermisst, der mich körperlich krank machte.

Der Grabstein war erst vor ein paar Tagen aufgestellt worden, und ich wollte ihn noch einmal überprüfen, wenngleich Dad und ich unsere Zustimmung längst erteilt hatten, bevor er aufgestellt worden war.

Der Wind peitschte mir den Mantel um die Beine, als ich aus dem Auto stieg. Vor Kälte fröstelnd, schlang ich mir einen Strickschal um den Hals. Die Wintermonate waren nicht gerade meine Lieblingszeit. Am Meer waren sie oft stürmisch, von starkem Wind und heftigem Regen geprägt. Ich vermisste meine Strandspaziergänge. Wenn ich sie je gebraucht hätte, dann jetzt.

Als ich auf Harpers Grab zuging, fiel mir eine Bank auf. Sie war aus Holz und so aufgestellt, dass man auf Harpers Grabstein blickte. Ich schob mit meinen behandschuhten Händen die Blätter weg und entdeckte ein kleines Schild auf der Armlehne. *In liebendem Gedenken an Harper Lakey.*

Mein erster Gedanke war, dass Dad die Bank geschreinert hatte, weil er wusste, dass ich Zeit mit meiner Schwester verbringen wollte. Ich wunderte mich bloß, dass er nichts davon gesagt hatte.

Neben Harpers Grab stehend blickte ich auf den Grabstein hinunter, auf dem ihr Lieblingsbibelvers eingemeißelt war. *1. Korinther 13:13: Nun aber bleiben Glaube, Hoffnung, Liebe, diese drei; aber die Liebe ist die größte unter ihnen.* Darunter waren ihr Name und ihr Geburts- und Todesdatum zu lesen. Es sagte wenig über die lebensfrohe Schwester, die meinem Herzen so nahegestanden hatte. Wieder rannen Tränen aus meinen Augen, obwohl ich langsam geglaubt hatte, alle vergossen zu haben. Es war ein Irrtum, sie kamen ungebeten ohne Vorwarnung und ließen mich in meiner Trauer hilflos zurück.

Wie lange ich dastand und Harpers Grab anstarrte, konnte ich nicht sagen. Nach einer Weile sank ich auf die Bank und kramte ein Taschentuch aus meiner Tasche, um mir die Nase zu putzen. Ich würde alles darum geben, meine Schwester wiederzuhaben, und ich wusste nicht, wie ich jemals die große Lücke füllen sollte, die ihr Tod in mein Leben gerissen hatte.

An diesem Abend bereitete ich zum Dank für Dads Fürsorglichkeit eines von seinen Lieblingsgerichten zu, einen Huhn-Reis-Auflauf. Er kam von der Arbeit nach Hause, streichelte Snowball, den er verbotenerweise mit in meine Wohnung gebracht hatte, wusch sich und setzte sich an den Tisch. Seine Augen wurden groß, als ich die Auflaufform in die Mitte des Tisches stellte. Es war die, die ich nur zu besonderen Gelegenheiten benutzte, denn sie hatte Mom gehört.

»Womit habe ich das verdient?«, fragte er. Noch bevor ich antworten konnte, griff er nach dem Servierlöffel und häufte sich einen Berg des Hühnergerichts auf den Teller.

»Ich war heute Nachmittag bei Harper und habe die Bank entdeckt, die du gebaut hast. Sie ist wunderschön, Dad. Ein Meisterwerk.«

Sein Kopf fuhr hoch, und er runzelte die Stirn. »Ich würde mir das ja gern auf meine Fahne schreiben. Leider habe ich keine Bank gezimmert. Wünschte hingegen, ich hätte daran gedacht.«

»Du warst das nicht? Dann muss es John gewesen sein. Außer uns stand er Harper am nächsten.«

Dad nahm einen großen Bissen und legte dann seine Gabel beiseite. »Jetzt, wo du es erwähnst, Sean war vor einiger Zeit im Baumarkt und hat Holz gekauft. Genaues weiß ich nicht, da ich ihn nicht bedient habe. Wir haben ein paar Worte gewechselt, wobei ich nicht daran gedacht habe, ihn zu fragen, was er mit dem Holz vorhatte. Schätzungsweise war es das Material für diese Bank.«

Am nächsten Morgen kam Sean auf die Minute pünktlich auf seinen Mokka vorbei. Wie immer wanderte sein Blick augenblicklich zu mir. Das war ein Teil seines Rituals. Ich tat so, als würde ich es nicht bemerken, er wusste es, wusste es immer.

»Morgen, Willa«, sagte er, als er auf die Theke zukam.

»Das Übliche?«, fragte ich und vermied wie üblich den Blickkontakt.

»Bitte.«

»Hättest du etwas dagegen, wenn ich dir Gesellschaft leiste?«, bat ich ihn beklommen.

Er wirkte überrascht und einen Moment lang sprachlos. »Ich würde mich sehr freuen«, antwortete er ganz selbstverständlich zu meiner Verwunderung.

»Such uns einen Tisch, und ich bringe dir deinen Mokka.«

Er bezahlte und ging zu dem Tisch in der entferntesten Ecke des kleinen Ladens, was mir sehr recht war. Ich wollte nicht, dass jemand unser Gespräch mit anhörte. Nachdem ich seinen Mokka aufgebrüht und mir eine Tasse Kaffee eingeschenkt hatte, trug ich unsere Getränke samt einem Stück Kokosnusskuchen zu ihm hinüber.

»Kuchen?«, sagte er, als ich Teller und Gabel vor ihn hinstellte.

»Kokosnuss. Ganz frisch, ich habe ihn heute Morgen gebacken.«

»Für mich?« Er griff danach, nahm einen Bissen, kostete den Geschmack und schloss kurz die Augen. »Der ist sogar noch besser, als ich ihn in Erinnerung hatte.«

»Du kannst den Rest mit nach Hause nehmen, wenn du willst.«

»Den ganzen Kuchen?«

Ich nickte und verdrehte nervös die Hände im Schoß. »Ich habe die Bank gesehen.«

Er grinste leicht verlegen. »Sie ist mein Weihnachtsgeschenk für dich und deine Familie. Ich wusste, dass die Feiertage besonders schwer würden, und wollte etwas tun, um dir zu zeigen, dass ich an dich denke.

An euch alle. Ich habe nicht aufgehört, dich zu lieben, Willa, und werde es nie tun.« Der Kloß in meiner Kehle machte mir das Schlucken schwer. »Hör zu, Willa, ich habe uns beide nicht aufgegeben. Ich liebe dich, und daran wird sich nichts ändern. Und ich bleibe so lange hier, bis ich dich zurückgewinne.«

Seine Worte stimmten mich ratlos. Ich wusste nicht, was ich sagen sollte. Er machte es mir schwer, ihm zu widerstehen, und so langsam spürte ich, wie ich schwach wurde, selbst wenn ich mir einredete, das liege an den schlaflosen Nächten.

Als würde er wittern, dass der Schutzpanzer um mein Herz Risse bekam, fragte er: »Wäre es in Ordnung, wenn wir einmal die Woche einen Kaffee zusammen trinken? Um mehr bitte ich gar nicht. Einmal die Woche.«

Meine Abwehrmauer hatte inzwischen Risse ohne Ende, sodass ich mit einer höchstens etwas eingeschränkten Zustimmung antwortete. »Nur wenn ich nicht viel zu tun habe.«

Sein Lächeln machte der Sommersonne Konkurrenz. »Prima. Wie wäre es mit mittwochs? Hast du nicht mal erzählt, das sei der ruhigste Tag der Woche?«

Dass er sich an diese kleine Einzelheit erinnerte, verriet mir, wie aufmerksam er zugehört hatte. »Also gut. Mittwochs.«

Ich wurde mit einem weiteren strahlenden Lächeln belohnt. Mein Körper neigte sich wie von einem starken Magneten angezogen zu ihm. Bei dem Versuch, dieser Gefahr zu entgehen, verschüttete ich beinahe meinen Kaffee.

Als der Mittwoch kam, war ich aufgeregt und nervös.

»Was ist denn in dich gefahren?«, fragte mich Shirley an diesem Morgen, kurz nachdem wir geöffnet hatten.

»Nichts.« Ich hatte ihr und keinem anderen gesagt, dass ich ein paar Minuten meiner Morgenschicht abknapsen würde, um mich zu Sean zu setzen und mich mit ihm zu unterhalten.

Shirley stemmte die Hände in die Hüften und funkelte mich spitzbübisch an. »Kannst du immer noch nicht schlafen?«

»Nein, es ist schlimmer als je zuvor«, erklärte ich betont seriös. In der Tat fand ich das Melatonin nicht besser als die anderen Schlafmittel, die ich rezeptfrei gekauft hatte. Nichts schien mich von meiner Schlaflosigkeit befreien zu können. In meiner Verzweiflung hatte ich einen zweiten Termin bei Dr. Annie gemacht, um dem Melatonin eine faire Chance zu geben.

Sean kam zur selben Zeit wie immer, nahm sein bestelltes Getränk entgegen und ging zu demselben Tisch, an dem wir letztes Mal gesessen hatten. Da kein Kunde zu sehen war, hatte ich keine Entschuldigung, mich nicht zu ihm zu setzen. Also griff ich nach meinem Kaffeebecher und nahm ihm gegenüber Platz.

»Sehe ich schwerer aus als letztes Mal, wo du mich gesehen hast?«, fragte er.

»Letztes Mal habe ich dich vor ein paar Tagen gesehen«, erinnerte ich ihn grinsend.

»Seitdem habe ich den ganzen Kuchen gefuttert. Geradezu köstlich. Es gab ihn zum Frühstück, zum Lunch und zum Dinner. Der beste Kuchen im ganzen Universum.«

Sean wusste genau, was er sagen musste, um mir ein

Lächeln zu entlocken. »Freut mich, dass er dir geschmeckt hat.«

»Zu wissen, dass du ihn für mich gebacken hast, war die Geheimzutat.«

Da ich ihn nicht merken lassen wollte, wie sehr mich sein Lob freute, senkte ich den Kopf.

»Wie läuft es denn so mit dem Zusammenwohnen mit deinem Dad?«, eröffnete er das Gespräch.

»Bislang ganz gut. Trotzdem müssen wir uns bald ein anderes Apartment suchen. Snowball ist inzwischen zu groß und zu lebhaft, um ihn zu verstecken. Du weißt, dass mein Dad ihn wieder mitgebracht hat, oder?«

»Bist du sicher, dass du deinen Vermieter nicht überreden kannst, dir die Katze zu erlauben? Du bist eine gute Mieterin, ich bezweifle, dass er dich verlieren will.«

»Es ist wahrscheinlich das Beste, wenn wir ausziehen«, sagte ich. »Dad zieht ein Haus vor. Jetzt, wo er im Baumarkt arbeitet, möchte er eine Garage als Werkstatt. Das wird ihm guttun. Er hat früher schon ein bisschen mit Holz gearbeitet und Spaß daran gehabt.«

»Falls ich von einem Haus höre, das vermietet werden soll, sage ich dir Bescheid.«

»Das wäre wirklich nett.« Bislang hatte ich mir nicht die Mühe gemacht, mit der Suche zu beginnen, es war mir einfach zu lästig.

Sein Blick hielt meinen fest. »Wie geht es dir, Willa?«

»Gut«, erwiderte ich schnell, wahrscheinlich zu schnell.

Er griff über den Tisch hinweg nach meiner Hand. »Nein, das tut es nicht. Du bist blass und hast Ringe unter den Augen.«

377

Ich zuckte mit den Achseln, ohne zu antworten.

Er fuhr fort, mich unverwandt zu mustern, verlangte eine Antwort.

»Ich habe ein paar Schlafprobleme«, räumte ich widerstrebend ein. »Ich war deswegen bereits bei Dr. Keaton und habe erneut einen Termin gemacht. Sie will mir nach Möglichkeit nichts Verschreibungspflichtiges geben, weil das abhängig machen könnte.«

Zwar verstand ich Annies Bedenken, doch ich war an einem Punkt angelangt, wo mich das nicht mehr interessierte. Alles, was ich brauchte, alles, was ich wollte, war ein guter Nachtschlaf. Eine Nacht durchzuschlafen würde alles ändern.

Seine Hand schloss sich fester um meine. »Nach allem, was du durchgemacht hast, ist Schlaflosigkeit ganz normal.«

Das hatte ich ebenfalls von Annie gehört, was es für mich nicht erträglicher machte. »Ich bin sicher, es wird mit der Zeit vorbeigehen.«

»Wenn ich irgendetwas tun kann …«

»Im Moment glaube ich, dass niemand viel tun kann.« Ich hasste es, so niedergeschlagen und traurig zu klingen, vor allem weil Schlafmangel mich knochentief müde machte und bewirkte, dass ich mich hoffnungslos elend fühlte.

»Ich meine es ernst. Wenn du mitten in der Nacht reden willst, ruf mich an. Ich singe dich dann in den Schlaf.«

»Sehr komisch.«

»Nein, ich meine es ernst.«

Um zwei Uhr morgens starrte ich hellwach zur Decke hoch und kämpfte gegen Tränen hilfloser Wut an. War es zu viel verlangt, einmal um eine erquickliche Nacht zu bitten? Um eine einzige Nacht. Ich hatte gebetet, Gott angefleht, mir Schlaf zu schenken, egal was ich tat, meine Gedanken hörten nicht auf, sich zu drehen. Jedes Mal, wenn ich die Augen schloss, erhielt ich das Signal, mich mit einem Dutzend sinnloser Dinge zu beschäftigen. Ich versuchte, Schafe zu zählen, und zählte von hundert an rückwärts. Meine Gedanken schossen in zig verschiedene Richtungen, von denen keine in einer friedlichen Nacht endete.

Dann fiel mir etwas ein, das Dr. Annie zu mir gesagt hatte. Damals stellte sie mir die Frage, wann ich das letzte Mal wirklich tief geschlafen hätte. Es war die Nacht, in der ich bei Sean gewesen war, die Nacht, in der ich mit ihm im selben Bett geschlafen hatte.

Konnte ich zu ihm gehen? Die Idee schoss mir ungebeten durch den Kopf und wurde augenblicklich abgeschüttelt. Dennoch hielt sie sich hartnäckig. Die Hoffnung, es würde mir helfen, in seinen Armen zu liegen, ließ sich nicht verdrängen. Allerdings war ich unsicher, ob er mir überhaupt die Tür aufmachen würde.

Dann erinnerte ich mich, dass er gefragt hatte, ob er irgendetwas tun könne. Nun, das konnte er, wenngleich es ihm wahrscheinlich nicht gefallen würde. Egal, verzweifelte Zeiten erforderten verzweifelte Maßnahmen.

Noch immer in meinem Pyjama, schlüpfte ich in ein Paar Slipper, griff nach meinem Mantel und meiner Tasche und huschte aus dem Haus.

Auf dem gesamten Weg zu Sean schalt ich mich eine

Idiotin. Das hier war einfach absurd. Er würde einen falschen Eindruck bekommen, und das mochte ich eigentlich nicht riskieren. Ich tat es.

Allen Selbstgesprächen zum Trotz fuhr ich zu seinem Haus, bog in seine Auffahrt ein und saß zwei Minuten im Auto, bevor ich die Stufen zur Eingangstür hochging und klingelte. Ich hörte Bandit bellen, bevor ein verschlafener Sean mir die Tür öffnete.

»Willa? Was ist passiert?«

»Ich kann nicht schlafen«, schluchzte ich. »Du hast gesagt, du würdest helfen, wenn du kannst.«

»Natürlich. Jederzeit.«

»Meinst du das ernst?«, vergewisserte ich mich erschöpft und übermüdet.

»Von ganzem Herzen. Was soll ich denn tun?«

»Würdest du mich bei dir schlafen lassen? Nur heute Nacht. Bitte.«

34

Willa

Langsam wurde ich wach und rollte mich auf den Rücken. Mein erster Gedanke war, dass ich die ganze Nacht durchgeschlafen hatte, ohne aufzuwachen. Dann fiel mir ein, was ich getan hatte und wo ich war. Augenblicklich setzte ich mich hoch.

Ich war zu Sean gegangen, hatte ihn mitten in der Nacht geweckt und war zu ihm ins Bett gekrochen. In dem Moment, wo er mich in die Arme gezogen hatte, war ich weg gewesen. Ich hielt inne, um den Kopf zu drehen und auf die Uhr zu blicken.

Neun Uhr. Vor Stunden hätte ich wach sein sollen. Das Café müsste seit Langem geöffnet sein. Mit explodierendem Puls stieß ich die Decken beiseite und sprang aus dem Bett, lief im Schlafzimmer herum und suchte nach meinen Sachen, bevor mir einfiel, dass ich im Pyjama gekommen war und außer meinem Mantel und meiner Handtasche nichts mitgebracht hatte.

»Willa?« Sean klopfte an, bevor er die Schlafzimmertür öffnete.

»Sean!«, entfuhr es mir voller Panik. »Ich muss zur Arbeit. Ich …«

»Ich habe Shirley angerufen«, schnitt er mir das

Wort ab. »Sie übernimmt für dich, gemeinsam mit Joelle. Du hast den Tag frei.«

»Nein, das geht nicht ...« Da ich wochenlang am Stück nicht im Laden gewesen war, weil ich Harper pflegen musste, hatte ich mir seit meiner Rückkehr außer dem Sonntag keinen Tag frei genommen.

Er hob die Hand. »Es war Shirleys Idee.«

»Ich habe herrlich geschlafen«, sagte ich und sank auf das Ende der Matratze, strich mir die Haare aus dem Gesicht und atmete langsam aus.

Sean setzte sich neben mich und griff nach meiner Hand. »Ich weiß. Dein Schnarchen hat mich die halbe Nacht wach gehalten.«

Entsetzt entriss ich ihm meine Hand und schlug sie vor das Gesicht. »Bitte sag mir, dass du Witze machst.«

Er lachte, um mich wissen zu lassen, dass er mich auf den Arm nahm.

Ich versetzte ihm einen spielerischen Rippenstoß. »Das war gemein.«

»Nun, ich mache zumindest keine Witze, wenn ich sage, dass du dich die ganze Nacht an mich gekuschelt hast. Ich habe es geliebt, dich so nah bei mir zu haben. Und ich musste mich kneifen, um mich zu vergewissern, dass ich nicht träume.«

»Habe ich das wirklich getan?«

»Es hat dir geholfen, gut und fest zu schlafen.«

»Danke«, flüsterte ich, da ich keine anderen Worte fand, um meine Dankbarkeit auszudrücken.

»Stets zu Diensten, Willa.«

»Ich war wirklich verzweifelt, das musst du mir glauben, und du warst gewissermaßen meine letzte Hoffnung.«

»Dass du verzweifelt gewesen sein musst, weiß ich, denn sonst hättest du dich nicht zu mir geflüchtet. Natürlich hätte ich nie gedacht, mal dankbar dafür zu sein, dass jemand an Schlaflosigkeit leidet«, fügte er scherzhaft hinzu

Unfähig, mich zurückzuhalten, hob ich eine Hand und umschloss eine Seite seines Gesichts. Sean hielt mein Handgelenk fest, zog meine Hand an die Lippen und küsste meine Handfläche.

»Ich habe deinen Dad angerufen und ihm erklärt, dass du bei mir bist. Er hat auf dem Weg zur Arbeit ein paar Sachen für dich vorbeigebracht.«

»Großer Gott«, stöhnte ich. »Ich mag mir nicht vorstellen, was Dad jetzt denken muss. Ich bete, du hast klargestellt ...«

»Ich habe ihm alles erzählt. Wie wild du nach meinem Körper warst und ...«

»Das hast du nicht getan!«

Er hob die Brauen.

»Sean!«

Die Art, wie er den Mund verzog, verriet mir, dass er mich wieder aufzog. »Ich hole die Sachen, damit du dich anziehen kannst, während ich Frühstück mache.«

Er erkundigte sich nicht mal, ob ich noch zum Frühstück bleiben würde. Es war mir egal, ich wäre so oder so nicht gleich gegangen. Wochenlang hatte ich mir die größte Mühe gegeben, Sean aus meinem Leben zu verbannen. Er hatte es nicht zugelassen, war hartnäckig und zugleich fürsorglich geblieben. Allmählich kam ich zu dem Schluss, dass ich vielleicht eine etwas übereilte Entscheidung getroffen hatte, als ich unsere Beziehung

Knall auf Fall beendete. Es war an der Zeit, die Dinge noch einmal zu überdenken.

Nachdem ich mich angezogen und mir die Haare gekämmt hatte, ging ich zu Sean. Er hatte gebratenen Speck, Spiegeleier und Toast zubereitet. Der Tisch war gedeckt und wartete auf mich.

»Orangensaft?«, fragte er, als ich mich setzte.

»Gerne.«

Er goss jedem von uns ein Glas ein, bevor er mir gegenüber Platz nahm. Da ich geschlafen hatte, fühlte ich mich frisch und munter, wie eine ganz andere Frau. Es war erstaunlich, was ein guter Nachtschlaf für einen Menschen tun konnte. Die Mattigkeit, die ich mit mir herumgetragen hatte, war verflogen, sogar der Tag erschien mir heller.

»So«, sagte er, nachdem wir zu Ende gegessen hatten, und beugte sich zu mir. »Willa, ich muss wissen, was es für die Zukunft bedeutet, dass du hier bist.«

»Die Zukunft?« Ich runzelte die Stirn, da ich nicht so weit gedacht hatte. »Meinst du dich und mich? Oder meine Schlafgewohnheiten?«

Er grinste. »Beides. Du bist in meinem Bett jederzeit willkommen, Willa. Das meine ich ernst.«

Automatisch schüttelte ich den Kopf. »Keine gute Idee. Dann wirst du zu einer dieser Drogen, vor denen Annie mich gewarnt hat. Von wegen psychisch abhängig werden und so, das will oder braucht keiner von uns.«

»Wahrscheinlich nicht, deshalb ist es keine gute Idee. Ich sage dir was.« Erneut beugte er sich vor. »Wenn du heute Nacht ein Problem hast, ruf mich an. Dann reden wir, und diesmal mache ich keinen Witz.«

»Glaubst du ernsthaft, du kannst mir gut zureden, damit ich einschlafe?«

»Weiß ich nicht, einen Versuch ist es immerhin wert.«

Sean und ich verbrachten einen faulen Tag miteinander. Wir machten es uns auf dem Sofa bequem und sahen uns Filme aus den Achtzigern an, Klassiker. Mein Lieblingsfilm war *Ghostbusters*, und Sean war ein überzeugter Fan von *Indiana Jones*. Zum Dinner aßen wir Popcorn und Eis, und danach fuhr ich nach Hause.

In meinem Apartment nahm ich ein ausgiebiges heißes Bad und dachte über unsere gemeinsame Zeit nach. Seit Harper krank geworden war, hatte ich mir nie mehr einen freien Tag gegönnt. Ich fühlte mich träge, entspannt und zufrieden. Ein völlig neues Gefühl für mich, und ich war überzeugt, sofort einzuschlafen und die ganze Nacht nicht aufzuwachen. Der Fluch schien endlich gebrochen.

Ein Irrtum.

Um halb zwei war ich hellwach. Stöhnend wälzte ich mich noch eine weitere halbe Stunde von einer Seite auf die andere, bevor ich von tiefer Frustration erfüllt zu meinem Telefon griff.

Sean meldete sich, als hätte er auf meinen Anruf gewartet und das Telefon gleich in der Hand gehabt. »Kannst du nicht schlafen?«

»Nein. Das Ganze treibt mich so zur Verzweiflung, dass ich schreien könnte.«

»Okay, ich möchte, dass du Folgendes tust. Schließ die Augen und leg dich bequem hin.«

»In Ordnung.« Ich lag auf dem Rücken, kuschelte mich in mein Kissen und schloss die Augen.

»Liegst du gut?«

»So bequem, wie es geht.«

»Gut, und jetzt stell dir vor, ich wäre bei dir und würde dich an mich ziehen. Brenn das Bild von uns beiden in dieser Position in dein Gedächtnis ein. Ich habe den Arm um dich gelegt, und du bist ganz entspannt. Schaffst du das?«

»Ich glaube ja.« Tatsächlich war es nicht schwer, und ich tippte auf eine Muskelerinnerung, weil ich seinen Körper förmlich an meinem zu spüren meinte.

Er sprach noch ein paar Minuten mit leiser Stimme weiter. Irgendwann musste ich eingedöst sein, weil ich erst ein paar Stunden später beim Klingeln meines Weckers wach wurde. Mein Telefon lag neben meinem Kissen.

Es war unvorstellbar. Mich von Sean in den Schlaf lullen zu lassen hatte funktioniert. Schlaf. Köstlicher, wundervoller Schlaf. Ich schwebte im siebten Himmel, wollte tanzen und singen und wie ein Frühjahrslamm im Haus herumhüpfen. Sean war der Schlüssel zur Überwindung meiner Schlaflosigkeit, und an ihn konnte ich mich halten.

Die nächste Woche sprach mich Sean jede Nacht in den Schlaf. Wir fingen auch wieder an, uns Textnachrichten zu schicken. Mit Raffinesse war es ihm gelungen, sich aufs Neue in mein Leben zu schleichen. Ich ließ es zu. So ungern ich es zugab, ich brauchte ihn. Und noch mehr wollte ich mit ihm zusammen sein. Ich liebte den Klang seiner Stimme. Nichts beruhigte mich mehr. Die

386

Traurigkeit, die wie eine dunkle Gewitterwolke über mir gehangen hatte, verzog sich immer mehr, und es gab wieder Licht in meinem Leben.

Ab sofort unterhielten wir uns jeden Tag, wenn er kam, um seinen Mokka zu trinken. Oder er probierte ein paar andere Spezialgetränke. Wenn sich die Gelegenheit ergab, setzte ich mich zu ihm, und wir lösten gemeinsam das Kreuzworträtsel in der Zeitung. Sean war darin viel besser als ich. Nach gefühlten bleiernen Jahren lachte ich über meine ganz persönliche Droge.

Dann passierte es. Es kam so, wie es hatte kommen müssen. Er sagte es mir nicht persönlich, sondern schickte stattdessen eine Textnachricht.

Meine Geliebte, ich habe einen neuen Auftrag und werde eine Woche weg sein, vielleicht länger.

Mir fiel auf, dass er nicht erwähnte, wohin er musste. Ich grübelte, wie ich am besten antworten sollte. Schließlich war es nicht sein Job, mich jeden Abend in den Schlaf zu murmeln. Er war Fotograf, liebte seine Arbeit, und Reisen machten einen großen Teil seines Berufs aus. Meine Antwort bestand aus einem Wort. *Okay.*

Im Grunde schuldete ich ihm eine längere Antwort, die mehr sagte, und die lautete: *Ich werde dich vermissen.*

Wohnst du in meinem Haus und schläfst in meinem Bett, während ich weg bin?, fragte er zurück.

Ich brauchte nicht zweimal zu überlegen. *Wenn du das möchtest. Wann reist du ab?*

Morgen früh. Ich werde dich ebenfalls vermissen.

In dieser Nacht sprachen wir wieder miteinander. Er erzählte von seinem Auftrag in der Karibik, um den ich ihn zur Abwechslung sogar mal beneidete. Als ich sagte, ich würde ihn vermissen, meinte ich damit mehr als unsere nächtlichen Unterhaltungen. Er war das Licht, das meinen Tag erhellte; die Sonne, um die sich meine Welt drehte. Ich freute mich darauf, mit ihm zusammen zu sein.

Am nächsten Nachmittag fuhr ich zu Seans Haus und verbrachte Zeit mit Bandit. Dass ich in seinem Haus wohnte, war eine Win-win-Situation für uns beide. Er hatte jemanden, der sich um seinen Hund kümmerte, und ich konnte in seinem Bett schlafen. Um Snowball kümmerte sich ohnehin Dad. Ob Sean mich anrufen konnte, stand in den Sternen wegen der Zeitverschiebung. Ich hatte aus den früheren Schwierigkeiten gelernt und versicherte ihm, er solle sich voll und ganz auf seinen Auftrag konzentrieren und sich wegen mir keine Gedanken machen, und ich meinte es wirklich ehrlich. Ich hatte es Wochen ohne nennenswerten Schlaf ausgehalten, da kam es auf eine mehr nicht unbedingt an.

In der ersten Nacht hatte ich so meine Zweifel, ob Seans Bett ohne ihn reichte, mich zum Schlafen zu bewegen. Gegen Mitternacht wachte ich auf und stöhnte.

Nein, bitte nicht. Ich griff nach Seans Kissen, atmete seinen Duft ein, ließ ihn meine Sinne erfüllen, und es war fast so, als hätte ich ihn bei mir. Ehe ich mich versah, schlief ich wieder ein und erwachte erst, als der Wecker klingelte. Ein Erfolg auf der ganzen Linie.

Am nächsten Morgen wartete seine Textnachricht auf mich. *Hast du geschlafen?*

Ich setzte mich im Bett auf und antwortete sofort. *Wie ein Baby. Du bist meine Muse, mein Garant.*

Hast du mein Kissen geknuddelt?

Als hätte er eine Videokamera in seinem Schlafzimmer installiert und mich beobachtet.

Yup. War fast so gut, wie dich zu knuddeln.

Glaube ich nicht. Bin bald wieder zurück.

Für meinen Geschmack nicht schnell genug, sodass ich begann, die Tage zu zählen. Bandit wurde mein ständiger Begleiter, und Dad kam jeden Abend zum Essen in Seans Haus. Er hatte angefangen, nach Häusern Ausschau zu halten, die wir mieten konnten, und eines mit zwei Schlafzimmern in der Nähe unseres jetzigen Apartments gefunden, von dem er meinte, es könnte das Richtige für uns sein, zumal Haustiere nicht verboten waren. Trotz meines Widerstrebens versprach ich, es mit ihm gemeinsam zu besichtigen. So viele Veränderungen in so kurzer Zeit waren eigentlich zu viel für mich.

In der Woche darauf kam Sean zurück und schaute direkt beim Coffeeshop vorbei, bevor er nach Hause fuhr. Sowie ich ihn sah, warf ich mich, ohne nachzudenken, in seine Arme.

»Du bist wieder da«, fasste ich das Offensichtliche in Worte.

»Ja, und ich bin sofort hierhergekommen. Weil ich dich wie verrückt vermisst habe.«

»Ich dich noch mehr«, übertraf ich ihn. Bei seiner Rückkehr aus Bolivien hatte ich fast dieselben Worte zu ihm gesagt, und wie damals zog er mich in die Arme und küsste mich. Seit meinen Anfällen von Schlaflosigkeit hatten wir uns umarmt und geschmust, unsere Küsse hingegen waren eher flüchtiger Natur gewesen.

Dieser jedoch war echt. So echt, dass meine Knie

weich wurden. Es war die Art von Kuss, die bewirkte, dass ich mich an ihn drückte und mich ihm öffnete wie eine Blume der Sonne, um den Geschmack, das Gefühl und den Duft dieses Mannes aufzusaugen, den ich zu lieben begonnen hatte. Und es schien, als würde er genauso nach mir hungern, denn keiner von uns wollte den Kuss beenden.

Als wir uns voneinander lösten, lehnte Sean seine Stirn gegen meine und atmete schwer, genau wie ich.

»Das haben wir gebraucht«, flüsterte er. Seine Hände gruben sich in die Haare an meinem Hinterkopf, als müsste er mich festhalten; als hätte er Angst, ich könnte ihm entfliehen.

Er trat weit genug zurück, um mir in die Augen sehen zu können. »Sind wir wieder da, wo wir waren, Willa? Sag mir, dass wir wieder an diesem Punkt sind und du ein Teil meines Lebens sein willst.«

Ich schlang die Arme um seine Taille und presste den Kopf gegen seine Brust. »Wir kommen dahin«, flüsterte ich.

»Gut. Dann lass uns nach Hause gehen.«

»Jetzt?«

»Jetzt«, wiederholte er. »Ich will keine Minute länger als nötig von dir getrennt sein.«

»Du musst auspacken und ...«

»Ja, das kann warten. Was ich jetzt dringender als alles andere brauche, ist Zeit mit dir.«

»Also gut«, erwiderte ich bereitwillig, war unfähig, ihm etwas abzuschlagen.

Und mir selbst auch nicht.

35

Willa

Wie so oft in den letzten Wochen saß ich beim Grab auf der Bank, die Sean gezimmert hatte, und sprach mit meiner Schwester. Natürlich wusste ich, dass Harper nicht wirklich da war und mir nicht zuhören konnte, ich kam einfach hierher, um bei ihr zu sein und ihr alles anzuvertrauen, so wie wir es früher getan hatten, als sie mir noch antworten konnte.

Wir hatten uns immer nähergestanden als bei Geschwistern üblich. Harper war mehr als nur meine Schwester, sie war meine beste Freundin gewesen, meine Vertraute, und die Lücke, die sie in meinem Leben hinterlassen hatte, würde schwer auszufüllen sein. Ich hoffte darauf, dass die Zeit wirklich alle Wunden heilte, und obwohl sie nicht mehr da war, würde Harper immer ein großer Teil meines Lebens bleiben. Ich lernte, mit einer neuen Normalität zu leben wie ein Amputierter, der sich an eine Prothese gewöhnt.

»Es geht wieder um Sean«, flüsterte ich. »Er ist im Rahmen eines Auftrags unterwegs, macht Fotos für einen Katalog. Ich vermisse ihn, wenn er fort ist. Weißt du, im letzten Monat sind wir uns sehr nahegekommen, noch näher als vor deiner Krankheit. Inzwischen verbringen wir einen Teil jedes Tages miteinander, wenn er nicht wegen eines Auftrags auf Reisen ist. Und selbst dann telefonieren wir und schicken uns Nachrichten, sodass es mir fast so vorkommt, als wäre er gar nicht weg.«

Ich war unter dem Vorwand, dass jemand für Bandit da sein musste, in seinem Haus geblieben. Allerdings gab ich bereitwillig zu, wie sehr ich es genoss, in Seans Bett zu schlafen. Meine Schlaflosigkeit war größtenteils verflogen, und ich brauchte Sean kaum noch mitten in der Nacht zu wecken. Was ich in gewisser Weise bedauerte, da ich es liebte, wenn mich seine Stimme in den Schlaf lullte. Er war so geduldig, so fürsorglich, so besorgt und bereit gewesen, alles zu tun, was er konnte.

Er reiste viel, sodass ich mich, falls wir ein Paar wurden, daran gewöhnen musste, und hatte es zum größten Teil mittlerweile getan. Wenigstens fotografierte er dieses Mal nicht in einem Dritte-Welt-Land und musste nicht befürchten, dass er sich irgendeine seltene Krankheit einfing. Und zum Glück war er kein Fotograf für Models und die Modeszene, das wäre schwieriger. Sean gehörte mir, und das wusste ich. Und was ihn betraf, so hatte er große Anstrengungen unternommen, mir zu beweisen, dass er mich liebte, und ich hatte es nicht geschafft, seine Liebe zu ignorieren, wenngleich ich mir Mühe gegeben hatte, das zu tun. Nach wie vor hatte ich nämlich Angst davor, weil ich fürchtete, immer an zweiter Stelle hinter seiner Kamera und seiner Karriere zu kommen, Angst, er würde zu oft sein Leben und seine Gesundheit aufs Spiel setzen. Einen weiteren Verlust wollte ich nicht erleben.

»Du hast es gleich erkannt, oder nicht?«, flüsterte ich

Harper zu. »Gleich, als du ihn das erste Mal gesehen hast, wusstest du, dass Sean der Richtige für mich war. Intuitiv hast du es lange vor mir geahnt.«

Vermutlich hatte sie ebenfalls früher als alle anderen vom Wiederausbrechen ihrer Krebserkrankung gewusst. Als ich mit meinem Bruder vor Monaten darüber spekuliert hatte, war da eine innere Stimme gewesen, die mir zugeraunt hatte, Harper wisse unbewusst, dass ihre Zeit auf Erden kurz bemessen sei. Sie hatte recht behalten, und ich musste den Umgang mit meiner Schwester neu gestalten.

»Dad geht es gut, um ihn musst du dir keine Gedanken machen«, erzählte ich ihr jetzt. »Du wärst stolz auf die Kehrtwende, die er geschafft hat. Er geht regelmäßig zu den Treffen der Anonymen Alkoholiker und findet neue Freunde. Er liebt seinen Job und arbeitet Vollzeit. Es ist gut für ihn. Er ist jetzt glücklicher als je zuvor seit Moms Tod. Inzwischen sind wir sogar umgezogen.«

Obwohl ich das Apartment nicht gerne verlassen hatte, war es das Beste gewesen. Hier gab es viel zu viele Erinnerungen an Harper. Wir hatten vor Kurzem ein Haus gefunden, das klein war, uns aber genügte. Seit Dad die Garage in eine Schreinerwerkstatt umgewandelt hatte, liebte er das Haus noch mehr. Wenn ich ihn fragte, was er dort anfertigte, bekam ich immer die spaßige Antwort: Sägespäne.

Der kleine Garten beim Haus war ein Paradies für Snowball. Wenn er nicht herumtobte, legte er sich bevorzugt beim Fernsehen auf Dads Schoß. Als Kinder hatten wir nie eine Katze gehabt, weil Mom allergisch war. Mein Vater hingegen schien ein echter Katzenmensch zu sein. Für mich hatte Snowball seit dem Umzug weniger übrig, und ich hatte das Gefühl, dass das mit Bandit zusammenhing, den die Katze nach Möglichkeit ignorierte, wenn er bei uns zu Besuch war.

Lächelnd blickte ich auf den Grabstein meiner Schwester und den eingemeißelten Bibelvers. »Aber die Liebe ist die größte unter ihnen.« Von Liebe hatte Harper in ihren letzten Worten an mich gesprochen, und ich fühlte mich davon umgeben. Von Seans Liebe, der mich nicht aufgeben wollte. Von der meines Bruder und meiner Schwägerin und von der unseres Vaters. Liebe war überall, und ich konnte sie spüren, so wie Harper es in ihrem letzten Wort an uns geflüstert hatte.

Mein Besuch bei ihr war beendet. Ich stand von der Bank auf und fuhr mit dem Finger über die Metallplatte, die Sean dort angebracht hatte. *In liebendem Gedenken an Harper Lakey.*

»Bereit, Junge?«, fragte ich, als ich an Bandits Leine zog und ihn zum Auto zurückführte.

Als die Sonne herauskam, fuhr ich zum Strand, um das auszunutzen. Es war eine Weile her, seit ich zuletzt dort spazieren gehen konnte, und von daher fehlte mir die Bewegung, das Gefühl des Windes auf meinem Gesicht, die Schreie der Möwen und das Rauschen der Wellen, die sich auf dem Sand brachen.

Bandit war nicht weniger begeistert, sprang sofort aus dem Wagen. Sowie ich ihn von der Leine ließ, schoss er davon und jagte ungestüm über die Sanddünen hinweg auf das Wasser zu.

Mein Lachen über seine putzige Art wurde davongetragen und kam wie ein Echo zu mir zurück. Nach dem Tod meiner Schwester hatte ich mich gefragt, ob ich je wieder Freude empfinden würde. Als ich lachte, wusste ich es und begriff es als Anfang.

Ich rief Bandit, der sich beim Klang seines Namens umdrehte und mit vor Aufregung seitlich aus der Schnauze hängender Zunge zu mir zurückrannte. Kaum hatte er mich erreicht, fegte er prompt wieder davon, um eine Möwe zu jagen.

Zufrieden spürte ich die Wärme, hob das Gesicht zum Himmel und ließ mich von der Sonne überfluten. Es war genau das, was ich nach so vielen trüben Tagen brauchte. Ich musste daran denken, dass Harper erst vor einem Jahr verkündet hatte, im kommenden Sommer den Mount Rainier besteigen zu wollen, und sich für Ausdauerkurse angemeldet hatte. Damals kannte ich Sean noch nicht, und mein Leben sah völlig anders. Was für einen Unterschied ein paar Monate ausmachen konnten.

»Willa.«

Seans Stimme drang an mein Ohr, und ich schrak zusammen, bis ich ihn den Strand entlang auf mich zukommen sah.

Sofort rannte ich ihm voller Freude entgegen. »Ich dachte, du solltest erst morgen zurückkommen«, sagte ich und hielt ihm die Hände hin, die er ergriff und mich an sich zog.

»Stimmt, das Shooting lief diesmal besser als erwartet.« Er schlang die Arme um meine Taille und küsste mich.

Ich würde von den Küssen dieses Mannes nie genug bekommen. Sie ließen mich vergessen, dass halb Oceanside uns zuschauen konnte. Ich legte die Arme um seinen

Hals, überließ mich seiner Umarmung, mein Willkommensgruß für ihn.

Sobald Bandit sein untreues Herrchen entdeckt hatte, kam er wie der Blitz angerannt und ließ sich hingebungsvoll streicheln. »Hast du mich vermisst?«, fragte Sean, und mir war nicht klar, wen er meinte: mich oder den Hund.

»Ich vermisse dich immer«, erklärte ich vorsichtshalber und lachte.

»Hast du auch geschlafen ohne mich?«

»Wie ein satter Säugling. Wie hätte es anders sein können?« Und das war ehrlich gemeint. In Seans Bett zu schlafen, von seinem Duft umgeben, wenn er fort war, war alles, was ich benötigte. Mich ihm nahe zu fühlen spendete mir all den Trost, den mein erschöpfter Körper brauchte, um selig zu schlafen.

»Ich finde, du solltest es dir angewöhnen, ständig in meinem Bett zu schlafen«, bemerkte er anzüglich, und mir dämmerte, dass es kein Witz war, sondern dass er es völlig ernst meinte.

»Du willst, dass ich bei dir einziehe?«

»Ich kann mir nichts vorstellen, was ich mir mehr wünsche. Mit ein paar Bedingungen.«

»Und die wären?«, fragte ich gleichermaßen neugierig wie verwundert.

»Vor allem möchte ich, dass du das als meine Frau tust.«

Ich lehnte den Kopf gegen seine Schulter, als wir Arm in Arm weiterschlenderten, umweht vom salzigen Geruch des Meeres. »Hast du Angst, ich ändere in Bezug auf uns meine Meinung?«, fragte ich.

Er drückte meine Hand. »Ich weiß, was ich will, und das bist du für den Rest unseres Lebens an meiner Seite. Als meine Partnerin und Mutter meiner Kinder. Ich habe meine Zeit im Rampenlicht gehabt und ein gewisses Maß an Ruhm genossen.«

»Und schöne Frauen«, erinnerte ich ihn.

Er beugte sich zu mir und küsste mich auf den Scheitel. »Insbesondere habe ich jetzt eine schöne Frau.«

Ich blickte zu ihm hoch und lächelte. Vor Sean hatte ich mich nie für schön gehalten. Harper war diejenige in der Familie, die alle Schönheit mitbekommen zu haben schien, nur wer war ich, mich zu beschweren?

»Du bist die, die ich will. Die, die ich liebe. Sag, dass du mich heiratest.«

»Ja«, flüsterte ich mit Tränen in den Augen. Sein Blick wich nicht von mir, als er einen Verlobungsring aus der Tasche zog und ihn mir an den Finger steckte.

Anschließend schloss er mich erneut in die Arme und drückte mich fest an sich. »Danke. Ich verspreche dir, der Mann zu sein, den du verdienst.«

Der Diamant funkelte im Sonnenlicht: »Aber die Liebe ist die größte unter ihnen«, flüsterte ich.

Verwirrt starrte Sean mich an.

»Das ist der Bibelvers auf Harpers Grabstein. Im Leben geht es immer um Liebe.«

»Ja, das ist richtig«, stimmte er zu. Bandit stürmte Sand aufwirbelnd zu uns zurück.

Wir küssten uns erneut, um unsere Bindung zu besiegeln, und gingen dann weiter den Strand hinunter.

Hand in Hand unserer Zukunft entgegen.